世间安得双全法　不负如来不负卿

每 个 人 心 里

都 住 着 一 个 仓 央 嘉 措

世间最美的情郎2

著者 ………………………… 王臣

The Most Romantic Valentine Tshang yang Gya tsho

作家出版社

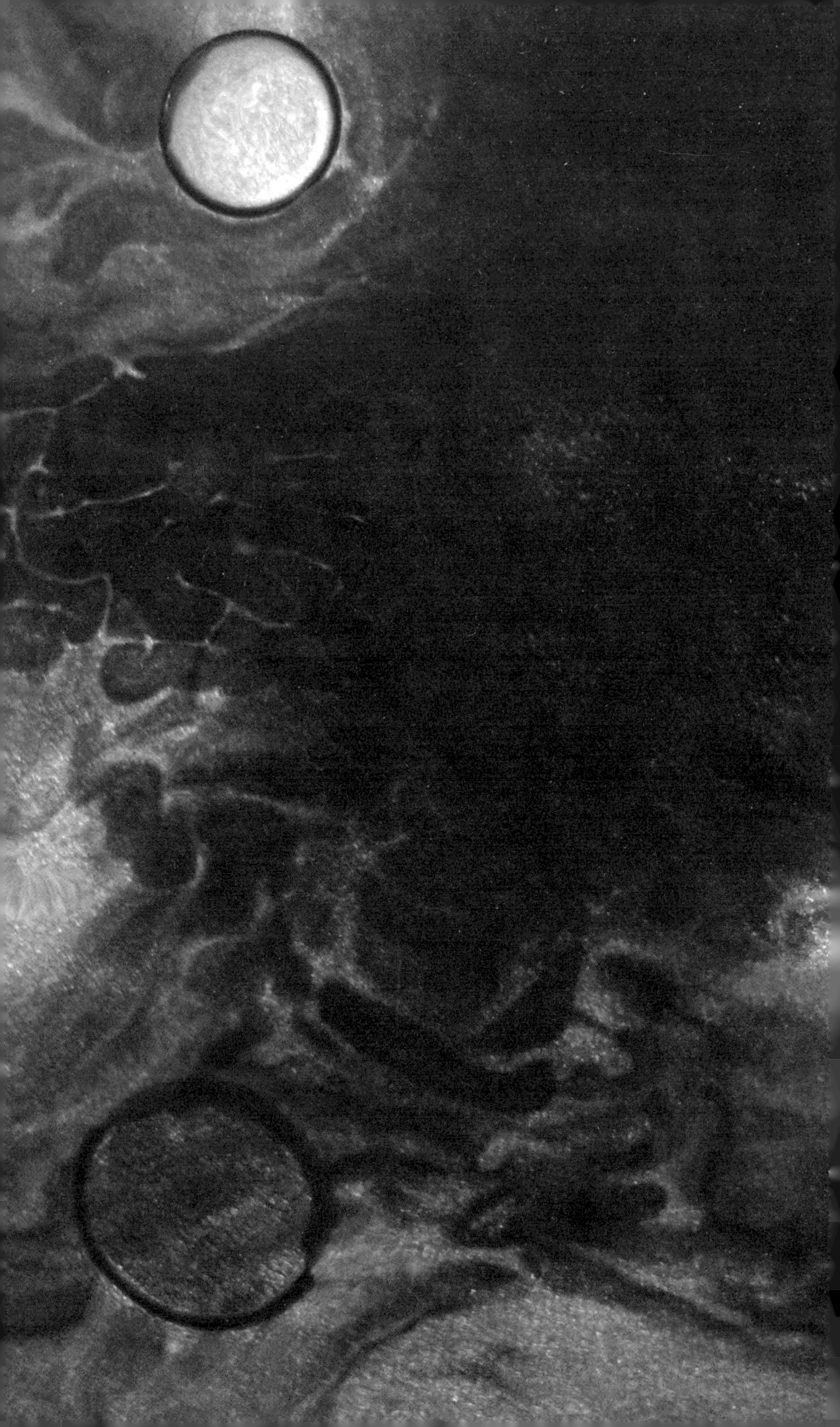

曾虑多情损梵行，
入山又恐别倾城。
世间安得双全法，
不负如来不负卿。

但曾相见便相知，
相见何如不见时。
安得与君相诀绝，
免教生死作相思。

结尽同心缔尽缘，
此生虽短意缠绵。
与卿再世相逢日。
玉树临风一少年。

一自魂消那壁厢，
至今寤寐不能忘。
当时交臂还相失，
此后思君空断肠。

寂静。无常。幻灭。　　大爱。生死。一念。

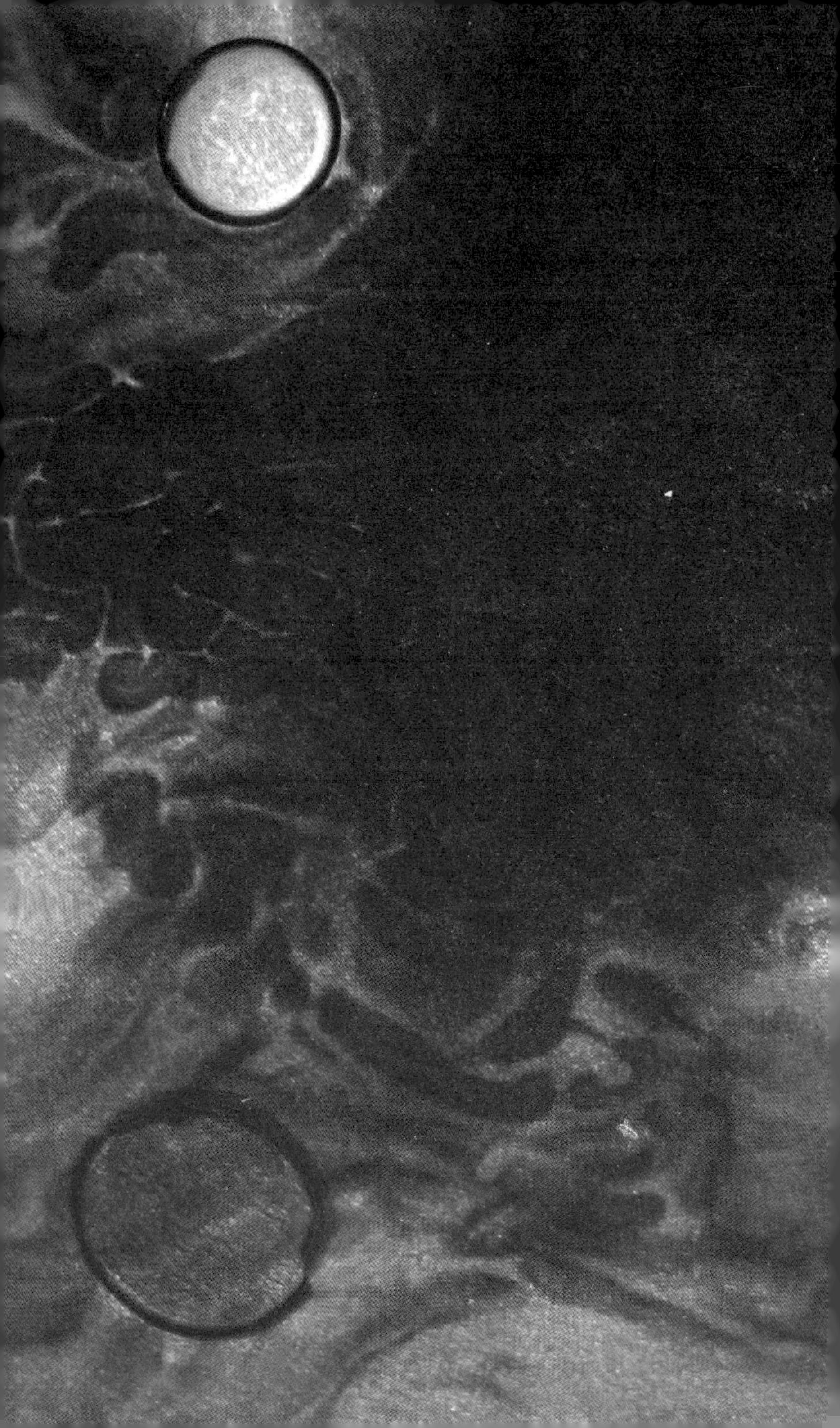

目录

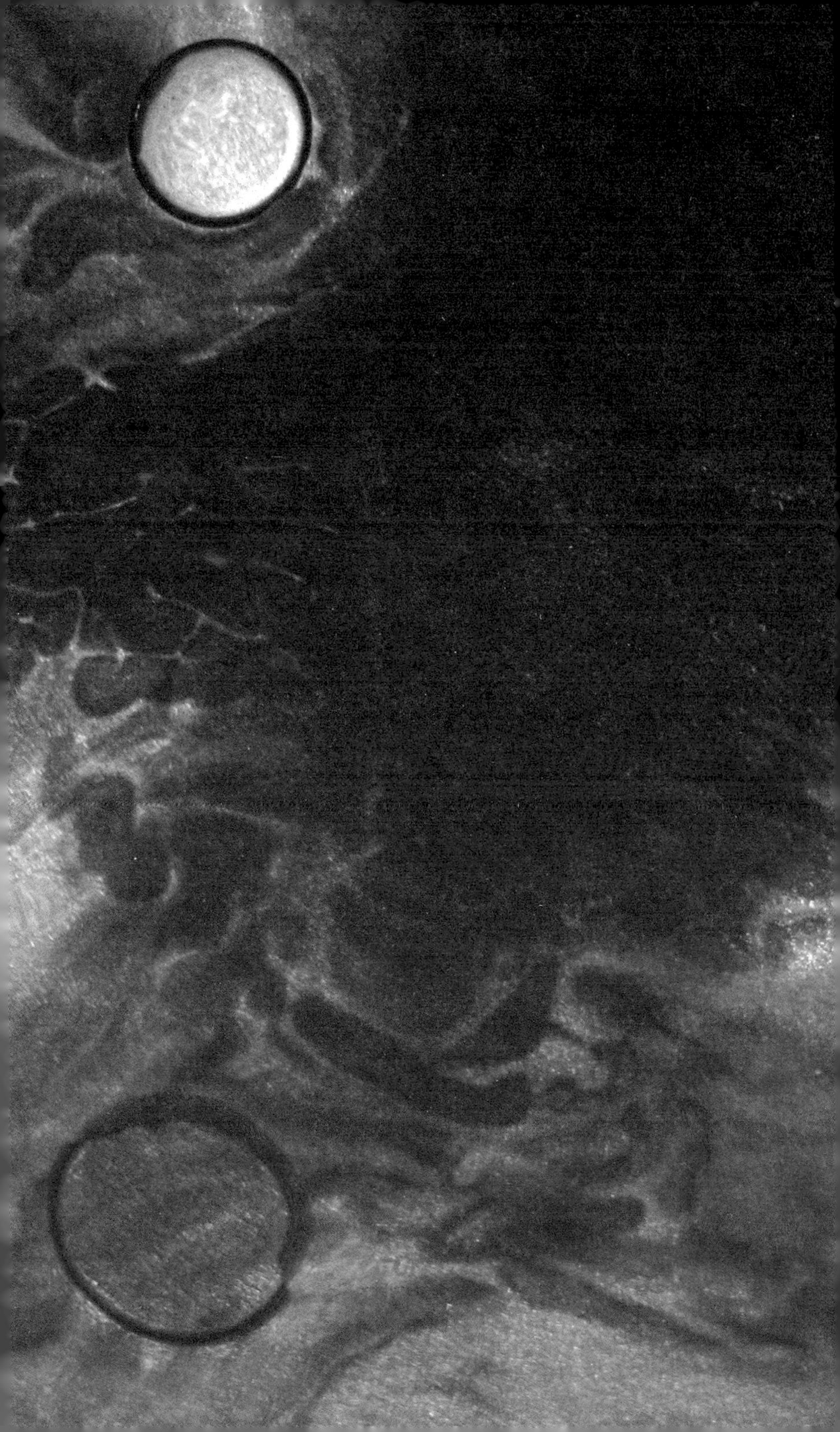

序言

与卿再世相逢日

每个人心里都住着一个仓央嘉措。

写下这句话的时候，心中一阵欣喜。曾几番苦寻，想要用一句话来表达仓央嘉措与后世人的羁绊，却始终不得。竟就在几乎无望的，那平然无惊心静似水的刹那，豁然想到这句话。彼时，心中无念，只觉熨帖。我知，至此，这一桩心事方才被安稳放下。

是如此。自一句“不负如来不负卿”与他相识，便日日不能忘却。时不时，即会忆起他笔下的几句诗，以及书里读过的关于他的故事。总想要写下什么，哪怕只是一句话。心中爱喜凝聚、沉淀、积累，一日又一日。终于，那日，决定提笔写下一本书，关于他。

起初，为他写了一本传记，取名《世间最美的情郎》。是基本依据正史的脉络写就。亦即将仓央嘉措的一生记至青海湖神秘消失一处为终。但流传在西藏民间关于仓央嘉措的传说，却决然未能止于此处。

写完《世间最美的情郎》息笔刹那，便惦想着正史当中已无，却在民间自成传奇的关于仓央嘉措消失于青海湖之后的神秘故事。此一番，决定写作《世间最美的情郎2》，续写那些山长水远的传说，亦是因缘使然。

这一年6月，只身去往了西藏。在拉萨八廓街的玛吉阿米小酒馆，孤自静坐了一个下午。高原的清澈日光洒在身上、发间，备觉安稳。虽而今，藏地已是游客络绎，但只稍纵目一望，便果真如众人所言，是会有一种莫名的归属感。

就好像，而今虽已尘埃布身的你我，其实本便是属于这里。

从玛吉阿米酒馆归来，在住处得友人赠书。正是久寻未得的阿旺伦珠达吉所写的那一本《六世达赖喇嘛仓央嘉措秘传》（下称《秘传》）。友人说，他爱极了那本《世间最美的情郎》，却可惜读至仓央嘉措匿迹青海湖一处，便亦书尽尾声。《秘传》所言各种传说未得舒展。

因此，他将《秘传》赠予我，望我可以依此续笔将传说里仓央嘉措灵通的后半生细述完整。他说，如此，仓央嘉措的传记系列方才圆满。彼时，他形容淡祥，令我将他口中的一字一句都记到了心里。

也不知何故，写作《世间最美的情郎》至收尾，本欲息笔之时，又忽然忍不住单独列了一章来简述这本久闻未见的《秘传》。而今回头去看，竟似刻意的伏笔，为这一本《世间最美的情郎2》做着铺垫。是为启后。

亦好比，在这一本书的开篇，我单独列出了一章来回顾仓央嘉措青海湖畔匿迹之前的正史线索，简述旧事。是为承前。

依旧要说这句话，每个人心里都住着一个仓央嘉措。纵他身后千万福苦千万生死，纵他存世之诗惹世人争议，他依旧会在众生心底恒久占据一个位置。不偏不移，令人虔心。否决得了他的诗，却始终无法否决你我心中的仓央嘉措之情结。

论及爱，论及你，论及今生今世，论及生死不离。论及佛，论及西藏，论及八廓街，论及玛吉阿米。你我，总会回想起，那雪山之巅的藏地圣王，仓央嘉措。亦总会有一段与之相关的伤欢悲喜，流落在心底。

于是，此刻，我再定心意以《秘传》为参照蓝本铺展延伸，写下这一本《世间最美的情郎2》，来讲述仓央嘉措“被死亡”之后的秘事，把正史未载的事也一一呈现于世间。真正将仓央嘉措的一生一世讲说完整，真正完成仓央嘉措的传记。

每个人心里都住着一个仓央嘉措。写作此书，亦只慰心中仓央嘉措之情结。在息笔的前一日，不禁写下了上面的话。虽是偶然，亦为纪念。

王臣
二〇一一年七月

倾谈一

但曾相见便相知

01 | 时光

世间事。

除了生死，哪一桩不是闲事。

时光深处，定无人知，自他诞世那日，世间因缘福祸皆因他有了微细的变动。以至于，三百年后，会有人，因他一句“不负如来不负卿”而彼此心动，两相执手。

此刻，窗外日光明媚。手边一册《世间最美的情郎》，为仓央嘉措写的第一本书。一册《六世达赖喇嘛仓央嘉措秘传》，翻阅数遍并称为而今再次写他时必需的写作蓝本。两本书，便陪我度过一个又一个炎热的下午。

关于《六世达赖喇嘛仓央嘉措秘传》。

汉译者庄晶先生初见此《秘传》的藏文本，是在20世纪的50

年代后期。彼时，作者所遇之时，便将《秘传》的大体内容信手译下，但一时疏忽，未能及时记下此版本的出处。至80年代，作者的正式译本是根据拉萨哲通厦家刊印的木刻版翻译而来。

此木刻版的规格为46cm×9cm。共122页。藏文全名为《一切知语自在法称祥妙本生记殊异圣行妙音天界琵琶音》。藏文本每张木片的背面竖眉皆印有"仓央嘉措秘传"的字样。

此《秘传》不同于第巴·桑结嘉措所记的有关仓央嘉措风流离经之行事的那一本《六世一切知者仁钦仓央嘉措秘密本生传记》，作者是自称为六世达赖仓央嘉措"微末弟子"的额尔德尼诺门罕阿旺伦珠达吉。又名拉尊·阿旺多尔济。

阿旺伦珠达吉，出生于阿拉善旗当地的一个蒙古族贵族家庭。他亦是阿拉善旗第一大寺庙广宗寺的第一代喇嘛坦（俗称"活佛"）。相传，阿旺伦珠达吉从西藏修习归来，在阿拉善旗广宗寺兼任大喇嘛期间，曾试图以西藏之法炮制政教合一的局面。

也因此，他与阿拉善旗当地王爷存有根本的利害冲突。也导致他最后被王爷谋害致死。死后，王爷命人将他的头颅埋在定远营（今内蒙古自治区阿拉善盟巴彦浩特镇）南门的石坎下。并自此，广宗寺的喇嘛们形成一种习惯，每进出城门，不敢直接横跨门槛，而是从两侧绕行。

阿旺伦珠达吉的生平详情亦是谜题，尚有待考察。他大约生于公元1715年，出生在贵族之家。父亲班子尔扎布台吉（《秘传》译作"巴匝加布台吉"），是阿拉善第一任旗王和罗理胞弟的后裔，曾担任旗协理一职。

较之于扶植仓央嘉措坐床入宫的桑结嘉措所作的可信度极高的本生记，阿旺伦珠达吉所作《秘传》内容大多为正史所未载，所以，称之为"外传"许更为妥帖。

在《秘传》当中，阿旺伦珠达吉多以第一人称叙述，间或夹杂尊者亲口所述经历。内容基本与《西藏民族政教史》当中所叙吻合。原文共分三章。第一章讲述尊者仓央嘉措诞生、剃度、坐床等情形，第二章写尊者仓央嘉措为利益众生而苦行、修持之情形，第三章则是叙说尊者仓央嘉措驾临多麦地区造福圣教众生及最后圆寂的情形。

作者在楔子当中这样写道："笔者在此，凭天理报应为证，出自一片赤诚，谨修此上师尊者的本生传记。本文资料一部分来自尊者口授时的记录，一部分来自笔者的见闻经历。凡尊者言谈所及，笔者脑海所藏，俱加荟萃，著而成文。"

此《秘传》成书于公元1757年，即藏历火牛年。在贺兰山下完成全书。是年九月[1]，由藏代本哲通·久美甲措刊印，在民间流传。

阅读《秘传》时，心似教徒，是极虔诚的。每读至尊者仓央嘉措大显神通之处，心中总是不禁惊动。盈满那种在幽深石林深处

1 因史料冗杂，叙事时阴阳历使用不一，故文中月份以数字表示阳历，汉字表示阴历。

觅得奇草异宝的欢喜。仿佛自己不经意便身临其境，于低微潮湿之处，瞻仰尊者的炽烈之光，似果真可以此谋得半分福祉。

你盘坐也好，静卧也好。
你沉默也好，轻语也好。

你悲悯也好，恩慈也好。
你爱我也好，不爱也好。

你是圣者。
我是凡人。
你在天上。
我在人间。

但我知道，
你是我，
全部的佛光和真相。

但我知道，
你是我，
全部的未来和幻想。

是真的以赤子之心面对他，记述他，表达他，赞美他。记起那日，独自坐在拉萨的玛吉阿米酒馆里，喝的虽是极普通的酒，周身各色游客亦是络绎不绝，但心中却依旧有一种无法言说的好。只因听说，他也曾流连在这里。

其实，包括《秘传》在内，所有传说、争议、赞美、诋毁，都不重要，重要的是，心中是否有信。若是心中不信，佛也会黯淡。若是心中有信，你就知道，见他遥遥站在历史深处，纵是日日受尘沙、大风侵蚀，也定然是你心中喜爱的你所需要的圣洁模样。这圣洁模样是不能被损毁、不能被遗忘、不能被动摇的，更是不能被替代的。

在而今这个时代，缺的不是刨根究底的真相，不是支离破碎的纠缠，而只是一个意象，一种情结，一处爱与温暖的归宿。于是，因缘使然，他出现在世人眼中，住进世人的心里。成为，你我心中虔心向之的，仓央嘉措。

隔着幽深漫远的三百年时光。

02 | 降世

佛典《杂阿含经》曰：

> 此有故彼有，此生故彼生。
> 此无故彼无，此灭故彼灭。

在藏传佛教当中，活佛承继制度的历史十分久远，活佛圆寂之后寻找转世灵童，亦是藏传佛教当中最为盛大的佛事之一。因此，每一个活佛体系当中的活佛都是互为前世与来生的。譬如，达赖体系当中，尊者仓央嘉措与五世达赖喇嘛洛桑嘉措，便是如此。

公元1682年。五世达赖喇嘛洛桑嘉措圆寂。次年正月十六日，洛桑仁钦·仓央嘉措降生。是日，天降异象，七日同升，黄柱照耀，预言为莲花生转世。亦即五世达赖喇嘛洛桑嘉措的后世。

尊者之降生，意味五世圣僧大宝即五世达赖所应教化的众生已尽，六世本身之菩提发心与宏愿实现的时刻已到。彼时，圣光笼罩人间，是圆满之日。是芸芸众生悉归十善之途，世间脱离战乱、瘟疫和灾荒的太平时日。

十善者，一不杀生、二不偷盗、三不邪淫、四不妄言、五不绮语、六不两舌、七不恶口、八不悭贪、九不嗔恚、十不邪见。此中前三为身业。中四为口业。后三为意业。业者，事也。若持而不犯，则为十善。若犯而不持，则为十恶。

十善，即十戒，“十戒”源于“五戒”：一不杀生、二不偷盗、三不邪淫、四不妄语、五不饮酒。十戒又与五戒不同。“五戒”侧重止恶，“十戒”侧重行善。十恶分上中下，感地狱饿鬼畜生三恶道身。十善分上中下，感天人阿修罗三善道身。善因感善果，恶因感恶果。决定无疑，丝毫不错。

十善当中，不杀、不盗、不淫、不妄，即是五戒之四戒。

其余六善：绮语者，谓无益浮词，华妙绮丽，谈说淫欲，导人邪念等；两舌者，谓向彼说此，向此说彼，挑唆是非，斗构两头等；恶口者，谓言语粗恶，如刀如剑，发人隐恶，不避忌讳，又伤人父母，名大恶口，将来当受畜生果报，既受佛戒，切莫犯此；悭贪者，自己之财，不肯施人，名之为悭，他人之财，但欲归我，名之为贪；嗔恚者，恨怒也，见人有得，愁忧愤怒，见人有失，悦乐庆快，及逞势逞气，欺侮人物等；邪见者，不信为善得福，作恶得罪，言无因果，无有后世，轻侮圣言，毁佛经教等。

然此十善，总该一切。若能遵行，无恶不断，无善不修。以不净观离贪欲，以慈悲观离嗔恚，以因缘观离愚痴，以诚实语离妄语，以和合语离两舌，以爱语离恶口，以质直语离绮语，以救生离杀生，以布施离偷盗，以净行离邪淫。是为十善。

松赞干布时期，大臣吞弥桑布扎最初翻译的几部佛经中即有一部名为《十善经》。以为记。

藏历是阴阳合历。由于受到汉历的影响，从9世纪以来，藏历也一直采用干支纪年法，不同之处是藏历以五行代替十干：甲乙为木，丙丁为火，戊已为土，庚辛为金，壬癸为水；以十二生肖代替十二地支即子为鼠、丑为牛，以此类推。

譬如，农历的甲子年，藏历中便被称为木鼠年。干支六十年一循环，藏历叫“饶迥”。他降生这一年，是藏历第十一饶迥水猪年。

假托由莲花生大师所说的《五部遗教》之一的伏藏经《神鬼遗教》第二十四品载，预示了尊者降生时年为“水界葵亥年”，亦即藏历水猪年。

骄慢所生战乱日，
心生厌离皈教法。
莲花大师幻化身，
有缘生于水界葵亥年，
教主乌金岭巴将临世。

又有密宗师日增·戴达岭巴于《霹雳岩无上甚深精义》中作如下授记，亦预示出尊者降生之方位，即藏地雪山西南一隅。

秉此殊业者，
将于香拔雪山西南隅，
降生成为众生主，
执掌圣教护苍生。

关于仓央嘉措的降生之地，历来材料一致。隆多喇嘛阿旺洛桑嘉措曾撰文写到尊者“生地为沃域松，或以三湖著名之错那”。阿旺伦珠达吉在《秘传》中，写明尊者降生之地是在“纳拉沃域松”。以上观点与西藏民院曾在调查当中说到尊者的“原籍是门隅夏日错所属的派嘎”基本一致。

在学者于乐闻的《仓央嘉措生平疏议》一文当中有记：

“域”为“地方”之意，“松”为“三”之意，“域松”即“三地”。“沃域”为“洼地”之意，“沃域松”即“三洼地”。“纳拉”为“鼻山”之意。“纳拉沃域松”即“鼻山下之三洼地”。以上三种称法，实指一处。“域松”（或“沃域松”“纳拉沃域松”）并不是具体村镇之称，而是对一个地区的泛指，带有“地方”“地带”和“地区”的意思。

据此，尊者故乡应当是门隅地区一个名为“纳拉沃域松”的地方，亦即今达旺一带。此降生之地本是乌仗那第二佛祖莲花生大师曾经加持过的宝地。此处，绿林密布，瑞草花果无数，是福被恩泽之地。

门隅，是门巴族人的主要聚居地。且门巴族人多信奉红教（藏传佛教的派别之一）。红教与班禅达赖所属的黄教派支不同，红教信众是可以结婚生子的。也因此，才有了后来仓央嘉措的诞世。也因尊者仓央嘉措是门巴人，所以族人都引以为荣。至今，亦将传说中尊者幼年所使用的小茶具、小器皿、小衣物，仍存放在达旺寺中，用作留念，珍藏至今。

门隅，因了尊者仓央嘉措，变得与其他地方有所区别。是尊者的家乡所在，是尊者的转生之所，亦是尊者一生一世福佑众生的始端。

见你，
独坐菩提树下，
静默不语。

前世，
今世，
来世。

一袭袈裟，
一缕梵唱，
一世别殇。

幽幽地，一切有了开始。

03 | 旧路

关于尊者仓央嘉措的家族背景。

据西藏民院调查，仓央嘉措的“父母是贫苦农民。家境本来贫寒……舅父顿巴和姑母又贪财如狼，夺走了他家仅有的财产和房屋。六岁时父亲去世，他随母亲过活。做过放牛娃……”。虽记载详尽，但是否有据可靠、当中是否有传说作料皆不可知。

隆多喇嘛在《隆多喇嘛全集》当中与阿旺伦珠达吉在《秘传》当中的记载也基本一致。仓央嘉措的父亲名叫扎西丹增，母亲名叫次旺拉姆。《秘传》作者阿旺伦珠达吉以仓央嘉措“微末弟子”自称，因此撰著此书时虔敬有加，亦有神化。

据《秘传》记：

说到尊者的家族，自天神临凡以来，迄于父祖、母祖七世之间，行止俱无弊端。父母的种姓纯真、贤能、聪慧、正直、坚毅，谦恭寡欲，精于工巧、察相，弃恶从善，明察因果之目光像天空般宽阔。父尊为日增•白玛岭巴之曾孙，讳日增•扎西丹增，得无上密宗传续。

其夫人即尊者之母，为人所共知，品德无瑕，她的父母先辈也都仪态端庄，容貌姣美。她声誉圆满，懿德昭著。未经临盆，知礼仪，乐捐施，笑容可掬。聪慧、谦恭、无畏、博闻、贤能。无妄诈，无恚怒，远离嫉妒悭吝。不桀骜，不懒惰，不喧嚣。忍让有信，守廉知耻。贪、嗔、痴之毒极少，妇人之弊端绝离。持家有方，谨守闺道。各种功德，堪称圆满。

凡《普曜经》中所载诞育圣者之佛母应备的三十二种功德，毫无欠缺。圣母讳杰日•次旺拉姆，诞尊者于水猪年。适符于前此之预言。是时，七日同升等瑞兆多次出现，奇妙无比。

一切是缘。是命数。是往生因果业报。男子扎西丹增，女子次旺拉姆。本是一双陌路人，却受冥冥之中的神之指引，相识、相知、相爱、相结合。然后，喜结爱果，诞下一子。

扎西丹增与次旺拉姆之间的故事，理应简单自然。一如曾经在《世间最美的情郎》当中所写，是极真切、极纯挚的。彼时，她是美玉无瑕，他亦是阆苑仙葩。她俏丽贞静，他敦厚奋进。一如世间所有的平常男女，平顺地相识，温柔地相爱。

阿旺伦珠达吉的《秘传》语词主观，不乏对尊者父母身性的刻意拔高。所以，尊者父母是否果真如《秘传》所言一般神圣圆满，倒是有待商榷。依我所见，尊者父母许只是一对平素男女，或有不凡貌，但终究应该只是心意纯善、安稳度日的寻常人。

关于尊者仓央嘉措的隐秘童年。

彼时，西藏处于一个严重的政教动乱时期，各方势力觊觎西藏政权。五世达赖圆寂之前嘱托已任职第巴的弟子桑结嘉措，隐匿自己圆寂消息，并暗中寻觅灵童，以防其他势力阻挠，将之抚养长大之后再迎回拉萨。桑结嘉措依照五世嘱托，寻得灵童之后，封锁消息长达十五年之久。

公元1684年，尊者仓央嘉措两岁。他被第巴桑结嘉措派人秘密安置在巴桑寺，且派来高僧曲吉和多巴教习尊者佛法。在尊者仓央嘉措被雪藏的十五年间，尊者所习的佛教经典更是广博繁杂。涉及各大教派。当中尤值得一提的便是，尊者遇得《诗境》之后，深度沉迷于诗歌。

尊者天资卓绝，所以修习之艰辛之于他来说，并非难事。在《秘传》当中亦有记载："凡一切藏土所有的教派如萨迦、格鲁、宁玛等，无论显密，不分流派，全都加以闻习。"

彼时，桑结嘉措对尊者在佛法方面的修习十分重视，且严苛。尊者幼年时，脾性活泼，时常在上师讲法之时，来回走动，不合规矩。每当这时，上师总会语词恳切地告知尊者，若是尊者的功课稍有怠慢，第巴必当严厉责罚各位上师。如是再三，仓央嘉措方才渐渐静定心意，安心修习。

尊者仓央嘉措被雪藏期间，光阴待他不薄。一切都是有条不紊地、温煦地发展。直到仓央嘉措七岁那一年，亦即公元1689年，他方才遇到生命当中第一次悲恸。这一年，尊者的生身之父扎西丹增去世。他也因之以非寻常幼童的智慧，勘破生死。

公元1696年，藏历火鼠年，第巴桑结嘉措方才公开了五世圆寂的消息以及仓央嘉措活佛身份。是年，藏历九月十七日十五时三分，仓央嘉措在浪卡子由无量光佛化身五世班禅额尔德尼一切知洛桑益西剃度受戒，进法号为“一切知洛桑仁钦仓央嘉措”。

藏历十月，尊者仓央嘉措，被拥迎入宫，正式坐床。

此处《秘传》作如下记载：“藏历十月，正当诸空行如祥云般自行聚集、掌教法王宗喀巴·洛桑扎巴祖师涅槃之吉日，即殊胜之二十五日五时三十分，在十方遍胜普陀山布达拉宫司西平措殿登无畏狮子大宝法座，成为天、人众生的救主。”

并在此时由康熙帝所派遣的使臣章嘉呼图克图上前呈献了皇帝封诰、贺礼和敕书，并授予尊者封文。至此，尊者仓央嘉措方才正式被认定为“第六世达赖喇嘛”。

关于尊者仓央嘉措的苦难经历。

而今，且不再却说那些与他有关的少年与青年时期的情之欢喜、爱之深痛，那些流传已三百多年的伤欢悲喜，笔者在《世间最美的情郎》一书当中已作了详尽的讲述。此处略提，不再赘叙。只知，爱之于他，亦是一种修行。

活在乱世，生之轨迹便就往往由不得自己心性驱使。会遭遇不可预知的考验、磨砺，甚至灾难。伴随着羞辱、诋毁，以及陷害。尊者仓央嘉措一生命途多舛，自被迎回布达拉宫大行坐床之典后，一直为拉藏汗所不容。

汗王是清廷册封的西藏政治领袖。达赖和班禅则是清廷册封的西藏宗教领袖。在这一片神秘藏地之上，汗王和达赖、班禅始终是互相牵制的两股力量。在前藏地区（以拉萨为中心），自五世达赖喇嘛建立政教合一的甘丹颇章政权开始，汗王势力大不如前。

直至和硕特部顾始汗之孙拉藏王子继任汗王之后，野心膨胀，一心想要取代格鲁派在前藏的影响，欲独揽政教大权。因此，作为格鲁派五世达赖的弟子第巴桑结嘉措所扶植起来的六世达赖仓央嘉措，便成为拉藏汗眼中时刻想要拔掉的一颗眼中钉。

尤其是在得知桑结嘉措隐匿五世圆寂消息长达十五年之后，心中震怒不可遏制。便在康熙皇帝面前一再挑唆，夸大尊者仓央嘉措日常行径，对尊者仓央嘉措的活佛身份表示质疑。后来，康熙无奈，便派遣精于相术的人入藏，验明结果。

当时，此人入藏面见仓央嘉措之后，请仓央嘉措赤身坐于座位之上，待他围绕圣体前后左右一一顾看，细察体相。但相术师反馈于康熙皇帝的结果却令拉藏汗大为不满。相术师认为：“大德是否为五世佛祖之转世，我固然不知。但作为圣者的体征则完备无缺。”

生命是幻觉。无人可掌控。此一处的困境刚刚淡静，彼一处的战争一触即发。公元1705年，第巴桑结嘉措与拉藏汗之间的矛盾激化，终于爆发冲突。以第巴桑结嘉措兵败被拉藏汗诛戮告终。彼时，尊者仓央嘉措正是我而今的年纪，二十三岁。

桑结嘉措一死，摧毁仓央嘉措对于拉藏汗来说便要容易得多。拉藏汗又几经周折，上书康熙皇帝，列举仓央嘉措种种不合规矩的行径，请求废黜仓央嘉措。

鉴于当时西藏复杂的政治环境，康熙帝小心翼翼，虽心中对仓央嘉措存有疑虑，但也同时对拉藏汗的势力有所提防，因此最后便下旨派人进藏押解仓央嘉措进京，再作定夺。看似解决了拉藏汗的难题，实则不过只是康熙帝的缓兵之计，其并未对仓央嘉措痛下狠手。

于是，公元1706年5月17日，尊者仓央嘉措被押解京城。根据正史记载，这年冬天，一行人行至青海湖畔，尊者仓央嘉措，匿迹。

04 | 生死

是年，尊者仓央嘉措二十四岁。

二十四岁。正是朝阳年华，是充满无限寓意的青翠时光。如斯年岁，换作平常男子，理应过着蓬勃如歌的潇洒生活。他却背负着厚重往事，满心孤绝与沧桑，被迫独自离开故乡，被人禁束，踏上一条不可归的去路。

尊者六世达赖仓央嘉措的生死之谜历来为人争议不止。各路学者对此谜团亦是各有圆说。但多数人都依据正史当中只言片语的记载，认为仓央嘉措是在进京面圣的途中路经青海湖畔之时，患病而亡。

世间苦痛，皆源自无明。《维摩经》有偈："佛为增上慢人，说离淫怒痴为解脱耳。若无增上慢者，佛说淫怒痴性，即是解脱。"青海湖一劫，之于尊者仓央嘉措而言，是真正的脱困之解。亦是远离一切爱憎、嗔怨、祸端的机缘。

曾在《世间最美的情郎》一书当中论述到仓央嘉措青海湖一劫之后的生死归宿，而今学者持有的论点可按死亡地点不同分为三种。第一种是认为尊者于青海湖畔圆寂。第二种是认为尊者于五台山圆寂。第三种是认为尊者于阿拉善旗圆寂。

关于第一种说法。

此说法主要依据《清史稿》当中的记载。据《清史稿》记："四十四年桑结以拉藏汗终为己害，谋毒之，未遂，欲以兵逐之。拉藏汗集众讨诛桑结。诏封为翊法恭顺拉藏汗。因奏废桑结所立达赖，诏送京师。行至青海道死，依其俗，行事悖乱者抛弃尸骸。卒年二十五（虚岁，实二十四岁）。时康熙四十六年。"

又有《清实录》载："拉藏送来假达赖喇嘛，行至西宁口外病故。假达赖喇嘛行事悖乱，今既在途病故，应行文将其尸骸抛弃。"《蒙藏佛教史》记："（尊者仓央嘉措）年至二十有五，敕入觐。于康熙四十六年行至青海工噶洛地方圆寂。"

以上记录大同小异，都是第一种说法的主要依据，但说法都模棱两可，并不详尽。学者于道泉曾在《仓央嘉措及其情歌研究》的"译者小引"当中写得比较详细：

> 拉藏汗乃取得皇帝之同意，决以武力废新达赖而置之死地。即以皇帝诏，使仓央嘉措往北京。而以蒙古卫兵及一心腹大臣伴行。路过哲蚌寺前，寺中喇嘛出卫兵之不意，将仓央嘉措夺回，带往纳革刍喀。康熙四十五年（1706）仓央嘉措

二十五岁，在纳革刍喀被杀。而依照汉文的记载则说他是到纳革刍喀与青海之间患水肿病而死。

以上几处文献记载都基本认为尊者仓央嘉措是病逝于青海湖畔。但在国外学者眼中，以为不可简单论断为病死。比如意大利传教士H·霍夫曼便认为仓央嘉措是“在青海湖附近去世，很可能是凶死。时在1706年”。

但后来的学者伯戴克在参考了大量汉藏文献和外文资料之后，在论述当中，再次提到“病死”一说：“（尊者仓央嘉措）于1706年11月14日死于公噶瑙湖附近。虽按意大利传教士的说法，传闻他是被谋害的，但汉、藏的官方记载都说他死于疾病。而我以为没有什么充分的理由可以怀疑它的真实性。”

但无论是病死还是他杀，源自官方记载的说法的真实性并不完全可靠。尤其是对于在当时政治环境极为复杂的西藏地区的政教动乱，朝廷记录在册时，极有可能限囿于政治需要，篡改了事实。因此，尊者仓央嘉措“死于青海湖”一说难以服众。

关于第二种说法。

此说法主要来自于近代学者牙含章在《达赖喇嘛传》当中的记载。当中提到：“据藏文十三世达赖传所载：‘十三世达赖到山西五台山朝佛时，曾亲去参观六世达赖仓央嘉措闭关静坐的寺庙。’根据这一记载来看，六世达赖仓央嘉措被送到内地后，清帝即将其软禁在五台山，后来即死在那里，较为确实。”但此说法论据单薄，除此之外，别无文献资料可予以支持，因此也是不足为信。

关于第三种说法。

此说法认为尊者仓央嘉措并未于公元1706年圆寂，而是从青海湖畔遁迹之后另有新途。

汉文资料法尊大师所著《西藏民族政教史》记到：“（尊者仓央嘉措）行至青海地界时，皇上降旨责钦使办理不善，钦使进退维艰之时，大师乃舍弃名位，决然遁去。周游印度、尼泊尔、康、藏、甘、青、蒙古等处。弘法利生，事业无边。尔时钦差只好呈报圆寂，一场公案，乃告结束。”

这与1957年少数民族社会历史调查当中关于内蒙古自治区阿拉善旗的一份报告材料所记内容较为一致。仓央嘉措是行至青海湖畔贡嘎瑙尔（与上文言及的“工噶洛”“公噶瑙”指代同一处，《秘传》中称为“更尕瑙尔”）地方，于冬日雪夜倏然遁去的。

且尊者仓央嘉措在三十岁之后收班子尔扎布台吉之子阿旺多尔济为徒，并在当地弘扬佛法。直至公元1746年，方才坐化。这与阿旺多尔济所著《秘传》当中的记载也是一致的。

《秘传》汉译者庄晶在《导言》中也提到，考古学家贾敬颜曾在阿拉善旗得知阿拉善广宗寺内在“文革”之前保存有仓央嘉措的肉身塔，并有部分仓央嘉措的遗物存于寺内。所以，庄晶也认为尊者最后在重阳节那天于阿拉善旗圆寂的说法，是目前为止论据较充分的一种。

于是，最具神秘色彩的《秘传》当中所记与尊者仓央嘉措有关的步迹方才是与真相最为接近的。

而今这个时代，谁人心中不会无所或缺。最令人心中阙如的，便是人情世爱。直到有一日，他的诗歌被人发掘出来，当中暧昧流转，令人馨暖。于是，口耳相传，世人称他的诗作是情诗，而“仓央嘉措情诗”，至此，便成一绝。

每个人心里都住着一个仓央嘉措。每个人心里都应该住着一个仓央嘉措。因他爱之博广，盈满你我空荡心房。于是，说他一世一生止于青海湖畔，是决然无法令人信服的。都说而今的时代只有故事，再无传奇。可，若是仓央嘉措都不成传奇，那么，还有谁可成传奇。

时光若许你宽阔平静，那么一切都不是阻碍。

观世音化千万身调伏众生。
他未成圆满，岂能西去。

佛家常说，欢喜赞叹。
他是欢喜，爱是赞叹。

05 | 新途

青海湖。

古代称之为“西海”。在藏语当中叫做“错温布”，意为“青色的湖”；蒙古语里，称它为“库诺尔”，即“蓝色的海洋”。又因青海湖一带早先属于卑禾族的牧地，所以又叫“卑禾羌海”，汉代也有人称它为“仙海”。从北魏时期开始，方才更湖名为“青海”。

关于青海湖，有个美丽传说。千年以前，大唐和吐蕃王朝联姻，文成公主远嫁吐蕃王松赞干布。唐太宗贞观十五年，即公元641年，文成公主在唐送亲使太宗族弟江夏王李道宗和吐蕃迎亲专使禄东赞的伴随下，出长安前往吐蕃。松赞干布在柏海（今青海玛多）亲自迎接，谒见李道宗，行子婿之礼。之后，携文成公主同返逻些（今拉萨）。

相传，文成公主临行前，太宗皇帝赐给了文成公主一面日月宝镜。据说可以观照出家乡旧景，以慰公主思乡之情。在柏海，松赞干布接文成公主返回西藏之时，公主心知此一去便是与故家隔绝了一生一世。遂心中思乡情涌，一时不能自抑，便取出日月宝镜，观照家乡之景。

果真，在宝镜当中，她看见了熟稔的长安世景，车水马龙，繁华如昨。心中激动，泪如泉涌。但文成公主是心意铿然胸怀家国的女子，深知自己肩负大唐神圣使命。于是，当下决心，横刀一断，要绝了自己的思乡情念。因此，她便将日月宝镜朝天扔出。不想，宝镜落地刹那，闪出一道耀目金光。尔后，大地一阵震颤，宝镜便化作澄净碧湖。

是为，青海湖。

如是。这青海湖，似天然便有一种重生的寓意在。是要抛却旧事，远离前生，迎往新天新地之处。一如，它之于尊者仓央嘉措的生命寓意。是极隐秘的、极深邃的、极不可思议的。它，令他“死”，再令他生。令他匍匐万里，调伏人间，福佑众生。

彼时，第巴桑结嘉措已去。他是佛爷，却孤零零地被拉藏汗轻易覆灭。那一日，他终于得到清廷康熙皇帝的一纸诏令，远离西藏，远离拉萨，远离布达拉宫。远离故园，入京觐见。康熙帝派来钦差恰纳喇嘛和安达卡，除此，随行尊者的只有索、卓二侍者。

时年，尊者二十四岁，藏历火猪年，秋。

尊者一行人向北进发。途经冬给措纳湖畔之际，康熙皇帝再下一道诏谕。却一反当初态度，反倒责问恰纳喇嘛和安达卡两位使臣，道：“尔等将此教主大驾迎来，将于何处驻锡？如何供养？实乃无用之辈。”诏谕申饬极严。一句“实乃无用之辈”，令使臣心颤。

伴君如伴虎。圣旨一下，众人惶恐，唯恐有性命之虞。彼时，使臣实乃揣解皇帝心思，绝不能再贸然行事，却又无万全之策。但，他们有一点可以肯定，佛爷是不能带入京城了。可后方又有拉藏汗威逼。一时间，二人便丢了方寸，失了章法。

几经思虑，两位使臣便恳求尊者曰：“为今之计，唯望足下示状仙逝，或者伪作出奔，不见踪迹。若非如此，我等性命休矣。”两人异口同声，神色哀恳。

“纵世人迫害，他亦心似佛陀，要利善众生。见此二人情状，尊者心中自有了周全想法。却也不打算当面道破。几日后，有人闻风，前来朝拜佛爷。那是尊者第一次显露神通。当时，尊者令一人拿来一根木头来到尊者安扎之所，以支布帐。尊者将木头插于土中，当下倒是无恙，竟不想枯木次日成活。”

直到一行人行至一处名叫更尕瑙尔的地方，事情方才发生转折。那日，尊者忽然发现有人在帐篷门口和外围的布幔之间徘徊窥望，于是便将这人召进篷里。但见那人是一名老者。

尊者问他此地为何处，他又是何人。老人回答，此处名叫更尕瑙尔，自己名叫阿尔巴郎。听后尊者思忖良久，然后说，更尕瑙尔在蒙古语当中是狮子的意思。寓意此处有着共喜、财富及无畏的缘起。是祥福之地。当下尊者即领悟，自己离去的时候，到了。

尊者向三宝祝祷，征兆吉祥。尤其以吉祥天女的授记最为明显。尊者便是依照以上的授记，方才决计离开。

三宝，是指佛宝、法宝和僧宝。佛陀即是佛宝，佛所说的法是法宝，佛的出家弟子的团体僧伽是僧宝。称之为“宝”，是因为它能够令众生止恶行善，离苦得乐，是极可贵的意思。吉祥天女，则是藏传佛教密宗当中一个重要女性护法神。

那夜，尊者只透露索、卓两位侍者自己将要离开，除此之外，并未告知旁人，包括两名使臣。当夜，尊者“着黄色氆氇衫，外罩红色氆氇大袍，头戴博朵帽，足登蒙古靴。随身携带的物品仅有未生怨王的护身宝贝——一只大如鸡卵的舍利母”。

未生怨王，即印度阿阇世王，印度摩揭陀国频婆娑罗王及皇后韦提希之子。传说阿阇世王出生之后，相术师说此儿生必害父。于是，父母诞下他之后便将他抛到楼下，但他奇迹生还，只折断一根手指。因他处胎时就与父亲结下恶缘，所以频婆娑罗王便给他取名为未生怨。

说回尊者离行那夜。除舍利母之外，尊者亦带了“一挂紫檀念珠，挂包内有一个镌有标记的图章，腰间有一日增·戴达岭巴所赐的古降魔橛。除了这些，别无他物”。

然后，暗自离去。悄无声息。

路始终在前方。彼时，青海一劫之后，他回眸再望去，那些支离破碎的过往旧事，便如尘埃，垂落在地，无声无息。那些，他命中注定的男情女爱之修行，而今看来，业已功德圆满，亦成为过去。如是，如是。好似，这之前的二十四年，不过是他此生未开始的开始。

是已完成的过去。

于此，尊者洛桑仁钦仓央嘉措的另一段生命传奇，刚刚开始。

他如白色花树，
融入夜色。
发出光芒。

一步，又一步。
身后是，
青海湖水，
孤绝，苍茫。

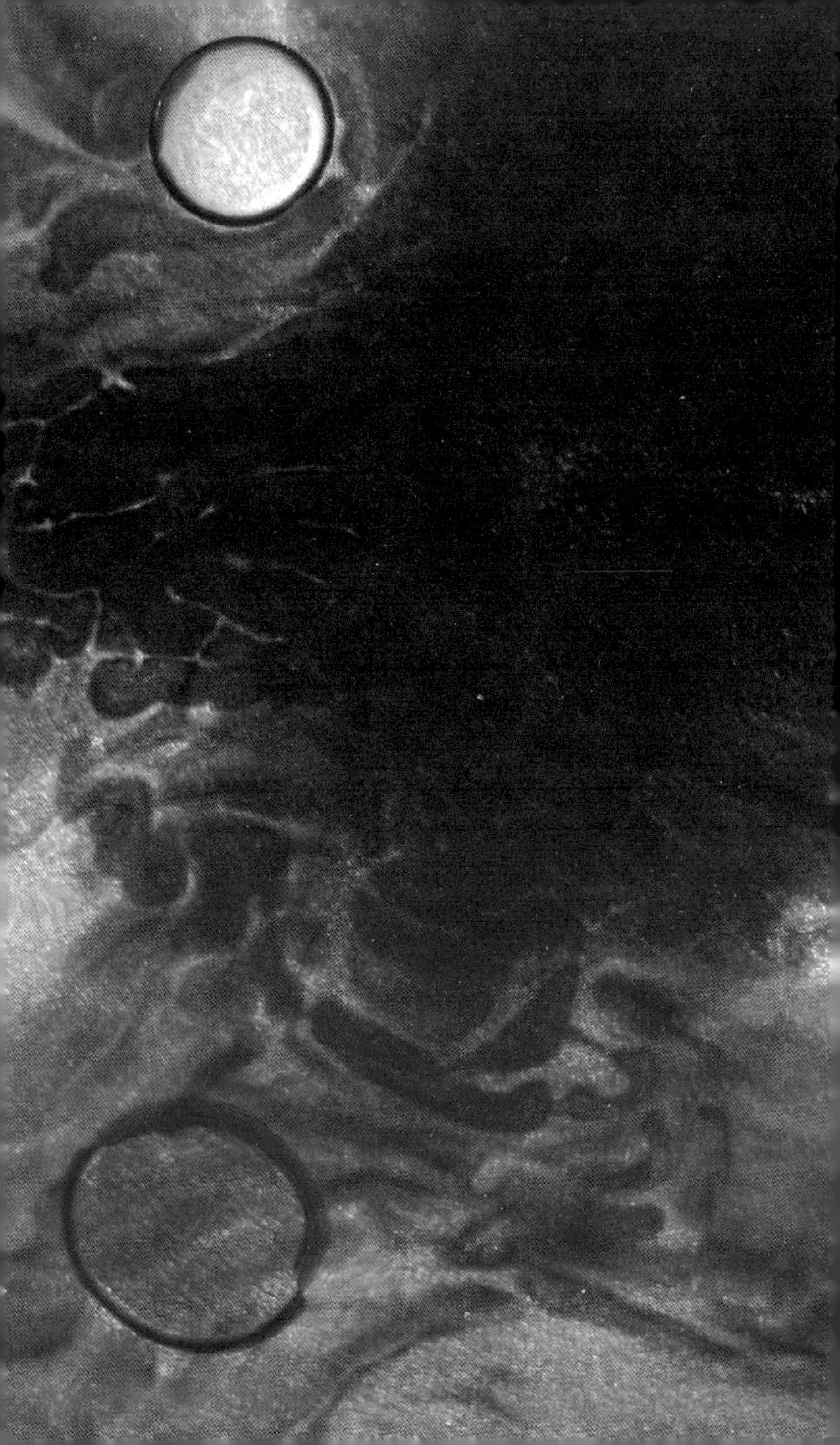

倾谈二

入定修观法眼开

06 | 佛心

从布达拉山的顶峰上，

圣心所化光辉照四方。

我身所化一贤者，

离开藏北赴北方。

为度无怙苍生离孽障。

自《问道语录》。《秘传》曰："尊者对待北土的无依无怙的芸芸众生，犹如慈母之爱抚患病的独子一般，发深远精微之菩提心，立宏广之誓愿，披无上忍耐的坚甲，为激越的慈爱所推动。"

他是这样心怀慈悲的，上了路。

那日，他默然离去之后，向东南方向行去。内心是从未有过的孤清，亦是从未有过的丰盈。他知道，此一刻，自己正踏在新生之路上。佛光指引他，内心根植的信念指引他，爱指引他。但他不知，这一路，会崎岖波折，会荆棘遍布，是要磨砺他心中信与念的一条长道。

充满无法估揣的寓意。

深夜时分，万籁俱寂。他正行至一处宽阔地方，却忽然大地震颤，狂飙骤起。一时间，好似天地合一，难辨方位。他平生从未见过如此强劲的风暴。一时，不知进退。正此时，他忽然见远处风暴当中有火光闪烁。再靠近，方才看出真相。

是一位牧人打扮的妇人行于前。他心中困惑，如此恶劣情境，竟有如此妇人坦荡行于前方，似无所阻碍，令人诧异。后来，妇人暗示尊者，尾随她行进。直至黎明时分，那妇人忽然隐去，不知踪迹，恰此时，这一场风暴也停息了。

再看周身，竟是大地苍茫，沙海沧桑。

至次日清晨，尊者仓央嘉措来到了两座巍峨青山之间。因尊者从未徒步独行如此之远的路途，脚掌因行路时间长久被磨出水泡，此时尊者的身体已极为疲乏。但尊者心中有信，于是他在独坐路边小憩之时，默念道："高贵的终归衰微，聚集的终于离分，积攒的终会枯竭。今日果然。"

世事无常。他由此无常之想，生厌离心。所谓厌离心，是说往昔无知愚昧造作恶业，现在罪垢缠身，当生厌烦追悔之心。内外诸法丑恶虚假，当生厌离，及紧忏悔。但尊者亦明晓，而今得以脱离羁绊，正是三宝的慈悲。他也因此，愈加笃定自己的使命，要做一名纯正的游方朝圣修持禅定者。

虽是可知的一条苦行之路，他深知自己与故土诀别，流浪路上，绝非为求生，但为众生。为众生谋求福祉，为人间调伏祸乱。于是，在这初时，他便已恒定内心，向着佛光，开始漫长的行修生涯。从大地风暴开始，到天地静净为止。

拖着疲乏身躯再动身时，他向一条大路走去。大路之上，恰有一行前往阿日的商人。他们是从西宁回返，因天色尚早，正在马路旁边起灶打尖。彼时，尊者极是口渴，却因不知如何向人乞要一口水而立在一旁沉默不语。

直到商队当中有老人注意到尊者并向他主动发问。老者问他是要去哪里，做何事，是否愿意喝口他们自煮的茶。于此，尊者方才开口表达谢意，并告之自己此刻正口渴难耐。但所说的话也仅止于此，至于来路、去向，皆只字不提。

老人亦是聪慧，见尊者避开问题，也就不再穷追。只是大方地邀请尊者与商队为伍，好途中做伴。待尊者与商队的人席地而坐之后，众人都开始注视尊者。因他体态面相皆有一种世外之净，便让人觉得他不是凡人。

但尊者也是无奈。因自己身份特殊，且在这危机四伏祸端四起的乱世，他便不能随意透露自己身份，以免给周身的人带去灾祸。

于是，尊者仓央嘉措生平第一次妄语。他见众人敬畏他，便说自己不过只是普通僧人，因遇强盗作乱，与众僧失散，方才独自流落至此。

而这一番话，更是令商队中那名老人心生怜悯。于是，老人对尊者更是照顾得体贴细致。老人，名叫潘代迦。

与商队相伴的行路途中，天气酷热难忍，尊者又因脚掌被磨出水泡，便疼痛难行，于是，潘代迦让尊者骑上了与商队随行的牦牛。尊者心中十分感动。

虽在潘代迦的指示之下，随行队伍当中的商人再没有对尊者的身份持疑，但因尊者所着披氅质地精良，非是寻常僧侣可着的衣物，于是一路之上，尊者便惹得路遇之行人、队伍皆频频侧目注视。令尊者心恐身份暴露。

于是，尊者后来便在心中起了一个念头。最后，尊者心中生出一个念头。若是在这路上能够遇到普通僧人，那么他务必要将自己的披氅脱下，去换一件寻常的僧袍穿上。如此，方才可以避人耳目。尊者心知，凡事都需小心。他知道，拉藏汗始终虎视眈眈地搜索着自己的行踪。一旦被拉藏汗发现自己的踪迹，与自己相关的所有人也都定然是在劫难逃。

这是尊者不忍见到的。

说来亦是奇巧。正当尊者念想，便见远处有一身着黄色袈裟的僧人行来。于是，尊者当下便立刻下了牦牛，上前询问僧人是否愿意用自己的黄色袈裟换取质地精良的红色披氅。僧人自然是愿意，只是当尊者换上袈裟之时，商队的人皆备觉诧异，十分不解。

他们不知，尊者这是在护佑他们。

尊者到底是未经世间疾苦的人，因此，而今流离颠簸数日之后，受晦气熏染，他的面容开始浮肿，身体疼痛，看过去极是憔悴。却也是无法，仍有漫漫前路等他去踏。

商队是要前往一个叫做阿日的地方。但行至大半路途之时，遇见南北岔路。只有往南横渡黄河才不会绕出远路。但彼时正是冬日，无人可知黄河是否已被封冻。在众人犹豫不决之时，潘代迦便问尊者是否会打卦。尊者点头示意。

后来，商队依照尊者的卦象所示，知黄河而今已经封冻，可以行人。便径取南路，去往黄河。行至黄河，所见之景果然如尊者所预料的一般。黄河水已经封冻成冰。见此情状，众人对尊者便愈发敬重。

阿日是商队的故园。抵达阿日之后，潘代迦便极力恳邀尊者小住。见潘代迦老夫妻二人执礼极恭便也不再推托。在潘家所住时日大约两月有余，在这期间，尊者为他们讲法诵经，亦视二老为知己，在二老立誓为他守密之后，他方才隐隐透露了自己的身份。

临走之前，尊者将自己的黄色氆氇上衣赠予二人，以作纪念。

也为村落的人做了法事，又把腰带绦穗分别打成线结赠予众人。潘代迦夫妻也为尊者添置了新靴新衣。但尊者仅收下了行路所需的干粮，其他财物一律未受。

离开阿日之后，尊者到了一处叫做阿秀部落拉岗的地方。此地在今青海省果洛藏族自治州内。这处有一个村落，尊者在村落里见到了一座主巴派（帕竹噶举的一个支系，又可分为上中下三个主巴，其奠基人是藏巴甲惹益西多吉）的寺庙。

彼时，寺庙正在施放斋僧茶。于是，尊者便上前领了斋茶。待尊者喝完斋茶正欲离去之时，忽被一僧人叫住。在这陌生之地，他定然是没有任何熟人。当下，尊者亦不知是何缘故，被人叫住。且分明是有意来叫他的。

直到僧人解释完毕，尊者方才明了这当中的缘故。因在尊者抵达这处之前，此僧便得梦，寓示会有如尊者一般模样的云游僧人前来。而他则务必是要善加供奉此云游僧人。僧人见到尊者上前领茶，便一眼将他看出，正是昨夜梦中所见的人。

也是难以推却，便接受了僧人赠予的食物。虽僧人出手阔绰，但尊者依旧是分文不受的。本来尊者准备下一站去往羌地（即历史当中的南诏国，而今的云南大理，亦可指今云南迪庆地区藏族自治州维西至丽江一带地方），却因故未能成行。

于是，尊者便改变了线路，向嘉绒（今四川省阿坝藏族自治州一带）方向走去。直至遇见一座叫做噶甲的禅院。此禅院属于白若派。禅院附近又有一个白若大师曾居住过的岩洞。尊者便前往岩洞住了几月。因沾大师智慧之光，尊者在此处修行后法力大增，异兆迭次出现。

关于白若派。创自于吐蕃史上第一批受戒出家的僧人“预试七人”之一的白若杂纳。他是藏传佛教史上著名的大译师，亦是宁玛派大德。

公元8世纪末，吐蕃王朝进入了全盛时期。时任吐蕃赞普的赤松德赞个人笃信佛教。于是，他便将印度的两位佛教大师寂护和莲花生迎请至西藏弘扬佛法，并决定要为二位尊者修建一座寺院。

待两位尊者进行了周全细致的实地勘测之后，最终选址在靠近吐蕃冬宫的雅鲁藏布江北岸兴建，并由寂护设计出建设方案。公元762年，赤松德赞亲自为寺院举行奠基，此后在莲花生的主持下，经过长达十二年时间的建造，到公元775年终告落成。此寺院即是久负盛名的“桑耶寺”。

传说在寺庙初建之时，赤松德赞急于想知道寺庙建成之后的景象，于是，拜请莲花生打卦。莲花生便从掌中变出了寺院的幻象，赤松德赞看后不禁惊呼“桑耶”（藏语意为“出乎意料”“不可想象”），于是，后来就把这一声惊语作为了寺名。是为“桑耶寺”。

桑耶寺落成之后举行了盛大的开光仪式。赤松德赞从唐朝、印度和于阗等地邀请来僧人住寺传经译经，并宣布吐蕃上下一律遵奉佛教。此外，他还亲自挑选了七名贵族子弟剃度为僧，成为桑耶寺的第一代喇嘛，也是西藏的第一批出家僧人，史称“预试七人”。

他们分别是：巴·赛囊、巴·赤协、白若杂纳、杰瓦劫阳、款·鲁益旺波、马·仁钦却、藏勒竹。

之后，尊者仓央嘉措往擦瓦荣方向走去。

读《华严经·入法界品》，当中说“一切佛兴，皆从信起”。离开阿日之后，尊者一路往南。这是他的佛信之旅。于是，义无反顾。

佛在心中。
佛在身外。

07 | 苦渡

公元1708年。藏历土鼠年。七月。

尊者仓央嘉措来到了康区。行至一处叫做道尔格的地方，天花发作。此处十分荒僻，几无人烟。却又是一处林木蓊郁之地。纵目望去，可见各类野生果树，种类极多，令人目不暇接。好一片繁锦之地。

彼时，康区痘疫蔓延，许多村落因此阒寂无人。尊者亦未能幸免，染上了天花。起初，只觉身体不适，十分疲乏。久而久之，便全身浮肿，长出水疮。行至道尔格时，尊者浑身疼痛难忍，于是，尊者便就近在一株葡萄树下休憩。

天花一疫让尊者受尽煎熬。因遍身皆是水泡，坐卧翻身皆不能够。白天，烈日炙烤。夜晚，寒风砭骨。因无人照料，进食饮水都很困难。就这样，尊者历经了数十日。最后昏厥不醒，奄奄一息。

又十几天后。尊者身上的痘疮熟透，化成脓液，以致皮肤与衣物粘贴在了一起，散发出恶臭，引来虫蝇，情状十分凄惨。此时，尊者除了等待，待一切困苦熬过重遇天光，别无他法。自然，尊者不忘在心中向上师三宝祷念。以涤除先前恶业，消弭这方水土之上的瘟疫，为众生祈佑。

一切悲苦都是渡。

后来，天花呈现病愈的态度。起初，身体的每一处都疼痛难忍，而今，尊者的胳膊开始恢复力气，可以挪动。于是，尊者便在这株葡萄树下拾取一些熟透掉落的葡萄来食，以此充饥。

虽然病情有所好转，但尊者的天花极为严重。所以，身体依然十分脆弱，干粮也已食完，葡萄数量也是有限。所以，如果再无人搭救或是没有食物补给，这一关怕是难以熬渡。若是换作旁人，大约命数也就到此为止了。

但他是活佛，是仓央嘉措，是观音菩萨的千万化身之一，是有佛光护佑的。正当尊者濒死之时，空中突然出现巨鸟。细看才知，是一只巨型乌鸦口中叼着一块兽肉向他飞来。只见乌鸦在尊者上空盘旋几圈之后，便将口中的兽肉丢落在尊者附近。

出家之人本不可食肉，但这一日不同，尊者心知这是佛祖之救赎。于是，他便忍痛取食少许。待体力有所恢复，找到一根拐杖，踝蹬挪行。

往后的路途，依然艰辛。天花尚未痊愈，尊者又因在途中食一种红色野果中毒。真真是要历经这世间苦难，方才等够证悟成佛。后来，野果毒性发作，尊者腹中绞痛，亦是在生死边缘挣扎。却最终依然无事。微痛之中，尊者忽觉头脑沉沉，便昏昏睡去。

梦中，尊者见一少年，美似仙人，且身着黄衣。少年说自己是来迎接尊者的。正当时，虚空之中，尊者听到两道声音。一者告之尊者这路上红色野果有剧毒，是不可食用的。一者又补充说，这野果虽毒，但尊者不是凡人，是可化毒为药的人，所以也并无大害，反倒可以促进尊者身体痊愈。

真真是佛音入耳。

在种种佛音庇护之下，尊者从梦中缓缓醒来。醒来之后，一切苦厄似远离。尊者顿觉诸毒散去、诸病痊愈，浑身都极为舒泰。又有阳光照来，在这冬日，令尊者温暖不已。彼时，世间万象皆呈现出一种祥瑞之气。尊者心知，这一场痘疫，终于散去了。

之后。尊者翻山、越谷，继续苦行之路。一日，尊者在途中遇到了又一位身着黄色上衫之人。此人甚为神秘。只见他靠在路边一块磐石旁边。此人面善，见尊者途经，便与之攀谈。细聊之后，此人将附近的道路、村落及居民的分部情况均向尊者作了极为详尽的介绍。尊者也一一记在心中。

后来，尊者问此人附近可有供僧人修行的处所。此人便告诉尊者，这附近有一处禅洞。当地人都深以为然，觉得此禅洞十分灵通。说罢，此人便隐入密林的深处，不知所终。此人匿迹之后，尊者便依照此人所说，向禅洞的方向走去。

途中，尊者遇到了一座极大的牛毛帐篷。帐前蓄养了很多的家畜和野驴。适逢尊者干粮已尽，处于极度饥饿的状态，于是，尊者便上前拜请施舍。出来迎见尊者的是一位老叟。老叟名叫噶曲迦。此人面目慈祥，是心地纯善之人。听到尊者说自己是刚身患天花的人，也没有避讳。依然热情相邀。

在老叟家中住了大约两日。两日后尊者再次向老叟打听之前所遇黄衫之人提及的禅洞。老叟一听便知尊者所问是何处。那禅洞，在当地被称为“灵验岩窟”，有一上一下两个禅洞，并有传说白若大师的弟子宇扎宁布曾在洞中修行。且上面那个禅洞相传是乌仗那大师（即莲花生大师）曾经居住过的。

得知具体方位之后，尊者便在噶曲迦的陪同之下来到禅洞。洞内仍留有许多手足的印迹，且有几尊古旧的佛像。但整个洞内竟纤尘不染，令人惊叹。当夜，尊者便安居洞内。次日，噶曲迦和他的儿子用牦牛为尊者运来了日常用物。且不间断地为尊者提供食物。令尊者感动。

禅洞分一上一下，尊者便在两个洞中轮流修持。

一日，之前尊者路中所遇的神秘黄衫人再次出现，并对尊者说自己是这方的土地神，希望尊者可以在这方水土住上一年，至少，也要驻足几个月。日常需用则无需尊者挂虑，他自会帮尊者解决。

语毕，再次消失不见。

尊者虽在此处未住满一年，但也依照土地神所说，住了三个月。而后来，尊者得知，噶曲迦正是土地神生前之子。在禅洞修持圆满之后，噶曲迦为尊者准备了食物，并教会尊者生火做饭，以免途中干粮用尽挨饿。然后，亲自送出尊者长达一天的路程，方才折回。

之后，尊者再次独自启程，行往察科方向。

在藏地，密宗高僧经常会选择一处清静的禅洞进行苦修。相传，当初的莲花生大师建立第一座寺庙桑耶寺的青朴山，而今仍有大大小小四十余个禅洞供修行之人苦修使用。

据说，在高僧大德曾经修持使用过的禅洞当中修行，因法缘殊胜，可得更好地精进。并时而会发现前人留下的典籍，或是器物。藏传佛教史上，许多高僧大德都会在修行之后，将自己修习使用或亲自撰写的心得典籍埋于山洞之中，留给有缘人，即所谓“伏藏”。

其实，总是会有这样或是那样的人出现在尊者的旅途当中，扮演这样或是那样的角色。苦难濒死之时，自是有人搭救。迷茫困惑之时，亦会有人指引。但无论善恶，一切都是命中所定，是佛祖为他下定的劫数和路途。却不可言说。

如《胜天才王般若经》语:

一切诸法皆不可说，

其不可说亦不可说。

08 | 返藏

二十余日之后。

尊者来到察科村。先是在村里住了三天，然后便去往察科寺。察科寺是尊者的上师曲吉·阿旺扎巴的禅林。曲吉即是当年第巴桑结嘉措秘密派往门隅寻找灵童的两位高僧之一。因此，察科寺的一切律仪皆秉承格鲁派教义。所以，在察科寺居住的十数日，令尊者深觉心悦和欢喜。

离开察科寺之后，尊者经萨嘎，径赴打箭炉（今四川省甘孜藏族自治州的政治经济中心康定县）。在打箭炉，尊者遇到许多从西藏来的商人。尊者本欲再次与路遇的商队结伴同行，但当中有位叫做巴娃的香客极为热情。

巴娃与尊者晤谈之间，讲了许多有关朝圣进香的事情，并且提及了佛教圣地峨眉山。峨眉山是汉传佛教的功德具足之圣地，因此尊者仓央嘉措亦十分向往。正欲开口询问峨眉山方向，巴娃却开口说道："如果尊者有意前往峨眉山，鄙人倒是可以陪同前往。"字字合着尊者的意。

巴娃对去往峨眉山的道路极熟悉。两人一路相伴。过江、过桥、过栈道。路遇了极多的汉人商贩。尊者第一次见到如此之多与藏人装扮决然不同的汉人。当中的商贩售卖的茶叶、瓷器等亦是在藏区少见的。且尊者不会汉话，因此一路都是巴娃充当翻译。

大约步行了十天的时间。二人来到峨眉山前。山前有一座城，城内有一座汉传佛教的禅院。于是，巴娃便入院进香，顺便请禅院当中的僧人为尊者介绍了峨眉山。僧人说，此处极妙，兰若、殿宇极多，亦有各色花草、山泉。景色甚美。又说峨眉山"山势巍峨，高及日月。种种功德，不一而足"。

兰若，是佛教名词，原意是森林，引申为"寂静处""空闲处""远离处"，躲避人间热闹处之地，有些房子可供修道者居住静修之用，或一人或数人。也泛指一般的佛寺。

听僧人如此一说，尊者更是心向往之。

也不知何故，当尊者登临峨眉之时，巴娃一如尊者曾路遇的神祇，也神秘消失。彼时，则另有一名汉僧登山拜佛，见尊者异装，便猜出尊者应是从藏区远道而来，于是，便主动邀请尊者与自己相伴而行。山上寺庙果真极多，各色美景也是应接不暇。尊者与那汉僧花了整整十日，方才将峨眉山大小寺庙朝谒完毕。

从峨眉山离开，尊者心中忽生思念。许是做久了异乡人，心中仍有些微羁绊未能彻底放下。因此，十分怀念故园人事。拉萨的山，拉萨的水，拉萨的土地，拉萨的天。还有，布达拉宫里的幼小喇嘛和高僧大德。甚至于八廓街上的鼎沸人声亦有一种莫名的牵引，令他心中分外感伤。

于是，尊者决定，秘密返藏。

公元1709年，藏历土牛年。尊者重新踏上了返回西藏的路。返藏路途之上，尊者第一站抵达了理塘。

理塘，位于今四川省甘孜藏族自治州西南部，海拔4014米。理塘亦曾被传作是尊者仓央嘉措的诞生地。除此之外，第七世达赖喇嘛格桑嘉措、第十世达赖喇嘛楚臣嘉措、当时蒙古佛教精神领袖哲布尊丹巴、拉卜楞寺第五世嘉木样活佛均诞生于理塘。

尊者先是在理塘寺小住，但因理塘寺堪布认识尊者，怕身份泄露引来不必要的杀身之祸，于是，短暂停留三日，尊者便匆匆离开。路上，尊者遇见了一件世间罕有的事。令尊者终生难忘。

佛经里说："施舍之达彼岸者，如诸佛子为得涅槃，成千次将自己的头颅抛舍。"又说："人首，是各种器官中之最胜者。首断，不复活矣。"但这世间有千万人，便有千万形状，千万归宿，千万之不可思议。

而尊者竟遇到一个断首的活人。已不知是否还可将之称为

“人”，但生命未枯，依然会饥、会渴。尊者遇到的这户人家，只有一名女子跟那个无头人。无头人本是女子的丈夫，因颈生瘰疬，最后脖子断掉，丢了脑袋。但即便如此，竟也已存活三年。

尊者见状，深觉凄惨。无头人虽不能言，却仍有四肢动作。譬如捶胸，便表示他腹中饥饿。此时，妻子便会往颈子当中的食道里喂入糌粑糊。只见食道一张一合，便将食物咽下。尊者虽知晓世间千万离奇，但面见此无头人，依旧是心中慨然。

从理塘出发，辗转向西，去往巴塘。在巴塘，尊者又遇到一对身世极是凄惨的姐弟。那日，是在尊者化缘之时，走进一间屋，却发现屋中只有一对少男少女，女孩十二岁，男孩九岁。再无旁人。

细问之下，方知，姐弟的父亲早逝，母亲亦因患天花而僵死。尸体依旧在灶前。是离去以前依然在为儿女做饭，终是不能放心下这一双儿女。屋中男孩，也已患上天花，生命垂危。唯有女孩身体尚健康，未被传染。

见到这样的场面，尊者自然心生无限慈悲。当即便为孩子生火熬粥，一点一点给男孩喂下，悉心照料。直到男孩从昏厥当中苏醒过来。

男孩苏醒之后，女孩依照尊者嘱托，寸步不离男孩身边。而尊者则开始为姐弟二人亡去的母亲超度追荐。之后，又将腐烂恶臭的尸体装进一个麻袋，背上身，驮至一个僻静的荒谷当中为之安葬。以此好让这苦命女子能在他世安息。

回到那间屋里，尊者放弃了继续行路的计划，日夜照料姐弟二人。直到姐弟二人的舅父闻讯赶来将二人领走，尊者方才安心，重新启程，再上路。

是年四月，尊者行至伽马如（今四川省甘孜藏族自治州西北）时遇到一名僧人。此人极为神秘。手执一根人胫骨做的号筒，并知道尊者身份，且说是特地前来恭迎尊者，将尊者引往一个山洞。抵达洞中之后，他忽然吹起手中的胫骨号。瞬时，一群牧民装束的人便齐涌而入。当中有男有女。然后大家为尊者举行会供。

所谓“会供”，即是一种佛教仪式。

仪式前会在清净的佛堂及坛城前，摆设食子、水果、鲜花等供品，经由具德上师等僧众修法加持，转换成殊胜圆满之无量五妙欲供品，迎请净土和圣地之众传承持明上师，及寂静、忿怒本尊（佛）、勇父空行（菩萨）、护法众降临聚会坛城上，纳受享用供品。

然后忏悔自己无始以来所犯之戒律、破三昧耶戒（誓言）等等罪过，祈求消除所有病痛灾难、烦恼及所知等业障，暂时成就人天中所求皆遂愿（如福慧增长、事业顺利、障碍消除、脱离磨难）之福报，究竟成就持明（佛及菩萨）之果位。

散福之后，众人方才陆续退去。

为一一众生，轮回经劫海。

其心不疲懈，当成世导师。

自《华严经》。尊者如是。

09 | 女子

在离开伽马如之后，进入西藏之前，尊者遭遇新难。这一路，真真磨难种种不一而足。这一次，亦是在是意料之外，尊者走到夏贡拉和鲁贡拉两座雪山之间时，遭歹人抢劫。虽无金银无珍宝无可劫盗之物，但仅有的干粮仍被抢去。一时间，尊者的生存又一次面临极大的考验。

正是此时，尊者遇到了那容光清圣的女子。

是在去往嘎采寺的转经路上所遇。此女子容貌极为妙丽，亦极为年轻，却对尊者充满兴趣。初见尊者之时，便毫无拘束地上前询问尊者从何处而来。尊者说自己自康定来，往拉萨去，一心为朝圣。于是，女子便说，而今香客极多，若无要事，还拜请尊者在此处小住。膳食供给均有女子负责。

此处也有禅洞，在女子带引之下，尊者来到了一处十分僻静干净的山洞。正是干粮尽断时，女子又热诚相邀，且甘愿亲自供奉，尊者一时也就不再推托，便在洞内住下。

薄暮时分，女子再次出现，并为尊者送来了水、食物以及冬日取暖的柴火。女子心细，将一切日常生活所需的用品一一准备齐全，并告之尊者只要安心修持便好，其余一切日常生活琐事均由她来照料，定会保证尊者生活万事周全。

本来诸事平顺，但某日洞中突然闯入一位不速之客。也是一名僧人，自称是附近寺院的执事僧。但面露凶相，对尊者大不敬。入洞便说尊者用来盛水的坛罐是从他的寺院偷盗而来的。并因此在盛怒之下对尊者大打出手，令人惊骇。

尊者倒是一语不发。因那水坛是女子好心送来，他自不会妄语，将女子供出。但他心知，真相定非如这莽撞僧人所言。因此缄默，任他羞辱。待那僧发泄完怒火之后，抱着坛罐转身出洞下山。正此时，虽周身无人，却不知因何凭空生出一道力推在那僧身上，让他重重摔倒在地。坛罐因之破碎，人也重伤。

虽不是尊者施法，但定然是神示。以惩戒此狂徒。

后来，女子再来送水。尊者便想要问出真相，但女子始终不语，只说尊者安心修持就好，一切真相日后自明。当夜，尊者便发梦，梦中再见女子，方知她乃神灯天母的化身。不久之后，那僧也梦得真相，前来跪求尊者予以宽恕。

次日，又有嘎采寺的高僧来访。此僧曾在藏区有幸一睹尊者面容，于是再未忘却。这一次，听说禅洞之中有大德修持，便诚意来拜访。却不想，入洞一见，竟是仓央嘉措佛爷。顿时，心中激流暗涌，匍匐在地。虽然尊者一再劝饰，但始终不能动摇僧人心意。他知道自己是决然不会认错的，因佛爷的耳、目、口、鼻，轮廓之细微都一一入了他心，极为真切、深刻。

不知是否神灯天母冥冥之中的指派。自天母不再现身之日，僧人便日日来访，虽其身患重病，颈后生有肉瘤，却仍将尊者供养得极是周全。

几日之后，僧人邀请尊者去他的住处。不想，尊者竟在僧人住处遇见自己幼年时常在一起的姐姐，曲珍。但而今，曲珍已不是人身，而是落得一个畜身的结果，幻化成一只母猴。

她初见尊者，便极欢喜，而后竟又露出忧郁眼神，并发出悲哀啼声，令人心碎。但尊者一看，便知此畜的真身正是曲珍。幼年时，尊者的家乡有一座坐北朝南的石山。一日，尊者和几个孩童玩耍，忘了时间，于是姐姐曲珍来寻。找到尊者之后愤怒不已，便抓着尊者脖子上班禅大师所赐的护身结，大打出手。

虽事后曲珍心有不忍，懊悔不迭，但终因殴打了菩萨，受到了惩戒。而今落得沦为一个牲畜的下场。尊者再见曲珍，竟是如此场面，无不令尊者心里阵痛。

那日，尊者对僧人预言说，待尊者离开之后，曲珍会因思念尊者而死，死后望僧人为她火葬，举行烧施，以广聚善根。果不其然，尊者离开不久，曲珍便离世。尊者因心念曲珍，便会不时为她做功德积善根，使她可以早日超生。

若未来世有诸人等，衣食不足，求者乖愿，或多病疾，或多凶衰，家宅不安，眷属分散，或诸横事，多来忤身，睡梦之间，多有惊怖。如是人等，闻地藏名，见地藏形，至心恭敬，念满万遍，是诸不如意事，渐渐消灭，即得安乐，衣食丰溢。乃至睡梦中悉皆安乐。

是人更能三七日中，一心瞻礼地藏形象，念其名字，满于万遍，当得菩萨现无边身，具告是人眷属生界；或于梦中，菩萨现大神力，亲领是人，于诸世界，见诸眷属。更能每日念菩萨名千遍，至于千日，是人当得菩萨遣所在土地鬼神，终身卫护，现世衣食丰益，无诸疾苦，乃至横事不入其门，何况及身。是人毕竟得菩萨摩顶授记。

复次普广，若未来世中，阎浮提内，刹利、婆罗门、长者、居士一切人等，及异姓种族，有新产者，或男或女。七日之中，早与读诵此不思议经典，更为念菩萨名，可满万遍。是新生子，或男或女，宿有殃报，便得解脱，安乐易养，寿命增长。若是承福生者，转增安乐，及与寿命。

若未来世众生等，或梦或寐，见诸鬼神乃及诸形，或悲或啼，或愁或叹，或恐或怖。此皆是一生十生百生千生过去父母，男女姊妹，夫妻眷属，在于恶趣，未得出离，无处希望福力救拔，当告宿世骨肉，使作方便，愿离恶道。汝以神力，遣是眷属，令对诸佛菩萨像前，专心自读此经，或请人读，其数三遍或七遍，如是恶道眷属，经声毕是遍数，当得解脱。乃至梦寐之中，永不复见。

诵念《地藏菩萨本愿经》，以消业障，超度亡人。

10 | 甘丹

自嘎呆寺禅洞与肉瘤僧人一别，尊者径赴拉萨。

是年，公元1709年。距离尊者离开拉萨已是三年。再一次回到久违的拉萨，重踏故土，竟已隔着三年幽深时光。谁也不知，那当下，尊者是如何以深蚀内心的剧痛来迎对身前的流云山川。

抵达拉萨色拉山后，尊者来到藏传佛教格鲁派鼻祖宗喀巴大师曾经居住过的禅室，秘密息住于内。但尊者未能严密自己的行踪，被杰·格列嘉措上师知晓。格列嘉措知晓后，便只身前往禅室，与尊者秘密相见。二人相惜，于是格列嘉措便决定陪同尊者修持于此。对外则宣称是要闭关静修，不问闲事。

有格列嘉措相伴，尊者在禅室的一个月修持颇有成效，法力精进不少。一月修行结束之时，格列嘉措对尊者甚为不舍，并意欲挽留，但尊者顾念到格列嘉措年事已高，因此还是决然离去。离开色拉山之后，尊者向甘丹寺行去。

甘丹寺，位于拉萨达孜县境内拉萨河南岸海拔3800米的旺波日山上，距拉萨57公里。是格鲁派六大寺（西藏：甘丹寺、色拉寺、扎什伦布寺、哲蚌寺；青海：塔尔寺；甘南：拉卜楞寺）中地位最特殊的一座寺庙，它是由佛教格鲁派的创始人宗喀巴于公元1409年亲自筹建的，可以说是格鲁派的祖寺。

甘丹寺是格鲁派六大寺院之首，亦是最早的一座。并与哲蚌寺、色拉寺合称拉萨“三大寺”，清世宗曾赐名为“永寿寺”。寺院全称为“甘丹朗杰林”。甘丹是藏语音译，其意为“兜率天”，这是未来佛弥勒所教化的世界。宗喀巴的法座继承人，历世格鲁派教主甘丹赤巴即居于此寺。

因为甘丹寺是格鲁派的祖寺，所以，甘丹赤巴也是整个格鲁派的住持，地位仅次于达赖和班禅。甘丹寺山下不远处有个各莫寺，过去是西藏地方政府四大护法之一的拉莫神巫预言占卜之地，与甘丹寺有着密切的渊源关系。

去往甘丹寺之前，尊者在一位名叫藏朵包巴的人家中借宿。此人诚善，对尊者敬重有佳。为掩护身份，尊者趁白日去近处募化之时，秘密去往了甘丹寺，不为其他，但求礼拜甘丹金身大宝。

那日，尊者打算去甘丹寺，却在寺前受阻。甘丹寺执事见尊者是寺外之人，于是当尊者欲入寺朝拜之时，他便上前横加阻拦。无奈尊者便只能止步，立在寺外。心中生出无限之厌离心，颇为伤感。生之运命不能掌控，而今，连拜睹金身大宝的权利亦失去。

正当尊者准备离去，忽证得阎摩护法亲临之境。此时，为难尊者的那庙祝（寺庙中管香火的人，近同“执事”）登上高梯倾泼祭水，忽脚下一滑，摔坠在地，擦脱了面皮，情状极惨。是为护法之惩戒。

直到几天之后，尊者乔装打扮，混迹于朝圣者当中，方才得有机会参拜金身大宝。后来，尊者因心念圣祖上师宗喀巴，却又不便常常乔装出入甘丹寺，于是，尊者便决定在离甘丹寺不远处的一座叫做扎索寺的小寺庙修行。既可隐蔽身份，亦不远离圣祖上师的甘丹寺。

扎索寺的住持对尊者敬重，因尊者无上智慧和法力，住持便知尊者绝非是寻常僧人，又因尊者体相殊胜，住持日渐察觉出了尊者的身份。为了保护尊者，住持拜请尊者去他的禅室秘密修持。并自此关门闭户让尊者清心坐关。

就在这一座扎索寺当中，尊者修持时间长达一年有余。这段时间里，除了寺庙上下的周全照料之外，之前所述那位名叫藏朵包巴的藏人也甘愿日日为尊者烹煮饭食，悉心看护。

任何时辰，只要尊者有难，势必会有人受佛陀启示，前来迎救，并给予至为周全的照顾。得如此之多虔心之人照料、相伴，尊者那一年多的修持甚得裨益，法力一再精进。令众人诚服。

出关之后，尊者携闭关时的侍者，名叫格隆俄珠的僧人，一起前往了色拉山南，巡礼桑耶、昌珠、沃卡、墨脱等地。

公元1710年，藏历铁虎年。尊者朝拜了匝日山。匝日山上有一座匝日吉加禅院。尊者在吉加禅院受到了噶举派得道高僧珠托玛布的授法与灌顶。而后，尊者便让侍者格隆俄珠先回往扎索寺，自己则独居于吉加禅院当中。清苦行修。

数月后，有女子来访。女子说，家中女主人令她来邀请尊者去赴供轮祭场。彼时，尊者并不知来者何人。只觉其诚恳，并且面相纯善，是可信赖的虔心女子。因此，尊者便决定随她一去。直至二人行至一个巨大岩洞之前，尊者方觉面前女子不是凡人。

果然，洞门大开之后，道道耀目光线溢出，令人迷醉。尊者随女子入洞之后，洞门自动闭合，宛若神迹。而洞中，真真是别有洞天。金碧辉煌，异宝琳琅。尊者一时无措，不知自己身在何处。不知此处是否人间黄土。

直到空行母陆续现身，尊者方才知道眼下女子之前所说的女主人正是金刚瑜伽母。尊者悟得真相之时，众空行母便开始歌金刚之曲，起金刚之舞。一时间，不知昼夜，不知人间天上，只觉佛陀入心，身心舒泰，世间万物似也得到新生。

佛说，三界唯心，万物为识。

彼时，他与万物，幻为一体。

他即是众生。

众生即是他。

他即是佛陀。

佛陀即是他。

众生即是佛陀。

佛陀即是众生。

尊者知，一切因缘际会皆有时。当下的一切相遇，皆是为着更远的重逢。于是，尊者继续走在为众生寻得无上广大智慧和福报的远途之上。去往真相，去往解脱，去往未知远方。

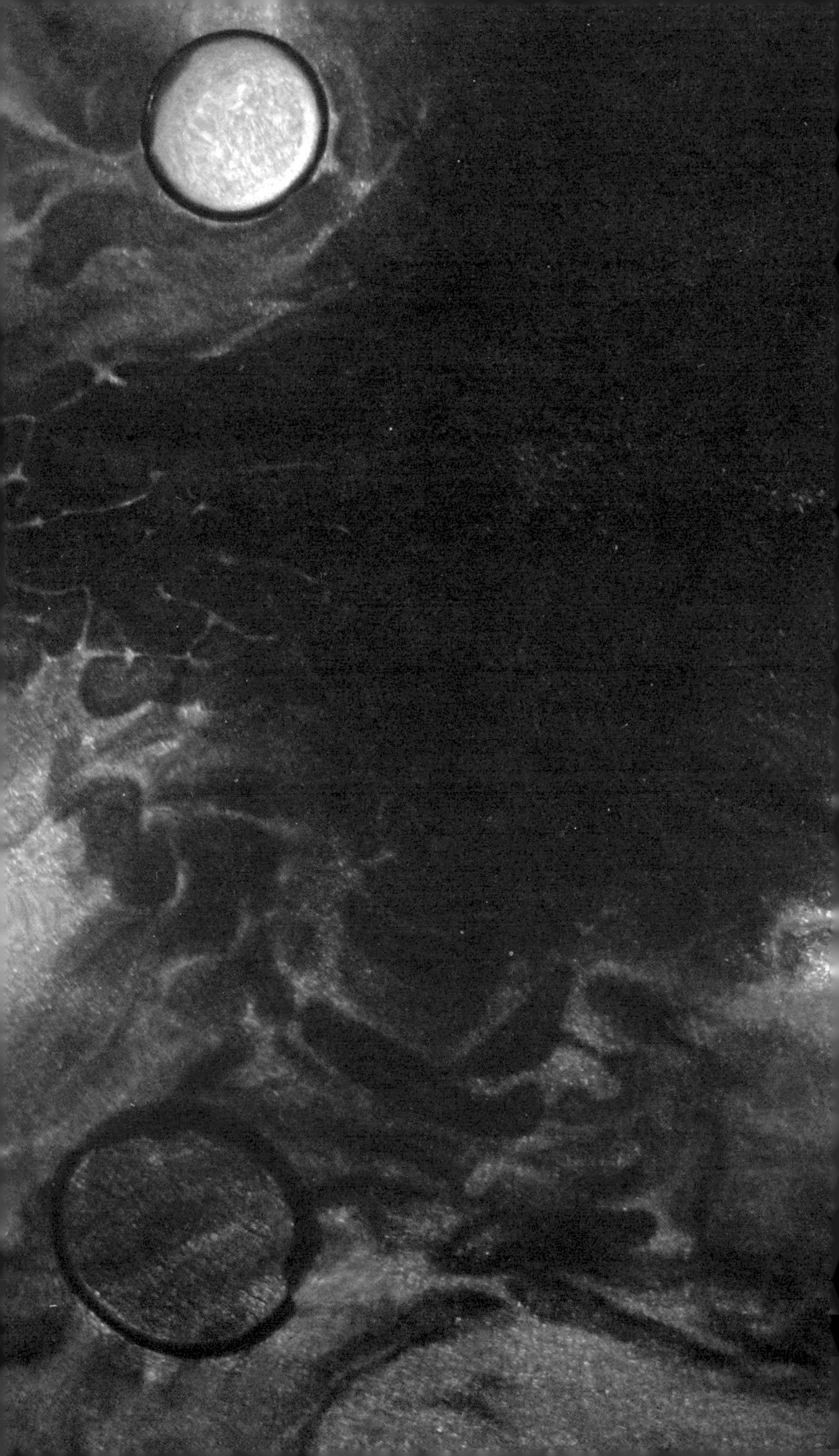

日月游行绕四方

11 | 达孜

公元1710年，藏历铁虎年。

尊者仓央嘉措离开扎索寺，来到了圣祖上师宗喀巴曾经修行过的沃德贡杰雪山。山上有一处宗喀巴修行时所用的禅洞。尊者便入得此禅洞，在此修行共长达十一个月的时间。

据《秘传》载，尊者在这段时间致力于辟谷术的修炼。不食五谷，吸风饮露，法力精进。辟谷术，本是道家修炼成仙的一种方法，后来被各家效仿，因此尊者修习辟谷之术，亦旨在祛除身体毒素，清洁肉体，修身养性。

道教认为，人食五谷杂粮，要在肠中积结成粪，产生秽气，阻碍成仙的道路。《黄庭内景经》云："百谷之食土地精，五味外美邪魔腥，臭乱神明胎气零，那从反老得还婴？"同时又说，人体中有三虫（三尸），专靠得此谷气而生存，有了它的存在，使人产生邪欲而无法成仙。因此为了清除肠中秽气积除掉三尸虫，必须辟谷。

为此，道士们模仿《庄子・逍遥游》所描写的“不食五谷，吸风饮露”的仙人行径，企求达到不死的目的。辟谷又称“却谷”“断谷”“绝谷”“休粮”“绝粒”等即不吃五谷，方士道家当做修炼成仙的一种方法。

但“辟谷术”绝非寻常意义上所说的挨饿苦修。通常，辟谷术在限制饮食的同时需服用少量生药。要选服具有高营养成分的生药为宜，以补充人体必需元素。药物只能少服，不是以药代食。

因此，据《秘传》载，尊者在宗喀巴大师的禅洞当中修习辟谷术的时间里，亦会采服芸香花精或是吞服石丸。但久久不食人间烟火。

亦是修习辟谷术的功德，尊者曾在修持过程中两度亲见圣景。一次是空中忽然显见五彩光环，光环中心正是圣祖上师宗喀巴，心中有橙色文殊，圣师周围被他的八大弟子环绕。见此圣景，尊者心中生出无限欢喜愉悦。

又一次是见到胜乐金刚显化。《秘传》写：“圣者的脸面、手臂，看得十分清楚。右有圣者阿底峡，左有大师莲花生，前面是圣主上师宗喀巴，周围有许多空行母曼舞婆娑。这时米雨缤纷，落满禅洞。煮后服下，心中的欢悦更是难以描述。因为辟谷的功能，通体舒泰，身子变轻，随时可以入定，而且生出能记忆前生等各种神通。”

胜乐金刚，是密教本尊之一。胜乐金刚的造像通常为四个头，三只眼睛，从左边起头依次为白色、黄色、红色和蓝色，而头光却是绿色，周身为火焰纹大背光，双脚踩踏仰卧或是趴着的无明邪魔。

胜乐金刚造像的身色通常为蓝色，头上戴有骷髅冠，主臂拥抱明妃，双手持金刚杵，表情呈愤怒状，左手小臂处一般都有一根象征胜乐金刚的金刚杵。身后披白象皮，腰间系围虎皮裙，左右共有十二臂，各手分别持有斧子、弯月刀、三股戟、骷髅杖、金刚索、金刚钩、人头面等器物。

公元1711年，藏历铁兔年，七月。

尊者在沃德贡杰雪山禅洞的修持圆满之后，决定去往桑旦林。因绕经山脚再去路途遥远，于是，尊者决定翻山前往。尊者心中时时念佛，因此一路翻山，亦是一路烧香拜去。

那日晴丽。举目可见，皆是明媚。丰沛的日光流泻而下，飒爽铺满人间。尊者行于雪山之上，恰如人间一道光，缓缓、慢慢、绵绵、长长，走出一道人间屏障。

尊者登上山顶再翻山而下时，忽发现雪地之上有奇异足印。上前细看，那足印似犬爪，却分明又大上许多。正疑惑时，发现动静，于是循声探去。终于远远看见是何物。那兽，原是一头青鬃的狮。而这，亦是尊者生命里第一次见得这百兽之王。

雪山翻行自是不便，亦很艰险。裂罅断谷深不可测，是一眼望不见的黑暗。若是失足跌落，必是粉身碎骨，定无全尸。一步一步，艰难行进。终至雪山脚下与山林交汇之处，尊者见到一名领着一个小沙弥的老僧前来。

老僧是从桑旦林来的高僧，是当时声名远播的得道高僧云登达杰大师。来雪山脚下，是因为远远见到雪山之巅红光熠熠。但此雪山险峻，素来了无人迹。于是，上前一看究竟。不想，遇到正翻山而下的尊者仓央嘉措。

云登达杰虔心邀请尊者去往他的住处，但尊者忧心行迹暴露，于是委婉推辞，依旧是选择了一处圣祖上师宗喀巴曾经修持时住过的禅洞。但，福祸天定，无法避过。因此，尊者忧心之时，行迹依旧无奈暴露，带来灾祸。

亦正是因为当日尊者翻山之时山巅的红光使得许多人都有幸目睹。所以，作为祥瑞，这一景况被人写到塘报之上禀告了官府。这一消息，自官府迅速传入了拉藏汗的耳中。

于是，在尊者抵达桑旦林之时，拉藏汗派出探子，查出了尊者的具体行藏。于是，火速派人将尊者拦截在了沃卡达孜宗山。并将尊者关押在了山顶一间陋室当中，派重兵把守，日夜监巡。

仓央嘉措佛爷被关押一事自然是拉藏汗逼迫当地宗本所为。宗本，官名。藏语“宗”为城堡之意。西藏地方政府旧制，以宗为地方行政机构，相当于县。宗本为地方行政官，每宗一或二人。

桑旦林的两名宗本，一个是济桑官品的蒙古人，一个是与尊者相识的仲科官阶的藏人。藏人依旧对尊者敬重，但蒙古人却十分无礼。想必，那蒙古宗本定是蒙古和硕特部拉藏汗的爪牙。对尊者百般刁难，但也是无碍，尊者心有天，心有地，心有大海。

数日后的一夜。尊者正坐定修持，却忽有光照来。尊者睁眼望去，只见满室洁白光辉。抬头望去，但见大威德金刚显圣。

大威德金刚又称大威德怖畏金刚，大威德是藏密无上瑜伽宝生部三本尊之一，是藏传佛教格鲁派本尊之一。密宗典籍中说：“有伏恶之势，谓之大威；有护善之功，谓之大德。”画面中央为拥妃大威德金刚像。深蓝色像为男性体，九头、三十四臂、十六腿。拥抱的浅蓝色像为明妃，双臂、双腿、单面。

圣者周身散发银白光辉，手足容颜纤毫可见。待圣影消失不见，那闭锁的室门豁然打开。寓意尊者逃离。但尊者并未逃走，却是悄步上前叫醒了正酣睡的士兵。士兵见状，心中膜拜，却又碍于如山军令，实在无奈，便又只能将尊者请入陋室，重新上锁关闭。

半月之后，拉藏汗下令将尊者押赴拉萨。十二名士兵看押着尊者，径赴拉萨。待一行人行至果喀拉山口之下时，大地震颤，忽起一阵红色风沙，剧烈风沙中，女神从天而降，微言二字，众人皆昏厥跌倒在一边，不省人事。

尊者知自己此一去拉萨，必死无疑。

倒也不是看重生看重死，只是他尚有遥远路途去走，尚有众生要普度，自是不能绝命于此时，绝命于拉藏汗的恶手之下。因此，尊者便领悟女神之意，暗随那红色风沙飘移方向行进，日夜躜行，并抵达了工布地区。

佛说：

为一一众生，轮回经劫海。

其心不疲懈，当成世导师。

12 | 工布

抛弃快乐和痛苦，
也抛弃从前的喜悦和烦恼，
达到无忧无乐，
安宁纯洁，
让他像犀牛角一样独自游荡。

坚持隐居和禅修，
坚持遵行正法，
洞察生存的危险，
让他像犀牛角一样独自游荡。

摒弃心中五盖，
清除一切污点，
独立不羁，
斩断爱和恨，
让他像犀牛角一样独自游荡。

周游十方，
毫无怨念，
事事满意，
克服险阻，
无所畏惧，
让他像犀牛角一样独自游荡。

不装饰打扮，
不向往世间的娱乐与欲爱，
不涉足繁华之地，
言语真实，
让他像犀牛角一样独自游荡。

自《犀牛角经》。尊者如是。一路踏尘而去。来到工布地区一个叫做甲拉僧栋的地方。尊者慕名前往了乌仗那大师（即莲花生大师）曾经修行过的禅洞。

相传，当年格萨尔王降魔之时曾追逐罗刹女至此禅洞附近。罗刹女降于此处之后，倏忽之间便隐入附近一株巨型大树之中。最后，格萨尔王拔箭将妖魔射杀于树中。大树亦因此枯死。为防止罗刹女复活再起祸乱，乌仗那大师助格萨尔王一臂之力，便用三层磐石压于其上，而今，罗刹女枯干的肋骨伸出磐石之外的尖端部分依然可见。

关于格萨尔王。

传说在很久以前，天灾人祸遍及藏区，妖魔鬼怪横行，黎民百姓遭受荼毒。于是，大慈大悲的观世音菩萨为了普度众生出苦海，向阿弥陀佛请求派天神之子下凡降魔。神子推巴噶瓦发愿到藏区，成为藏人之王一格萨尔王。

在史诗之作《格萨尔王传》当中，藏人更是将格萨尔王神化到不可企及的地步。除了在作品中赋予其绝世品格才能，更是将格萨尔王塑造成神、龙、念（藏族原始宗教里的一种厉神）三者合一的半人半神的英雄。

格萨尔王先后降伏了入侵领国的北方妖魔，战胜了霍尔国的白帐王、姜国的萨丹王、门域的辛赤王、大食的诺尔王、卡切松耳石的赤丹王、祝古的托桂王等，先后降伏了几十个"宗"（藏族古代的部落和小邦国家）。功德圆满之后，与母亲郭姆、王妃森姜珠牡等一同返回天界。

尊者即在这样一个功德具足之地禅修数月。

走下去。尊者碰到了在高山之上制取酥油奶酪的一群男子。工布地区的人有这样一种风俗，就是在每年秋天制取酥油奶酪，此事郑重，并且忌讳妇女，因此，通常男子们会成群结伴，带上帐篷，去往山中完成此事。

这一年，恰逢尊者路遇。世间贫富总是悬殊。所见人家有一大户。此人家蓄养母犏牛多达两千余头，请来制奶的役工亦多达一百零八名。并独自占据了一处高山牧场。亦有穷苦人家，一人一牛僻居一隅。世情即是如此。尊者看在眼中，心中悲悯。

尊者见状，不想打扰，于是，择取了一条僻静小道，穿行而过。却不想，走了不久，就听到前方有男子高呼谁家藏獒脱绳跑了。话音未落，尊者便见两条毛色赭红的强壮藏獒迎面冲来。尊者避之不及，瞬间便被两条藏獒咬住左右大胯。一时间，鲜血四溢。

彼时，尊者手无寸铁，无奈之下，便只能略显神通。随手抓起两把泥土，朝恶犬撒去。当即，两条恶犬便倒地暴毙。后面赶来的几名青年男子见状气急，对尊者出言不逊，大为不敬。尊者也不申辩，只是陈述实情，告之几名男子犬恶如狼，实在无法。当下，尊者亦是遍体鳞伤，血流不止。

就在一行人与尊者说话的工夫里，先前那提醒众人藏獒脱跑的男子走上前来。对一行来势汹汹的人好声劝说，那帮人方才离开。

到底因见尊者是出家之人，那帮人心中多少存有几分忌讳，不敢肆意刁难，加上同乡劝话，最后无奈之下，便都悻悻然离去。虽是心中怨愤，但亦知道毕竟是因自己所养的两条藏獒生性凶残，才酿成此祸端。于情于理，都是不该与尊者纠缠的。

那上前劝和的男子与尊者极有缘。初见尊者，便心生体恤怜悯之心。为尊者细心擦拭血迹，清洗并包扎伤口。因尊者受伤难行，男子便邀请尊者去他家中养伤。男子的身体很是健壮，因此，毫不犹豫便背起尊者往家走去。一路上对尊者照顾得极是悉心周全。

男子家中只有老父。两人相依为命多年。老人见其背负尊者回家，心中惊动，对尊者极为和善。家中虽是清贫，但依然不吝将家中最好的茶和奶酪端出给尊者食用。

尊者在男子家中休养数日，康复之时对男子说，自己将要继续踏上行途。男子便问尊者欲往何处去，尊者说印度。尊者之于青年，犹若黑暗路途之中的一线明光。他遇得尊者，便知，自己这一生亦是注定要献给佛陀的。于是，他便请求同往。

拜别父亲之后，男子与尊者一起，踏上行途。

这男子，是尊者仓央嘉措生命里极重要的人。日后尊者与之相伴，走过了许多路，度过了绵长时光。彼此之间一切的羁绊，都是缘。他是法缘极深的男子。他叫，罗甲。

13 | 行游

佛说，去走。

于是，他便去走。

佛说，去行游。

于是，他便去行游。

佛说，去度众生。

于是，他便去度众生。

尊者与罗甲离开工布之后，朝尼泊尔、印度方向行去。数日之后，二人来到一处宽阔之地。此处，林木蓊郁，满目葱碧。远处有高山，又有一条宽阔大河横穿而过。是难得一遇的依山傍水之地。

日暮时分，两人沿河走去。忽然，河流对岸有两个高大人影渡河走来，虽说形影似人，却因身体高大异常，形容难辨，不免令人困惑。罗甲问尊者那两个生命是不是人，如若不是又会是何物。尊者在少年时便从上师那里听说过西藏一些关于罗刹的掌故。因此，尊者答道，那两物大约就是罗刹。

罗刹，又作罗刹娑、罗叉娑、罗乞察娑、阿落刹娑。意译为可畏、速疾鬼、护者。女则称罗刹女、罗叉私。乃印度神话中之恶魔，最早见于《梨俱吠陀》。男罗刹为黑身、朱发、绿眼，女罗刹则如绝美妇人，富有魅人之力，专食人之血肉。此于《佛本行集经》卷四十九、《毗奈耶》卷四十七等均有记载。

佛教中，罗刹亦指恶鬼，指食人肉之恶鬼。罗刹具神通力，可于空际疾飞，或速行地面。《慧琳意义》卷二十五中亦记到："罗刹，此云恶鬼也。食人血肉，或飞空、或地行，捷疾可畏。"《慧琳意义》卷七又记："罗刹娑，梵语也，古云罗刹，讹也（中略）乃暴恶鬼名也。男即极丑，女即甚姝美，并皆食啖于人。"

此外，罗刹也为地狱之狱卒，职司呵责罪人。又称阿傍、阿傍罗刹、阿防、旁。其形状有多种，或牛头人手，或具有牛蹄，力气甚大，或为鹿头、羊头、兔头等。

罗甲到底是寻常人，此生从未遇过如此异类。闻听尊者说那两物是罗刹之时，当下便因惊恐过度而昏厥过去。待尊者再看那两物，它们又已渡回河流对岸，在树林当中撅折粗大松树，然后捋尽枝叶，将之扛上肩，再渡河过来。

不巧，尊者与罗甲此时被两物发现。因此，尊者便背起罗甲，向前跑开。也不知为何，尊者似忽得神力，罗甲背负在身，亦能连连翻越三座大山，奔向山后的另一条河边。

但那两物追得紧。尊者刚给罗甲洒了些凉水使之苏醒过来，待罗甲亲眼又见那两巨物时，竟又再次昏厥。实在令尊者心忧。也是无法，尊者唯能将罗甲再次背起，依然是如借神力，迅速跑开很远的距离，并来到一个岩洞前。

尊者背着罗甲入洞之后，见到岩洞之内有几位修行人。于是，尊者便把之前所遇之情景一一告知，然后询问身后两物是何物。当中有位修行人道："此非罗刹，必是人罴。"让尊者和洞内修行人快些将洞门堵上，因此物一旦动怒，势必不肯罢休，总会紧追不舍。所以，很快也就会追至洞前。

听了修行人的话，大家一起将洞门堵上。然后尊者再次用冷水洒在罗甲面上，将之唤醒。一切就绪待尊者欲与几位修行人饮茶休憩之时，洞门忽然震颤。两只人罴果然追赶上来，并在洞外疯狂挖起来。不多久，便见一只爪子伸入洞中，极是可怖。

此时，罗甲听得此物并非异类恶鬼罗刹，乃是人罴，于是，便放开了心胆，拔刀便朝那只爪子剁起来。那人罴当即缩回了受伤的爪，向树林逃窜开去。

本以为，此劫至此算是度过。不料，次日尊者和罗甲上路之后，两头人罴再次出现，并向二人袭来。于是，尊者和罗甲无奈只能向附近一座陡峭山峰冲去。攀至山顶后，二人推下许多礌石。一时间，礌石翻滚如雨，两只人罴避之不及，较大那头被砸死。小的见状，翻山逃开，奔往森林深处。至此，二人方才彻底摆脱那两牲畜，踏上行途。

初次遇劫，罗甲心中感慨良多。心知，这是一趟遍具险阻的路途。但因有尊者在前，于是，便也不觉惊惧，知这路间苦难，都是磨砺、考验，是悟得佛陀真谛的必经之旅。

在干粮将尽之时，二人行至一座小山的垭口处。垭口处遍布碎石堆。此时，山上下来一位印度游方僧，亦从山上几户人家跑下几条犬。只见游方僧捡起几块石头朝那几条犬丢去。几条犬受惊而返。待尊者再看那被僧人扔于地上的碎石，竟已变了模样，成了两锭元宝。

尊者心知这是神佛空行的结果。依傍神佛之救助，尊者方能行完日后更为漫长艰苦的路途。

在藏传佛教当中，空行，又被称为“勇士空行”，是指藏传佛教中一类特殊的护法神。在性别上，空行自然包括男女两种。男性称为勇士，女性称为空行母。在等级上，空行也分为两类：一类是世间空行，或称业力空行；一类是出世间空行，或称智慧空行。世间空行主要起护持佛法的作用，而出世间空行可以作为众生修行依止的对象。

公元1712年，藏历水龙年。

是年，尊者仓央嘉措三十岁。在罗甲相伴之下，尊者逐渐行去。在这一年，来到一处叫做“噶玛绒”的地方。在尼泊尔语当中，此处亦被称作“甘达宝”。

据《秘传》载，进入尼泊尔境内之后，尊者和罗甲“先去很好地朝拜了恰绒卡甸宝塔等著名的圣地，又瞻仰了天成的自在天的男根，并依尼泊尔的习俗用乳汁献祭。这里是从前庞廷巴贤昆仲诞生得道之地，彩铜观音被供养在此地，西藏的玛尔巴大译师和曲吉罗卓等译师都曾在这里挂锡”。

挂锡。禅林用语。与“挂搭”同义。又称“留锡”。即悬挂锡杖之意。昔云水僧行脚时必携带锡杖，若入丛林，得允许安居时，则挂锡杖于壁上之钩，以表示止住寺内。“挂锡”一语，现特指禅僧至修行道场之住宿。《祖庭事苑》卷八载：“西域比丘，行必持锡，有二十五威仪，凡至室中，不得着地，必挂于壁牙上。今僧所止住处，故云挂锡。”

又记：“阿底峡尊者、帕当巴、达尔玛菩提等诸印度的得道圣僧都对这地方行过加持。尤其是天然生成的自在天的征表男根，是二十四处空行母仙居之一。”

因密宗经典《圣乐续》当中如下载道：“于自在天男根自然生成之所在，瑜伽师若善加修持可以速成。”所以，尊者亦对在此修习一事十分向往，但恰逢尼泊尔国王朝圣，诚邀尊者同行，于是作罢。

当中所说“自在天男根”，“自在天”即是指天神大自在天。据说，他是住在色界之顶的天神，为三千大千世界之主，在三千界中得大自在，故有此称。

大自在天在印度教神话中被称为“湿婆”。湿婆，是毁灭之神与创生之神，又是苦行与舞蹈之神。其形象有五个头，三只眼，四只手，分别持三股叉、神螺、水罐、鼓等器物，浑身涂灰，颈上绕着蛇，骑乘大白牛。据说他有极大的力量，额上的第三只眼能喷出神火烧毁一切，还能主宰人间的一切悲喜荣辱。

佛教亦将此神吸纳进来作为自己的守护神，因为他的成佛因缘还未成熟，所以，扮演着护持佛法的角色。在佛教中，他居于色界之顶，因其居处不同，而有大自在天、商羯罗天、伊舍那天等种种名称。他是护世八方天和十二天之一，守护在东北方。

据《十二天供仪轨》讲，他面上有三只眼，二牙外出，现愤怒相，身浅青色，左手持劫波杯（髑髅杯），右手持三戟剑，上身以髑髅为璎珞，宝冠上有二仰月，骑在牛背上，边上有二天女持花随侍。在佛典中，把崇拜他的宗教派别称为“自在天外道”或“涂灰外道”等。

初冬。十月初四。

尼泊尔国王携王后、率百官一起前往佛教大国印度朝圣。尊者与罗甲应邀同行。一个月之后，国王为尊者留下一些金银盘缠之后，便携队伍北归。而尊者和罗甲则继续南下，巡礼了印度半岛的众多村镇。

14 | 印度

印度。

是那样一个旷远的地方。又极富风情，如蓬勃少女，亦如热烈少妇，总有一种令人欲罢不能的蛊惑力。是那样一个极富生命力的地方。荒原。旷野。点痣女子。白齿少年。遍布的古莎草。肆意招摇的孔雀。碧色成海的松林巨竹。美妙如是。

它亦是佛教诞生圣地。

佛教发源于公元前六百多年的古印度，距今两千六百多年。由释迦牟尼佛创建。彼时，印度有八个小国。其中，迦毗罗卫国国王净饭王，有太子名曰：乔达摩·悉达多。即释迦牟尼佛。

释迦牟尼少年时代接受婆罗门教的传统教育，兼习兵法与武艺，是一个骑射击剑的能手。到成年时，娶同族摩诃那摩长者的女儿耶输陀罗为妻，生有一子名罗睺罗。相传，释迦牟尼十四岁那年曾驾车出游，在东南西三门的路上先后遇着老人、病人和死尸，亲眼看到那些衰老、清瘦和凄惨的现象，非常感伤和苦恼。

后来，释迦牟尼在都城的北门外遇见一位出家修道的沙门，从沙门那里听到出家可以解脱生死病老的道理，便萌发了出家修道的想法。十九岁那一年，释迦牟尼不顾父王劝阻，毅然离开妻儿，弃舍了荣华的王族生活，出家修道，为世祈福。

离家之后，释迦牟尼先到王舍城郊外学习禅定，后又在尼连禅河畔的树林中独修苦行。每日只吃一餐，后来七天进一餐。穿树皮，睡牛粪。苦修六年之后，虽身体消瘦，形同枯木，但仍无所得，并未找到苦难解脱之道。

于是，释迦牟尼便决定放弃苦行，入尼连禅河洗净了身体。沐浴后，释迦牟尼接受了一个牧女供养的乳糜，逐渐恢复了身体健康。之后，释迦牟尼渡过尼连禅河，来到伽耶城外的荜钵罗树（后称“菩提树”）下，静思冥想。

据说，经过整整七天七夜，释迦牟尼方才洞达了人生痛苦的本源，断除了生老病死的根本，使贪、嗔、痴等烦恼不再起于心头。悟道成佛。佛，即佛陀，意为觉者、知者。这一年，释迦牟尼三十五岁。

释迦牟尼成佛后，开始他的传教活动。首先，佛祖在鹿野苑找到曾随他一道出家的阿若陈如等五个侍从，并向他们讲说自己获得彻悟的道理，佛教史上称这次说法为“初转法轮”。不久，佛祖又旅行各地，足迹遍布恒河流域。所到之处，专心讲道。奠定了原始佛教基本教义，并组成了传教的僧团。

据说，佛祖的弟子当时已多达500人，著名的有大迦叶、舍利弗、目犍连、阿难陀、优婆离等十大弟子。于此，佛、法、僧这佛教三宝已具足，亦意味着佛教正式形成。

印度是圣地。于是，它理应亦是个充满世间奇趣之地。尊者仓央嘉措和罗甲随尼泊尔国王来到印度之后，亦因各种因缘迟迟无法离开。

一日。

尊者和罗甲行至一个镇上。初到镇上不久，不知何故，尊者便吸引了许多男女的目光。接着，便有许多人围聚在尊者周身将他仔细打量。后来，有人唤来一名精通相法的老妪。她向尊者解释了镇上居民的疑虑之后，恳请尊者随她去往一所房舍。

抵达房舍之后，老妪恳请尊者脱去衣裳，然后一如那年在布达拉宫里被康熙皇帝派来的相术师观察肉身一般，接受老妪的目光关注。事毕，老妪恭敬地退下，然后召集了镇上居民，向尊者顶礼膜拜，并供奉有加。是这样虔诚的人们。

因此，尊者亦在离开之前为他们做了极为郑重的祈福祝愿。

又一日。

尊者和罗甲路遇几名藏地来的僧众，相伴抵达一处阒无人烟的破败村庄。当夜，一行人便来到村子中央一座神殿似的房前，并打算在房前的廊下过夜，以避不可预测之雷雨。

却不料，深夜初更时分，那紧紧闭锁的房门忽然打开。从中，竟有一男一女两具诈尸蹦跳出来。一具已成骷髅，一具仍毛发俱全。形似罗刹。一时间，与尊者同行的僧众受惊过度，四散逃开。而那两具诈尸，亦是动作灵敏，犹似鹞入鸡群一般，东追西赶，全无阻拦。追得谁人便伸手一记耳光重重掴下。

此时，尊者见情势愈加严重，便上前三步两步追上诈尸，立在他们身后，伸手抓住诈尸的发，瞬间便将两具如有神力的诈尸掼摔在地，并从腰间取出那根降魔橛，狠打下去，制住诈尸。彼时，众人依旧惊慌，全无主张，人人都呆立一旁，远远观望，看着尊者将两具诈尸彻底制伏。

事后尊者安抚众人道，这诈尸虽是凶险可怕，但仍是微不足道的。轮回当中，尤其是三恶趣（畜生、饿鬼、地狱）的畏怖，才是最厉害的。它们会昼夜无间地纠缠，无法摆脱。而今，有尊者做陪，将一切平安。如此，众人方才按捺住心中恐惧，沉沉睡去。

在西藏，人们认为如果亡者未能得到体面的葬礼，便会迷失在阴间，变成厉鬼，危害众生。一如汉人认为的，人死后会在胸口存下一口气，若是被猫鼠之类冲撞，便会假复活，变成诈尸。

藏传佛教则认为，肉身死亡，人的灵魂会在今生与来世间流离七七四十九日。这期间，若有亲人诵念度亡经，人的灵魂才会被引入善道。许多喇嘛为人超度之时，也会在尸体之上写上法书，镇定其灵魂，防止肉身作乱，变成诈尸。

后来，人人皆对尊者感恩戴德，铭刻尊者救命之恩。并在私下都窃窃言语，说尊者不是凡人，定是遁世高僧。在尊者临行之时，皆上前以额触尊者足，领受护施。

五日后，尊者和罗甲行至另一小镇。镇上人见陌生人从诈尸村的方向安全行来，皆惊叹不已。亦都知晓，眼下的游方僧人不是寻常之人，定是有福祉业力俱足的圣僧。

15 | 白象

公元1713年，藏历水蛇年。

是年，四月望日。尊者和罗甲抵达了殊胜之灵鹫宝山。相传，释迦牟尼佛游化印度各国时，最常出入王舍城，住在灵鹫山中。灵鹫山，又称耆阇崛山，山顶东西长，南北狭，山中园林清净，福德聚集，高台环绕，翠绿交辉，浓淡分色，雾霾氤氲，是历来诸佛贤圣的住处。佛陀乐居山中，与大比丘众万二千人共住，宣说佛法妙义。

诸如，《大般若波罗蜜多经》《妙法莲华经》《无量义经》《佛说法华三昧经》等，佛陀都是在灵鹫山上宣说的。所以佛门有所谓的“灵山会上佛菩萨”“灵山胜会”等说法，意即赞扬诸佛菩萨法筵常在，福荫佛弟子，意味隽永。

据说，频婆娑罗王为了亲近佛陀，特地修建了一条石阶，直达山顶的园林。频婆娑罗王，是佛陀时代摩揭陀国的国王。他与王后韦提希夫人都是皈依佛陀，深信佛法，是佛教最初的护持者。晚年之时，他被太子阿阇世幽禁，在牢房中证得三果阿那含，成为极乐世界净土法门的缘起。

距离灵鹫山顶不远处，有许多小石窟，是比丘们修行的地方。在山崖边有砖造的精舍，精舍东面有长石，为佛陀经行之处。精舍旁边有一巨大的石块，是当年提婆达多推石伤害佛陀的地点。南边悬崖下有一座小塔，佛陀亦曾在此处宣说《法华经》。

精舍南侧山崖，有大石室，佛陀也曾在此处入定。石室西北有个大磐石，相传阿难曾经遭恶魔化作的一只鹫鸟惊吓。此鸟栖息于大磐石之上，用力拍动翅膀，并发出大声怪叫。当阿难惊惧无措时，佛陀伸手通过石壁，摩阿难头顶，安慰阿难。

阿难，即阿难陀，王舍城人，佛陀的堂弟，也是他的侍者。公元前513年佛陀五十三岁时，十九岁的阿难，因为年轻，记忆力强，在竹林精舍正式被选为佛陀的侍者。

阿难侍奉佛陀二十七年，跟着佛陀到各地传道，能够把佛的一言一语都谨记无误。在佛陀灭后王舍城第一次圣典结集集会上，他出色的记忆力让他背诵出很多佛陀以往的演讲。

那些记录下来的文稿就被整理成为佛经，包括《长阿含经》《中阿含经》《杂阿含经》《增一阿含经》《譬喻经》《法句经》等等，对于佛法传播起到了很大的作用。佛经中出现“如是我闻”，“我”即是指阿难。

阿难一生躬行佛法，谦逊诚恳。即使他常受到佛陀公开的称赞，在僧团内身处高位，天天和大众激烈地辩论不同的问题，也不招人忌妒和怨恨。这是极不容易的。佛陀在涅槃前依然特意称赞了他的无私和仁慈。因此，阿难是佛陀释迦牟尼十大弟子中的一位，被称为多闻第一。

佛陀入灭后，阿难非常伤心，独自修行。但他非常长寿，在摩诃迦叶入灭后，阿难被推为僧团的领导。传说阿难的入灭，还使摩揭陀与毗舍离国修好，不再战争。

在禅宗中，阿难被尊为印度第二祖。因为大迦叶逝世后，继承迦叶率领徒众弘扬佛法，在后来的佛祖雕塑旁常见到侍立的协持即是阿难。三乘共同认定阿难是声闻阿罗汉，大乘佛教显教不共认定为普贤菩萨，而密乘不共认定为秘密主金刚手菩萨。

禅门有“拈花微笑”一语。关于这“拈花微笑”的故事，亦发生在灵鹫山上。传说，一日，佛陀登座说法，大众正准备聆听妙法，然而佛陀却只是拈花示众，默然不语，大众诧异无法会意，只有大迦叶心领神会，破颜微笑。于是，大迦叶获得佛陀的传法，被尊为禅宗的印度初祖。

说回尊者和罗甲的行途。二人抵达灵鹫宝山，见到了众多形形色色的香客。有和尊者一样来自西藏的，亦有来自尼泊尔、锡克等地的善男信女。这灵鹫宝山在尊者眼中，非是寻常石土堆叠而成的，而犹如是由兰扎经卷堆叠而起的。

因此，尊者竟心中生出怜悯，不忍踩踏攀登宝山。唯恐伤损佛陀的经卷。独自一人守在灵鹫宝山的山脚之下，冥思我佛身语意诸般无上功德。悲怆，亦欢喜。罗甲则与路遇的熟人相携去往别处朝拜。

之后，尊者便独自来到卜拉哈日寺。本是需要耗费常人七日的行程，尊者因修炼气功，又得神佛空行之功德，一日之内便抵达。抵达寺庙之时，五百班智达都已聚集在寺内。于是，尊者便拿出尼泊尔国王留下的黄金，为五百班智达发放了一次斋茶。

据《秘传》载，在卜拉哈日寺，尊者住了半年的时间。半年当中，尊者“体验修持‘上乐铃五尊法’。夜以继日，锲而不舍，终于取得各种证悟”。印度是佛祖加持过的圣地，因此，在此修持，总会得不可思议之精进。

离开卜拉哈日寺之后，尊者再次踏入印度遍布古莎草的荒野。罗甲未归，仍在各地朝拜，于是尊者孑然行走在漫漫无边之荒野。许亦正是因为彼时他周身无挂碍，方才能得清明之心，见得圣迹。

月初八。尊者正行路，忽见遥远前方有白色形影移动，犹似雪山，因此心中困惑。待一步一步走近之后再看，方知，那非雪山，却是一头巨型白象。通体雪白，口生六齿，体态极是美妙，并有迷人香气自它体内散出，背上亦发出五彩光芒散射入空。

巨象一边食草，一边向尊者缓慢行来。此时，尊者方才确定，它便是《甘珠尔经》当中所言的那头由世尊福德所成的宝象。便对它虔心跪拜。而后，宝象竟绕尊者环行一周，并在尊者身前遗下粪便，方才冉冉远去，然后消失不见。刹那之间，尊者忆起佛祖释迦牟尼的种种功德，不由感动，生发厌离之心。遇此宝象，实乃大吉之兆。欢喜不尽。

《佛说大乘无量寿庄严清净平等觉经》有言：

> 修因得果，自然可以往生极乐世界。你们应当对婆娑世界生厌离心，与人无争，与世无求，净无垢染，心如虚空。精进修行，发菩提心，见佛闻法，往生到西方极乐世界，便能得到极长生，寿命无穷，快乐无边，见佛闻法，究竟佛道。

相传，佛祖在俗为转轮圣王时，转轮圣王每每出现，便会有七宝显现，辅助轮王教化百姓，行菩萨道。转轮圣王是指具足德行及福报的理想圣王。而轮王七宝则是指：轮宝、象宝、马宝、珠宝、玉女宝、主藏宝、典兵宝等。

《大宝积经》卷十四中说：

> 转轮圣王生种姓家，七宝则现。何谓为七？一曰紫金轮，有千辐。二曰白象，有六牙。三曰绀色神马，乌头朱髦。四曰明月化珠，有八角。五曰玉女后，口优钵香，身旃檀香。六曰主藏圣臣。七曰主兵大将军，御四域兵。

遇得宝象之后，尊者开始返藏。数月后，与罗甲重逢于一个陌生镇子。经尼泊尔、聂拉木、定日等地，再经尊者生地门隅、工布地区，二人到达一处叫做塔布扎仓的地方。在塔布扎仓，二人驻留了多日。

彼时，在塔布扎仓的一座神殿内，有一尊罗睺魔君的像。罗睺是古印度神话中的恶魔，相传为“达耶提耶王毗婆罗吉提”与“达刹之女辛悉迦”所生之子，他又被称为“行星、流星之王”，西南方的守护神。他长有四只手，下半身为蛇尾，好为非作歹。

这魔君极为凶厉，危害了不少僧众。于是，当地僧人请来降魔人制服魔君。降魔人请来白哈神附体，然后用矛刺入罗睺像的腹中。不料有血流出，且魔君的行为较之从前更为祟烈。后来，听闻尊者驾临，便来求助。于是，当夜尊者便携数名随从前往神殿。

见罗睺像作祟，当即便结手印戟指魔君的像，令魔君胆战心惊，而后立刻用丝帛将罗睺像腹部的洞口堵上，将血止住。又把罗睺像口中的害人名册和人形取出，并对魔君施咒降服。自此，罗睺魔君再没有危害塔布扎仓的僧众。

尊者的“塔布大师”之名亦被传播开来。

之后，再经沃尔、艾地、拉卜等地，又到曲科杰，最后与罗甲回到了拉萨。一如从前，尊者行事极为隐秘，并在拉萨秘密居住了数月。是年，公元1715年，藏历木羊年。

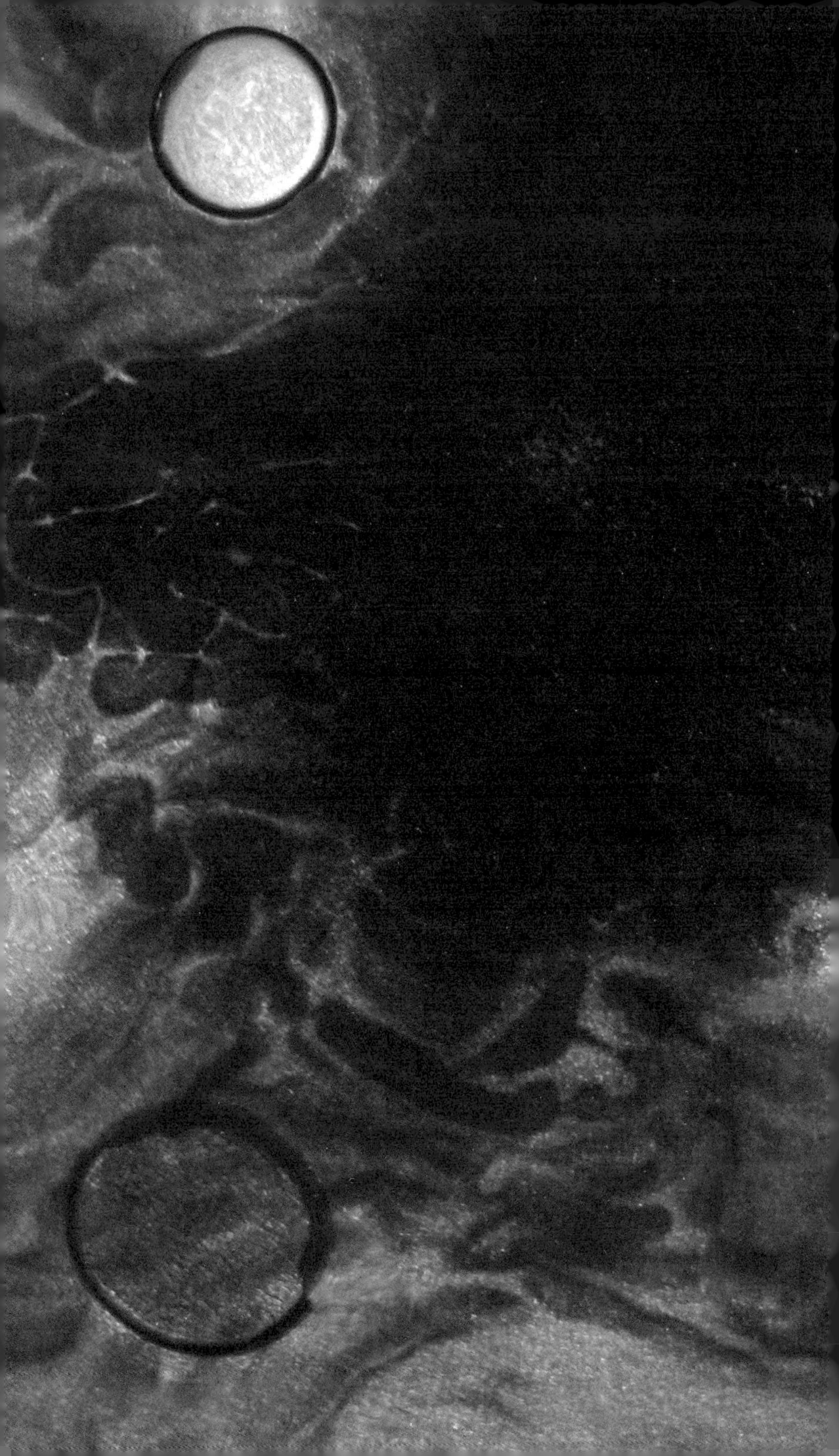

倾谈四

须弥不动住中央

16 | 赛科

公元1716年，藏历火猴年。春。

尊者继续苦修，开始了新的行途。和罗甲，以及十五个木鹿寺募化僧人，从拉萨秘密启程，去往了青海。是年秋，一行人抵达青海，尊者在青海挂锡一月左右。

之后，尊者欲北下。罗甲听闻此前青海附近天花蔓延，于是心怯，便请求不再北下。罗甲陪伴尊者千日，尊者心中感激，因此在罗甲离开之前索要罗甲随身佩戴的刀和火具存为纪念。除罗甲外，木鹿寺的僧人也有三人未能陪伴至终。

抵达西宁之后，尊者担心僧徒体乏，于是，劝说剩下与之同行的十二僧徒留在西宁休息。然后，自己独身上路，再以游方僧装扮去往了赛科方向。

彼时，赛科寺的麦喇嘛珠钦仓得梦。梦中，护法神对他说次日仓央嘉措佛爷将驾临赛科寺，让他务必做足准备，好生款待。梦醒之后，他心中激动，一时间竟失了方寸，不知所措。而今，他年事已高，又患有足疾，但得此荣光，依旧是铆足了气力去迎驾。

凌晨，他便开始安排僧众自房舍、院落、寺外一一清扫。要保持洁净。并安设好法座和供器祭品。怀一颗谦卑崇敬之心，虚席以待。

天刚破晓时，尊者驾临。

尊者先是入赛科寺内绕行礼拜。然后，来到麦喇嘛珠钦仓的僧舍门前。麦喇嘛珠钦仓得知尊者驾临，立刻吩咐侍从迎请仓央嘉措佛爷。但侍从出门巡视一圈之后竟又独自返回禀告说，屋外只有一名极普通的游方僧，并无圣僧佛爷。

麦喇嘛珠钦仓听后当即惊恐，怒斥侍从有目无珠，说那游方僧便正是尊贵的仓央嘉措佛爷。说时便立刻起身向外准备迎请。但因患有足疾，行走十分不便，艰难行至门外，见到尊者刹那，立刻跪拜请求摩顶，心中激动不能言语。

尊者驾临赛科寺那日，除了麦喇嘛珠钦仓之外，另有一僧需要提及。他便是后来以“霞鲁巴”名号闻于遐迩的杰·罗桑班丹。尊者抵达的前一夜，他如麦喇嘛珠钦仓一般，也得神谕，得知尊者次日将要驾临赛科寺。

因此，尊者将要抵达那日，罗桑班丹一早便来到赛科寺大殿内，孤自在大殿的角落里迎候着。尊者抵达寺内绕行礼拜时与罗桑班丹擦肩，罗桑班丹当即便行跪拜大礼。彼时，尊者脱口称他“霞鲁巴·列巴坚赞”。于是，此后，罗桑班丹便被世僧称为“霞鲁巴”。

那日。尊者赛科寺礼拜之时，还碰到一人。彼时，殿内正在举行辩经大会。据《秘传》载：“（当时）尊者在前排座位前走过，叩拜了佛像圣物，之后又经过执净瓶者的行列走了下来。这时，在座次的末尾，有一个离席进行辩论的僧人，他从前在寺庙里曾多次见过尊者，因此一见之下，马上便认出来了。”

于是，那僧人便上前跪拜，并请求摩顶。尊者自然不拒，为之摩顶之后，方才离开赛科寺。后来，有人说，此僧辩经的对手都是极具慧根的高手，平日里那人若想赢得辩经是极其困难的。但那日，尊者为他摩顶赐福之后，他竟然在辩经大会上大获全胜。众僧皆知，这都是受尊者摩顶之福泽所致。众僧欣羡。

关于摩顶。

摩顶，始于佛祖释迦牟尼早期在灵鹫山上传法时的经历。相传，释迦牟尼佛在印度灵鹫山宣说《法华经》之时，佛祖的侍者阿难遭魔王所化的鹫鸟惊吓。“魔王化作鹫鸟，于黑月夜分据其大石，奋翼惊鸣，以怖尊者。”佛祖为安抚阿难，便伸手“通过石壁，摩阿难顶”，以大慈悲之言告之“魔所变化，宜无怖惧”，祛其怖。如是，阿难方才平定了心意。

佛陀摩顶一事，《法华经·嘱累品》记道：“释迦牟尼佛从法座起，现大神力，以右手摩无量菩萨摩诃萨顶，而作是言：‘我於无量百千万亿阿僧祇劫，作习是难得阿耨多罗三藐三菩提法，今以付嘱汝等。’”

除此之外，《华严经》当中亦记道，善财童子拜见文殊菩萨时，“文殊师利遥伸右手，过一百一十旬，按善财顶”。

而今，摩顶，已是藏传佛教中的一项重要礼仪，含蕴上师“慈悲、呵护”之意，并有使受摩顶之人消除魔障之功。上师身体有无量的坛城和空行护法，摩顶便是上师给弟子加持的一种方式。

17 | 贺兰

自赛科寺回西宁后，尊者率十二僧众径赴阿拉善。

阿拉善，意即“贺兰山”。贺兰山，亦是灵杰之地。山川、湖泊、沙漠、绿林，自成圆满世界。是自在天成的福地，亦是尊者仓央嘉措最终弘扬佛法、普度众生的归止之地。

彼时，在阿拉善盟，有一名叫做格隆扎西的僧人，很是神通，亦因此受到托尔果阿佑可汗的供养。在尊者奔赴阿拉善时，他便心有预示，看到尊者正向阿拉善随风而来。

于是，格隆扎西便直奔阿拉善旗协理（协理，清朝僧官）巴匝加布台吉的家中。当时，巴匝加布台吉，其妻娜木宗，其父洛桑金巴都健在，身体皆安康，听闻格隆扎西如此一说，自然不敢懈怠。然后遵照格隆扎西的指示，布置周全，以大礼迎候。

是年，孟冬十二日。尊者率十二僧众，飒爽而来。衣着装备崭新，并皆有一种祥瑞安定之气。虽朴素，却仍有一种无法掩饰的尊贵气息在其中。令人远远观之便敬畏。

一如《秘传》所载：

> 贵人骑一匹雕鞍雪白骏马，鞍轿的前后俱安着鞍架，身着崭新的精美的僧衣僧裙，外罩袈裟，配着披单，披单上系着固定用的绦带，头戴新制的‘贡’帽，足登卫地出产的花饰缎靴，一十二位僧徒，状若弟子随侍左右，法驾降临到匝卜尔沃苏地方。

尊者到达阿拉善盟时，巴匝加布台吉一行人已迎候在烈风中。格隆扎西的预示亦完全正确，果真是有十二僧徒伴行尊者，相携而来。当下，巴匝加布台吉便将尊者迎回家中，虔诚供奉，以极崇敬之规仪照料尊者起居。

当时，巴匝加布台吉已诞有一子，名唤拉尊·阿旺多尔济。与尊者初见之时，孩童已经两岁，甚得法缘，与尊者极为亲昵。尊者亦对这孩童爱喜有加，在尊者住在巴匝加布台吉家中的那段时日，尊者时常会将孩童抱于怀中，对孩童极为怜恤。

这孩童，便正是日后撰著《六世达赖喇嘛仓央嘉措秘传》自称为六世达赖仓央嘉措“微末弟子”的额尔德尼诺门罕阿旺伦珠达吉。

尊者抵达阿拉善的第二日，巴匝加布台吉便诚请尊者为家人祈寿灌顶。尊者亦欢喜应事，为一家人做了佛事。

灌顶，是藏传佛教中最重要亦是最基本的宗教仪式。藏传佛教认为，修行是一个不间断的传承，而这个传承必须来自一位德高望重的上师，才能够信任。且这份体验必须由没有间断的修行者传达给下一代，从而得到证悟。因此每个佛教徒都必须与这个重要的传承接触，这项接触就是通过灌顶来实现的。

同时，藏传佛教认为，接受灌顶能够唤醒修行者心中的特别能量，让弟子与上师之间建立起一种沟通，启发弟子内在的潜能，走上良好的修行道路，直到圆满成就。

当尊者诵念完经法，巴匝加布台吉领家人跪地秉求尊者驻锡于阿拉善旗，做阿拉善子民供养的福田。彼时，见巴匝加布台吉一家人心意虔诚，目光当中尽是相信，于是也便应承了下来。但尊者尚有未了事，暂不能止步于此。

尊者道："有朝一日我在这里安身时，必将在你家门口落脚。我本有愿访遍五台、京师、珞珈山等地，然后打算去北方香跋拉……为了圣教和众生的利益，眼下我仍需要用这套游方僧的打扮走走。"

不过，世事因缘皆已注定。或许，这名唤"贺兰"的地方，便是他修佛路途的最后一站。若此处果真是他修行的归止之地，那么，他终有一日仍将回来。

十余日后，尊者主持了胜乐金刚本尊的会供轮。“此后，为各户官宦人家等大小施主俱做了许多法事。像经忏、回向、祈祷祝愿、超度亡灵等等，一如各家所请，直住到新年。”仲春二月，尊者方才离开阿拉善。

当中“回向”是佛教当中的一项极为殊胜而独特的修行法门。《大乘义章》卷九云：“言回向者，回己善法有所趣向，故名回向。”即施自己之善根功德予他者，并以己之功德而期他者皆成佛果，回向于佛道。

所谓“回向”，简单说来，即是面对自己所修的功德，不独享，而是将之“回”转归“向”与法界众生同享，以宽阔心胸，并且使功德有明确方向而不致散失，使自己趋入菩提涅槃；或以自己所修之善根，为亡者追悼，以期亡者安稳。回向愈多，功德愈殊胜。

将自己手中的光染于他人，照亮众生。

18 | 福田

这一年的仲春二月。尊者仓央嘉措循例行往阿拉善旗第二代旗王阿宝王的府邸，欲与阿宝王会面。

阿宝王大约出生于1686年（康熙二十五年）前后，是首任旗王和罗理的第三个儿子。其兄玉木楚木，1698年因平定准噶尔部之功封辅国公，俗称西公或南公。

阿宝幼居北京，体格健壮，聪明英俊，知书达理。1704年，按满蒙联姻以皇室女嫁蒙古王公贵族子孙的成规，阿宝与皇族格格郡主道格欣格格结婚，授和硕额驸，赐第京师，命御前行走。三年后，他的父王和罗理去世。1709年2月，清廷诏命阿宝承袭父爵，封多罗贝勒，任阿拉善旗札萨克。共在位三十年。

阿宝生有四子：长子衮布，1731年诏封辅国公，1732年晋升固山贝子，英年早逝；1737年，兄终弟继，衮布之弟拉尔济旺舒克承袭固山贝子；1741年，四子索诺木多尔济袭位。1739年10月，阿宝辞世，享年五十五岁左右。

在去往阿宝王府邸的路上，会途经霍秀地区的匝喀如格旗。当他行至一座帐篷时，门前的老者忽然迎上来握住了他的双手。但见老者双目含泪，极为虔诚，理应是认出了尊者。老者恳请尊者务必在自家暂住，盛情难却，尊者便应了下来。老者名叫拉杰。

一夜。尊者于帐篷内与拉杰夫妇和其他檀越（指“施主”。即施予僧众衣食，或出资举行法会等之信众）饮粥，饮完之后尊者正欲返回拉杰夫妇为尊者特别准备的神帐之中，却听到帐外有女子惊呼失火。于是，尊者便闻声赶去。

果然，在两个帐篷之间，烈火冲天，火光盛烈。彼时，人们慌乱，来来往往，意欲灭火。尊者上前一看，却淡静一笑，让大家莫慌莫乱。此火生发乃是因尊者的一领披单遗落此处，因此这披单方才自发生了火引来尊者。说时，便向烈焰中伸手，竟果真取得一件红色披单。

刹那，烈焰消失，火光不见，而尊者与那红色披单却未损分毫。当下，令众人结舌。次日，待大家再往起火之地去看，竟看不出草皮之上有半点火灼之痕迹。众人称奇。

不久，匝喀如格旗的章京沙尔扎，听说了尊者驾临，便诚请尊者去往家中做客。沙尔扎是虔诚的信徒，对尊者六世达赖仓央嘉措亦是顶礼膜拜，因此决然不愿错过此等良机亲见尊者。

尊者抵达沙尔扎的家后，便将自己的坐骑放在章京的马群里，交与马夫饲放。却不料那马夫见尊者坐骑是罕见良驹，便心生妄念。背地里骑走尊者的坐骑，作为己用，去寻找野地里走失的马匹。但不想，没有骑出多远，便遭两只巨型乌鸦袭击。

但见两只乌鸦左右不住地盘旋，作势搏击。马夫心中大惧，当即从马上摔下。匆忙离开。次日，马夫回到家中之后，见尊者正与沙尔扎饮茶，于是便准备窃窃离去，回避尊者。正在他转身之时，却被尊者唤住。

尊者极慈祥，好声问道："为何府上有三百好马，你却没有知会一声，偏偏偷偷骑走我的坐骑？"当下，马夫极为慌乱，不知如何应对，便矢口否认。听到马夫否认，尊者亦不逼迫，只是淡然一笑，说到昨日情景。说在马夫骑马行至河边时所遇到的两只乌鸦乃是尊者的二位护法化身。

听至此处，马夫惊慌失色，立刻伏地认错。尊者又说，因他心中慈悲，叮嘱二位护法不得伤害于他，他方才能安然逃回沙尔扎的家中。如是，马夫顿时心生厌离，落泪追悔。然后说道："上师您老人家果然是法力无边，遍知一切。多蒙您老保佑护救，实在是恩德无量，小人我忏悔自己的罪孽。"说罢礼拜，伏地叩头，请求宽恕。

此事传开之后，当地信众更是虔诚。

正是沙尔扎后来拜谒阿宝王时将尊者的神通事迹与慈悲心尽述，阿宝王听后甚为惊动，心中欢喜不尽。是到此时，阿宝王方才得知阿拉善竟有如此神秘高僧驾临。当即他便对沙尔扎说道：“若是果真如此，定要悉心供养圣僧。”

次日，阿宝王便派沙尔扎为首的数名重臣迎接尊者。

19 | 宿缘

当日，阿宝王派出沙尔扎迎请尊者入府时，特地将自己的一匹白玉宝骥备好鞍辔交付沙尔扎，请他务必乘此宝马迎驾。尊者本意欲前往，得知阿宝王有如此笃静信仰，更是无限欢喜前往。

为了迎接尊者大驾，阿宝王准备了极其盛大的迎接仪式，并亲自向尊者献上哈达，请求摩顶。为尊者准备的宴席之上亦都是极为精良的美肴。且迎请尊者入高座。态度极为虔诚。

席间，阿宝王与尊者倾谈甚欢。欢谈之间，尊者的一字一句皆令阿宝王获益，尊者的智慧之光时时闪耀，令阿宝王对尊者也愈加崇信。因此，宴席之后，阿宝王便诚意恳请尊者能够留在阿拉善，为这片土地之上的众生谋求福祉。

彼时，在阿拉善旗协理巴匝加布台吉亦已向尊者恳请，望尊者可留于此地。而今，阿宝王亦屈尊伏地诚请尊者。于是，尊者这一次终于应了下来。

阿拉善，贺兰山。尊者与它的因缘其实在尊者一早流浪的途中便已埋下缘种，有了牵绊。而在草原牧民的传说里，尊者将阿拉善作为自己最后弘扬佛法传播教义的福田，更是与当年尊者流浪时所遇异象密不可分。

相传，尊者曾在行途之中，路遇拉姆拉措湖。湖水碧色如清，浮云、飞鹰、雪山映照其间，宛如明镜。尊者在湖畔休息时，因身体疲乏至极，不禁神思恍惚。旧年往事便历历浮现。纯真童年，孤清少年，以及挣扎与爱欲生死之边缘的青年时光，皆令尊者心生慨然。

念及此处，尊者心有所感，甚是悲伤。正此时，那圣湖竟波光一晃，平静湖面无风微澜，一切静定之后，再朝那湖面看去，尊者竟看到另一帧不可思议之画面。映照的景竟换了面目，没有巍峨雪山，却得碧广草原。

而那草原，正是阿拉善草原。

尊者心知，大约是从那时起，他与这方水土的因缘便已安排妥定。他终是要归于此处的。因此，当时尊者应了阿宝王的请求之后便说，王爷务必放心，既已应承如此，自当竭力为阿拉善的众生寻谋福报。之后，尊者便入住了阿宝王为尊者准备的神帐。挂锡于此。

阿旺伦珠达吉的《秘传》当中描述尊者神通之处不在少数。但当中写得最为精彩的，我以为就是入住阿宝王府之后发生的事。

那日，阿宝王的王妃道格欣格格来到尊者住处。道格欣格格是大清庄亲王博果释的第三个女儿，亦是大清第一位下嫁阿拉善的和亲格格。因她自幼在宫中长大，娇生惯养，故刁蛮任性。听说府上有神通圣僧入住，便欲来一探真假。

彼时。尊者正在趺坐诵经，格格带着太监、丫环等众多随行突然驾临。闯入尊者的帐内后，吩咐丫环把锦裀绣垫铺叠了七层，便傲然踞坐在尊者对面，气势极是凌人，极为专注地观察了尊者的形容仪态，然后说明了来意。

格格说，听说府上有如此圣僧，虽世人皆赞不绝口，但未能亲见尊者神通仍不敢轻易相信，因此她希望尊者可以当她的面显露神通，若得，自然甘愿供养尊者，虔心侍奉。若是浪得虚名，也自然只能将尊者当做寻常的行脚僧来对待。格格咄咄逼人，尊者见状，无奈之下便只能略显神通。

此处在《秘传》当中被写得极生动：

“这时，尊者默然不语。紧闭双目，诵经不辍。正好，王爷收留的一名僧人上来献茶。他把茶斟到一只长柄瓷杯里面，捧到尊者手中。尊者接过瓷杯，如同揉捏稀泥一样，把杯子弄成一个鸡蛋般的圆球，又用双手往左右一扯，像抻面一般拉成一尺上下的长条。然后又捏成一个圆球，抛到空中。那球儿先是从帐篷上方的窟窿里飞出约一箭之程，回来后正好又落回到帐篷中央。这时依然是原先那只瓷杯，不破不裂，端端正正，还满装着一泓清茶。”

当下，在座众人皆瞠目结舌。格格更是惊诧至哑然，不知所措。良久，格格忙不迭便从坐垫上下来，伏地跪拜。一如《经》中所说：“凡夫俗子一见神变法术立即折服。”果真是如此的。

格格甚至将自己的宝饰取下，执意要尊者收下。尊者再三劝阻皆不可得，于是，万般无奈之下，便暂且将格格的一片心意收下了。自此之后，格格变得极为虔诚，对尊者至为崇敬。

后来还传说格格为尊者制作了一只镶嵌了各种珍宝的极奢华的顶髻。因制作顶髻需要的发丝不够，格格便将自己发辫上的青丝剪下了一绺来补足。可见格格心信之笃定。

不但如此，格格还一并为尊者准备了“五佛冠、上下衣裳等全套服饰，有貉绒大袍一件，香木折扇一对，库缎锦褥一双，裀垫数只，大小靠枕几种，上面俱饰以流苏彩绣，花团锦簇。此外，还有各式银制器皿、四季服装、一串价值纹银数千两的珠串、金色锦缎、貉皮风帽以及靴鞋等物”。

如是，道格欣格格成为了尊者在阿拉善旗的首席施主。从此以后，尊者六世达赖喇嘛仓央嘉措广收僧徒，弘扬佛法。一时声名远播。

20 | 京师

是年中秋。

尊者携格格与几名侍从去往了京师。自格格笃信尊者之后，便与尊者时时相依，不肯分离。因此，尊者这一趟京师之行，她亦伴随左右。抵达京师之后，尊者一行人住在阿宝王在京城的王爷府上。

初抵京师王府的当夜，尊者便对夜间事有了准确预料。彼时，月光初绽，尊者便唤来两位侍从，并叮嘱二人这一夜务必坐守在自己的床铺前，以候贵人夜访。夜半，正当侍从熟睡之际，门外便发出声响。果真是有人要夜访尊者。

来的人正是阿宝王。虽阿宝王对尊者笃信，但始终无法确知尊者身份。心中疑虑也始终未能获得释然。直到有人暗中向阿宝王提及尊者是六世达赖仓央嘉措佛爷真身，阿宝王方才豁然开朗。若不是六世佛爷，世间又能有谁会有如此神通。因此，这一夜，他便来向尊者求证。

尊者侍从开门之后，阿宝王示意一干人等在门外看守，让自己能与尊者有个安全又私密的对谈空间。

阿宝王对尊者说："尊敬的上师，其实我已知道您的身份。不知是否需要弟子启明圣上，为您正名，以重登六世教主之位。如若尊者心有顾虑，那么另有日下掌玺大法师一位空缺，亦可由上师您来担当。"

虽尊者心知阿宝王一片好意，但委实不能领受，只因而今端坐于此的人，已不是当初那个流连八廓街耽溺爱欲、内心热烈的青年。面对世间功利，亦已无法激起心中半点涟漪。是真正领悟了生命真谛，放开在活的人。他要的，不是功利，是世间终生都能平安喜乐。

因此，尊者终是微微一笑，婉拒了阿宝王的好意。

后来阿宝王又好意嘱咐尊者说，如今世道混乱，让尊者务必小心，尤其是在京城，更是要小心外出。并在离开尊者住处之前交给尊者一函《莲花遗教》和一只宝瓶。阿宝王说，这是他曾经的上师德木呼图克图临终托付于他的。

呼图克图是蒙古地区上层大活佛的称谓，一如西藏地区活佛体系当中的达赖和班禅。呼图克图是蒙语音译，意思是"长生之人"。凡册封"呼图克图"者，其名册皆载于理藩院档案中，其下一辈转世，须经清廷代表（钦差）主持金瓶掣签仪式而加以承认。

阿宝王说，德木呼图克图临终时告诉自己，有一位跟自己法力相当的得道高僧会在他圆寂之后来到阿拉善草原，而那位高僧便就是六世达赖仓央嘉措佛爷。这两件物品则是德木呼图克图赠予尊者的一点心意，让阿宝王务必亲手转交。

说完，阿宝王便离去。尊者手执德木呼图克图的两件物品，心中无限感慨。翌日起，尊者便深居简出，极少出门。以防身份外露。只在屋内专心修习。

在尊者少有的几次出行当中，竟有一次碰见了被押解进京的第巴桑结嘉措家族的一行人。当时，尊者途径德胜门大街，忽然看到街市中的人群纷纷退向道路两旁避让。定睛再看，原来是一行从西藏来的“罪人”正被押解入京。

而被押解的正是已故的第巴桑结嘉措家中的人。有桑结嘉措的两个儿子阿旺仁钦和玛索次仁以及桑结嘉措的一个女儿，连同数名桑结嘉措的亲信官员和家仆，约二三十人。

尊者立在马路一旁静静观望，心中无限悲伤。而今，当尊者念及少年时第巴桑结嘉措对自己的严厉教诲之时，竟觉温暖。正当尊者见此景状缅怀桑结嘉措之时，一只从西藏远远追随主人来到京城的獒犬穿过人流来到尊者身边，舔舐尊者衣襟，显得极为欢喜。

在这人不如犬的年代，一只忠贞獒犬竟仍记得尊者的慈悲，来与尊者亲近，令尊者甚为感动。后来那只獒犬便一直跟随在尊者身边，直到死去。

回到府上之后，有人来访。是在太医院供职的医学大师衮桑的同伴，也是一位藏人。那人不知尊者身份，亦不知尊者与衮桑熟识。他说衮桑病重，不知如何医治，听闻道格欣格格的上师极神通，因此前来求救。听闻是衮桑，尊者便毫无迟疑，随他前去。

待尊者见到衮桑时，衮桑已瘦骨嶙峋，极其凄惨。尊者屏退左右之后施法祛病除魔。不久之后，衮桑方才从昏迷中渐渐苏醒。见到是尊者亲身前来医救自己，不禁痛哭。哀悼当时西藏的混乱时代，生生剥夺了尊者的清净，致使尊者流浪他乡。

已是多年未见，彼此心中皆极伤感。尊者临行之前，衮桑执意献给尊者十两黄金和一具中原出土的香炉以及哈达等物品，并立誓为尊者祈祷一生。令尊者感动。生是幻觉，爱是真实。人与人之间的羁绊才是最为珍贵的。这一点，衮桑是领悟得极深刻的。

之后在京的数十日，尊者依照原先计划，参拜了旃檀寺等大佛金身之外，又巡礼和瞻仰了“如三十三天神阙降临人间一般的皇宫”。

公元1718年，藏历土狗年，春。

尊者携道格欣格格一行人回到阿拉善。

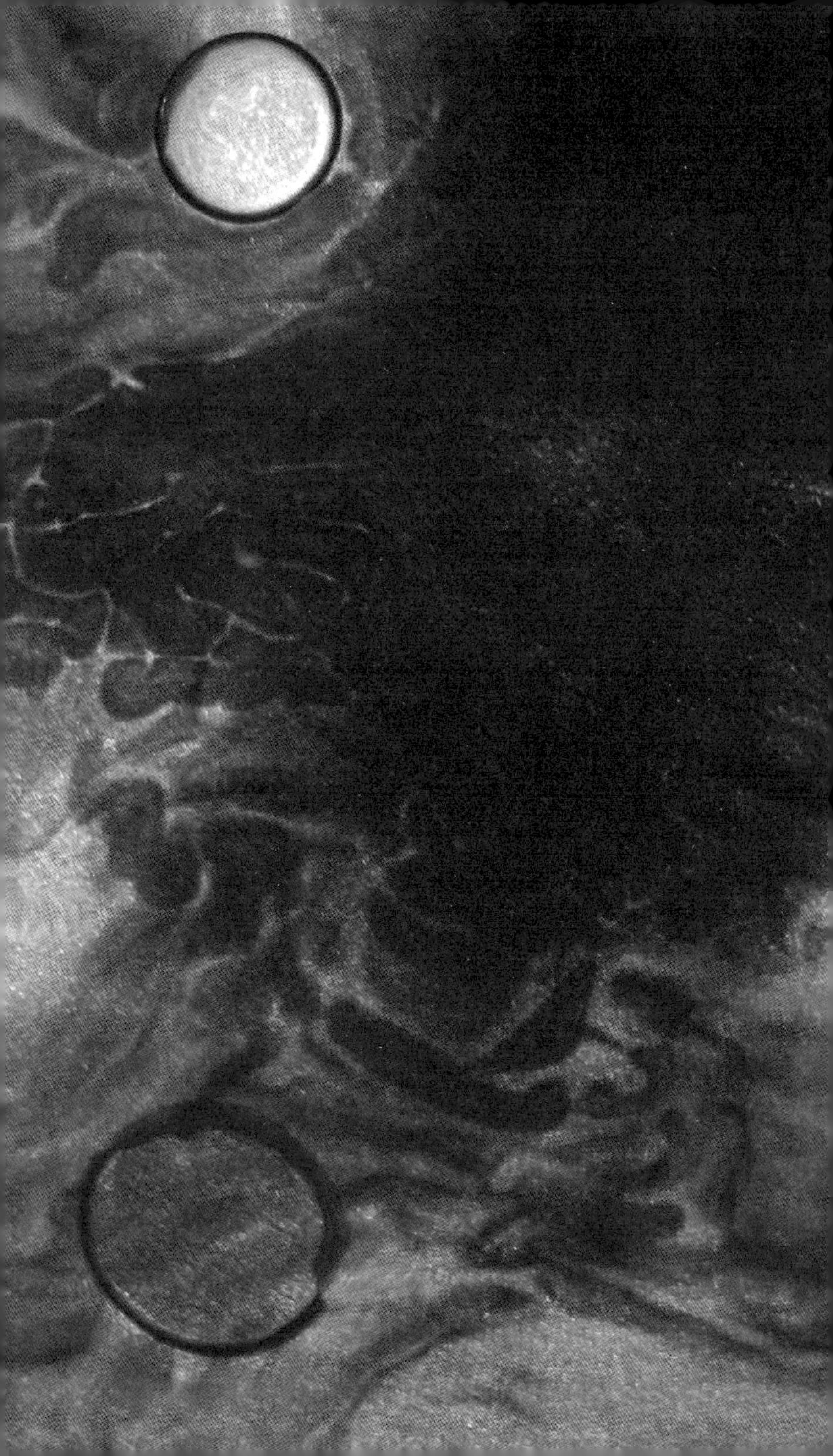

倾谈五

十地庄严住法王

21 | 莲事

尊者自京师回到阿拉善之后，驻锡两年。公元1720年，藏历铁鼠年，五月。尊者再次前往赛科寺，出席寺中的经堂大会。抵达赛科寺之后，一如往常，尊者受到全寺僧众的盛大供养。

在经堂大会上，尊者为众僧讲解《六般若》和《道次精义》等经典。尊者讲经时的仪态和声调等功德令众僧赞不绝口。在尊者准备北返阿拉善时，赛科寺众僧皆诚恳挽留，希望尊者来年再走。但阿拉善子女亦在等待尊者归返，实难两全。于是，尊者决定先返回阿拉善，来年再到赛科寺。

次年仲夏，尊者重返赛科寺。彼时，“全寺僧众手执仪仗，整队相迎。护法和随从鹄立在欢迎的行列前头。这番的礼遇比从前更不相同，而尊者则除了一心为圣教苍生谋利之外，别无他顾”。

这一年。赛科寺的子庙嘉格隆寺的住持一位空缺。嘉格隆寺因是赛科寺的子庙，因此住持一位素来都是由赛科寺委任。这一回，嘉格隆寺的众长老知道尊者与赛科寺曲桑活佛熟识，因此，众长老协商之后，向赛科寺的各位大喇嘛和上师央告，希望赛科寺的长老们可以请到尊者担任嘉格隆寺的住持。

但尊者是六世达赖仓央嘉措佛爷，不是寻常僧人。因此，就连赛科寺住持曲桑活佛也不敢轻易给予嘉格隆寺众长老们明确答复。便说，因尊者身份殊胜，若是有意迎请，理当亲自去询问。

起初，曲桑活佛也私下问询过尊者意见，但尊者不允。因此曲桑活佛没有再提。亦是因缘时机到了，当嘉格隆寺的众长老齐齐去迎请之时，尊者脑中竟忽闪过嘉格隆寺大殿内的景象。尊者虽从未去过那一处，但彼时他脑中所现景象却是极为清晰和深刻的。如同神谕，令尊者重新考虑担任住持一事。

当时，尊者看到了嘉格隆寺大殿内一幅玛索玛护法神像。画像当中的天女手中执一神剑，神剑剑柄之上刻有蝎子图案，而那只蝎竟在簌簌抖动其足，栩栩如生。

尊者一时间竟对那只画中蝎生出了无限深微之菩提心。所有心意竟都聚注在那只蝎上。尊者以为，或许，这只画中蝎便是自己与嘉格隆寺的缘起。因此，尊者最后便答应了嘉格隆寺一行僧众的请愿，去嘉格隆寺当住持。

是年。仲秋七月初三，尊者驾往嘉格隆寺。嘉格隆寺的迎驾队伍早早便自嘉格隆寺出发，浩浩荡荡行走了数日，在途中便迎到尊者大驾，令尊者感动。迎驾队伍以赛科寺的喇嘛、长者为首，紧随代表六部及十三处禅院的众活佛，最后是一千五百余名骑士，极是宏大壮观。

七月十三，尊者登嘉格隆寺住持法座。是日。天现奇丽彩虹，跨越半空，又有天鼓声响。瑞兆不断，令嘉格隆寺僧众和安多子民对尊者更加虔信不移。

在驾临嘉格隆寺之前，尊者曾问前来邀请尊者担任住持的一行嘉格隆寺僧人，寺庙大殿当中的天女神像里天女手中所执是何物，却没有一个人可以答得上来。或有人答话，说许是神棍。尊者听后只淡淡一笑，然后告之他们真相。非是神棍，而是一柄神剑，剑柄刻有蝎的纹案。

在尊者登座那日，尊者领众僧来到大殿，见到那幅天女神像。当时，尊者便对身边的随行僧人说，彼时你们说神像里天女手执神棍，而今你们再看。众人循着尊者手指方向看过去，果真一如尊者先前所述，是一柄神剑，且那剑柄图案与尊者所言亦分毫不差。

又一日。尊者预料到来年战乱，于是，对随行僧人说来年可在哪里建造寺庙。当时，因寺庙尚在，众僧不解尊者话中意味。直到公元1723年青海丹增王发起叛乱，祸及嘉格隆寺，于当年秋天遭到兵燹。尊者先前的一字一句方也皆得到了应验。

战前，尊者也曾对战中将遭难的一名叫甲莫呷久的僧人说到战时的情景。尊者告之他如在来年战乱中遭遇凶险，务必不忘祈祷，如此，尊者方能前去营救。

战乱那年，甲莫呷久遭叛军追杀，因此他便骑马逃奔，不料行至悬崖再无前路，被逼无奈之下便意欲自戕。就在生死存亡之时，他猛然忆起尊者先前的话，于是，心中心念如来，不住祈祷。最终，尊者化身乌鹊前去将甲莫呷久救获。

尊者神通不时显露，看似漫不经意，实则是因尊者对一切有情物俱发大乘菩提心，一切殊胜之功德皆是为了造福生灵。

22 | 塔布

是年，公元1723年，藏历水兔年。夏日。

喀尔喀蒙古地区库伦寺住持哲布尊丹巴呼图克图特派了一名印度游方僧来拜谒尊者。哲布尊丹巴之所以选择派一名印度僧人，是因为他考虑到而今尊者身份隐秘，而蒙古僧人因受辖于蒙古政治势力，亦寡有信义，令人难以足信，唯恐尊者身份遭到暴露，所以，哲布尊丹巴特别挑选了一名不通蒙文只懂印度语的印度僧人前往。

哲布尊丹巴，蒙古语亦称温都尔格根（高位光明者）、帕克托格根（圣光明者）或博格达格根。呼图克图，形成于17世纪初，是当时蒙古藏传佛教最大的活佛世系，章嘉呼图克图并称为蒙古两大活佛体系。亦是藏传佛教的领袖之一。

哲布尊丹巴在信中说得极为详细，认为而今的自己年事已高，希望尊者能在自己有生之年驾临喀尔喀，继替自己为喀尔喀众生谋福。虽尊者与哲布尊丹巴神交已久，但尊者谦逊，认为自己“自幼即抛乡离井，一切政教事务荒疏甚久”，难当大任，于是，婉辞推却了。

不久之后，尊者便收到哲布尊丹巴圆寂的消息。当下，尊者内心极为悲恸，涕泪纵横。尊者心知，一切亦只是因为自己与哲布尊丹巴之间缘浅罢了。

但巧的是，当时阿宝王却突然出现，邀请尊者与自己一同行往喀尔喀蒙古的车臣汗国。因年前阿宝王去往京都与车臣王会面之时，二人就阿宝王长子衮布与车臣王的女儿联姻之事达成了一致，并且，车臣王叮嘱希望阿宝王提亲之时，能够携阿拉善声名远播的藏密上师（亦即尊者仓央嘉措）一起驾往。

尊者听阿宝王说完之后，当即便应了下来。他说，自己亦可借此机会去喀尔喀库伦寺祭奠哲布尊丹巴的灵骨。公元1724年，藏历木龙年。孟夏。尊者与阿宝王一行人一同朝喀尔喀进发。

抵达库伦寺后，尊者一如往常，受到最盛大的尊敬和供养，迎驾仪式亦是史无前例的隆重。入库伦寺后，“尊者向哲布尊丹巴的遗体进行了隆重献沐礼，献了‘千供’及‘奠礼’，极其丰盛”。祭奠完哲布尊丹巴的遗体之后，尊者领全寺僧众举行了盛大的祈福法事，为全寺僧众诵经念佛，并摩顶赐福。

告别了哲布尊丹巴遗体之后，尊者离开库伦寺，与阿宝王一起来到了车臣王的邑地。车臣王对尊者崇信有加，因此竭诚拜请尊者留下，这使得车臣汗国众施主皆大欢喜。尊者在车臣汗国驻留长达一个月之后，方才返回阿拉善旗。

彼时，因战乱兵燹惨遭荼毒败尽的嘉格隆旧寺僧众开始向尊者祈愿，希望尊者能够率领众僧重建新寺。于是，尊者便“披挂起无上慈悲的坚忍的甲胄，以无上精进的力量肩负其利益圣教和众生的神圣职责”，依照先前的授记，在扎噶地方开始重建新寺。

公元1727年，藏历火羊年。新寺正式动工。此寺便是日后闻名遐迩的“塔布寺”。建筑过程并不平顺，先有兵燹余烟未歇，后有不信法教的官员阻挠，可谓是困难重重。但万千苦厄不敌一个法字。十六年之后，终于建成。

是年，公元1743年，藏历水猪年。

23 | 多麦

在筑造塔布寺的十六年间，尊者行修不止，依然会应檀越施主之请愿，为众生作法谋福，坚持不辍。

公元1730年，藏历铁狗年。在兰州，尊者为岳钟祺征准噶尔大军祝祷，作法七日。公元1733年，藏历水牛年。依照尊者的指示，于这一年的夏季，开始破土动工修昭化寺。昭化寺也成为了尊者仓央嘉措日后的法体俘厝之处所。

之后，尊者又去往代脱寺。尊者是应当地一户信众之请愿前去的。彼时，代脱寺的大喇嘛劳乌甲夏仲得知尊者将要驾临的消息之后，对尊者的身份持有怀疑。因此，劳乌甲夏仲便对自己的亲人和僧众说，自己要去一探虚实。

因为劳乌甲夏仲在拉萨朝圣之时，曾有幸在驾前侍奉，亲见尊者圣颜。他亦是为了怕信众受骗，于是次日便带了五十余名僧徒相随，向尊者来路方向行去。不久之后，劳乌甲夏仲一行人便与尊者的队伍会于半途之中。

彼时，他与尊者之间尚有一些距离。但即便如此，他骑在马背之上还是一眼便认出了尊者的圣容。于是，不待通知队伍停步，便连忙翻下马来，急急叫住了一行僧徒，齐齐跪拜在地。见尊者一袭布衣，又念及尊者昔日在布达拉宫里的荣华生活，顿时心中生出悲伤，不禁落泪。

待尊者完成此行之约，应邀做了法事之后，以劳乌甲夏仲为首的代脱寺众僧一齐请愿，希望尊者可以担任代脱寺的堪布，做当地子民的福田，福佑众生。如是，后来越来越多的寺庙都纷纷向尊者发来请求，尊者亦竭力一一给予答复，令众家寺庙皆得欢喜。

譬如后来，尊者便驻驾了衮钦等寺。并且，在驻驾衮钦寺时，尊者又一次显露了神通。当时，尊者赴约与当地土司会宴。席间，尊者与土司交谈甚欢，忽然尊者若有所思，尔后便立刻抬起双目，久望空中，一动不动。任凭土司如何叫唤，尊者皆不应。

正在土司困惑之时，尊者突然又恢复了神色。土司见状再次发问，这才得到尊者的解释。尊者说适才是因没有得空，去做了一件事。土司不解。尊者又说，刚才有一以卖烧饼为生的男子跌落水中，被急水冲走，尊者准确将此祸事预见，于是便分身前去救助。更说那人为了报答尊者的救命之恩，特将自己最后一枚烧饼切下一半递给了尊者。

说时，尊者竟果真从胸口拿出半枚烧饼。众人咋舌。虽是如此，那土司心中尚有疑虑，于是便暗中派人前去尊者所说的地点察看，不想，竟真的遇见一男子在河边晾晒被水浸湿的衣物。待人上前询问，那男子所说事迹与尊者所言分毫不差。

如此一来，众人便越发惊奇。于是，命那男子将衣服穿好，然后连同随身物品一起带至土司面前。当下，土司便问，可知是何人搭救，在座诸位是否恰巧有你的恩人。土司话未落音，男子便直指尊者，说正是此圣僧救了自己一命。说罢便伏地跪拜，久久不起。

后来有好事者从男子带来的竹筐里拿出了仅有的半枚烧饼，再与尊者那半枚一对，恰好凑成完整一个，纹理分毫不差。于是，自这一日起，衮钦寺当地子民僧众，无论是土司官长，还是平民百姓，皆对尊者生起了坚固不移的信仰，都甘愿成为尊者生生世世之施主。

公元1736年，藏历火龙年，皇帝降旨阿拉善人齐迁多麦地区（亦即安多地区，大致包括青海省的海北、海南、黄南、果洛四个藏族自治州和甘肃省的甘南藏族自治州以及四川省的阿坝藏族羌族自治州北部）。在多麦地区，尊者一驻留，便是九年时间。

在此期间，尊者同时担任着代脱、朱古、羌仁、甲丹、色木尼、沃尔措、夏麻等十三所寺院的堪布。“尊者到多麦地区之后，为了佛法及生灵，比任何一位圣者施展出来的神通都多。他针对不同的救度对象，用不同的方法加以调伏，圣行极多，如将手足印迹留在石头上面，以神通力渡过大江以及隐身之法等等，不胜枚举。”

塔布寺建成之后两年，亦即公元1745年，藏历木牛年，尊者仓央嘉措自多麦地区回到阿拉善。

24 | 神通

在《秘传》当中，时时可见尊者显露神通之处。星云大师云：人们总是对于一些神奇怪异的现象倍加关心，而佛教平实奥妙的道理反而不容易打动他们的心。因此，在《秘传》当中，每每尊者显露神通，必能服众。

在佛教当中，“神通”是指佛、菩萨、阿罗汉等通过修持禅定所得到的神秘法力。佛经里说，神通者，神智莫测，通达无碍，谓之神通。佛教之神通，是“神中有智，智中有通”。亦即以智慧为理体，外化而现出事相——神通。

神通，主要涵盖六种：

一、天眼通。所谓“天眼通”，能见极远方事物，或能透视障碍物或身体，不受光源明暗影响。

二、天耳通。所谓“天耳通”，能听极远方音声，包括言语等，或能跨过障碍物听到音声。

三、他心通。所谓“他心通”，能知众生心念造作。

四、神足通。所谓“神足通”，能随心游历极远处，或过去、现在、未来三世，不受时空限制。

五、宿命通。所谓“宿命通”，能知众生的过去宿业，知道现时或未来受报的来由。

六、漏尽通。所谓“漏尽通”，“漏”即烦恼，能破除执著烦恼，脱离轮回，意指修行证得阿罗汉果。

《大萨遮尼乾子所说经·如来无过功德品》：

“何者如来神通智行？答言：大王！沙门瞿昙神通行有六种：一者，天眼通；二者，天耳通；三者，他心通；四者，宿命通；五者，如意通；六者，漏尽通。”

佛教认为，神通之获得，或由证悟修道而得，或由禅定而得，或从业报天生而得，或由神咒而得。但层次复杂，能力有浅深小大之别。六种神通当中，前五种神、魔、鬼等亦可修得，非得道之神通，亦可能变成妖魔鬼怪外道之妖通、报通、依通。

第六种“漏尽通”唯有依经教原理破除烦恼者方能证得。因此，它亦是佛教当中最高修为者方能证得之神通。但习佛不是为了神通。念佛应以求生西方、究竟成佛为志愿，不应以求神通为目的。否则，错认路头，终致堕落，祈善思维。

《文钞·复永嘉某居士昆季书》云：

“持咒诵经，以之植福慧，消罪业，则可矣。若妄意欲求神通。则所谓舍本逐末，不善用心。倘此心固结。又复理路不清，戒力不坚，菩提心不生，而人我心偏炽。则着魔发狂。尚有日在。夫欲得神通，须先得道，得道则神通自具。若不致力于道，而唯求乎通，且无论通不能得，即得则或反障道。”

学佛之人，无论修学何种法门，若唯以求神通为目的，则此求神通之心，必障般若。神通之于解脱，不是根本，只能救济治标。根本在于修身养性，获得长久的平静，破除苦厄。

而显露神通之于佛、菩萨、大阿罗汉而言，亦只是为了度化恶劣根基，破除众生痴疑困惑。如尊者仓央嘉措一般，真正的密宗上师亦绝不会为了显耀之目的而大显神通。因佛法之根本在于增长智慧，不是获得并显耀神通。

而今，藏密蔚然成风。藏密源起于古印度，后由莲花生大师、阿底峡尊者等印度得道高僧传入西藏，并发扬光大自成藏密。而今的藏密被认为是现存最完整、最系统的密宗。藏密讲究三密相应，即“语密”（口诵真言密咒）、“身密”（手结契印）、“意密”（心作观想）。三密相应，方能成佛。

许多心意歪斜的僧众以修习藏密获得神通为目的，但一如《文钞・世界佛教居士林释尊成道纪念日开示法语》所云：“修密宗者……不善用心，即易着魔。”心意不正，亦不可得到，却易着魔。

在这浊浊人世间，最珍贵的，始终是般若智慧。

25 | 法相

法相。诸法之相状，包含体相（本质）与义相（意义）二者。人们常用“法相庄严”来形容佛颜之美、之洁圣。佛教当中有这样的说法，如来应化之身，应具三十二相，以表法身众德圆极，人天中尊，众圣之王也。三十二相包括：

其一，足安平相。谓足下安立，皆悉平满，犹如奁底也。

其二，千辐轮相。谓足下毂网轮纹，众相圆满，有如千辐轮也。

其三，手指纤长相。谓手指纤细圆长，端直好，指节参差，光润可爱，胜余人也。

其四，手足柔软相。谓手足极妙柔软，胜余身分也。

其五，手足缦网相。谓手指中间，缦网交合，文同绮画，犹如鹅王之足也。

其六，足跟满足相。跟，足踵也。谓足之踵，圆满具足也。

其七，足趺高好相。谓足之趺，高起如真金之色；趺上之毛，青琉璃色，种种装饰，妙好圆满也。

其八，腨如鹿王相。腨，股肉也。腨如鹿王相者，谓足腨渐次纤圆，如彼鹿王之腨，纤好第一也。

其九，手过膝相。谓双臂修直，不俯不仰，平立过膝也。

其十，马阴藏相。谓阴相藏密，犹如马阴，不可见也。

其十一，身纵广相。谓身仪端正，竖纵横广，无不相称也。

其十二，毛孔生青色相。谓身诸毛孔，一孔一毛，生相不乱，右旋上向，青色柔软也。

其十三，身毛上靡相。谓身诸毫毛，皆右旋向上，而偃伏也。

其十四，身金色相。谓身皆金色，光明晃曜，如紫金聚，众相庄严，微妙第一也。

其十五，身光面各一丈相。谓身放光明，四面各一丈也。

其十六，皮肤细滑相。谓皮肤细腻滑泽，不受尘水，不停蚊蚋。

其十七，七处平满相。谓两足下、两手、两肩、项中，七处皆平满端正也。

其十八，两腋满相。谓左右两腋，平满而不窊也。

其十九，身如狮子相。谓身体平正，威仪严肃，如狮子王也。

其二十，身端直相。谓身形端正，平直不伛曲也。

其二十一，肩圆满相。谓两肩圆满而丰腴也。

其二十二，四十齿相。谓常人但有三十六齿，唯佛具足四十齿也。

其二十三，齿白齐密相。谓四十齿皆白净齐密，根复深固也。

其二十四，四牙白净相。谓四牙最白而大，莹洁鲜净也。

其二十五，颊车如狮子相。谓两颊车隆满如狮子王也。

其二十六，咽中津液得上味相。谓咽喉中常有津液，上妙美味，如甘露流注也。

其二十七，广长舌相。谓舌广而长，柔软红薄，能覆面而至于发际也。

其二十八，梵音深远相。谓音声和雅，近远皆到，无处不闻也。

其二十九，眼色如金精相。谓眼目清净明莹，如金色精也。

其三十，眼睫如牛王相。睫，目旁毛也。谓眼睫殊胜如牛王也。

其三十一，眉间白毫相。谓两眉之间，有白玉毫，清净柔软，如兜罗绵，右旋婉转，常放光明也。

其三十二，顶肉髻成相。谓顶上有肉，高起如髻，亦名无见顶相，谓一切人天二乘菩萨，皆不能见故也。

尊者法相何如？亦始终令世人持深足的好奇心。在短短数十页的《秘传》当中，关于尊者的相貌体态，阿旺伦珠达吉就有长达两页的描述，字字皆是爱赞。

他说，尊者的相貌体态，是不高不矮，不胖不瘦。无论何时，在人群当中纵是风采超俗、气度不凡。“纵令鹑衣百结，也胜过他人的锦衣华服。”所有对尊者倨傲不恭者亲见尊者仪容之后都会立刻伏地心折。

又记：

“尊者面容俊美，齿白唇红，光彩照人。虽然年逾六十，但相貌常如三十余岁的人，偶尔也显示高寿的面容。头发油亮蜷曲，有时每月需剃一次，有时四五个月不剃也不见更长。双手过膝，手足掌心俱红润，指趾间不生空隙。关节不显，齿如编贝，共四十颗整。其中下边的右门齿恰似一颗尖端折断的松耳宝石，颜色碧绿。

尊者讲过：‘我年幼时，逢大愿法会。有一夜戏做跳神舞，从高屋顶上坠下，摔到石板上面，将这牙齐根磕掉。当时颊颐皆肿，疼痛难忍，向三宝奋力祈祷之后，到了天明，肿胀全消，居然痊愈。如今这里不是缺一颗吗？’那牙根还常常露在外面，有时恐怕在众人面前发笑时被人看到，所以常常不使人见到这颗断牙。

尊者生就一双凤眼，细看眼眸似乎有彩虹闪耀。双耳迤长，耳垂有孔。鼻准隆直，唇形美，令人一见之下便生崇敬之心，不敢仰视。虽有痘痕，但往往一点儿也不显。到年岁很高时手足也没有青筋暴起。腰身挺拔，毫无龙钟老态。

左掌有目形纹，右手食指稍偏左方有一金刚手佛像凸现——眼目须发清晰可见。无名指间右侧有‘唵阿吽’叠字，用来指验舍利子神效无比。当进行熏药或沐浴时，可运气使男根缩至腹中。在裸体做金刚跏趺及双手等引行导引术时，神采美妙，令人倾倒。

持戒的香气浓烈，甚至尊者用过的卧具、筹子、木箸等物也都香气氤氲。尊者曾讲过：‘即使混在乞丐群中，我身上这股香气也使他人生疑。’每食蒜，口中呼气全无蒜臭。吐气如药香。吸烟时，喷出的烟气与供神的异香一样……种种功德奇妙非凡，令人不可思议，所有的随侍仆从，有目共睹。”

如是，尊者形容实乃真真正正之庄严法相。

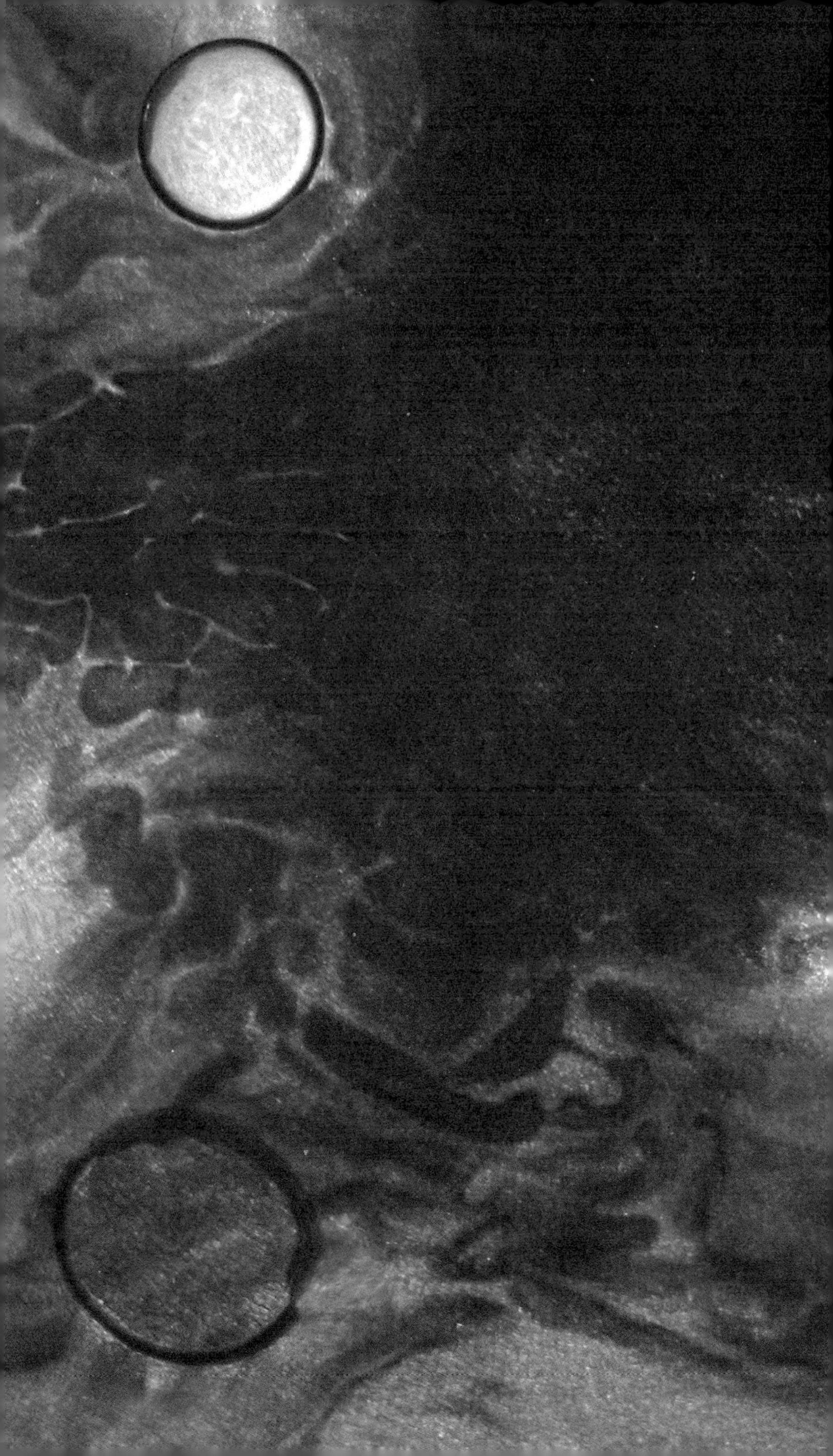

倾谈六

但逐轮回向死亡

26 | 送离

塔布寺建成那年，尊者已六十一岁。

彼时，是公元1743年，藏历水猪年。

那一年，尊者流年不利。某些事情，他亦开始隐隐有所预见。这一切亦看在尊者的弟子眼中。尊者身体变得脆弱，时不时会出现异样。令他的弟子们，尤其是微末弟子阿旺伦珠达吉忧心。因此，在这一年，多麦地区的众多寺院都遵照阿旺伦珠达吉的想法，陆续为尊者做了法事祈福，持续诵念“延寿咒”和《甘珠尔经》。

公元1745年，藏历木牛年。尊者患病。这一年，每当尊者巡礼之时，总会对前来朝拜的老人们说让他们好生将自己记住。老人们听在心里极是惶恐，都以为尊者是在暗示他们命不久矣。其实不是。尊者暗示的是他自己。

也是在这一年，尊者心中有所预料，于是，便开始陆续地交接住持事宜。这一处，《秘传》记到：

“大同寺院主的职务，经再三坚辞，终于易位，因之尊者道：‘现在我的心才安定了！’至于嘉格隆寺院主的职位，虽经坚辞，但仍未能交卸。尊者又到庙里，说：‘我任院主二十五年了，如今年事已高，无能为力，若死于任上，很是不好。’如此这般，申说了辞职的理由。但是大家心里只是想到尊者不愿，而没想到寿限将至。尊者为禅林及神殿举行了安住仪式，把一只咒结赐予管事长老曲吉，降法旨道：‘我俩的事，在此一言为定了。’

至牛年孟冬二十日，回到蒙古地区营帐中。刚一落座，便道：‘我心安了！’表现出欣慰的心情。”

十月二十六，尊者病容微露。此时，燃灯节刚过。燃灯节是为了纪念格鲁派创始人宗喀巴大师的逝世而举行的活动，于每年藏历十月二十五举行。这天凡属该教派的各大小寺庙、各村寨牧民，都要在寺院内外的神坛上、家中的经堂里，点酥油灯，昼夜不灭。

于此，便再次传书各地寺庙，聚集僧众集体为尊者诵经禳解。如此一来，尊者病症稍微缓和，但也绵延一月有余，始终卧床不起。至十二月时，尊者执意要起身做完旧年法事迎接新岁。且尊者希望这一年的传昭大法会要比往年更加隆重盛大。

听尊者如此一说，阿旺便更知尊者大限将至。

传昭大法会又称为莫朗钦波节，是西藏最大的宗教节日。此会是由格鲁派创始人、宗教的改革家宗喀巴于1409年在拉萨发起的一次祈祷大会延续而来的。在这期间西藏三大寺的僧人近两万人集中在拉萨大昭寺向释迦牟尼的佛像祈祷，并举行格西学位的考试。西藏与其他地方的佛教信仰者也来此朝佛，放布施。

因此，当日传昭期间，四面八方是人众荟萃。尊者每日接见的信众和朝拜者难以计数。除此之外，讲经说法、祈愿赐福，尊者一一极力亲为，令朝拜之人皆得欢喜。于是，一场传昭大法会下来，尊者更是形容憔悴。

弟子们每每劝阻，尊者总是和眉悦目微微一笑，然后说道："话虽如此，但来聚会的人们一心思念于我，专程前来，还是不要阻止他们晋见的好。每一次作法，每一次祈愿，都要做到毫不挂碍才好。"

大法会结束之后，便是新年。

初一。尊者强撑病躯，为众人宣讲新年庆贺格言。初二。一病不起。时而昏迷，时而寒热交作。阿旺为尊者按摩之后，尊者方才稍感舒适。但仍旧是极度艰辛。初三如是。初四亦如是。初五。阿旺领衔二十一位僧人为尊者举行了消灾解厄的施食法事。日夜不辍，并持续了一个半月。

如此，尊者病情好转，绵延至四月。

27 | 圆寂

他是观音化身殊胜怙主尊者。

一切灾难苦厄都应离于圣者。

但公元1746年的四五月，之于尊者而言，却是极殊胜的一段时光。一如佛祖和大圣，为了促使这浊浊人世当中所调伏的对象，即那些持常见者能生厌离心，信奉佛法，尊者以最后的肉身消亡之功德令众生明白，佛亦常人，常人亦可成佛。

缘起缘灭，皆不过只是一念之间的事。

四月初六。《秘传》记：

“（尊者）把以弥勒佛殿为首的三座殿内的神像全聚到一起，进行了开光仪轨。尊者嘱咐我们对这灵验非凡的弥勒佛像更要勤奋供奉。赐我（阿旺伦珠达吉）红色咒结一条。送家母及管事白咒结各一条。复吩咐我与惹江巴•洛桑次诚二人务必把所有神殿中的神像、经籍、供器等等全部造出清册。有些像中的藏物已朽，有些缺少藏物，俱应重新装好。要对全部神像进行献浴、涂金、开眼等事项。我们全部一一照办，而有些事则是他老人家亲自做的。”

四月三十。《秘传》记：

“（尊者）在这天为一些安放藏物的佛像举行了中等规模的开光仪式。尊者令我将他自己亲用的金刚杵铃和长耳帽等物品送与夏鲁仓大师，请他要按先前许诺的那样为教法和众生造福。又把另一只金刚杵铃献与上师甘丹赤巴。尊者道：‘吉事一毕，我今生的事业也就功德圆满了。’我等虽再三恳求，请尊者再次教法衰微之际务必发大愿心，但也于事无补，只有诵经祈愿，做了些法事，又请神问卜，却都不甚灵验。”

五月初七。《秘传》记：

“（尊者）病情稍缓，与前一日无甚差异。开经祈寿，大家一齐祝祷。做过法事之后，尊者即面露笑容。虽能应声，但有怔忡之相。随后打发人到衙门和庙里送信。这边则仍然努力作法祈寿，坚持不辍。”

尊者圆寂之前，用尽最后的气力将生前的所有未尽之事一一都料理得极清晰完整。如是，尊者方才将一颗心安放稳妥，静默远离。

阿旺伦珠达吉决然未曾料到，那一日，竟是他与恩师在一起的最后时光。是夜，阿旺独自伴于尊者驾前。至夜深时，尊者忽然对阿旺说话，说自己的身体感觉有了变数，极为不妙。说时，便伸手将阿旺揽入怀中，亲吻并抚摸。二人这一生的缘是极深重的，所以，尊者对阿旺说，对他极是不舍。

听到尊者的话，阿旺当即痛哭，悲戚难抑。尔后，阿旺迅速找来医生为尊者诊治。但一切命数，尊者皆已了然于心。心知诸天空行都已前来接引。良久，尊者发话，时辰已到。湛然一笑，双目闭合。赴光净天法身三摩地之圣境了。

生死，不过只是轮回一事。生无须大喜，死亦无须大悲。生生死死之轮常，都不过只是肉身更迭的形式。佛祖和大圣，皆可穿透世俗表象，不重肉身存亡。而透过生死表象，证得觉悟，获得灵魂的永久自由和终极快乐。

公元1746年，藏历火虎年。是年，5月8日。藏传佛教史上最受人珍爱的上师，观音化身殊胜怙主尊者——一切知洛桑仁钦仓央嘉措，第六世达赖喇嘛，圆寂。

尊者圆寂之后，众高僧商议依照尊者生前预示，将尊者的遗体完好地保存，并安放于昭化寺内。

在西藏的葬礼当中，火葬和塔葬极为尊贵，都是高僧大德方才能够享有的礼遇。而塔葬又分为三种。一是将肉身火化，骨灰入塔。二是部分遗骨入塔。三是完全肉身入塔。而尊者六世达赖仓央嘉措的葬礼，便是至为尊贵的完全肉身塔葬。

后来，尊者仓央嘉措的肉身灵塔从昭化寺转至广宗寺内供奉。在文革那一段非常时期内，广宗寺一度被毁，庆幸的是，尊者仓央嘉措的遗骨和舍利子仍旧被虔诚信徒舍身保存了下来。之后，信徒为尊者专门建造了一座黄塔，用来安放他重新火葬后的骨灰。即六世达赖喇嘛荼毗塔。

如是。

尊者仓央嘉措的传奇一生。
方才渐寂无声，沉于史册。

28 | 正见

菩萨福德无量无边。

当以譬喻因缘故知。

迦叶！

譬如一切大地，

众生所用，无分别心，不求其报。

菩萨亦尔，从初发心，至坐道场，

一切众生皆蒙利益，心无分别，不求其报。

迦叶！

譬如一切水种，

百谷药木皆得增长。

菩萨亦尔，自心净故，

慈悲普覆一切众生，皆令增长一切善法。

迦叶！

譬如一切火种，
皆能成熟百谷果实。
菩萨智慧亦复如是，
皆能成熟一切善法。

迦叶！
譬如一切风种，
皆能成立一切世界。
菩萨方便亦复如是，
皆能成立一切佛法。

迦叶！
譬如月初生时，
光明形色日日增长。
菩萨净心亦复如是，
一切善法日日增长。

迦叶！
譬如日之初出，
一时放光，普为一切众生照明。
菩萨亦尔，放智慧光，
一时普照一切众生。

迦叶！
譬如狮子兽王，
随所至处，不惊不畏。

菩萨亦尔，清净持戒，
真实智慧，随所住处，不惊不畏。

迦叶！
譬如善调象王，
能办大事，身不疲极。
菩萨亦尔，善调心故，
能为众生作大利益，心无疲倦。

迦叶！
譬如有诸莲花，
生于水中，水不能着。
菩萨亦尔，生于世间，
而世间法所不能污。

迦叶！
譬如有人伐树，根在还生。
菩萨亦尔，方便力故，
虽断结使，有善根爱，
还生三界。

迦叶！
譬如诸方流水，
入大海已，皆为一味。
菩萨亦尔，以种种门集诸善根，
回向阿耨多罗三藐三菩提，皆为一味。

迦叶！

譬如须弥山王，

忉利诸天及四天王，皆依止住。

菩萨菩提心亦复如是，

为萨婆若所依止住。

迦叶！

譬如有大国王，

以臣力故能办国事。

菩萨智慧亦复如是，

方便力故，皆能成办一切佛事。

迦叶！

譬如天晴明时，

净无云翳，必无雨相。

寡闻菩萨无法雨相，

亦复如是。

迦叶！

譬如天阴云时，

必能降雨充足众生。

菩萨亦尔，

从大悲云起大法雨，利益众生。

迦叶！

譬如随转轮王所出之处，

则有七宝。

如是迦叶！

菩萨出时，三十七品现于世间。

迦叶！

譬如随摩尼珠所在之处，

则有无量金银珍宝。

菩萨亦尔，随所出处，

则有无量百千声闻辟支佛宝。

迦叶！

譬如忉利诸天，

入同等园，所用之物皆悉同等。

菩萨亦尔，真净心故，

于众生中平等教化。

迦叶！

譬如咒术药力，

毒不害人。

菩萨结毒亦复如是，

智慧力故，不堕恶道。

迦叶！

譬如诸大城中所弃粪秽，

若置甘蔗蒲桃田中，则有利益。

菩萨结使亦复如是，所有遗余，

皆是利益，萨婆若因缘故。

自《宝积经》。菩萨无量功德如是。

尊者一生善迹遍布西藏、青海、尼泊尔、印度等地，佛光可照见众生芸芸。是真真“发心为利他，求正等菩提”。

菩提心的本体是利益一切众生，让他们获得如来正等觉果位的希求心。它为一切诸佛之种子，是净法长养之良田。若发起此心，勤行精进，则得速成无上菩提。“菩提”二字即是成佛之意。盖此菩提心乃大乘菩萨最初必发起之大心；生起此心称为发菩提心，略称发心、发意；最初之发心，则称初发心、新发意，为菩提之根本。

尊者仓央嘉措，自诞世至圆寂，一世一生，得菩提，成圆满。因此，死亡对于尊者而言，是欣喜相迎的。抛却肉体，获得自由和永恒的光明。

29 | 彼岸

却来观世间，犹如梦中事。自《楞严经》。

阿旺伦珠达吉的那一册《秘传》，薄薄数十页，却反反复复读上了一整月。而今读来，这本年代久远极难考证却委实又极为珍贵的小书，果真是有令人耽溺之力的。

因汉藏语系疏离，所以《秘传》的汉译本，终有瑕疵。但《秘传》的内核在那里。尊者仓央嘉措的后半生在那里。佛法的智慧和尊者的人生奥义在那里。纵《秘传》所叙事宜难以考证，但阅读它时，当中依然有种力量让我隐隐知觉自己是在与真相靠近。

读《秘传》，得到几个道理。一如尊者毕生所行。独处，隐居，云游，保持内心的洁净与清明。记得有人向我说过，习佛不是为了功利，而是为了打开心门，增长智慧，获得长久的平静和欢喜。

唐诗人寒山子有诗曰：

千云万水间，中有一闲士，
白日游青山，夜归岩下睡。
倏尔过春秋，寂然无尘累，
快哉何所依？静若秋江水。

爱极了这首诗。吟诵千万次亦不觉厌倦。这当中的逍遥意趣，令人心驰神往。他是在山中修道，尊者是在人间习佛。看似殊途，却终究同归。犹似佛法教导世人放开的真意。真正放开的人，才不会为尘世所累，才能云游山水，与天地共枕。

尊者少年时的爱欲生死之修行，其实冥冥之中亦是为了将来的放开，亦是为了更好地爱。爱一草一木一虫一鸟。放开心，爱世间万物，爱上爱本身。如此，方能得正见，获得深刻的宁静。这亦是尊者仓央嘉措后半世之修行所要教导世人获知的道理。

曾以为，他——尊者六世达赖仓央嘉措的一生好寂寥。而今，读完《秘传》，亦已落笔至此，方知自己曾经的以为是荒谬的。他的那圆满一世根本便是，极热烈、极丰盛的。

童年。

他也曾是纯真男童。与幼龄的伙伴在青藏高原的日光之下，追逐，嬉戏，一笑一回头。彼时，贫困不是阻碍，瘦弱不是阻碍，甚至连失去至亲，也不能成为阻碍。他就是那个见天见地皆满心欢喜不尽的男孩。一切都温暖如光，是明媚至极的。

少年。

他也曾迷惘、徘徊。孤寂的宗教生涯时时考验着他尚单薄的身躯。但他有智慧。他以少年之眼，来领悟世人从生至死亦不可知获的佛法和道理。并带给自己深刻的佛法根基。心极干枯时，便提笔作下两首诗。也是浪漫。

青年。

他亦尝试挣扎与抵抗。以为挣脱束缚的方法是叛逆。流连在八廓街，看尽人世声色犬马。但他亦开始知道有命运这回事。并日渐明晓，岁月不宽宏，一切苦厄并非来自灰暗人间，而是来自自己内心的尘埃和庸扰。于是，他终于明白，爱欲生死之惑之痛之深不可触，不是生命的真相。

后来。

他终于看穿，并懂得放下。去峨眉山，去尼泊尔，去印度，去阿拉善，去多麦。带着佛光，巡礼人间。那时，他所踏过的山川、河流、沙漠、绿林、茫茫荒原，或是陌生小镇，皆是他成佛的道场。

一生若此。

阅读《秘传》至尊者圆寂的那一处时，心中阵痛。彼时，那痛楚虽不绵长，却真实深刻，甚至是有些锋利的。直至落笔再写，写他圆寂时，那痛楚方才变得缓，变得淡，变得轻。因书写而知道，其实，至此，他的一生已然圆满如初。是他一早便知，欢喜迎纳的结局。

自成圆满。

他——一切知洛桑仁钦仓央嘉措的，
一生一世。

如淡星，
如素月，
如暖日。

悬于尘埃里，
悬于书册中，
悬于天地间。

成为，
芸芸后世的，
生命之光。

30 | 无涯

佛说。

众生无始生死，
长夜轮转，
不知苦之本际。
譬如大雨滴泡，
一生一灭。

生之苦、痛、哀、怒，人人皆要迎对。唯有习佛，以正见破除三界烦恼，追求解脱苦与苦因，方能清心净性，知获新生。而他——六世达赖仓央嘉措，以低于宗教的姿态，潇潇洒洒逡巡人世，以爱欲生死之修行，度化三百年后众生芸芸。

绝不会自以为书写完他的一生一世，便已知获他的人生奥义。他的人生奥义一如他生生世世习佛之“道场”。在实，在虚。在幻，在空。在可知的地，在不可知的天。在今生，在来世。在瞬间，在永久。在身外，在心中。在你我不可触及的生命罅隙当中。

而这些，都是书写亦难以抵达的。

书末，抄送《信心铭》，予天下习佛有缘之人。《信心铭》是极重要的佛教法典。是汉家禅宗三祖僧璨大师的毕生心得。无论是藏传佛教，还是汉传佛教。无论是密宗，还是禅宗。佛座下八万四千法门，若要习得成就，皆不能违背它的原则。

或许。你我终有一日，会皈依，心向佛陀。

《信心铭》：

至道无难，唯嫌拣择。但莫憎爱，洞然明白。
毫厘有差，天地悬隔。欲得现前，莫存顺逆。
违顺相争。是为心病。不识玄旨，徒劳念静。
圆同太虚，无欠无余。良由取舍，所以不如。
莫逐有缘，勿住空忍。一种平怀，泯然自尽。
止动归止，止更弥动。惟滞两边，宁知一种。
一种不通，两处失功。遣有没有，从空背空。
多言多虑，转不相应。绝言绝虑，无处不通。
归根得旨，随照失宗。须臾返照，胜却前空。
前空转变，皆由妄见。不用求真，惟须息见。
二见不住，慎莫追寻。才有是非，纷然失心。
二由一有，一亦莫守。一心不生，万法无咎。
无咎无法，不生不心，能随境灭，境逐能沉。

境由能境，能由境能。欲知两段，原是一空。

一空同两，齐含万象。不见精粗，宁有偏党。

大道体宽，无易无难。小见狐疑，转急转迟。

执之失度，必入邪路。放之自然，体无去住。

任性合道，逍遥绝恼。系念乖真，昏沉不好。

不好劳神，何用疏亲。欲取一乘、勿恶六尘。

六尘不恶，还同正觉。智者无为，愚人自缚。

法无异法，妄自爱著。将心用心，岂非大错。

迷生寂乱，悟无好恶。一切二边，良由斟酌。

梦幻空花，何劳把捉。得失是非，一时放却。

眼若不睡，诸梦自除。心若不异，万法一如。

一如体元，兀尔忘缘。万法齐观，归复自然。

泯其所以，不可方比。止动无动，动止无止。

两既不成，一何有尔。究竟穷极，不存轨则。

契心平等，所作俱息。狐疑净尽，正信调直。

一切不留，无可记忆。虚明自照，不劳心力。

非思量处，识情难测。真如法界，无他无自。

要急相应，惟言不二。不二皆同，无不包容。

十方智者，皆入此宗。宗非促延，一念万年。

无在不在，十方目前。极小同大，忘绝境界。

极大同小，不见边表。有即是无，无即是有。

若不如是，必不须守。一即一切，一切即一。

但能如是，何虑不毕。信心不二，不二信心。

言语道断，非去来今。

每个人心里都住着一个仓央嘉措。

而今，
我写下的、你读到的，
便是住在我心里的，
那一个，
仓央嘉措。

而今，
再念他时，只觉，
仓央嘉措四字，
如生之丰盛热烈，
亦如死之幽深无涯。

一切入寂。

往事浓淡，
色如清，
已轻。

经年悲喜，
净如镜，
已静。

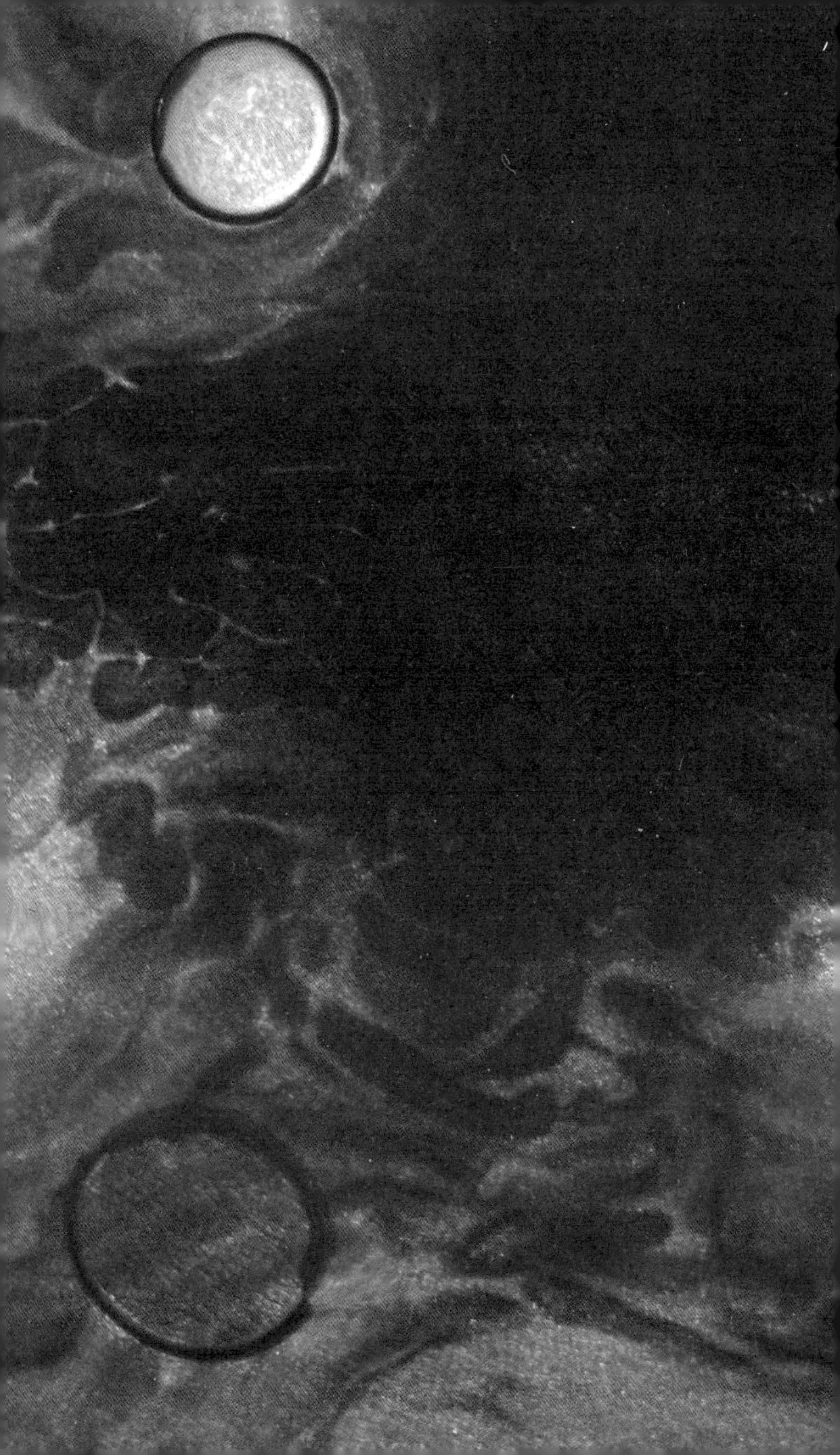

与仓央嘉措有关

附录1 | 仓央嘉措相关诗文

1·金穗 节选（桑结嘉措）

在东方多吉丹圣地北面，
古名叫做布尔杰的西蕃，
这里有像天柱般的高山，
如曼陀罗般的翠玉湖泊，
似透明水晶塔般的雪峰，
金色的草原像金山座座，
可入药的植物气味香浓，
秋天点缀着明媚的金花，
夏季装饰着碧绿的玉叶，
啊，雪域怙主观音菩萨，

这里就是您所化的刹土，
此地即有您所化的众徒，
您，是一切众生的救主，
您，应把雪域好好制伏！

从上述共性或个性方面都说明，要把封闭的穷乡僻壤那些受五毒之害最深的人加以制伏的话，若仅以师父或百姓的身份出现，则无法达到目的。所以说：

蕃人把国王看得至高无上，
须君临宝座才能治好西藏。

正如所云，自聂赤赞普等“天之七赤王”“地上六勤王”“八德王”“五赞王”等历代王政，都是以神话、巫卜和苯教来进行治理的，从拉妥妥日年赞到“祖孙三王”，这期间，“杰旺丹巴仁波切”——佛教得以诞生和弘扬，使佛法太阳的明光照亮了黑暗的番域。在后弘期，出现了无数诸如仲敦巴·甲瓦琼乃等居士，启库大法师娘·尼玛颜色等咒师，喀钦·贡巴娃等出家僧侣，他们为雪域众生造福的功绩，已在我所撰写的五世达赖的传记《土古拉》第四卷里详细地进行了记载。

五世达赖所著自传《云裳》里的《极秘之部》有（神降偈）曰：“为利生事业转世七次，尔当为其中的第五世。”无量的大慈大悲之心来源于殊胜之佛——永远注视着众生的观世音菩萨，她亲临雪域佛地——为生活在浊世的众生，宣扬不尽的如大海一般的佛法功业；她化作身穿黄色袈裟、头戴黄色法帽、超越一切的胜者——她转世七世、生世洁净根弃二障、在无所住的境界、像水月一样脱离了是非真伪身像的第五世（达赖）；她是福泽的明灯，根除众生的愚昧，将其引上光明的佛法大道；她像所有珍宝的来源大海一样，是一切善业的发祥地；她像用全部祥瑞垒成的高山，如给人以阴凉的大树，似佛法的太阳！所以，人们都这样称呼阿旺洛桑嘉措为充满青春活力之释教的无畏守护者。这一名誉满三界，具有断证、功德、慈悲、“五见”，连生庚年月这样的小事也与净饭王之子——释迦牟尼完全相同，包括引导神祇在内的一切众生之佛——五世达赖，他从根本上抛弃了生因二障，获得了金刚石一样不可摧毁的生机，为适应所化徒众而幻灭自身，这也是殊胜功业的神奇秘法之所在。

为此，他深感第六世达赖即将出世，而护法神府坚嘉措也对之进行了劝慰，故下令在措那宗修复（寺庙），即于拉瓦宇松——三低洼地新建宝座，再到三大寺进行佛事活动，以满足一切众生的心愿……然后把泥石一般的鄙人视为金子置之于摄政地位，鄙人虽以各种理由辞让，但他严令鄙人：“必须居于摄政王位，以执掌权柄，而且不能像以往的摄政王那样只掌管政权，还要掌管佛法和人世庶务。在这些方面，无论你做什么，全都和我在做一样，没有区别，不要推诿，要坚定不移地指挥一切。”就这样，既做了如上教导，又向下进行了宣布。

显宗的《百业经藏》有云：“主宰者们，（我）如来在不久的将来连聚合细粒而成的躯体也将一丝不剩地在涅槃界完全寂灭。我涅槃之后，你们要护持佛法。”……所谓的“主宰者们”，即指的四大天王、大觉仙、十方佛。要求一如对他们所嘱托的一样对殊胜尊者也应如此地遗嘱，并对以护法为业的厄鲁特蒙古为首的施主们也进行了宣谕。这一切不仅书写在布达拉宫三梯门的墙壁之上，而且还按上了祥瑞的一双掌印……

水狗（1682）年二月，（五世达赖）在进行了说（经）、辩（经）、著（经）的佛事功德之后，专一不二地潜心于“三昧之定”，而闭关修行到下弦月。时至空行母聚集之吉旦——二十五日那天，又对以鄙人为首的近待、随员进行了政教二制的重要教诲。此外，还对金刚弟子的鄙人进行了如何妥善处理朝廷、蒙、藏的关系，对暂要保密、不能决断的大小事情，都应求神降旨。说完这些遗嘱，在摄去庄严之相的同时，破除五毒，于五天之内成为“双运幻化”之身。

虹彩空横，天雨神花，异香扑鼻，在众多空行母的恭迎下，瞬息间去向了空行净界邬仗那莲花明光的具喜佛宫——那无边大海的极乐刹土……

二月二十八日，乃琼大神降旨曰：

……

已往的师长迭代急传，
均因佛法未很好创建，
如今的光明呈现东南，
浊世众生异常的野蛮，
要把灯点燃比较困难，
但我贝哈尔王可担保：

不久即将出现在人寰。

……

三月三日，耿青大梵白额大神又作了授记：“现在殊胜尊者还未入母胎，其灵心在曩色林与塔布之间的东南方向。如再说明白一些，则浊世的众生命薄福浅，可能对之产生魔障，以致造成灾难，不利……”

玻璃琉璃的深色百瓣林，
在各种各样金刚的中心，
成一威猛的狮子栖息处，
太阳的光辉照射着山陵，
狮子的意向面对着白雪，
云气慢步像迎东海贵宾。

为此，大神解释说：“所谓‘玻璃’，是纯洁无垢的象征，其表里透明特性，显示了纯真无瑕；此外，‘乜’（疯）种姓的旧译密乘的宗旨即像琉璃一样，颜色深褐。所谓‘百瓣’就是莲花，有两种含义，一是启库大师，即莲花林人；一是体现了那里的地形地貌。所谓‘林’，就是指诞生的地方——邬坚林。”

……

“乜”这一家族，源远流长。过去曾出现过一位精通印藏文字的密宗承传——乜·旺久卡热大译师，迭代相传到启库大师班觉，秘名白玛林巴（即莲花林巴）等，其间，出现过无数的人中之佼佼者……到了喇嘛丹增扎巴，八十高龄圆寂。在先，他娶邬琼布珍为妇，于铁兔年生了一子，名曰扎西丹增……从小就自觉地乐善好施，根绝恶行，且聪慧过人，对祖辈著述，过目不忘，专心致志，毫不松懈，通晓白玛林巴密教……这位“乜”姓后裔、密宗大师仁增扎西丹增就是第六世殊胜尊者的父亲。

（吐蕃）法王（一般指松赞干布）失散的后裔，有的脸上生着狗嘴，有的头上长了角，认为不吉祥，就被放逐到门隅地区，以后分成两支，不论哪支，反正都是法王后代，他们不住宫殿，而在山上修筑城堡，成为黎民百姓之王，过去了若干代后，其中一人生了七子，名叫贡格杰（上善君）的长子到了拉瓦宇松，与波俄托西结成玉臣关系，建立了措松拉邬康巴家室，生了一个公子名叫左格，以及两个出家的孩子……（后代曾与汤东杰波有过联系）…… 到了却俄达杰，生了两个孩子，一个叫噶玛多吉，从夏姆仁辛地方娶了一个名叫阿布迪的妃子，于土狗年生一闺女，她从小受到良好的家教，品德高尚，信仰虔诚，施舍大方，文雅蕴藉，完全杜绝了五恶，具备人德……从而成了普度“三有”（或三界）的殊胜尊者的母亲——名曰邬琼·次旺拉母。

……

藏历十一绕迥（年）后叶，就梵文中讲是“如底如热”年，就密教而言是“查久”一“吐血”年，就东方汉族说是“癸亥”年，就我雪域称为“水猪”年的润二月的前一个二月、润一日的前一个一日一日嘎日（现在的星期天）的良辰吉旦（注：即康熙二十二年三月二十八日、公元1683年3月28日），为阴凉众生而造福积善的殊胜尊者（第六世达赖仓央嘉措）诞生了。

尊者从诞生开始，即一尘不染，具备三十二吉相、八十随好，令人一见即饱眼福。《方广大庄严经》有云："这位'一切成'的孩子所具备的'大勇'者的三十二吉相是：'肉髻突兀，头闪佛光，孔雀颈羽色的长发右旋着下垂，眉宇对称，眉间白毫犹如银雪，眼睫毛逼似牛王之睫，眼睛黑白分明，四十颗牙齿平滑、整齐、洁白，声具梵音，味觉最灵，舌头既长且薄，颌轮如狮，肩膊圆满，肩头隆起，皮肤细腻颜色金黄，手长过膝，上身如狮，体如柽柳匀称，汗毛单生，四肢汗毛旋向上，势峰茂密，大腿浑圆，胫如兽王系泥耶，手指纤长，脚跟回广，脚背高厚，手掌脚掌平整细软，掌有蹼网，脚下有千辐轮，立足坚稳……'具有这种吉相的大王不会是转轮王，而应是大慈大悲的观世音菩萨……"具有人十随好，也是妙貌、吉相之意，与三十二吉相大同小异（这里从略）的"一切成"孩子，不是站在国王的王位上而是为了出家才来到人世的。这一切在他身上都完全具备，而我们这些被三毒之酒所迷醉的人，体察的能力就如瘸子走路的初业者，见不到（吉相）也不能成为没有的理由。

《佛界颂经》记载说：

俨如下弦十四日月亮，
能够微微地看见光芒，
笃信上乘佛教的人们，
能够微微地看见佛像。
俨如上弦的月亮一样，

一丝一毫地逐步增长，
站在地面之上的人们，
能够逐夜地见其渐广。
俨如上弦十五日月亮，
完完全全的圆满辉煌，
到了地的最边缘之上，
佛像也呈现圆满吉象。

站在地上的人是看不见佛像的，只有达到了十方界的菩提心（境界）才能看到，何况我们这些凡夫俗子，就更不用说啦！

从阵痛到分娩，这段时间，有许多穿戴华丽宝石的神男神女展现在天幕之上，显现出身着披风和头戴通人冠的众多喇嘛，给新生的孩子进行沐浴的景象。刚出生落地……大地震撼三次，突然雷声隆隆，降下风茄花雨，枝绽花蕾，树生叶芽，七轮朝阳同时升起，彩虹罩屋。三日之内不能吃母奶，以黑色牲畜（牦牛）的酥油和奶汁喂养，因而生病。四日那天，临近晌午（十时左右）时光，才开始吮吸母乳。

当时，将密宗的祖父丹增和父亲给他命名为阿旺诺布，因一时中了邪气，脸都有点浮肿，眼睛难以睁开。算卦人松塔尔和吉提两人占卜一致，说："一方面中了邪气，一方面有比郛坚林护法神还要高贵的神护卫，应该命名为阿旺嘉措，还须用净水，特别要用十五的月亮落山以前、飞禽走兽尚未饮用、污染的河水洗濯，理应讲究清洁，否则，孩子就有夭折的危险。（为预防起见）应从该山背后搬到别的地方为妙。"按占卜人所言办后，身体就长好了，战神多吉扎丹（金刚称）等赋予了“见刃的成就”（安全的保证）。

小时候就不贪恋“生齿”期间的儿童游乐活动，而爱在纸张、树叶上写字、拼音，在地面上画图。还模仿（大人）做朵玛（用糌巴捏成供神的食品）、供神、驱魔、吹号。在哭的时候，拿法号、神像给他看，就高兴了起来。无论见到高低贵贱的人，都伸出大象鼻子般的手，赐给福力，做出给以加持的动作。无论法鼓敲得多么响亮，法号吹得多么高昂，都毫不畏惧，目不转睛地看着，他的声音洪亮，表现出了威严。

2·布达拉宫辞并序（曾缄）

叙曰：

六世达赖喇嘛，洛桑仁钦·仓央嘉措，西藏寞湖（今译门隅）人也。其父名吉祥持教，母号自在天女。

五世达赖阿旺洛桑薨，而仓央嘉措适生，岐嶷出众，见者目为圣童。

当五世达赖之薨也，大臣第巴桑结专政，匿其丧不报，阴立仓央嘉措布达拉宫中为储君，其教令仍假五世达赖之名行之，如是者有年。

后，清康熙帝微有听闻，传诏责问，始以实对。

康熙三十五年，（仓央嘉措）乃从班禅额尔德尼受戒，奉敕坐床，即六世达赖。正位时，年十五，威仪焕发，色相庄严，四众瞻仰，以为如来三十二妙相、八十种随形，不是过也。

正位之后，法轮常转，玉烛时调，三藏之民，罔不爱戴。黄教之制，达赖住持正法，不得亲近女人。

而仓央嘉措，情之所钟，雅好佳丽。粉白黛绿者，往往混迹后宫，侍其左右。意犹未足，自于后宫辟一篱门，夜中易服，挟一亲信侍者，从此门出，更名宕桑旺波，微行拉萨街衢。偶入一酒家，觌当垆女郎殊色也，悦之。女郎亦震其仪表而委心焉。自是昏而往，晓而归，俾夜作昼，周旋酒家者累月。

其事甚秘，外人无知之者。一夕值大雪，归时遗履迹雪上，为人发觉，事以败露。

有拉藏汗者，亦执政大臣，故与第巴桑结争权。至是借为口实，言其所立，非真达赖。驰奏清廷，以皇帝诏废之。

仓央嘉措被废，反自以为得计，谓今后将无复以达赖绳我，可为所欲为也。与当垆女郎过从益密。

拉藏汗会三大寺大喇嘛杂治之，诸喇嘛唯言其迷失菩提本真而已，无议罪意。拉藏汗无可奈何，乃槛而送之北京。道经哲蚌寺，众僧出其不意，夺而藏诸寺中。拉藏汗以兵攻破寺，复获之，命心腹将率兵监其行。至青海，以病死闻。或曰其将鸩杀之，寿止二十六岁。时则康熙四十六年也。

仓央嘉措既走死，藏之人皆怜其无辜，不直拉藏汗所为。拉藏汗别立伊西嘉措为新达赖，而众不服也。闻七世达赖诞生理塘，则大喜。

先是，仓央嘉措有诗云，“他年化鹤归何处，不在天涯在理塘”。故众谓七世达赖是其复出身，咸向往之。事闻于朝，于是，清帝又诏废新达赖，而立七世达赖以嗣仓央嘉措。

迎立之日，侍从甚盛，幡幢伞盖，不绝于途。拉萨欢声雷动，望尘遥拜者，不知其数也。

仓央嘉措积学能文工诗，所著有《无生缬利法》《黄金穗故事》《答南方人问马头观音法》等书。及《达赖情歌》，流水落花，美人香草，哀感顽艳，绝世销魂，为时人所称。然亦以此，见讥于礼法之士。

故仓央嘉措者，盖佛教之罪人，词坛之功臣。卫道者之所疾首，而言情者之所归命也。观其身遭挫辱，仍为众望所归，《甘棠》之思，再世弥笃，可谓贤矣。乃权臣窃柄，废立纷纭；遂令斯人，行非昌邑，而祸烈淮南。悲夫！

戊寅之岁，余重至西藏，网罗康藏文献，得其行事。并求其所谓情歌者，译而颂之。既叹其才，复悲其遇，慨然命笔，摭其事为《布达拉宫辞》。广法苑之逸闻，存西藩之故实。虽迹异《连昌》而情符《长恨》，冀世之好事者，或有取焉。

拉萨高峙西极天，布达拉宫多金仙。
黄教一花开五叶，第六僧王最少年。
僧王生长寞湖里，父名吉祥母天女。

云是先王转世来，庄严色相真无比。
玉雪肌肤襁褓中，侍臣迎养入深宫。
峨冠五佛金银烂，绛地袈裟氆氇红。
高僧额尔传金戒，十五坐床称达赖。
诸天为雨曼陀罗，万人合掌争膜拜。
花开结果自然成，佛说无情种不生。
只说出家堪悟道，谁知成佛更多情。
浮屠恩爱生三宿，肯向寒崖依枯木。
偶逢天上散花人，有时邀入维摩屋。
禅参欢喜日忘忧，秘戏宫中乐事稠。
僧院木鱼常比目，佛国莲花多并头。
犹嫌少小居深殿，人间佳丽无由见。
自辟篱门出后宫，微行夜绕拉萨遍。
行到拉萨卖酒家，当垆有女颜如花。
远山眉黛销魂极，不遇相如岂自嗟。
此际小姑方独处，何来公子甚豪华。
留髡一石莫辞醉，长夜欲阑星斗斜。
银河相望无多路，从今便许双星度。
浪作寻常侠少看，岂知身受君王顾。
柳梢月上订佳期，去时破晓来昏暮。
今日黄衣殿上人，昨宵有梦花间住。
花间梦醒眼蒙胧，一路归来逐晓风。
悔不行空似天马，翻教踏雪比飞鸿。
踪迹分明留雪上，何人窥破秘密藏。
哗言昌邑果无行，上书请废劳丞相。
由来尊位等轻尘，懒坐莲台转轮法。

还我本来真面目，依然天下有情人。
人言活佛能长活，争遣能仁遇不仁。
十载风流悲教主，一生恩怨误权臣。
剩有情歌六十章，可怜字字吐光芒。
写来旧日兜棉手，断尽拉萨士女肠。
国内伤心思故主，宫中何意立新王。
求君另自熏丹穴，觅佛居然在理塘。
相传幼主回銮日，侍从如云森警跸。
俱道法王自有真，今时达赖当年佛。
始知圣主多遗爱，能使人心为向背。
罗谥吞针岂诲淫，阿难戒体知无碍。
只今有客过拉萨，宫殿曾瞻布达拉。
遗像百年犹挂壁，像前拜倒拉萨娃。
买丝不绣阿底峡，有酒不酹宗喀巴。
愿君折取花千万，供养情天一喇嘛。

3•六世达赖仓央嘉措略传（曾缄）

六世达赖名洛桑仁钦·仓央嘉措，康熙二十二年正月十六日生于西藏寞地，父曰吉祥持教，母曰自在天女。五世达赖阿旺洛桑脱缁未久而仓央嘉措诞生，时第巴桑结专政，匿阿旺洛桑之丧，而阴奉仓央嘉措为六世。康熙三十六年圣祖仁皇帝有诏责问，第巴桑结具以实对，始受敕坐床即达赖位。

仓央嘉措即长，仪容玮异，神彩秀发，赋性通脱，虽履僧王之位不事戒持，雅好狎邪，钟情少艾，后宫秘苑，时具幽欢，又易服微行，猎艳于拉萨城内。初犹自秘，于所居布达拉宫别为便门，躬掌锁钥，夜则从便门出，易名宕桑旺波，趋拉萨酒家与当垆女会，以为常，未晓潜归，宫中人无知之者。

一夕值大雪，归时遗履迹雪上，为执事僧所见，事以败露。诸不谦于第巴桑结者，故疑所立达赖为伪，至是稔其无行，愈讙言非真达赖。会拉藏汗与第巴桑结的却，以闻于朝：清圣祖下诏废之，仓央嘉措怡然弃其尊位，益纵情恣欲，无所讳饰，拉藏汗无如何诸蒙古王公先后戒谏之，不听。

康熙四十四年，拉藏汗以兵攻第巴桑结杀之，召大寺喇嘛杂治仓央嘉措，诸喇嘛唯言仓央嘉措迷失菩提而已，无议罪意。拉藏汗无可奈何，乃上奏圣祖，以皇帝诏，槛送仓央嘉措去往北京，命心腹大臣率蒙古兵监其行，道经哲蚌寺，寺中喇嘛出不意，遽仓央嘉措。大臣引兵攻破寺，复获之。行至青海纳革雏喀间，遂发病死。世寿二十五岁，时康熙四十五年也。

仓央嘉措既走死，藏人深怜之。拉藏汗更立伊西嘉措为新达赖，众不之信，而思仓央嘉措弥笃。迨七世达赖转生理塘之说传至拉萨，合于仓央嘉措诗中预言，藏人皆大欢喜，以为仓央嘉措再世，迎立之日，不期而会，瞻仰膜拜，盖十余万人。

仓央嘉措虽不检于行，然学瞻才高，在诸世达赖中最为杰出，故屡遭挫辱，犹为藏人爱戴。甚有目其淫乱为游戏三昧，谓仓央嘉措非女人伴宿，夜不成寐，而戒体清净，于彼女曾无染也。所著有色拉寺法令献茶倾赞，色拉遮院马头观音供养法及成就决，答南方人问马头观音供养法书，无生缬唎法，黄金穗故事，及笺启歌曲等，而歌曲流传至广，环拉萨数千里，家弦而户诵之，世称为六世达赖情歌。所言多男女之私，而倾扬佛法者时亦出，流水落花，美人香草，情辞悱丽，余韵欲流，于大雪中高吟一曲，将使万里寒光，融为暖气，芳菲灵异，诚有令人动魄惊心者也。

故仓央嘉措者，佛教之罪人，词坛之功臣，卫道者之所疾首，而言情者之所归命也。本极苦寒，人歆寂灭，千佛出世，不如一诗圣诞生。世有达人，必去彼取此。

民国十八年，余重至西康，网罗康藏文献，求所谓情歌者，久而未获，顷始从友人借得于道泉译本读之，于译敷以平话，余深病其不文，辄广为七言，施以润色，移译既竟，因剌取旧闻，略为此传，冠诸篇首，其有未逮，以俟知言君子。

4•金粟轩诗话　节选（南怀瑾）

现代语称人为感情的动物，确甚恰当。忘情方为太上，足见性情之际，最难调服。善于用情者，其唯圣人乎！古人云：“不俗即仙骨，多情乃佛心。”此为大乘境界，非常人可知。然情之为用，非专指男女间事，如扩而充之，济物利人，方见情之大机大用也。人谓苏曼殊为出家菩萨，意其出家而又沉湎于男女爱情。实则曼殊非出家比丘，只是失意世途，窃方外戒条，冒名为游戏耳，且其诗文，据闻多经章太炎与柳亚子等改正而成今日之面目。然其意境仍只限于儿女痴情之小范围，不及西藏法王第六代达赖远矣！达赖六世，名仓央嘉措，自幼以转身灵童迎养入官，掌藏中政教大权，以法王而兼人王，可谓备极人间荣显矣。然其才华智慧，尤为历世达赖之冠，故其行径亦大有异于众者。曾因私出后宫，微服夜游拉萨酒家，结识一当垆女子，两情缱绻，韵事外传，事为权臣所悉，即引为废立奸谋之藉口。时适清廷入关称帝之初，据奏即召其入京觐见，以便面质。仓央嘉措，即被裹胁来京。讵知行至青海裹圹时，不愿入京受辱，一笑入寂，时年方三十馀岁也。或谓其私德有瑕疵之毁，但于法于政，皆无大过。观其从容解脱，又岂可以俗见论其道力哉！遗着有情歌六十六首，流传至今，为藏中文学之名作。藏中青年男女，每当朝昏夕阴，高歌一曲，可化高山之积雪，回大地春光矣。抗战时，国民政府蒙藏委员会委员曾缄，字子固，为译成中文七绝六十六首，载于民国二十八九年间《西康建设》月刊。曾氏并仿长恨歌体，附有拉萨宫词古风一篇。师谓昔日皆可记诵，今则不能全忆，屡欲觅其原什而不得，仅得数首，为余辈诵之，以作谈助。

仓央嘉措情歌诗云：

只恐多情损梵行。入山又恐负倾城。
世间安得双全法。不负如来不负卿。

又：

入定修观法眼开。启求三宝降灵台。
观中诸圣何曾见。不请情人却自来。

又：

动时修止静修观。历历情人挂眼前。
肯把此心移学道。即生成佛有何难。

又：

美人不是母胎生。应是桃花树长成。
已恨桃花容易落。落花比汝尚多情。

又：

但曾相见便相知。相见何如不见时。
安得与君相决绝。免教辛苦作相思。

又记忆其断句云：

临行只有钗头凤。莫向三叉路口言。

又断句云：

羽毛零乱不成衣，深悔苍鹰一怒非。

又：

自叹神通空具足。不能调伏枕边人。

又记曾缄拉萨宫词断句云：

拉萨高峙西极天，布拉宫内多金仙，黄教一花开五叶，第六僧王最少年。僧王生长寞湖里，父名吉祥母天女，侍臣迎养入深宫，峨冠五佛金银烂。絳地袈裟氇氇红……诸天为雨曼陀罗，万人合掌争膜拜……只说出家堪悟道，谁知成佛更多情……由来尊位等轻尘，懒坐莲台转法轮，还我本来真面目，依然天下有情人……买丝不绣阿底峡，有酒不酹宗喀巴。愿君折取花千万，供养情天一喇嘛。

曾氏拉萨宫词与译词之格调，均甚典雅，惜皆记忆不全，难得原诗而考订之。然较其他译藏文译经之词，优劣何啻天壤。即仓央嘉措之情诗，寓意亦往往超越普通情歌，不能作寻常香艳韵事视之。其自云：暗中私说与情人，落花比汝尚多情，及深悔苍鹰一怒非……指泄漏其事之秘密者，乃出彼姝之口，故有此云云。藏俗民间传其故事，亦同此说也。师云：如仓央嘉措者，应是菩萨化身，所谓应以爱情身得度者，即现爱情身而为说法也耶？一笑！且曰：小子识之！应作如是观。是耶？非耶？

5·误传的仓央嘉措情诗（民间）

仿作一：

那一天，
我闭目在经殿香雾中，
蓦然听见，你诵经中的真言。

那一月，
我摇动所有的转经筒，
不为超度，只为触摸你的指尖。

那一年，
我磕长头匍匐在山路，
不为觐见，只为贴着你的温暖。

那一世，
我转山转水转佛塔啊，
不为修来生，只为途中与你相见。

说明：此诗题为《信徒》，始见于音乐人朱哲琴音乐作品《央金玛》。作曲：何训田。作词：何训友、朱哲琴、陆忆敏、何训田。

仿作二：

第一最好不相见，如此便可不相恋。
第二最好不相知，如此便可不相思。
第三最好不相伴，如此便可不相欠。
第四最好不相惜，如此便可不相忆。
第五最好不相爱，如此便可不相弃。
第六最好不相对，如此便可不相会。
第七最好不相误，如此便可不相负。
第八最好不相许，如此便可不相续。
第九最好不相依，如此便可不相偎。
第十最好不相遇，如此便可不相聚。

但曾相见便相知，相见何如不见时。
安得与君相决绝，免教生死作相思。

说明：此诗题为《十戒诗》，这首诗是杂糅于道泉先生和曾缄先生同一首诗的不同翻译，并且又自行发挥，创作出的仿作。前两句为于版，后两句为曾版，中间皆为附会之词。

仿作三：

你见，或者不见我，
我就在那里，
不悲，不喜。

你念，或者不念我，
情就在那里，
不来，不去。

你爱，或者不爱我，
爱就在那里，
不增，不减。

你跟，或者不跟我，
我的手就在那里，
不弃，不离。

来我怀里，或者，
让我住进你的心里，
默然，相爱，
寂静，欢喜。

说明：此诗题为《班扎古鲁白玛的沉默》。载于《读者》2008年20期，署名仓央嘉措。这首诗的原作者是扎西拉姆·多多，讹传为仓央嘉措所作，并非出自作者本意。

仿作四：

在看得见你的地方，
我的眼睛和你在一起。
在看不见你的地方，
我的心和你在一起。

说明：网间流传这首短诗为仓央嘉措所作。最早在诗人刚杰·索木东的博客上出现。起初署名为仓央嘉措，后来不知何故仓央嘉措的署名被去掉。此诗出处不明，疑似仓央嘉措某首诗的另译。

仿作五：

我问佛：为何不给所有女子羞花闭月的容颜？
佛曰：那只是昙花一现，用来蒙蔽世俗的眼，
没有什么美可以抵过一颗纯净仁爱的心，
我把它赐给每一个女子，可有人让她蒙上了灰。

我问佛：世间为何有那么多遗憾？
佛曰：这是一个婆娑世界，婆娑即遗憾，
没有遗憾，给你再多幸福也不会体会快乐。

我问佛：如何让人们的心不再感到孤单？

佛曰：每一颗心生来就是孤单而残缺的，

多数带着这种残缺度过一生，

只因与能使它圆满的另一半相遇时，

不是疏忽错过就是已失去拥有它的资格。

我问佛：如果遇到了可以爱的人，却又怕不能把握怎么办？

佛曰：留人间多少爱，迎浮世千重变；

和有情人，做快乐事，别问是劫是缘。

我问佛：如何才能如你般睿智？

佛曰：佛是过来人，人是未来佛。

佛把世间万物分为十界：佛、菩萨、声闻、缘觉、天、阿修罗、人、畜生、饿鬼、地狱。

天、阿修罗、人、畜生、饿鬼、地狱为六道众生。

六道众生要经历因果轮回，从中体验痛苦。

在体验痛苦的过程中，只有参透生命的真谛，才能得到永生。

凤凰，涅槃。

佛曰：人生有八苦：生、老、病、死、爱别离、怨长久、求不得、放不下。

佛曰：万法皆生，皆系缘分，

偶然的相遇，蓦然的回首，注定彼此的一生，

只为眼光交汇的刹那。

缘起即灭，缘生已空。

佛门中说，一个人悟道有三个阶段：堪破、放下、自在。一个人必须要放下，才能得到自在。

我问佛：为什么总是在我悲伤的时候下雪？

佛曰：冬天就要过去，留点记忆。

我问佛：为什么每次下雪都在我不在意的夜晚？

佛曰：不经意的时候人们总会错过很多真正的美丽。

我问佛：那过几天还下不下雪？

佛曰：不要只盯着这个季节，错过了今冬，明年才懂得珍惜。

我问佛：世事本无常是什么意思？

佛曰：无常便是有常，无知所以无畏。

我问佛：我的感情为何总是起起落落？

佛曰：一切自知，一切心知，月有盈缺，潮有涨落，浮浮沉沉方为太平。

佛曰：执著如渊，是渐入死亡的沿线。

佛曰：执著如尘，是徒劳的无功而返。

佛曰：执著如泪，是滴入心中的破碎，破碎而飞散。

缘为冰，我将拥冰在怀中；

冰化了，我才发现缘没了。

我信缘，不信佛；
缘信佛，不信我。

说明：此诗题为《问佛》。流传于网络，因此诗行文充满禅意，便被冠以“仓央嘉措”之名。真实作者不详。

附录2 | 仓央嘉措年谱

1642	五世达赖洛桑嘉措尊为西藏政教领袖，时年二十五岁。
1652	五世达赖率数千人前往北京会见顺治帝。是年，北京建天桥、黄寺，作为五世达赖住所。
1679	桑结嘉措被五世达赖委为西藏摄政第巴。
1682	五世达赖圆寂，他死亡的消息被隐藏了整整十五年。
1683	仓央嘉措一岁。他于正月十六生于山南错那门域，是日，天降异象，七日同升，黄柱照耀，预言为莲花生转世。其人原籍不丹，门巴族人。父亲是一个贫穷善良的红教教徒，就是莲花生大师所创立的宁玛派教徒。
1684	仓央嘉措两岁。他被秘密安置在巴桑寺，由拉萨派来的著名僧人教他学习佛法。
1688	噶尔丹先吞并了河套地区，进而占领天山南北，有效控制了青海等地，后出兵攻打喀尔喀蒙古，直接威胁中原地区。

1689　　仓央嘉措六岁。这年，仓央嘉措的父亲去世。

1690—1697　　康熙三次御驾亲征噶尔丹，噶尔丹兵败自杀，噶尔丹侄子策妄阿拉布坦继任。

1696　　仓央嘉措十四岁。此时，第巴公开仓央嘉措活佛身份，并向外界透露了五世达赖的死讯。

1697　　仓央嘉措十五岁。第巴向康熙具言五世达赖已死，灵童已找到。9月17日，五世班禅洛桑益西在浪卡子，给仓央嘉措受戒，法号为梵音海。同年10月25日，仓央嘉措至布达拉宫坐床，成为黄教法王。后至哲蚌寺刻苦学经三年。

1701　　仓央嘉措十九岁。拉藏汗等蒙古部落首领质疑仓央嘉措身份，不承认他是六世达赖。

1702　　仓央嘉措二十岁。在扎什伦布寺拒绝受戒，向五世班禅要求还沙弥戒返俗，并拒受比丘戒。

1703　　仓央嘉措二十一岁。因受拉藏汗等蛊惑，康熙派钦差去查验六世法体真假。

1705　　仓央嘉措二十三岁。第巴与拉藏汗爆发冲突，第巴兵败被杀。

1706　　仓央嘉措二十四岁。是年5月17日，仓央嘉措被押解京城，经哲蚌寺时被救，后在青海湖神秘遁走。

以下事迹据阿旺伦珠达吉所著《六世达赖喇嘛仓央嘉措秘传》：

1707　　仓央嘉措二十五岁。拉藏汗的私生子伊西嘉措在拉萨立为六世达赖，从此统治了西藏十余年。康熙赐金印默认伊西嘉措身份，印文为“敕赐第六世达赖喇嘛之印”。这枚金印与当年赐予仓央嘉措的“敕封”，差了一字。

1708 仓央嘉措二十六岁。7月，理塘灵童格桑嘉措出世。仓央嘉措游康定，在峨眉山游十数日，康区瘟疫发作，染上天花。

1709 仓央嘉措二十七岁。秘密回藏。

1711 仓央嘉措二十九岁。在达孜被囚，后逃脱。

1712 仓央嘉措三十岁。游尼泊尔加德满都，瞻仰自在天男根。十月，随国王去印度朝圣。

1713 仓央嘉措三十一岁。游印度。四月，登灵鹫山，途遇白象，是为大吉之预。康熙册封第五世班禅洛桑益西为“班禅额尔德尼”。

1714 仓央嘉措三十二岁。在山南朗县的塔布寺，人称塔布大师，后转到青海。

1715 仓央嘉措三十三岁。再次返藏。此时，格桑嘉措在理塘寺出家。阿旺多尔济出世。

1716 仓央嘉措三十四岁。春，率拉萨木鹿寺十二僧人至阿拉善旗，结识阿旺多尔济一家。

1717 仓央嘉措三十五岁。拉藏汗被准噶尔军队所杀，伪六世达赖被囚药王山寺内，七年后死。

1718 仓央嘉措三十六岁。春，回阿拉善。

1719 仓央嘉措三十七岁。清朝平定准噶尔。

1720 仓央嘉措三十八岁。理塘灵童格桑嘉措坐床为达赖，康熙册封格桑嘉措为“弘法觉众第六世达赖喇嘛”。

1721　仓央嘉措三十九岁。龙王潭公园立康熙帝《平定西藏碑》。

1723　仓央嘉措四十一岁。青海丹增亲王叛乱，康熙帝派川陕总督年羹尧平叛。

1724　仓央嘉措四十二岁。雍正册封格桑嘉措为“西天大善自在佛掌管天下佛教知一切斡齐尔达赖喇嘛”。同年，他下令阿拉善旗民众迁居青海。

1727　雍正五年，仓央嘉措四十五岁。重建塔布寺（即石门寺）。

1730　仓央嘉措四十八岁。在兰州，为岳钟祺征准葛尔大军祝祷，作法七日。

1733　仓央嘉措五十一岁。夏季，破土动工修昭化寺。

1735　仓央嘉措五十三岁。自筹一万两纹银，派阿旺多尔济去藏区随班禅学经。

1736　乾隆元年，仓央嘉措五十四岁。自阿拉善迁青海湖摁尖勒，居九年。

1737　仓央嘉措五十五岁。五世班禅洛桑益西圆寂。

1738　仓央嘉措五十六岁。秋，阿旺多尔济回阿拉善。

1739　昭化寺迎请仓央嘉措就坐于八狮法座，主持法事五昼夜。

1743　仓央嘉措六十一岁。塔布寺建成，历时十六年。

1745　仓央嘉措六十三岁。自青海湖摁尖勒回阿拉善，十月底，染病。

1746　仓央嘉措六十四岁。五月初八，在阿拉善旗承庆寺坐化，年六十四岁。

1747　仓央嘉措肉身被移到昭化寺高尔拉木湖水边立塔供奉。

1751	清朝下令由格桑嘉措掌管西藏地方政权。政教合一政权开始。
1756	开始建造广宗寺（南寺），并将昭化寺全盘搬至现广宗寺寺址。
1757	弟子阿旺多尔济写成《秘传》，七世达赖圆寂。
1760	清廷为南寺赐名“广宗寺”。
1779	六世班禅自西藏去热河贺乾隆七十大寿，11月病死于北京。
1783	乾隆帝封强白嘉措为八世达赖。
1908	十三世达赖喇嘛图旦嘉措入京，瞻仰五台山观音洞。
1930	于道泉汉英译本出版。
1938	曾缄创作《布达拉宫辞》。
1981	民族出版社出版《仓央嘉措情歌及秘传》。南寺僧人在原寺址举行夏季祈愿法会，把精心收藏的六世达赖骨灰重新造塔供奉。
1982	西藏人民出版社出版《仓央嘉措及其情歌研究》。
2003	中国藏学出版社出版《雪域诗佛》。
2003	西藏人民出版社出版《六世达赖仓央嘉措情歌及秘史》。
2010	云南人民出版社出版《世间最美的情郎：六世达赖仓央嘉措的情与诗》。
2011	作家出版社出版《世间最美的情郎2：每个人心里都住着一个仓央嘉措》。

世间最美的情郎2

图书版权|诚客优品　选题出品|文艺立方　责任编辑|王宝生 苏红雨　特约监制|胡永刚
执案编辑|陈天夏　特别感谢|曹博　版式设计|爱丽丝工作室　封面设计|所以设计馆
美术支持|谢翔

欢迎登陆新浪微博交流：weibo.com/wycube

图书在版编目(CIP)数据

世间最美的情郎. 2，每个人心里都住着一个仓央嘉措 / 王臣著. –北京：作家出版社，2011.10

ISBN 978 – 7 – 5063 – 6058 – 6

Ⅰ①世… Ⅱ①王… Ⅲ①传记文学–中国–当代 Ⅳ①I227②I207.22

中国版本图书馆 CIP 数据核字 (2011) 第 191142 号

世间最美的情郎. 2——每个人心里都住着一个仓央嘉措

作　　者：王　臣

责任编辑：王宝生　苏红雨

封面设计：所以设计馆

版式设计：爱丽丝工作室

出版发行：作家出版社

社　　址：北京农展馆南里 10 号　　**邮　　码**：100125

电话传真：86–10–65930756 (出版发行部)

86–10–65004079 (总编室)

86–10–65015116 (邮购部)

E–mail：**zuojia@zuojia.net.cn**

http：**//www.zuojia.net.cn** (作家在线)

印刷：三河市华业印装厂

成品尺寸：130×210

字数：160 千

印张：6.75

版次：2011 年 10 月第 1 版

印次：2011 年 10 月第 1 次印刷

ISBN 978 – 7 – 5063 – 6058 – 6

定价：32.80 元

楚霸王（下）· 垓下围

项王在鸿门宴上制服了沛公，不经战斗入驻长安。秦帝国穷竭民力，净干些不着调的事情，有些事情原是比较着调的，比如修建全国的高速公路网。可是国家刚成立，大事不能一下子都干完，所以秦帝国到底还是不着调。因为国家净扯淡，民生自然凋敝，长安旧城残破不堪，新城阿房宫一个超级大烂尾。项羽看看旧城看看“新城”，心里腾起的无名火化作手里的丙丁火，新旧长安一片火海。项羽在废墟上召集大家开会，开会的议题只有一个：封王。秦灭的六国韩赵魏楚燕齐，全部恢复，再加封十三个王，其中的楚国是带头大哥国，正常情况楚王应该当皇帝，但项羽认为“皇帝”这个词名声太臭，始皇帝，二世皇帝，不是狠毒就是中二，还是从前的“霸”和“王”最好，说着硬气，听着大气，自己领了“楚霸王”的称号，指挥十八路诸侯，天下号令自项羽出，项羽记着在小酒馆与忘年交刘季推心置腹的一番谈话，何况刘季是第一支进入咸阳的义军，封他“汉中王”。天下大定，项羽志得意满，抛弃了关中自古帝王州，大军浩浩荡荡开回彭城老家。

刘季成了汉中王，再叫“刘季”就不合适，刘季本来就不是正经名字，他爹刘老太公图俭省，不花钱，取名极简约，老大刘伯，老二刘仲，老三就叫刘季，比狗剩子、狗不理强不了多少。好在刘季手下识文断字的不少，张良、叔孙通，都是顶尖人才，取个名字不在话下，大家决定刘老三改名“刘邦”。

项羽、刘邦都是说过要自己当皇帝的，现在项羽实现了，刘邦降格当个王，也算功德圆满，何况天下已经安定下来。可是刘邦说："谁说天下已经安定了？"率领十万军悄悄地出陈仓峡谷，关中的三个王措手不及，被刘邦一举扫平，汉中王的军队一下子膨胀到五十六万。这是个吓死人的数字，大军出潼关，像洪水一样淹没中国东部的大平原。项羽大怒，他的军队已经解散，临时募得战士三万。如果换另外一个人，用三万人对抗刘邦的五十六万，那是以卵击石。现在是项羽，狮子带兵，羊全部都成了狮子。当年巨鹿之战，项羽八千江东子弟，打败章邯四十万。楚军以一当四十，呐喊声把云彩都震动下来了。前来救援赵国的"联合国军"全都看呆了，战斗结束，十多个诸侯不由自主地大腿小腿弯下去，一寸寸挪到项羽帐前，齐声尊他大王。

项羽率领三万兵，不作任何战斗动员，也不需要任何战略战术，直愣愣地冲进刘邦的大军，就当砍瓜切菜。马踏过去，死伤一大片；戈扫过去，死伤一大片；大刀抡过去，死伤一大片，汉军几乎没有一点抵抗力，老老实实等待着楚军的大屠杀。一场战斗（战了，没斗，汉军等于没还手）下来，只见刘邦一辆车在田地里跑，汉军建制完全打散，汉军除了逃的，就是地上死的。

但是，项羽的后方发生骚乱，土匪彭越聚众抢掠，彭城告急，项羽决定先剿匪，再击贼，回军彭城，彻底消灭彭越。项羽防备刘邦卷土重来，留下主力在前线，副帅镇守，临走叮咛副帅：无论刘邦怎么挑衅，一定坚守不出，等我回来。可是等到项羽长途急行军回到彭城，彭越的土匪军一点影子也没有，原来彭越藏匪于民，土匪们全部还原成种地的农夫、行商的小贩，项羽的拳头打上了棉花垛。刘邦收集散兵逃兵，得十万人，对阵副帅的二万人，每天叫骂，副帅忍无可忍，愤怒出战。一支军队即使都是狮子，首领是羊，这些狮子一律变成羊，刘邦率军冲进楚军阵中，一阵砍瓜切菜……

项羽回到前线，发现副帅已经战死，他收拾残局，仍然把刘邦打得落花流水，两个回合斗不过项羽，这可能是命吧，指挥部开始做返回汉中的计划。但侦察兵发现，项羽的军队正在集结，目标彭城。原来彭越趁项王西征，又把土匪集中起来，民一下子大面积变成匪，杀人越货，打家劫舍，彭城一带被搅翻了天，项羽回彭城剿匪，又一次拳头打在棉花垛上。

项羽决定还是先解决刘邦，他打到刘邦的老家，逮捕了刘太公和吕夫人。楚汉两军隔着鸿沟列阵，项羽在阵前搭了高高的一个案板，把白胖胖的刘太公脱得赤条条洗得干干净净，还抹了香油，直挺挺地绑在案板上，刘太公命悬一线，杀猪似的叫。项羽向刘邦喊话："刘老三赶快退兵，滚回汉中去，说个不字，我就剁了你老爹，做成红烧肉，下水做成醒酒汤！"刘邦居然微微一笑："当初怀王作见证，咱们俩拜了把兄弟。既然是兄弟，我的老爸就是你的老爸，现在案板上绑着的，就是你老爸，你要宰你的老爸，如果方便的话，做成的肉汤也分给我一碗尝尝！"项羽大怒：世间还有如此无耻之徒！玩一点逻辑诡辩，东绕西绕的，把个刘太公绕成了我的爹！你说是我爹，他就是我爹？我明明知道他不是！喝令刽子手动手剖开太公的肚皮。项伯奔过来急忙止住，劝侄子说："干大事的人从来不管自己亲人的死活，你杀了刘太公，刘邦也不退兵，还落得天下人耻笑。"刘太公保住一条命，从案板上颤巍巍地爬下来，骂对岸的儿子："混蛋王八羔子，从小我就看他没出息，现在竟要忤逆害亲爹！"

打仗打了四年，项羽两线作战疲惫不堪，刘邦也好不到哪里去，项羽提议各自退兵，汉王谋反的罪过不予追究。汉王和项王签了和约，各自回领地。项王如约撤兵返回彭城，汉王率军尾随掩杀，项王被围在垓下，几番战斗，将士全部阵亡，项王身边只有乌骓马紧紧跟随，四野望去，黑压压全是汉军。项羽夜间突围，人马抵达长江岸边，五年前，项羽就是在这里渡过长江，直驱巨鹿的，那一战奠定了灭秦的基础，也成就了项王的威名。如今项王人单影只，八千人尽数死于中原战场和乌江西岸，项王为八千子弟兵滴下几行眼泪，算是最后的祭奠。

乌江亭长摇着一只小船，等待项羽渡江。当年项梁项羽叔侄渡江，也是亭长摇船摆渡，约好天下大定，要回到这个渡口庆贺大功告成，但秦帝国灭亡后，楚汉相争，到今天的地步，艄公和项羽都没想到。艄公说：

“项王快上船，汉军追上来了！”项王说：“我来这里，是为了践约，虽然我失败了，也要魂归故里。八千江东子弟随我渡江，全部战死，我一人回江东，有何脸面？这匹马跟我五年了，不忍心看它被杀，你领回去吧。”安顿好船只马匹，艄公摇船离开，追兵追近，项王回身持短兵器，击杀汉军百十人，看小船已划过江心，项王挥剑自刎。

侯者列传

晋文公（上）· 等待

晋献公老年得子，名奚齐，爱得不行，由爱幼子延展到爱幼子的母亲。母亲骊姬只关心一件事：让儿子成为晋侯的继承人。这很困难，几乎完全不可能，因为晋侯已经立长子申生为太子，申生之后，还有七个儿子，其中夷吾、重耳两个公子出类拔萃，差不多就是晋国的样板青年。而且周天子定下制度，诸侯嫡长子继承，其他嫡子庶子别指望奇迹发生。但骊姬不这样看，她坚定地认为，“没有可能”前边还有“几乎”二字，就意味着并非绝对没有可能，奇迹曾经发生，就有可能再度发生。她手里的王牌拥有绝对否决权，这张王牌就是她的老公晋献公，他不喜欢申生就可以直接废掉他。但按照周礼，晋侯必须说出废黜的理由，可晋献公捶破了自己的脑袋瓜子，也没琢磨出合适的理由，申生太优秀了，世界几百年、中国几千年才……但骊姬自有办法，她告诉申生，你爸爸梦见你过世的娘了，他要你去给母亲上坟，并把祭肉带回来给父亲。申生如约而往，果然带回来祭祀的肉，骊姬端着祭肉告诉献公：“太子给先夫人上坟，带回来祭肉献给您，太子真孝顺呢。”献公说：“是吗，我尝尝！”骊姬从献公的嘴边夺下祭肉，喂给狗吃，狗多聪明啊，不吃，骊姬喝道：“吃！”狗流着泪吃下这块祭肉，当时毙命。献公抱着狗痛哭：“旺财，旺财！你别死啊！”骊姬在旁冷嘲热讽：“旺财不死，你就得死，旺财替你死了，厚葬吧！”献公这才明白其中的关节，敢情太子给我下毒！大怒，申生被逼自杀，夷吾和重耳远走他国，小儿子奚齐终于登上太子的宝座。骊姬说："看看，这就是奇迹！"

献公是周王室的一支，姓姬，王妃之一也姓姬，不但同姓而且同宗，没出五服的，同宗结婚，生出的孩子存在先天缺陷的比例很高，果然，这位王妃生出的孩子缺陷太严重了，肋骨该分成几条吧，不分，连着；耳朵应该一边一个吧，不一个，两个。一边两个耳朵，这不是怪物吗，其实也没那么怪，说是两个耳朵，第二个也就是那么意思一下，没怎么成形，就像六指吧，第六个根本就不是指头，突出一块肉而已。虽然第二个耳朵不成耳朵，毕竟也是耳朵，是耳朵就得按照耳朵的待遇，记录在案，于是这公子就叫"重耳"。晋国在名字上搞怪有传统，晋文公的儿子叫"黑臀"，后来继位为成公。黑臀，明显是生理缺陷，等而下之，从耳朵下降到屁股了。这很可能是公子重耳报复老爸："你给我取了这么难听的名字，我给你的孙子取个更难听的！"黑臀出生时，献公已经死了好多年，孙子叫啥怪名他也不知道，气不着他。而且"黑臀"这个名字也不赖，叫着亲切，妈妈叫："黑臀，你当上国王了，给你表弟留个职位啊，工资高点的！"这感觉多温馨，黑臀黑臀，仿佛公子还是光腚娃娃，黑黑的屁股在堂屋跑来跑去的样子。

重耳先逃到狄国，过几年觉得狄国太小，在这里没啥前途，恰遇齐桓公广纳贤者，重耳和他的流亡集团决定投奔桓公。重耳在齐国得桓公器重，生活舒适，但桓公一死，齐国发生内乱，重耳说，乱他自己的，跟我们啥关系？好日子刚开头。狐偃等人却说："乱邦不可居！"把公子灌醉，扔在车上就跑，半路上酒醒，公子抓起长矛追赶狐偃，老头子的脑瓜子差一点就被外甥切了瓜。

重耳先后到过八个国家，有的热情接待，也有的冷脸相对。在曹国，共公听人说重耳的肋骨是扇不是条，在公子的洗澡间墙壁上预先钻了一个洞，把公子仔仔细细地看了个遍，"哇，是真的哎！"但是洗澡间热气腾腾看得并不很真切，很想仔细再研究一回：耳朵重就算了，肋骨怎么会骈呢？重耳回国称王，发兵讨伐曹国，把曹共公像拎小鸡子一样抓来，受降大厅上当众脱了衣服，说："看，看！让你一次看个够！"共公趴在地上险些断了气。在楚国，成王优礼重耳，闲聊时向重耳表功："我对你这么好，你将来怎么回报我呢？"这时的公子重耳已经是成熟老练的政客，他说："我们晋国所有的东西都是楚国懒得要的，对您只有感激在心。"成王一定要回报，比如割一块领土啥的。重耳说："万一不幸，晋楚两军在战场相遇，我会为大王退避三舍。"晋楚之战，晋文公果然在楚将成得臣的阵前后撤九十里。

公子重耳在外流浪十九年，在秦穆公的支持下，回国夺得君位，他就是晋文公。

晋文公（下）· 一战成霸主

晋文公的远祖叔虞，是周武王太子成王诵的弟弟，少年时，正逢老爸分封诸侯，分封的仪式庄严隆重，武王头戴天子冕旒，手里一只长方形似宝剑的玉珪，递到一个诸侯的手里，说程式化的一席话："我封你为诸侯，赐公爵，西至太行，东至大海，南至滹沱，北至燕山，国名曰燕。汝世世谨守，勤政爱民，忠于王室，社稷永庥！"诸侯接过玉珪，再拜稽首，鼓乐齐奏，礼成。太子对这套仪式非常着迷，摘下一片唐槭树叶，仔细剪成玉珪的模样，递给叔虞说："我封你为诸侯，赐公爵……"后边却想不起来该怎么说，看一眼唐槭树叶做成的"玉珪"："我把唐封给你了！"第二天，"有关部门"拿着文书请太子签字，文书很正规，绢纸做的，文字跟武王的封诰词一样，封国的范围是这样的："封国为河汾之间，国名曰唐。"太子急忙说，我是说着玩的，没真封唐给叔虞。有关部门的有关人员说："君无戏言，说了就得算。"太子登基后，正式封叔虞在唐即晋。

文公目睹齐桓公号令天下诸侯的威严与尊严，崇敬又羡慕，在平定了晋国内部的矛盾之后，遵循齐桓公"尊王攘夷"的路线，聚拢天下诸侯，完成春秋期间规模最大的一次会盟：践土之盟。晋文公成为春秋之际的第二位霸主，齐桓公的政治攻势主要面向北方夷狄，从蛮夷的铁蹄下拯救华夏文化，晋文公的攻势则面向南方，遏制楚国的北上势头。蛮夷的荆楚国被挡在大别山和桐柏山以南。

楚国原本是中原一个部族，参加武王伐纣，楚国的熊鬻曾经是周文王的老师，他的后人得以受封为诸侯，但在各个诸侯中爵位最低，为子爵。楚子到南方，逐渐被南方同化，成了蛮夷，但这个蛮夷也仅仅是中原各国的意见，他自己坚持认为是华夏，最令楚愤愤不平的是原住民始终认为楚是华族，属于外来者，所以后来干脆，楚贵族自认蛮夷身份，这样与中原各国打交道时，反倒理直气壮。传六世到熊渠，熊渠居然封自己的三个儿子为王。熊渠的儿子与周王同一等级，那熊渠的地位该有多高，大概得顶了天。这次称王近似闹剧，不久就自动取消，但也可以看出南方蛮夷对中央的蔑视。百年之后，楚侯已经十五传，楚侯熊眴终于自立为王，中原的诸侯直到三百年后才敢称王。

春秋崇尚实力，楚国凭实力，攻灭周边的许多国家，周分封四百余国，楚一国吞并了四十五国，所以到春秋后期，楚国的疆域最为庞大，边界达到河南和山东，深入中原腹地。蛮夷文化严重威胁着中原文明。晋文公要成为霸主，必须遏制楚国势力。齐桓公取巧，他出兵伐楚，理由是楚国不向朝廷进贡茅草，这么轻轻的几乎等于零的罪名，楚国毫不犹豫一口应承，答应立即输送贡品到洛邑，至于最后是不是送来了贡品，却没有谁去追究，桓公要的就是楚君服输，楚君服输，就在气势上被压倒。桓公称霸向北方，对楚国大半利用手段，只要他口服，心服不服随便。经过桓公的征讨，北方局势稳定，夷狄不敢入寇，现在晋文公可以腾出手来，制服南方蛮夷。恰在这时，宋国传来好消息：楚国发兵攻打宋国。

晋文公流亡期间，宋国国君待文公很好，现在宋君有难，正好有了回报的机会，这叫“报施救患”。更重要的，晋文公想通过这次救宋，奠定他称霸诸侯的大业。文公给宋国国君出主意，让他割地给齐秦两国，向两国求救，晋进攻楚国的同盟国曹和卫，割两国的土地补偿宋国的损失。楚攻宋的战役尚在进行，曹国和卫国却已经被晋军歼灭。局势犬牙交错，成一团乱麻。楚君主帅成得臣向晋军提和议条件：楚君撤退离开宋国，作为对等，晋军也撤离曹卫，释放两国国君。这个条件比较公道合理，甚至楚国方面还让步更大些，根据这个协议，楚国出兵等于无功而返，而晋军救宋的目的已经达到。答应成得臣的条件，对晋来说是最合适的选择。

最合适的选择不一定是最好的选择，晋文公远道出兵，并非仅仅为救宋。这里是成濮，他要在这里下一盘很大的棋，而且一定要取胜。将军们一直反对这个提议，说子玉无礼，他一个臣子，跟我们国君对话，竟然要以自己手里的一国换取我们国君的两国，何况他那“一国”还没攻下来，够不够一国的分量还不一定。文公说不然，子玉一句话，保存两国，恢复一国；我们不答应，也是一句话，却同时灭亡三国，理直在子玉，理屈在我。答应子玉的条件！但文公在答应条件的同时，宣布来谈判的代表无礼，扣住不放，意在激怒子玉，私下告诉曹卫两国国君，战争一结束，就会恢复你们的国家，只是现在暂时由我们保管几天。曹卫追随楚国，是因为实力不济，不追随就要被楚国消灭，即使追随，也不一定不被消灭，此前的四十五国就是前车。现在晋国替他们撑腰做后盾，他们乐得回到中原的怀抱，于是在晋的指使下，宣布与楚绝交。

代表久久不回，成得臣得知谈判代表已经被晋军无礼扣留，大怒，三军齐发，与晋军决战。前锋刚一逼近，晋军就迅速撤退，一连后退九十里，才安营扎寨。原来晋文公流亡期间，楚成王待他很好，楚王半开玩笑半认真地说：“我待你这么好，你怎么回报我呢？”公子十分谦恭：“大王这么富有，晋国那点东西，不及您的边角零头。”楚王不甘心：“尽管如此，怎么回报我？”公子说：“万一在战场上无奈相见，将为大王后退九十里，之后仍然无法摆脱交战的局面，就真刀实枪冲锋，那时候只求大王不要顾及我们的友谊，真正投入战斗，最好。”三舍之后，子玉压迫如故。晋军大反攻，楚军左右翼两军全部溃败，子玉及时收住军队，中军才得以金身不破。子玉率领残兵败将回都城，路上接到楚王的一封信：“我告诉过你不要轻敌，不要急躁冒进，你不听。我现在不知道该怎样向战死的将士们解释这件事。”结果子玉自杀，大概是想亲自向战死的将士们解释战败的原因。得到成得臣自杀的消息，晋文公鼓掌大笑：“最后的障碍搬掉啦！”

成得臣是晋文公称霸中原的最后障碍，楚王替他清除掉了。成濮战役之后，南北方的劲敌再不敢窥视中原。晋文公在本国建一座会盟坛，召请周王亲自来主持结盟仪式，成“践土之盟”。诸侯“召唤”周天子，自晋文公开始。

智伯 · 智者千虑

晋国自文公以后一百年间，持续称霸诸侯。不但统领诸侯，也领导周王，周王有疑难问题，首先想起晋侯，快马加鞭向翼城，讨来主意安天下。晋侯有事，也快马加鞭向洛阳，不是讨主意，马上的信使带着晋侯的文书，形式上是上行文的请示或报告，实际却是下行文的命令和通知：臣禀告天子，臣犬子生日在即，略备薄酒，望天子莅临为荷！不问天子有没有时间啊，天子有没有钱买礼物啊等等，反正文件送去了，不来？不来要你好看！晋侯站在太行山上四处打望，颇有强者的孤独感：楚国齐国秦国，鲁国郑国宋国，你们也努点力，让我败一回呀。

晋侯的"愿望"很快就实现了，他不但被打败，而且败得很彻底，东山再起？他就是登上喜马拉雅山也起不来了。打败晋侯的不是楚国齐国等，而是他自己，具体说是他的大夫们。晋国的王牛，晋国的大夫更牛，而且一个比一个牛，经过互相角力厮杀，六个大夫在晋朝廷成一字并肩王。现在轮到六个"王"给晋侯发通知：敬禀君上，犬子生日在即，略备薄酒，恭请君上赏光添彩！甲大夫的通知或命令刚收到，乙大夫的通知或命令也到了：小女生日在即，略备薄酒……丙大夫儿子不生日，女儿也不生日，看甲大夫乙大夫都命令晋侯，自己不命令，岂不被比下去了？必须刷个存在感："敬禀君上，近日疑似犬子生日，略备薄酒……"疑似生日也庆祝一番，这也太过分了！但晋侯问也不敢问，乐颠颠提着两个点心盒子就过来了，进门就说："我没迟到吧？"他不乐颠颠的不行啊，脸上表现出不情愿，六大夫会发脾气的。六大夫是智氏、赵氏、魏氏、韩氏、范氏、中行氏。

六个？这也太多了吧，带头大哥智伯也这么认为。自然规律，核心集团的成员不能超过三个，铁三角才稳定，铁四角那就叫平行四边形，超级不稳定，至于六角……智伯逐个评判包括自己在内的“六卿”，除了自己，谁都不顺眼。但智伯虽然强大，也没强大到可以消灭五卿的程度。柿子先拣软的捏，一番明里暗里纵横捭阖的功夫，范氏、中行氏先做了刀下鬼。智、赵、魏、韩四卿掌管国政。

智伯厌烦极了平行四边形，也不喜欢铁三角，最好自己一条线，一条线没有限制，具有无限可能性。智伯就这个问题研究了五年，这个问题还需要研究这么久？这么严肃而神秘的数学问题，而且是几何数学，研究的过程漫长些，也可以理解。而且研究的结论很精彩，也很可行：蚕食三家，让面转化为线！

智伯喜欢召开四巨头联席会。这次会议智伯心情比较沉重，他说：“几年前，我们合理地安排了范氏和中行氏的归宿，两家的封地呢，承国君信任，委托我们四家分别保管，可是同志们哪，做人不能忘本，我们的国君这么信任我们，而我们对国君呢，我们连一个茶叶蛋也没给他，反而时不时地要国君来给我们的孩子过生日，我们是不是有点那个？”赵襄子、魏桓子、韩康子异口同声：“那咋整？”智伯说：“怎么才能把事情做得圆满，大家回去考虑一下。”

开会都是做个姿态，解决问题都在会下，智伯来找韩康子，一番义正词严，韩康子一咬牙一跺脚：“我献出一万户给君上！”智伯大喜，心想：今天一万，明天一万，必有死韩。说献给君上，君上连一根毫毛也见不着，不是由我智伯代管的吗？智伯又找到魏桓子，魏桓子问韩康子献出多少？说一万。魏桓子一咬牙一跺脚：“我也献出一万户！”三家搞定两家，智伯信心满满，亲自拜访赵襄子，赵襄子说：“献给君上，谁替君上保管？”智伯有点心虚：“当然是、是我啦。”赵襄子瞪圆了眼珠子：“格老子！搞球不成！”

智伯在赵襄子家碰了一鼻子灰，恼羞成怒，把赵襄子的话添油加醋说给韩魏两人听，三家达成共识：灭掉赵氏，然后瓜分赵氏，智韩魏组成铁三角。智伯虽然不喜欢铁三角，但别着急，一步一步来。

三家合兵，攻打赵家，赵襄子坚守晋阳，晋阳城坚粮足，护城河环绕，可称固若金汤，联军围城两年，城里吏民安堵，演绎着关于智伯不仗义的故事，“智伯跟我们主公要茶叶蛋，主公不给，就围晋阳。茶叶蛋多贵啊，凭啥给他——茶叶蛋是啥东西？啥叫茶叶？”“没见过。肯定是吃的东西，茶叶好像是南蛮的一种饮料，至于茶叶蛋，我们主公舍不得吃，我们大家吃不起，这么珍贵的东西，智伯想要就能要的吗？坚决不给他！”于是全城人为保卫那谁也没见过的茶叶蛋，同仇敌忾，宁死不屈。

智伯见围城无效，决定掘汾河水灌晋阳城，晋阳全城被水淹，人们跑到房顶继续坚守，智伯带领韩康子和魏桓子视察战场，战争很快就要结束，因为晋阳城已经蛙声动天，赵家人坚持不了几天了。智伯得意地对韩魏二人说：“都说护城河是防御设施，但我能把它变成攻城的利器！”韩魏二人听了大惊：我们的都城可都靠着河呀！

危在旦夕的赵襄子派出说客，乘夜色出城向韩康子和魏桓子陈说利害，说客句句戳中韩魏的要害，韩魏二人身上的冷汗淌下来像是洗了个冷水澡。两家军队在战场倒戈，与赵襄子联手，合击智伯军。事出突然，智伯来不及调整战略战术，战死在晋阳城下，智氏被灭族，三家瓜分了智伯的土地和财产。因为智伯的财产就是晋侯的财产，所以这一事件被称为“三家分晋”。

三家分晋五十年后，周王正式承认韩、赵、魏三国为诸侯，再过三十年，晋侯被废，唐叔虞的晋国消失在历史的长河中。

赵武灵王（上）· 大英雄

威烈王二十三年，周承认一晋分为“三晋”，三晋之一的赵国，王位四传至赵雍，他就是赵武灵王。

赵武灵王喜欢胡人，他的朝廷里楼烦人、匈奴人、林胡人过半数，他的领导班子中三个胡人，肥义、楼缓、仇液，是他最倚重的核心的核心。他如此青睐胡人，源自他身上浓厚的英雄情结。农耕地上的华族农夫，小心翼翼地侍奉那几棵可怜的小苗苗，好不容易收获了，全家人的命根子紧紧守护着，哪是出产英雄的气候！战争迫近，国王气急败坏地发布征兵令，又动员又许诺，还得伴随着强制措施比如抓壮丁，闹得全国鸡飞狗跳。至于吗？不就是当个兵吗？当兵不一定战死，就算战死了，不比你们在田地里侍奉那小苗苗光荣？看看人家胡人，骑马打仗那是本分，不打仗，大丈夫也不去放牧那些慈眉善目的牛和羊，放牧，那是女人和小孩子的勾当，强壮的男子汉要手搏猛虎！所以胡人说打仗，一声令下立刻就出发——他们一直就在马背上。

胡人的尚武作风和英雄主义精神使赵武灵王羡慕得不行，他决定赵国全面胡化，向胡人学习，全国男人当英雄，他自己呢，当英雄们的头儿，大英雄！胡化从衣食住行开始。汉人吃饭，一人一个托盘，盘里摆着几种菜肴和饼饭之类。贫寒人家没有托盘这种华而不实的东西，每人从饭锅里盛一碗饭，再到菜锅里盛一碗菜，拿到旁边自己吃。再贫寒些的，餐具凑不齐，半碗饭，浇上半碗菜，制作成一碗盖浇饭，蹲在地上狼吞虎咽或细嚼慢咽。胡人不这样，他们烤一只羊，放到大木板大石板或直接架在火堆上，以这只羊为中心，大家围坐，然后一人一刀地宰割它，宰割得只剩骨头架。赵武灵王说："以后，赵国人吃饭，围着一桌团团坐，聚餐！"这条规定引发强烈的反对声，华族觉得这种吃饭方式太野蛮，没尊严，更主要的是它不卫生啊："你一筷子夹菜，送进嘴里还抿一下子，然后又一筷子伸过来，哈喇子大鼻涕……"别人赶紧制止："别说了，吃饭呢，你恶心死我呀！"他坚持说完："我再把筷子伸进菜盘，吃的却是你唾之余！"赵王也觉得这样聚餐挺恶心的，一人一盘才文明，可赵王是大英雄啊，英雄做大事不顾小节，不就是个吃饭吗？不就是吃一点别人的唾沫口水吗？这有啥呀，为了我的英雄业绩，你们就忍一忍吧！

华族穿衣服极其麻烦，严格分等级，除了在地里侍奉庄稼的农夫和垒墙挖泥的力工，其他人一律长衫，连卖菜的小贩都文质彬彬："夫人买菜否？卑职今日大酬宾，半价奉上大白菜一株。"买菜的不领情："一个菜贩子，还卑职！"小贩说："非也，卑职虽不才，自食其力，无异圣人也！"原来衣服不仅能御寒和遮羞，还有语言引导功能，有人说，什么藤结什么瓜，什么阶级说什么话，其实不然，他说什么话，取决于他穿什么衣服，他穿上一件白大褂，"安心养病，几天就会好的。"穿上黑袍子，"主啊，宽恕这些无知的罪人吧！"穿上迷彩服呢，就不用说话，"突突突，突突突……"赵武灵王命令全国人脱下长袍子，改穿"短制服"。赵王的短制服是"作训服"，收腰，紧袖，显得干练，更方便跨马射箭，一切以适应实战为宗旨。

赵武灵王对衣食的改革只是铺垫，他的重头戏是行动，他说的"行"其实是行军作战。这时候，车战已经让位给步战，从前打仗，双方约定战场，一方到得早些，要安静等待对方列阵成功，双方指挥官商定一个时间点："咱们下午两点开战好不好呢？""我觉得一点钟更合适，不用拖到天黑。""好，签字！"这是宋襄公。这样列阵对攻的战斗已经绝迹。现在的战斗，主要是遭遇战，两军猝然相遇，就地隐蔽，寻找有利地形，战斗立即打响。运动战，在运动中保存自己，消灭敌人，阵地战的武器是刀和矛，运动战的武器，却是“大杀器”弓箭弩。

华族的射箭，有立射，有跪射，都取稳定的姿势，射箭需要稳定，稳定下来才能瞄得准，射得狠。立射、跪射适合阵地战和防御战，一方攻城，守城将士对来犯之敌发一通箭。赵国的敌人匈奴、楼烦、林胡等，从来不跟中华人比赛攻城，他们擅长野战，马上的匈奴战士根本不给华族士兵瞄准的时间，几十米距离，在华族人的阵前飞驰而过，知道华族人射不中他，所以十分嚣张。胡人更擅长马背上放箭，他们在马鞍下放置两块弧形铁，叫马镫，两只脚分别伸进马镫，两只手完全解放，一手张弓，一手搭箭，因为常年练习，能百发百中。赵武灵王说：“我们也必须学会这一手！”

赵国的强敌来自北方，他必须学会北方强敌的本领，并且压倒它。从而战胜它。为了学得彻底，赵王干脆在赵国实行一国两制，南部邯郸地区，维持农耕不变，人们继续珍爱那些小苗庙；北部代郡地方，转为半游牧，女人和儿童放牧，青壮年男人整天骑在马上，练习骑射。因为游牧，房屋也改成帐篷，随时搬家。

经过这番彻底的改革，赵国强大得令人恐惧，不但中原各国对赵国侧目而视，匈奴、楼烦、林胡看见赵的旗帜也狼狈逃窜。赵武灵王持续攻击中山国，夺取中山国与燕国接壤的地区，把中山完全裹挟在赵国境内，成为国中之国，被灭亡在旦夕之间。林胡与楼烦想与中山南北夹击赵国代郡，遭到赵武灵王的痛击。赵趁机夺取林胡和楼烦的大片土地，设立雁门郡和云中郡，迫使林胡和楼烦大规模向北方迁移，远离赵国的势力范围。赵国修建两道长城，阻止它们再度南下。赵武灵王还主持平定燕国的内乱，曾经傲视群雄的秦国，也被迫接受赵武灵王对国家大政的干预和调停。楚国吞并越国，与齐国接壤，齐王非常恐慌，向赵国求救。韩魏两国抵挡不住楚国的攻势，也向赵国求救。赵武灵王，成了拯救华夏各国的大英雄。

赵武灵王（下）· 英雄气短

赵武灵王娶韩国公室之女为夫人，人称“韩夫人”。韩夫人聪明贤惠，深得赵国人敬重，可惜年命短促，留下一个公子赵章。母亲那么令人敬爱，赵章立为太子，全国人民都跟着心情舒畅。

可是赵武灵王做了一个春梦，梦中有一个美妙的姑娘。赵武灵王隐去春梦的细节，只把那姑娘的长相绘声绘色说给大家听。大臣吴广又惊又喜：大王这个梦中人明明就是我的小女儿啊！这老小伙子——赵武灵王这年二十九岁——啥时候看见我的女儿梦瑶了？于是梦瑶成了赵武灵王的新夫人，叫“吴娃”。吴娃生下公子赵何。可惜，梦瑶年纪轻轻的也死了，赵武灵王抱着将死的吴娃痛哭：“夫人，你有什么要求？”吴娃入宫十多年，没有向赵武灵王提过任何要求，聪明贤惠一如韩夫人，赵武灵王经常说：“妲己妹喜褒姒，女人祸国。我的女人，国家祥瑞！”两个夫人确是国家祥瑞，吴祥瑞还要有自己的要求的，一辈子不提，临了，不提就没机会了，于是，吴娃说：“赵何，当太子……”美丽的眼睛大大的，看着赵武灵王，赵武灵王忙不迭地答应：“当太子，当太子。”吴娃的大眼睛终于安详地闭上了。

赵武灵王果断废掉太子赵章，立不满十岁的赵何为太子，赵章毫无怨言，依旧跟着父亲征战各地，并且屡建功勋。

赵武灵王的理想是当一个大英雄，他的理想在四十岁时实现了，赵国成为雄视华夷睥睨天下的超级大国。四十岁的赵武灵王突发奇想，要改造国家体制。政治和军事二元化，两个首领，政治首领管理国家，军事首领负责征战，开边拓土。政治太子管，军事太复杂，自己来。他举行隆重的仪式，把王位禅让给太子赵何，自己领名“主父”，带着公子赵章，继续南征北战，灭中山，逐林胡，平定燕秦诸侯内乱，英雄事业的连续剧继续上演。

儿子多了未必是好事，儿子多而且都优秀，更未必是好事，主父的两个儿子，都是人中龙凤。拍马屁的大臣说，大王的儿子，赵国几千年，天下几百年才出一个。可是赵国历史才几年啊？“拍大臣”说，我说的包括赵国以后几千年。几千年才出一个，现在一下子就出俩！这可怎么好？好儿子叫主父好为难，废太子赵章聪明英武，酷似乃父，只因为他对吴娃的承诺，才被撤下来，看着儿子偶尔闪过的幽怨目光，主父心里很难过，绞尽脑汁想主意，年过不惑的人，主意就是多，他一拍大腿：“多简单的事情！”下令，公子的仪仗等待遇，与赵王同一规格。

消息传到都城邯郸，赵王何的宰相肥义说：“主父想补偿赵章无辜被废的伤痛，这没啥。”刚说没啥，主父就到了，找肥义单独谈谈。肥义是匈奴人，老成持重，赵肃侯时候的重臣，辅佐赵武灵王，现在又辅佐赵王何，是赵氏一家三代人的主心骨。主父对肥义说话不绕弯子，开门见山：“我想把赵国一分为二，立两个赵王，代郡一个，邯郸一个，你看行不行？”肥义问道：“两个赵国，怎么称呼呢，不能叫赵国甲和赵国乙吧？或者学蛮夷，叫赵国 A，赵国 B？”主父说：“不那么叫，国是一个赵国，只是赵王有两个，我呢，总负责。”肥义恍然大悟，原来主父醉翁之意不在赵章，他想夺回赵王何的权力，自己重新当赵王！于是断然拒绝：“不行，赵国不能一分为二，更不能一分为三，主父慎重！”主父回到自己的驻地，跟大儿子说：“我替你讨封了，肥义这道关都没过去。”大儿子也有个“宰相”，叫田不礼，为赵章分析局势：“现在赵国有三个核心，主父，赵王，公子您。三个核心都是正人君子，人脉深厚，但现在主父的心思明显偏向公子您，机不可失，时不再来！”田不礼劝公子章杀赵王何，再控制主父，自己称王。

主父营造自己百年后的墓地，前往沙丘，招呼两个儿子随行，天下人都知道此行危机四伏，赵王何虽然只有十六岁，人中龙凤岂是可以用年龄衡量的？公子章借用主父的令符，请赵王何到主父宫议事。肥义说："我代替赵王去！"叮嘱赵王，他如果回不来，就是公子章已经发动政变，王宫立刻投入战斗。

公子章与田不礼只见肥义，不见赵王何，知道对方已经有所准备。他们决定迅雷不及掩耳地袭击赵王，先杀肥义，再派人去请赵王。赵王早就枕戈待旦，见肥义一去不回，公子章的使者又来了，知道肥义已经被害，立刻发兵，紧密包围主父宫，预期的战斗在主父宫外激烈进行。不知道此时主父的心情如何，是不是悔不当初。

依照肥义的部署，赵王的精锐部队由李兑与公子成率领，待命在沙丘附近，得知沙丘事变，二人火速增援赵王。赵王何很快就控制了局面，公子章军战败，田不礼出逃，公子章败退到主父宫。

李兑、公子成率军围主父宫，主父已经成了瓮中鳖。公子章的行为，不管是主父指使还是默许，主父都有责任。事关重大，如何处置这两个特殊的俘虏，李兑准备请示赵王，公子成说："如果请示赵王，你想赵王能怎么办？他不可能下命令处死父兄。请示他，你等于给他单选题，而且答案唯一：解散军队，解放主父，然后，父子三人至少表面上和好如初。再然后呢，再然后我们犯欺凌主上罪，被处死。所以，今天这事，只有你知道，我知道，赵王他根本就不知道！"李兑说："可是赵王明明知道啊，我刚从他那里来，他说别光顾打仗，吃点东西吧，就给我一个茶叶蛋。哎呀，我终于吃到传说中的茶叶蛋啦！"公子成不再理他，指挥部队攻入主父宫，诛杀公子章及其党羽。公子成把主父宫的人员全部赶出，搜检食物和水，彻底坚壁，主父一个人被困在内宫里，一只苍蝇都飞不进去，也飞不出来。主父挖地三尺寻找搜检后残存的食物，但残余毕竟有限，被围困三个月，主父赵雍饿死。

韩懿侯·演说家

韩国公室的远祖韩厥，在传说的“赵氏孤儿”事件中保护了赵家血脉，司马迁说韩厥积了阴功，后世有福报。但“赵氏孤儿”一事既为虚构，所谓“福报”也无从谈起，但韩氏家族在列强环伺中坚持二百多年而不倒，也是奇迹。

韩国早期相当强大，三家分晋时，韩康子坚持要成皋，成皋大部为硗确不毛之地，但却成为韩国灭郑的据点。韩国凭借威慑力强大的“大杀器”弩，南征北战，在诸侯中称雄一时，直接成就就是灭郑，把国都从阳翟迁往新郑。郑国在春秋时期也是小霸一枚，庄公的故事脍炙天下人口，曾几何时，却亡于大韩。韩国自韩康子立国，五传至懿侯。

韩懿侯是个没主张的人，意见随风倒。国家接连发生几件刑事大案，韩懿侯忧心忡忡，在朝堂发表长篇演讲：

“必须严厉打击刑事犯罪，依法治国。处置刑事案件，要以事实为依据，以法律为准绳，在公众意识形态领域，提高法律的地位。法律处分刑事案件，最高为死刑，死刑为常设刑，什么叫常设刑，就是国家随时可以启动死刑程序，处决罪犯。

“死刑的设立，具有三重功能：报复功能、抚慰功能和威慑功能。杀人偿命，谁来执行偿命？当然是法律，被害人执行偿命，一来他未必有那个能力，即使他能执行，杀死了凶手，但这叫什么，这叫仇杀，反过来被仇杀者的亲近者又会报复复仇者，这就是民间常说的冤冤相报何时了。

国家执行报复，就是为了避免这种报复的循环，国家实行仲裁，最后唯一的结论，抹平崎岖，社会恢复成一个平面。刑事犯罪的苦主受到多重伤害，国家实行对等报复，把杀人罪犯送上刑场，给苦主以心理抚慰，帮助他们尽快摆脱伤痛，恢复到社会生活中来。至于威慑功能，这不言而喻，作奸犯科，累犯惯犯，做坏事不要命的家伙们，看到同类真的没命了，他就开始惜命，要收敛一点了。

“有人鬼迷心窍，主张废除死刑，那就废除好了，哪天他的儿子被人砍去四肢挂在树上，他的女儿被暴徒奸杀，他还主张释放犯罪人，我就同意废除死刑！一伙惯犯，四个人，漫无目的地闯进一户人家，这家年轻的夫妻被胁迫为他们做饭。四个人酒足饭饱，疯狂地持续轮奸女子，男人被捆绑在另一个房间，听着妻子哀号，最后，歹徒让这两个人见最后一面，一齐杀害了。这是一伙非人类，通常说的‘禽兽不如’，对非人类的东西，人们不必用人类的心理去对待，这样的穷凶极恶之徒，如果还能逃脱死刑，这个世界存在的价值就大大地打折扣！为了维护法律的尊严，给民众和平公平的生活环境，必须强调万事依法，万人懂法，全国普法！最重要的，国家不能被一些二百五理论家蛊惑废除死刑，我们大韩国坚决维护死刑的尊严！”

演讲真精彩，这一宗道理，几千年后的大学教授，也不一定讲得这般透彻。于是，韩国全民普法，说要法律至上，建设法治型国家。

韩懿侯爱学习，有事没事就看书，看书看到了《墨子》。墨子说，人们的心都是柔软的，用来互相爱，而不是互相恨，你恨我，我却不恨你，不但不恨，还用爱去感化你，让你也爱我。天下人都这么互相爱，陌生人见面，两颗心柔柔地相碰，多么美妙的时刻啊！韩懿侯大为感动，一感动，又要发表演讲：

“人是什么，人的最高的和最后的本质，是爱。孟子说，‘人有别于禽兽者几希’。人靠什么区别于禽兽，就是人类之爱，人类独有的悲悯情怀。人伤心了，快乐了，都会流泪。哦，现在我为什么流泪呢？我的眼睛里充满了泪水，因为我对你们有深深的爱，列位臣工，我的心永远属于你们，我爱你们爱到永远！眼泪沟通了天下人共同的情感世界，原来这个世界通透明澈，毫无阻隔，墨子说兼爱，符合人类的最高和最后的本质。

“既然爱是最后的本质，人际关系也要以爱为标志。对犯罪人，包括刑事犯罪人，有人主张实行对等报复，简单说，‘杀人偿命，欠债还钱’。有这个必要吗？他杀了人，已经有人因为这个不幸的事件丧失了生命，现在再把杀人犯也判处死刑，这就又多死一个人啊列位臣工！本来一个刑事案件一个人死，现在死的人却翻倍，浪费啊，浪费人力，浪费生命，这是最大的浪费！他父母养他那么大，容易吗？说死就死了，实际上他完全可以不死的呀。当年女娲造人，制造了黄土人和黄泥人。什么叫黄土人，是女娲仔仔细细按照自己的模样捏塑成的；什么叫黄泥人，是女娲把藤条裹上泥浆，随随便便挥舞，泥巴掉在地上形成的，黄土人富贵，黄泥人贫贱。无论贵贱贫富，都是女娲的子孙，都要受到神的宠爱，神不会剥夺他的生存权利，人更不能剥夺这项权利，他犯了罪，重罪，死罪，但是人们要允许他赎罪，一个青年杀了一个姑娘，要被判处死刑了，青年跪在姑娘的父母前哭泣哀求，请求做他们的儿子，一辈子孝敬他们。我看这个主意就很好，青年不至于死，老两口又有人养老送终，这多好啊！

“有人说，这个建议很混蛋，老夫妻接受这个‘养子’，每天看着这个杀害女儿的罪犯在眼前转来转去，心里堵得慌，抑郁了，双双一命归西，这青年竟继承了老人的财产，这都什么世道？我理解这老两口的心情，那就不要他当养子。但也不必要他死，就在监狱关着他，让他在监狱里痛苦地赎罪，比砍头还难受呢。关在监狱的他，反倒急切地盼望被处死刑，但国家就是不让他死，就叫他生不如死！”

于是韩懿侯在全国实行美和爱的教育，预期目标，韩国人人道德君子，从容揖让，实现以德治国，以爱治国。

韩懿侯首鼠两端，韩国人也随着分裂为两大派，要死派和废死派，听这名称，这国家也要死要活颓废了。

韩昭侯·特务统治

韩懿侯以德治国、以法治国举棋不定，他的思想教育使国民疲惫不堪，而且他的思想教育体系还变动不居，国民的疲惫更加重了许多层。好在他折腾韩国十一年就驾鹤西去，继位的昭侯立刻改弦更张，他不搞思想政治教育，他织网，织一张牢笼全体韩国人民的大网——他实行特务统治。

一日，昭侯与大臣在朝堂闲聊，忽然作色道："子奋，你在中央主管什么事务？"子奋被问得一愣，知道这一问必有名堂，国君当然知道他主管啥，还问。答："臣主管田畴，春种秋收，力农利民。"昭侯说："既然管农业，城南麦田有四头牛吃麦苗，返青季节，麦苗就是粮食，你怎么不去管，还在这里瞎吹牛？"子奋惊讶莫名，急忙带着几个办事员往城南视察，果然看到四头牛在刚刚返青的麦田里摇头晃脑吃得不亦乐乎。昭侯也跟大家一样，在朝堂眉飞色舞说段子的，他咋就知道得这么详细准确？再仔细想一想，这一件小事国君都洞若观火，大事呢？更大的事呢？最大的事呢？不敢想下去了，大臣们乖乖地听从昭侯的安排调动，不但不敢反对，连反对的念头也不敢有，国君轻而易举就能破解每个大臣的"私字一闪念"。

原来，韩昭侯有一个强大然而十分隐秘的组织机构，这个机构没有名称，后世称它为"特务组织"，特务组织也不是正式名称，正式名称往往很文明很开放，文化交流中心、信息技术研究所等等。昭侯的特务机构没有名称，但效率极高，因为这个组织的待遇好，招揽的全都是技术精英，韩国在战国七雄中排位最后，因为穷，可是特务们的生活却穷奢极欲，一般人请客吃饭几十个铜钱，顶多一百个，特务请客动辄几两银子，客人的眼珠子都要掉在盘子里，羡慕嫉妒惊吓的。这些人善于无中生有，于是，韩国没有他们破不了的案子，也没有他们制造不出来的案子。比如牛吃麦苗那件公案，最不可思议的是韩昭侯跟大家一起侃大山，其间并没有哪个人进来跟昭侯咬耳朵，情报渠道太神秘了，难道昭侯会传说中的传心术？事后人们作过很多猜想，其中一个解释说昭侯在全国各地布置大批的侦探，侦探们在朝堂外学鸟叫，他们之间有“鸟语密码本”，昭侯听见鸟叫，对照密码本破译出城南四头牛吃麦苗。大批特务果然有，密码本可能也有，但牛吃草案件不用这么费周章，昭侯指示特务，明天几时几刻赶四头牛到预定地点，“农业部长”一到，就是见证奇迹的时刻。这种手段两千年后被明太祖原装借用，锦衣卫的功绩一如韩昭侯：没有锦衣卫破不了的案子，也没有它制造不出来的案子，所以，锦衣卫需要李善长反，李善长果然反了；需要胡惟庸反，胡惟庸果然反了；需要蓝玉反，蓝玉果然反了；需要李自成……它不让李自成反，李自成还是反了。

韩昭侯用阴谋术统治韩国，很有效，韩国人官民上下战战兢兢，唯恐被特务盯上。

韩昭侯还有一个得力助手，帮助他施用阴谋术，他叫申不害。申不害也有术，他的术是权术，阴谋术和权术一阴一阳，上下其手，韩国笼罩在一团巨大的雾霾之中。

申不害是郑国人，韩灭郑，申不害自然成为韩国人。申不害是低级官吏，被韩懿侯反复无常的思想教育折磨得苦，韩懿侯终于死了，韩国人暗暗高兴，韩昭侯不但不再折腾国民，还任用申不害为丞相，实行变法。一说变法，韩国人满脸苦相：“哎呀，又来了！”但是申不害不宣传，不学习，不讨论，就是不折腾，他只做不说。折腾的部分由昭侯负责，他只管把权力运用得无所不用其极。

申不害在韩国实行三大项举措。第一项，整顿吏治，层层集权，所有权力集中于中央。为此，申不害向侠氏、公厘氏和段氏三大贵族开刀，收回他们长期拥有的贵族特权，拆毁他们据以自重的城堡，把他们府库里山积的财富收归国有，就是“打土豪”。但申不害只打这三个超级大土豪，其他大大小小的土豪一律不动，不但不用申报个人财产，连开会学习等一系列花架子也全都废除。打土豪是形式，收回权力，集权于中央才是主题。第二项，实行规范化管理，整顿官吏队伍，制定一套对官吏考核和监督的制度，有功绩的奖励，有才能的升官，机关不再养活懒人，国家政权进入高效运转状态。第三项，整肃军队，韩侯自任韩国上将军。当时的社会风气，豪强人家都招募家丁，名义是保安，但规模庞大，而且装备精良，训练专业，与军队没啥差别。大国这样可以，这些家丁保安可以当作预备役士兵，但韩国这么小，各家招保安，肯定与国家争夺人力资源。申不害将贵族的保安即私家亲兵，统一收编为国家军队，与原有国家军队混编，国家军队的兵员大增，战斗力也大为提高。终申不害之世，各国都不敢进攻韩国。

申不害为韩国建立这么大的功绩，韩昭侯十分感激他。申不害说，既然如此，臣有一事求君侯。我的本家哥哥，现赋闲在家，请君侯赏他一官半职。韩昭侯说：“不可。你制定的法律在全国颁布施行，官员的任职去留都有严格规定，我们国家一向执行得很好，就是根据每个人的功劳记录，经过人事部门的严格审查任用，我向你学习法律，请你制定法规，用来治理国家，在我们韩国，没有一个人，没有一件事，可以在法律法规之外。现在我是听从你的请求而废弃你的规矩呢，还是为实行你的规矩而驳回你的请求？”

术，就是捣鬼，一切不按常理出牌。鲁迅说，捣鬼有术，也有效，然而有限。昭侯时期，韩国可称强盛，但这强盛只是昙花一现，韩昭侯一死，韩国的“术”也就玩到了尽头，韩国从此被各国忽略掉了。

魏文侯·战火中的斯文

魏国的先祖与周同姓，封于毕，以毕为姓，后裔之一毕万，在晋献公的朝廷任职，有功，封于魏。遂以魏为姓，生魏武子，魏武子追随重耳流亡十九年，回国后得到重用，成为朝廷的中坚力量，魏家渐渐成为六卿之一，至魏桓子，与赵襄子、韩康子瓜分晋公室。魏文侯二十二年，三国正式成为诸侯。

魏文侯崇敬学术，他自己拜卜商为师，卜商字子夏，孔子的学生，魏文侯的学术思想源出于孔子，战乱不止的战国时代，在魏国居然出现一个张扬学术的西河学派。魏文侯与段干木亦师亦友，每当走过段干木家，都要尊敬地扶轼起立。秦国强大，尝试伐魏，秦王的谋臣劝说道："魏君尊敬贤者，文明礼貌，为人热情周到，全国上下一片赞扬声，这样的国家，这样的人民，最好别打他的主意！"秦王自我比较一回，终究觉得不如魏君，于是作罢。

魏文侯如此，儿子也不含糊。太子子击路上遇到大师田子方，急忙下车，站立一旁，恭恭敬敬地问候田老师。田老师旁若无太子，居然不回礼，昂然而过。太子哪里受过这个，追上去——惹了官二代，有好戏看啦！但是太子子击不是一般的官二代，他是魏文侯的二代，修养不是一般的高，他文质彬彬地请教田子方一个问题："富贵者和贫贱者，谁更有资格傲慢？"这显然是对田子方没道理瞎傲慢的责备。田子方回答说："贫贱者比如我，可以傲慢；富贵者比如你，不敢傲慢。"官二代虽然见多识广，也被这道无理算式题整蒙了，不自觉地问："这是为什么呢？"田子方这回有发挥的空间了，长篇大论地教导太子："傲慢，是需要资格的，没有资格傲慢却坚持傲慢，后果很严重，诸侯如果傲慢，就会失去他的国，大夫如果傲慢，就会失去他的家，而贫贱者，还是说我吧，一言不合，一事不如意，我就走了，猪八戒摔……哦，不不，我就走了，上哪去？我去楚国，去越国，去大家谁也不知道的地方，反正哪儿都不是我的，我爱去哪儿就去哪儿。你们现在给我开工资是吧，我丢掉那只工资铜饭碗，就跟扔掉烂鞋子一样随便，你行吗？你爸爸行吗？朝廷的大臣们有一个算一个，行吗？"太子想一想，的确不行，垂头丧气而去。

魏文侯很信任李克，凡事都想听一听他的主意，现在他遇到一件大事，需要作出选择，就是任命丞相。他有两个人选，优秀的程度相同，如果打分，都是九十九，或都是一百，这可难坏了魏文侯。于是他特地把李克从外地请回来："李先生，你说我是选季成呢，还是选翟璜？"李克说："大事，高位者从不向低位者讨主意，关系疏远的也不参与关系密切的人之间的事情。我只是外地的一个小官，哪敢对这件事表态，再者，我也没有态可表，他俩都挺好，谁当丞相都行。"魏文侯说："国家大事，先生不要谦逊，我真心实意向您讨教。"李克说："你是没有注意到细节，所以事在眼前却没了主意。什么叫细节？细节来自观察，观察他平日居处亲近的是什么人，富有时要考察他所相交结识的是什么人，显达时要考察他所举荐的是什么人，穷困时要考察他不屑于做的事，贫寒时要考察他不贪取的东西，观察这五个方面，就足以选定丞相了，哪里还需要我提意见呢？"魏文侯说："先生远道来都城，您去宾馆好好休息吧，丞相的人选，我决定了。"

李克不去宾馆，他来看看翟璜，翟璜热情接待，这么热情是有道理的，因为全城人都知道国君向李克咨询丞相人选的事，会面后，李克来看翟璜，不用说，他推荐的丞相一定是翟璜。翟璜心里暗喜，询问道："听说今天君上跟您商量丞相的人选，到底是谁当了？"李克说："魏成子季成当丞相了，君上明天就会宣布正式任命。"翟璜脸色涨得紫红，闹嚷嚷的像跟人吵架："眼前所见，耳朵所闻，头脑所记，李先生，你说说公道话，我哪点比魏成子差？西河太守吴起，那是啥地方，秦国的眼皮底下，谁能治理得好？我举荐的！邺郡难治，老百姓被巫婆神汉蛊惑得五迷三道，太守西门豹，我举荐的！君上要讨伐中山国，主帅乐羊，我举荐的！中山打下来，没有合适的统领，你担任中山总督，我举荐的！君上的公子们没有合适的老师，太傅屈侯鲋，我举荐的！我举荐了这么多优秀的官员，怎么还比不上他魏成子吗！"气哼哼地一会儿站一会儿坐。

李克说："您向君主推荐我们的目的，难道是为了结党营私谋求做大官吗？君上问我，季成和您谁更适合当丞相，我回答说：'居视其所亲，富视其所与，达视其所举，穷视其所不为，贫视其所不取。'就这五条。君上同意我的意见，于是我就知道魏成子当丞相，君上心里已经决定了。就说您吧，您怎么能比得了魏成子呢？魏成子的工资一千万,九百万用在外边，自己只消费十分之一，有了这些钱，他引进了天下最杰出的人才卜子夏、田子方、段干木。这三位大学者，君上像老师一样尊敬他们，其实他们就是帝王之师。而您举荐的几个人包括我，君上呼来喝去，只是几个臣子啊，您怎么比得上魏成子呢？"翟璜非常尴尬，扭扭捏捏不好意思，反复向李克鞠躬施礼连着道歉："我翟璜是个粗野人，说错话了，先生原谅，我愿意终生做先生的弟子。"

战国绵延二百余年，魏国最先强盛而称雄。魏文侯在位三十八年，最早推行变法。他选贤任能，用李克、魏成子、翟璜为相，用乐羊、吴起等为将，拜卜商、田子方、段干木为师。内修德政，外治武功。魏文侯期间，魏国攻占秦国河西地区，深入秦国腹地，秦国八十年长期被压制在洛水以西。魏向北越过赵国，伐灭中山国，向东连续打败齐国，向南对楚国也采取攻势，为战国初期的中原霸主。

秦穆公（上）· 有故事的人

非子善于养马，马匹经过他的手，自然膘肥体壮，繁殖迅猛。周孝王很器重他，询问他的家族历史，果然不平凡。原来非子是祝融一系，帝舜赐姓嬴，这一家族，夏商两代都有人在朝廷为官，或忠厚善良，或阴险奸诈，俱往矣。孝王说，你养马养得好，汧水渭水之间，做你的根据地，为天子养马，虽然不是诸侯，也属于王室，附庸曰“秦”。秦传五世至襄公，周幽王被犬戎杀害，诸侯勤王，附庸国秦也积极参与。平王东迁，因为秦地处前线，秦襄公出力最多，平王正式将秦升格为诸侯，又传八世，至穆公。

秦穆公是个有故事的人。这些故事指向一个结论：笨。

嬴氏家族有爱马的传统，穆公有好马，可不知怎么就跑丢了一匹，穆公急得哭起来：“找啊，都给我找去呀！发通告，悬赏，全国取消休假，都去找马！”还真找到了，不过已经不是一匹，而是“一堆”：一堆马骨头。原来这匹马不知死活，溜溜达达，跑到山沟里假装野马，跟猎人捉迷藏。马再聪明，能聪明过人吗？能聪明过中国人吗？能聪明过想吃东西的中国人吗？这匹自作聪明可怜的马被猎人射成刺猬。一箭两箭就死了，为什么还要射它那么多箭？原来大家要根据猎物身上每人射中的箭的多少分猎物的肉。找到这匹马的时候，那些猎人正守着火堆大嚼马肉。穆公闻报，匆匆赶到现场，吩咐下人：“去，到我的厨房取一桶好酒来！这不是寻常马，马肉致密非常，吃了马肉不喝酒，会在胃里变成胃结石。”转回身对自己说："马呀，你死得好惨啊！"算是给马的悼词。

穆公爱马，马场里马很多，也都是优良品种，可穆公不满意，因为他需要一匹"千里马"。日行千里，一个时辰八十里，有什么难的？随随便便一匹马都是千里马。可你随随便便牵出一匹马让它跑，不出一个时辰，就把它跑死了，所以千里马主要在耐力，一匹马不间断地奔跑千里。伯乐善于挑选好马，但这时伯乐已经很老，精力不济，穆公说："您老的子侄徒弟们，跟您老一样精于业务的，给我推荐几个呗。"伯乐说："我的儿子侄子们，看看普通的马还行，千里马，只有九方皋才能发现，九方皋是个小贩，每天在市场上挑担卖菜。"穆公派九方皋出去找千里马，三个月后回来了，得意地告诉穆公："我发现千里马啦！在冀州的沙丘镇发现的！"穆公说："它怎么没跟你一起来呢？"九方皋说："哎呀，我忘了！"忘了！你知道你是去干什么的不？穆公却也不生气："先说说，那匹马什么样的。""也没有啥特别的啦，一匹黄色的女马。""几岁口呢？""哎呀，我也忘了！"穆公派人往沙丘，牵回那匹"千里马"——站在穆公面前的，是一匹纯黑色的男马，斗志昂扬地打着响鼻。传说中黄色的女千里马呢？这回穆公不干了，找到伯乐："说起来您老可能不相信，您推荐的那位九方皋，十分不靠谱，不但色盲，还不辨男女。"伯乐说："哎呀，九方皋相马竟然达到了这样高的境界了吗？那他比我厉害千万倍无数倍啦！九方皋观察的是马的天赋，深入研究马的素质，能探究马内在的精妙，马的毛色年龄甚至它的性别，都是毫无意义的身外之物。九方皋明悉马的内部精髓，而忽略它的外表。他只看见所需要看见的，看不见他所不需要看见的；只视察他需要视察的，不观察他不需要观察的。九方皋，才是最成功的相马人啊！"这一番宏论，伯乐成功把自己说服，问穆公："你信不信？反正我是信了。"穆公说："你都信了，我还能不信！"

穆公想和晋国缔结友好关系，缔结这种关系最直接最简单的途径是政治联姻，穆公派人到晋国提亲，晋国当然答应，公主承载着政治任务嫁到秦国。此前晋国灭虞国，俘获大夫百里奚，晋国想让百里奚在朝中任职，他却不愿意，晋献公就把他当作陪嫁的奴才送往秦国，百里奚却在中途逃走，逃到楚国，成了一个养牛人。穆公做事一向很仔细，按照名单逐一核对人员，叫到“百里奚”，却无人应答。晋国投奔过来的公孙枝，听到叫“百里奚”，大喜，赶过来见老朋友，却只见名单不见人，对疑惑的穆公说：“这个人，您无论如何要找到，他是大贤人。”穆公拐弯抹角知道百里奚在楚国，就准备丰厚的财物，要把百里奚赎回来，公孙枝说：“不可。厚财赎人，一定会引起楚王的怀疑，他就不放人。您只说他是一个逃跑的奴隶，市场价赎回来就行。”穆公装模作样地派出一支精干的侦缉队，面见楚王：“我国有罪臣百里奚，潜逃至贵国，请求大王允许，让我们把他带回去受审。”献上五张柔软的羊皮。秦楚定有引渡罪犯条约的，何况还有五张羊皮的进项。一个罪犯奴隶，送出去省得在我国惹事。

侦缉队把百里奚交给穆公，穆公脱口而出：“原来是一个老头子啊！”没想到这句话狠狠地刺激了百里奚，他知道穆公这么苦心孤诣把他“引渡”回来是啥意思，他不肯为晋国服务，也不想为秦国出力，铁定心肠装一辈子傻，好在已经七十多岁，没几年就不用再装，秦侯却说他“一个老头子”！老头子怎么了？我就要叫你看看，我这老窝瓜面不面！百里奚讲王道，讲霸道，兼讲王霸之道，说得穆公鸡点头，头都快要点掉了，百里奚接着说：“我的老朋友蹇叔，比我还厉害。”穆公说：“要，要，快请，快请！”百里奚说：“他比我还老……”穆公说：“只要他还活着！”蹇叔来了，果然比百里奚老很多，不过他带来两个儿子西乞术、白乙丙，百里奚的儿子孟明视也从虞国赶来投奔。穆公五张羊皮换来五个大贤人，尤其百里奚，人送尊号“五羖大夫”。

秦穆公做事，看样子总是傻乎乎，呆呵呵，但是傻人有傻福。穆公与晋惠公作战，形势万分危急，忽然一支勇猛的骑兵冲入围困的垓心，救出穆公，他们就是当年穆公赦免的吃马肉的猎人；九方皋发现的那匹黑色男马，日行不止千里，创下马匹耐力走的记录；孟明视、西乞术、白乙丙，这三个年轻人后来是穆公征战并且称霸的铁三角，为穆公创下了不世之功。

秦穆公（下）· 通西域

秦穆公娶晋献公女，夷吾就是他的小舅子，甥舅之国自然亲，所以太子申生自杀，夷吾向秦寻求保护，秦发兵送夷吾入晋，成为晋惠公。夷吾在求秦侯出兵时，允诺将河西的八座城献给秦国做酬劳，还许给大臣里克百万亩土地，以获得国内势力的支持。夷吾当上晋侯以后，派使臣对姐夫秦穆公说："我准备把河西地交给你的，可是大臣们不同意，我也没招儿。"对里克的"百万亩"竟只字不提。秦穆公心生怨恨，一定要找个机会教训这个不懂事体的小舅子。

机会来了，晋国发生大饥荒，惠公向秦国请求支援。晋国大饥，正是教训忘恩负义的晋惠公的好机会，秦侯决定不借粮：饿死那个忘恩负义的白眼狼！公孙枝和百里奚却说："饥馑是天灾，不一定啥时候轮上谁，我们应该救济灾民。夷吾良心没有，晋国百姓无辜。"秦穆公采纳他们的建议，输粟晋国，运粮船从渭河经黄河再溯汾河，络绎不绝。公孙枝说对了，饥馑天灾，谁赶上还真没准，转年，秦国大旱，全国饥馑蔓延，秦穆公想，多亏前年救济过晋国，现在可以坦然地向晋国求援。求援文书到晋都绛，惠公召集大臣讨论，一个大臣说："趁它国家有灾，动员军队困难，发兵灭秦，多好的机会！"另一个大臣不同意："前年我们向秦国请粟，秦国慷慨赠予，我们还没报恩，现在反倒乘人之危，这太过分。"惠公说："老天送给秦国灭亡我国的机会，他不知道利用，那是他不明智，怪不得别人，我们现在，打他一个冷不防！"

发兵击秦！秦确实被打了个冷不防。其实秦国也有人料到晋国会来这一手，他是晋国人邳豹，他从晋国逃过来，深知惠公的为人，告诫秦穆公防备晋人，穆公不以为然。不过所谓突然袭击，也没有什么，在冷兵器时代搞突然袭击，“突然”的战场效果不会特别明显，惠公的突然袭击，效果主要在对穆公的心理震撼上，穆公自言自语：“怎么可以这样呢？怎么可以这样呢？”但仗还得打，战场上见到了晋惠公，分外眼红，紧追不舍，忽然就陷入晋军之中，还负了伤。千钧一发的时刻，从前吃过秦穆公马肉的三百人的猎人军队突入重围，救出穆公。战场上几次反转，最后晋惠公被秦军俘获，押回秦都咸阳，准备择日杀了他祭天。

周天子获知晋惠公的危险处境，紧急派人来求情：“晋国国君跟天子一个姓，不看僧面看佛——哦，看天子薄面，饶恕他吧。”穆公夫人是晋惠公的亲姐姐，穿着丧服，光着脚，号哭于穆公之前：“亲兄弟我都救不下来，两家君王我都对不起啊！”穆公再次被亲情感化，不拿他祭天了，把晋惠公送进高级宾馆，豪华餐饮侍奉着，礼送他回国。

晋惠公死后，继位的怀公同样不讲信用。重耳得宋国君的指点，到秦国寻求帮助，穆公被惠公怀公两个忘恩负义的家伙折磨得够呛，对晋国失去信心，决定帮助重耳夺权。重耳入晋，杀怀公，自立为晋侯，晋侯号令中原各国，遏制南方蛮夷，秦穆公不想与晋侯在中原争锋，他的战略目标定在西方，针对西戎。

秦的疆域与西戎交界，秦处于华夷分界的最前沿，与西戎的冲突频繁。穆公要解决戎的问题，必先完全了解西戎。戎王知道他的东邻出现一个贤明的君主，也想来探探虚实，派由余出使秦国。由余的祖先是中原人，百分百的华族血统。秦穆公带领他参观自己的豪华宫殿和山积一般的财货。由余虽然是华族血统，但生长于蛮夷地区，思想意识完全蛮夷化，对中原人辛辛苦苦做这些无谓的事情不能理解，他们那里的人从来不劳心费力，考虑那么长远的事情，所以活得轻松愉快。他问穆公：“这些东西如果是百姓做成的，那也太折腾人了；如果是鬼替你们做的，那就太折腾鬼了。”穆公说：“中国向来以诗书礼乐和法律规则治万民，就这样，还不行，经常闹出乱子。你们戎夷连这些也没有，可怎么治理国家呢，我都替你们戎王发愁。”由余笑了：“这正是你们中国长期混乱的根源啊！上古黄帝制作礼乐，并且亲身实行，也仅仅算小治，离大治差得远。黄帝之后，人们日益浮躁，想方设法钻法律的空子，所谓法律，就形同虚设，官吏督责小民的时候用严刑酷法，小民疲惫不堪，就以仁义为武器反抗官府。互相抱怨，互相仇恨，矛盾越积越多，国家完全失控，最后发生篡逆和谋杀，一方身死国破，一方弹冠相庆。你们中国几百年上千年的历史，不就是这样残酷地循环吗？我们戎夷则不然，在上位者温良敦厚对待百姓，百姓也用忠诚对待上级，一个国家的政治，其实就是一个人的政治，而这所谓政治，就是不知道什么叫政治。这才是真正的圣人的政治。”一席话说得穆公哑口无言，因为由余的话点中了中国传统文化的病灶，这叫旁观者清。

穆公对身边的大臣说：“一个国家有圣人，他的邻国就睡不着觉。这位由余太厉害了，我对他感到恐惧，怎么办才好？”大臣说：“这也不难。戎王一直在山沟里藏着，没见过大世面，我们送他一些有威慑力的东西，往后的事情就好办了。”穆公问：“威慑力？大杀器吗？”大臣说：“乐队。送他一个‘女子爱乐乐团’，没事让他听听音乐，唱唱歌曲。他爱上音乐，也爱上演奏乐器唱歌的女孩子，政治必然荒疏，中国的好处他一样学不去，中国的坏毛病一样不缺地传染给他。这由余嘛，君侯替他请假，告诉戎王，他有要紧事要在这里住些日子，但不说什么事。戎王一定怀疑由余请假延期的理由，受中原习俗的传染，他也会胡思乱想，想到由余会谋反啊，叛变啊，为君侯行刺戎王啊等等。君臣有了嫌隙，我们就可以上下其手。”穆公大喜：“就这么办！”每天和由余一桌吃饭，一起讨论学问，研究哲学和政治。

穆公给戎王送去一支小乐队，戎王立即爱不释耳，手也没闲着，每天沉浸在郑卫淫靡音乐和窈窕美女中不能自拔。由余终于回国了，却见到一个完全变了形态又变了性情的戎王。由余极力劝谏，越劝谏，戎王的怀疑之心越重：这家伙本来就是华族人，在中国待了那么久，回来就找我的毛病，一定被中原人洗了脑，良心坏掉了，说不定真的要出卖我们国家。穆公又使人来反间他们君臣，戎王哪有识破反间计的能力？由余的处境危在旦夕，被迫逃往秦国。穆公引为上卿。几年后，穆公根据由余的策划，发兵讨伐戎王，攻灭西戎十二国，向西开拓疆土一千余里，秦穆公成为华夏族在西部地区的霸主，秦国锻炼为中国文化的坚强右翼。

楚成王 · 终结者的终结

与北方诸强林立相比，南方没有强国，只有一个准蛮夷小国，蜷缩在长江北岸一个小角落里，它叫楚，不但国小，爵位也低，子爵，比晋燕齐鲁等公爵低三级，诸侯开大会，楚子没有资格在会上发言，不但不能发言，他连正式席位都没有，还不敢不参加，一次会议不去，封国就要被剥夺，总得给楚子一点工作啊，于是分配他管理篝火，天子的篝火就不叫篝火了，叫“庭燎”，楚子指挥杂役及时往庭燎里面添柴，别让火灭了。

楚国处于荆蛮与中原的过渡带，有两条可能的发展道路：一向南，经略蛮夷，蛮夷地域广阔，但是意义不大，蛮夷人治理不易；一向北，扫荡中原小国，以张大楚国，与北方诸强争霸。早期的楚国拼命征服南方更小的蛮夷，国土膨大得自己都不好意思，但是总得有个突破口装下它那庞大的野心吧，于是桀骜不驯的楚子熊通声明，楚国是蛮夷之国，跟中原不一样，楚国这么大，要称楚王，于是熊通理直气壮地当了“楚武王”。武王之后是文王，文王之后是成王，这位成王名恽，本来只是王的弟弟，楚王对这个弟弟太了解了，每天在身边晃来晃去，楚王寝食难安，准备除掉这个心头患。熊恽何等样人，早通过侦察手段得知危险，及时逃到随国，又得到随国人的帮助，回国进宫杀死哥哥，自立为王。成王觉得南方已经被几代楚王收拾得差不多了，决定把战略目标转移到北方。

齐桓公称霸，但楚国不在他的作战半径之内，对楚国，桓公采取外交手段稳定它，不使它向北扩张，它的主要精力用在打击北方戎狄，维护北方各国的秩序。齐桓公晚年昏聩，楚在江淮一带咄咄逼人，桓公已无力收拾这个准蛮夷之国。晋文公崛起，城濮一战，楚蛮被遏制，但晋文公十年而崩，襄公九年又崩，灵公不君，晋国动乱不止，成王趁机攻略中原各国，大国按兵不敢救。楚总共吞灭四十五国，成王一任，就灭二十国，比此前历代楚王加起来灭的国还多。经过成王的扫荡，中原小国林立的局面消失了，成王成了这些中原国家的终结者。

但这位终结者的终结，却很悲催。

成王年纪轻轻，可喜王妃就生了个儿子，把成王欢喜得什么似的。捧在手上，顶在头上，含在口里，差点就吞下肚去。但万万不能吞，吞下去就没有这个宝贝儿子啦，还指望儿子接班呢。于是发布诏旨，立世子商臣为楚太子——这乖儿子名叫商臣。

令尹斗勃劝道："您老人家年纪不还小着吗，急着立太子为哪般？您有那么多老婆，哪个老婆不生许多孩子，等他们长得有些模样，在里面挑一个最优秀的立太子。你现在立了商臣，以后要改主意，就难了。"斗勃的这一番话说得实在没道理，不合乎古人教训。周公立下制度：立嫡以长不以贤，立庶以贤不以长。商臣是正妻所生的长子，以后儿子再多，也大不过商臣，贵不过商臣，早立太子，国家早安定。有多少国君迟疑不立太子，导致悲剧发生，所以成王做得对。斗勃的第二个劝阻理由就更不成体统："看商臣那模样，眼睛鼓溜溜的像大马蜂，说话嗓音尖尖的像豺狼，将来一定是个阴险狠毒的家伙，说不定您还要吃他的亏，不能立他。"一个小孩子，居然被他看出这许多内涵！但成王不信这一套，坚决不改，立商臣。

事情还真被斗勃说对了，后来成王的一堆老婆果然分别生了许多儿子，其中有一位庶出的儿子，名叫职，最得成王喜爱，便打算废了商臣，改立职为太子。第二点，斗勃也说对了，商臣阴险刻毒，知道早年斗勃曾经劝阻立他为太子，便利用斗勃出战时的一次战术撤退，借成王的手逼令斗勃自杀。商臣的刻毒非一般阴谋家可比，一般阴谋家施展阴谋，还有底线，商臣却不是一个有底线的人。现在商臣听到了一些风声，无法核实，急得在东宫乱窜。他的老师潘崇说："请姑妈来吃饭！"商臣茅塞顿开："好啊好啊，姑妈最疼我啦。"潘崇说："错！这顿饭怎么吃，得听我指挥。"姑妈来了，以为侄子请她吃稀罕物，一看席面上只有一木桶水芹菜，生的，老太太哪里咬得动。再说，水芹菜一向只做猪饲料。姑妈大怒，骂侄子"小畜生"，但小畜生比她还凶，骂她"老妖精"。老妖精气昏了头，就说了一番在当时很解气、过后懊悔得要上吊而且真上吊的话："野狼崽子，我哥哥废了你，立职当太子，忒好咧，你呀，等着挺尸吧！"浑身筛着糠，就走了，给她亲爱的哥哥留下了大祸患。

事情是真真的了。潘崇问："你能服从职的指令，听从他的调遣吗？"商臣叫起来："小兔崽子，我听他调遣！""那么咱们就逃跑吧。""往哪逃哇，在楚国，就是钻进耗子窟窿，早晚也得被掏出来。去国外当盲流，我不干，被引渡回来，更惨。""那么，就做它一件大事！"商臣猛跳起来："我早就这么想了！"说干就干，带着亲兵包围了王宫，三五下就解决掉了成王的护卫。

商臣大摇大摆进了老爹的办公室，瞪着马蜂眼，吊着野狼嗓子："因为你是我爹，优待你，你自己选择一种死法吧！"成王不想死，他提出交换条件："我退位，你即位，两不干扰。"商臣冷笑道："天无二日，国无二主，你出不了这座宫殿了。"成王一世英名，开边拓土，对抗北方强敌，未尝屈服，想不到要死在自己的儿子手里，他悔啊，他痛啊，但痛悔有什么用，要是当初听令尹斗勃的劝告……死前不能饿着，饿死鬼在地狱里永远关押不得释放。便哀求儿子："厨房正在给我煮熊掌，让我吃了再走吧？"商臣喝道："不行！熊掌难熟，我还不知道？得两三个时辰，你想等援兵来！"就扔给他一条白绫子。楚成王拾起束带，仰天大叫："斗勃，好人哪！寡人悔不听忠言，今日死在逆子手中，没有脸见你呀！"撩起衣服遮住自己的脸，再把白绫套在自己的脖颈上。姑妈后悔泄密，也自缢而死。看似前途一片光明的王子职，那光明也只有"一片"而已，自然也未能幸免。

成王已死，太子继位，新国王对大臣解释："老王因为等吃熊掌等得不耐烦，就上吊了。”他自杀，因为嘴馋，谥号就叫他“灵”。看死老王的死眼睛，死死地盯着商臣的马蜂眼，盯得商臣直打哆嗦，急忙改口：“那就叫‘成’吧。”老王的眼睛这才闭上。

权力会使人蜕变，权力也使人泯灭良心与亲情。亲情莫过父子，但父子关系在权力面前虚弱得，别说熊掌，连一只猪蹄儿也不值。

楚庄王·挺进中原

商臣继位楚王，后世称为“穆王”，《谥法解》说“穆”：“中情见貌曰穆。”可见穆是个好词。弑父弑君的贰臣逆子，居然称“穆”，历史还真没有道理好讲，所谓报应、公理战胜等都是骗人的。不过反过来想，当年成王就是杀死自己的哥哥当上楚王的，现在儿子再杀他，恶道循环，报应也算不爽！楚穆王之后就是春秋霸主之一的楚庄王。楚庄王熊侣即位，国内形势很不好。楚的属国舒国带着它的附庸国宗、巢等背叛楚国，令尹成嘉率军讨伐舒国，俘虏了舒、宗两国国君，包围了巢国。第二年，成嘉、潘崇率军再次出征，准备最后剿灭巢国，留公子燮与斗克镇守国都，这时局面就有点微妙了。这位斗克曾经在与秦军作战中被俘，崤之战秦军惨败给了晋，秦国急于联楚抗晋，将斗克等人释放回国。斗克回国后一直郁郁不得志，公子燮想当令尹却没当成，两个人惺惺相惜，决定做点大事，趁令尹出征，二人占据郢都，发号施令，派人行刺成嘉。阴谋失败，公子燮和斗克挟持楚庄王从郢都突围，准备挟持庄王，另立政府。途经庐地，二人被当地武装诱杀，庄王获救，重返郢都，叛乱平定。

经过这番折腾，庄王应该与晋公子重耳一样，由顽石摇身一变成璞玉，在荆楚大地闪亮登场，然后就惊天动地来一场励精图治。可熊侣不是一般人，他的不一般，就是只当王，不管“王”以外的任何事情。楚国发生大饥荒。山戎族趁机袭扰楚国西南边境，一直打到阜山。东方的夷、越之族也趁机入侵，攻占了阳丘，直接威胁訾枝。庸国、麇国集结兵员，准备进攻郢都。全国各地烽烟滚滚，告急文书不断飞往郢都。天灾人祸使楚国每时每刻都可能崩溃。大臣走马灯似的向庄王报告险情，庄王说，这些事，跟我有关系吗？不要烦我！庄王跑到山上打猎，躲在宫中喝酒。楚庄王的确不一般，但他的大臣却与别的国家的大臣没啥区别，危机时候急得火上房，告急文书雪片似的飞舞，大臣的谏书飞舞似雪片。大臣们一窝蜂似的向国王讨主意，是战还是降，就算解散朝廷，也是个选项。但庄王一律不见，还在宫门口挂起块大牌子，上边写着："进谏者，杀毋赦！"如是三年。

大夫伍举来见。庄王一口酒，一口肉，自在得意，歌舞伎热火朝天，庄王醉眼迷离，乐不可支的样子，盯着伍举说："你不是来劝谏的吧？"伍举笑嘻嘻地说："我哪敢哪，我的老娘八十岁，儿子才三岁，我因为劝谏被大王收拾了，这一老一小怎么办？"楚王来了兴致："几千年来，怕死的男人都这么说，老娘八十，儿子才三岁，主打悲情牌。你五六十岁了才刚生孩子吗？"伍举说："咱不说生孩子的事，那事太复杂，我说个谜语，开心一下，大王你看可好？"庄王高兴："你说你说。"伍举说："一匹大鸟……"庄王打断说："鸟都以只算，不说匹。"伍举表现得惊讶非常："呀，大王对量词的运用炉火纯青啊！"庄王听到表扬，很高兴，招呼伍举坐下："来，喝几杯？"伍举接过酒杯，一饮而尽，立刻也跟庄王一样醉眼蒙眬起来，舌头发短说谜语："一只电脑，三年不灰也不叫，大王你拆拆，这是咋飞事哩！"原来这伍举有个毛病，一醉酒就说东北的肃慎语，其实他和他的祖先与肃慎国一点关系也没有，也许肃慎国平时说的都是醉话，比如把"大鸟"说成"电脑"。"猜猜"说成"拆拆"。伍举故意喝酒为了方便说肃慎语，这里有个讲究，庄王早已喝醉，跟他说楚国话，他听不懂的。果然，庄王听了伍举肃慎语的谜语，沉吟良久，忽然抬起头，目光灼灼地对伍举说："你说的那只电脑，是一只神脑啦！三年不灰，一灰冲天，三年不鸣，一鸣惊银！"

伍举离开后，庄王对乐队叫道："停！"乐队和舞蹈戛然而止，场面肃静如庙堂，庄王说："从此以后，乐队和歌舞伎解散，领了遣散费，各自回家去吧！”果然，此后的庄王再也没有打猎，再没有饮酒，再没有举办过哪怕最小规模的歌舞表演——他再没有时间做这些没用的事情。

庄王先稳定国内的混乱局面，这对他纯属下酒小菜。扫平叛乱，清整朝廷，安抚民众，庄王做得有条不紊，有声有色，远近国家纷纷请求内附，以楚国为核心，形成与北方抗衡的南方集团。北方集团的首领是晋国，晋国的实际领导人赵盾，人脉深厚，人望高涨，北方各国唯其马首是瞻。楚庄王知道，要挺进中原，成为中国的霸主，必须打掉赵盾的气焰，庄王的中原计划紧锣密鼓进行。楚庄王拿中原的几个游移国家开刀，郑宋陈蔡等列队表态，忠于晋或忠于楚。经过几年的角力，楚庄王在诸侯中已经独占鳌头，代替北方扫荡深入中原的陆浑之戎，周天子派人劳军，楚庄王向周王的代表王孙姬满询问周鼎的重量，王孙义正词严警告他不要觊觎周鼎，鼎虽然没有得到，毕竟为楚国留下了“问鼎”的佳话。

问鼎周室没有结果，但挺进中原，庄王却取得了辉煌的成就，说“辉煌”，是楚国彻底扫除了城濮之战的屈辱。晋国在赵盾死后，实力大减，在黄河边上的邲水两棠之役，楚军击溃了晋国的三军，晋军溃败，惶急渡河，后渡者争船，已经上船者急于逃走，挥刀砍那些把住船帮的手，掉在船舱里的手指一堆一堆的还蹦蹦跳跳吓死人。晋国看着楚国蹂躏中原的同盟国，却不敢出兵救援，听凭这些国家臣服于楚国。终于，楚、鲁、蔡、许、秦、宋、陈、卫、郑、齐、曹、邾、薛、鄫等十四国在泰安会盟，推举楚庄王为盟主。这次聚会，北方大国只有晋不参加，无形中被诸侯们孤立。晋楚争霸，以楚挺进中原告一段落，楚国也达到了历史发展的巅峰。

楚悼王·改革

楚悼王即位时，北方的晋国一分为三的事实得到周王的认可，韩赵魏三国与燕齐秦混战在北方，楚国虽然在南方，也没有远隔千山万水，秦魏齐迈开门槛就是楚家，不迈门槛也是楚家，因为这些“家庭”的边界犬牙交错，多数地块归属不定，问它们姓啥，它们自己也搞不清楚。

悼王在位二十一年，基本都在打仗，大仗四场，小仗不计其数。不但楚国，战国二百年，基本就是打仗啦，楚王也没啥特别苦恼的，可打仗总输，就不得不苦恼。大臣们说，我们楚国孤立，好像我们是不结盟国家似的，其实没有人跟我们结盟，哪里是我们不跟人家结盟呢？悼王说：“不对！我坚决反对结盟，那些所谓联盟国家，他那盟，可靠吗，今天结盟，明天就决裂，有啥用？我准备联络几个国家，比如联络六七个，赵魏韩，齐秦燕，组合一个‘不结盟国家联盟’，你们看怎么样？”大臣们哄笑：“为不结盟而结盟，不还是结盟吗？而且所有国家都在这儿了，成了‘联合国’。”楚悼王故意说笑话呢，他没有这么荒唐的打算，他说：“我们总打败仗，是因为我们的制度落后，所以，要参照文明国家的做法，改革我们落后的制度。”悼王很开明，知道要追赶当代文明。说改革，想改革，忽然从天上掉下一个改革派，他叫吴起，来自魏国。

吴起声名煊赫，关于他的事迹传布在各诸侯国，楚悼王善于选择性听取民间舆论，他选择吴起对魏国军队的改造成就。经吴起改革，北方三强魏赵秦中，魏军的战斗力高出赵秦一大截，所以魏军才得以在河西站稳脚跟。只几年，魏军就脱胎换骨，吴起简直就是战神。楚国人全都善于选择性听取舆论，楚王以外的楚国人选择听到这样的吴起：贪财好色，本性残忍。吴起简直就是恶魔。贵族们整天瞎叨叨，叨叨得悼王心烦，悼王说："我就这么干了，让吴起设计改革路线图，你们反对也没用！"专制政权的好处，办事极其痛快，从不拖泥带水，除非他愿意拖泥带水。楚王干脆利落决定以吴起任令尹，主持改革大业。吴起当上了国家级干部，对老娘的誓言终于实现了。

吴起的改革有四个方面。第一，封君的贵族，传到第三代就自动取消，也停止对王族旁支的财物供应。国家不养着他们了，这些人怎么活着呢，吴起有办法，他提出一个响亮的口号："我们也有两只手，不在郢都吃闲饭。"把这些没落贵族下放到偏远地区，还给他们戴上大红花，敲锣打鼓地欢送他们"上山下乡"。这些贵族平时养尊处优惯了，到乡下怎么活？不过毕竟是贵族，面子不能丢，欢送大会上装出一副高兴的样子，频频向群众点头致意。车子走到郊外，贵族们望着郢都号啕大哭。第二，清整社会风气，杜绝走后门，楚国裙带风盛行，人际关系编织成网，有贵族网，有平民网，还有贵族平民交叉网，楚王早就想扫荡这张网，可是稍微一碰，全网动摇，摇得楚王心慌慌，心慌意就乱，说话也颠三倒四："有人说裙带关系，走后门，这么难听。不要再批判什么走后门啦，后门进来的，也不一定坏，前门进来的，也未必好。"吴起的改革打翻了楚王的歪理邪说，他说："既然也好，为什么还要走后门？可见他不好。"贵族们就靠走后门活着，这个后门一关，要出人命的！吴起说，后门不开，想死随便！第三，公布法律安定人心。法律明文禁止之外的事情，尽管去做，法律没说不能干，那就意味着可以干，法律未必保护，但法律一定不加干涉。比如农夫开垦无主荒地种庄稼，这块地就是他自己的，他人不能夺取或干涉。市民在路边摆个摊子，卖点小物品贴补家用，城市管理部门就不能驱散这些人，因为国家法律没有禁止市民卖东西。城市管理部门说，卖东西可以，但他们不能占道经营。吴起说，那你们就制定一个禁止占道经营的法律出来。法律制定出来了，吴起拖着，就是不批准，所以郢都的市场经济如火如荼。第四，军事方面的改革，吴起复制在魏国的成功经验，计功行赏，一切问题迎刃而解。吴起推行这些改革，为楚国打开一条特殊的发展道路，楚国民众一天天富起来，民富自然国强，现在楚悼王要征集物品或招募兵卒，底气很足：俺有钱！楚国征兵的宣传口号就是："一人当兵，全家富翁！"

经过变法，楚国迅速崛起为强国。魏、赵两国为争夺卫国大战，齐国也出兵助魏攻赵，赵向楚求救。楚国群臣主张坐山观虎斗，象征性地出点兵。吴起说："妇人之见！"这位"大丈夫"发兵，并不救赵国，而是就近进攻魏都大梁。魏军赶紧回撤营救大梁，被楚军拦腰斩断，魏军大败，楚军乘势横扫中原，与赵军合击魏齐联军。楚、赵从此修好，"三晋"联盟彻底瓦解。

前线节节胜利，楚悼王的目标一步步接近，但就在全胜触手可及的时候，悼王却死了。作为令尹，吴起回到郢都料理后事，之后准备再次奔向前线，继续完成他的"楚国梦"。但是，在吴起的改革中利益受到伤害的大贵族，率领更多的贵族，假借到王宫开追悼会的时机，对吴起发动突然袭击。吴起在箭雨中奔跑，即使身中数箭，还在奔跑，目标是楚悼王。奔跑的吴起在历史的长河中定格，人们对这个画面进行各种各样的解说，让垂死的吴起，在短暂的十几秒内作出一部长篇论文或大部头自传。其实令尹吴起来不及想那么多，他的思绪只是一闪念："你们这些狗杂种，给我殉葬吧！"吴起扑在悼王的身体上，乱箭还在射，还在射，射中吴起，同时也射中王尸。他们对吴起，这得多大仇多大怨！

新楚王下令，那些围剿吴起，射箭射中王尸的人，犯侮辱王尸罪，七十七家全部被灭族。

楚怀王·习惯性被骗

经过吴起变法，楚国兵精粮足．令尹昭阳率军攻打魏国，夺得魏国的八个县，昭阳说："我还有力气！"移师向齐，准备再夺齐国七八个县，回国也分外光荣。齐国被今天合纵明天连横、合纵之中又有连横等折腾得晕头转向，朝中的大臣也跟齐王一样脑瓜子快被搅成糨糊了，大眼瞪小眼地没招儿，秦国丞相陈轸正在齐国访问，齐王问陈轸："这可怎么办哪？"病急乱投医，陈轸，一个外国客人，能有啥办法？有办法也不给他出，他家祖坟冒青烟了吗？不料陈轸却说："没事，我去叫那些南蛮子立即撤军！"

陈轸来见昭阳。陈轸是个大人物，昭阳热情接待，还道歉："军营条件差，委屈陈先生了。"陈轸说："条件差，有酒就好。说到喝酒，我有一个故事太好玩了。说给你听听？"昭阳说："你说你说。"他着急，急着招待陈轸吃完了饭，他还得打齐国呢。陈轸却不着急，慢条斯理地讲故事："这么一位主人，把一杯酒赐予自己的门客，一杯酒，谁喝谁不喝呢？这些门客决定，大家公平竞争，赢的喝酒。以画蛇作彩头，席地而画，先画成的喝。于是画蛇，一个人很快画成了，弯弯曲曲的，眼睛触须鳞俱全，大家认可，喝吧。可是这人接着说，我不但画成蛇，还能给他添上四只脚，嗯，一只脚，两只脚，三只脚……你们不行吧，我的蛇脚都快画完了，你们还……"另一个门客从他手里夺取那杯酒，一饮而尽："我的蛇也画完了！蛇本来就没有脚，你却要添上脚，添上脚，它还是蛇吗？你一定要画蛇脚就蛇脚吧，可是你现在没画完！”昭阳很耐心地听完故事，扑闪着无辜而迷惘的大眼睛，说：“哦，大师！我明白了，这个故事告诉我们，作为一个有钱的主人，给门客的酒不能只给一杯！”陈轸这个压抑呀，故事白讲了，直接说主题吧：“根据吴起制定的军法，在楚国军功最高的人，会得到怎样的奖励？”昭阳说：“最高的军功，授官上柱国，封上等爵位。”“已经是上柱国，上等爵，又建立军功了，给他什么奖励？”“当令尹。”“当令尹之后又立军功了，什么奖励？”“没了。”陈轸神秘地说：“你战胜魏国，已经功在绝顶，再打齐国，获胜，没奖励，万一战败，罢官夺爵，还要军法从事，那个画蛇之后又画脚的门客……”昭阳这才明白陈轸故事的含义：“画蛇添足，劳而无功！哈哈哈！”昭阳从齐国撤军。

昭阳的大胜也是楚国展示的最后优势了，从此，怀王陷入合纵连横的各国角力场。苏秦以三寸舌游说山东六国，代表楚国统领六国联军对抗秦军，国王们共推怀王为纵约长，名义上的“联合国军总司令”。联军名声响亮，其实各怀鬼胎，被秦军一举击败。以后再也没有组织起像样的合纵联盟军。

怀王时期，除了秦国，齐国和楚国最强，两国联合的话，秦将无可奈何。齐楚也确实联合了。秦王忧心忡忡，难道各个击破六国的计划就要落空了吗？这回出头的是张仪，张仪以特使的身份来见楚怀王：“一句话。你跟齐国绝交，我们秦国割六百里土地给你，干不干？”楚怀王也是个爽快人，跟张仪拍手击掌：“成交！”下面就要讨论怎么交割了，张仪更痛快：“楚国派大使跟我去秦国，这份文书大王已经签字了，一式两份，等到秦王签字，就生效，六百里土地当场交割。”使臣跟随张仪到咸阳，张仪的车子走得好好的，张仪本人忽然从车子里掉下来，登时就不行了，似乎摔断了腿。楚使臣几次来看望，张仪都说：“这么大的事情，我需要当面向秦王汇报，可我的腿呀。”一拖就是三个月，怀王仍然看不出其中有诈，以为问题出在与齐国绝交不彻底，于是派出使臣北上临淄，当面辱骂齐王，齐王大怒，把两国的盟约找出来，焚毁，并且立即决定，与秦国联合，消灭南蛮子。

消息传到秦国，张仪的腿也就不疼了，召来楚使臣说："给楚国的土地，现在就可以交割，拿地图来。"张仪指划地图："从这里，到这里，六里呀，我们大王可心疼呢。"使臣大惊："六里？丞相说错了，是六百里呀！"张仪无限委屈："我一直说的就是六里呀，你们大王也说六里，六百里？从来没有人提出过六百里。"使臣窝窝囊囊回到郢都，怀王大怒，发大军攻秦，秦军早有防备，楚军大败，丧失了汉中地区，第二年又大败，接连损失大将，楚国焦头烂额。

不久，秦又想联合楚国打其他国家，条件很可观：把汉中的一半还给楚国。楚怀王怒气未消："别的条件都没意见，但我不想要汉中，我用我的汉中换你的张仪！"张仪听说这个要求，说好啊我去。秦王担心："楚王恨不能杀了你熬成油。"张仪自信满满："我自有办法，就算我的办法不灵了，但用我一条命，换取汉中八百里土地，划算！"只身入楚。

楚怀王下令立刻逮捕张仪，择日处决。张仪敢来，是因为他的好友靳尚亲幸于怀王。靳尚给怀王的宠妃郑袖出主意说："秦王非常爱张仪，张仪在楚国遭难，秦王正在从关中挑选大批美女贿赂楚王，关中美女的能量，您是知道的，当年的平王就是看中了孟嬴，才导致伍子胥之难。她们一来，您的地位就危险了。我看不如您出面保张仪出来，秦国的美女贿赂难以落地，只能退回去。"郑袖果然甜言蜜语向怀王请求释放张仪，张仪竟然平安出狱，还跟怀王商定了儿女的婚事。志得意满，回去了。

怀王晚年，又遭到秦国的催逼勒索。秦王写信诱骗怀王入秦商谈合作的事，大臣劝他不要去，虎狼之国什么事都可能发生。怀王说："他欺骗我那么多次，难道还能再骗我吗？"一进秦国，就失去自由，成了囚徒，秦王要他割让黔中等地，怀王终于明白骗子原来是一种职业，行骗自然是本性，是习惯，欺骗无数次，当然不在乎再欺骗无数次。觉悟过来的怀王坚决拒绝秦王的无理且无耻的要求，于是被秦国扣留，最后死在秦国。

太伯·政治“避难”

古公亶父在岐山落脚，从豳国迁徙前来的国民仍然团结在古公亶父的周围。开垦土地，建造房屋，制作工具，一派热火朝天的景象。他们干劲十足，精神百倍，因为他们现在的劳动成果，百分百归自己，不用再为准备被蛮夷抢夺而“加紧生产，努力苦干”，多年后人们写诗记录这段时光，还兴奋得手舞足蹈，这首诗叫《绵》,《诗经》“大雅”里的一篇。古公亶父给自己的新国家定名为“周”，商帝国承认这个周国为诸侯国。周有每年进贡的义务，当然，商也有保护周免遭蛮夷侵扰的责任。不过，现在周远离蛮夷，他们想来侵扰也扰不成，太远了，他们的马没有那么长久的奔跑能力。

古公亶父从豳迁来时还不是“古公”，他还不很老，现在亶父真的是古公了，叫“太公”，太公得考虑继承人的问题。他有三个儿子，长子太伯，次子仲雍，三子季历。三个儿子都那么优秀，哪个当周国的国王呢？所以说儿子太多了，尤其儿子们都太好了，也挺恼人呢。所有的爸爸妈妈都说十个指头有长短，咬哪个都一样疼，其实这句话本身就告诉人们，父母对儿女肯定有偏向：“十个指头有长短”，所有的儿子都好，可有的儿子要更好些。三个儿子，古公亶父最喜欢的是小儿子季历。说父母溺爱幼子，根本没有的事，古公亶父喜欢季历，主要还在季历的儿子古公的孙子，他叫昌，这位昌公子……别说昌公子了，单说太公，太公古公亶父经常抚摸着昌的脑袋说：“哎呀，哎呀。”谁听不出来呀？那是为昌小公子不能继承王位而叹息。根据华夏文化的王位继承规则，或者父死子继，或者兄终弟及，前者，不用说幼公子昌了，季历都当不上王，他们只能分得一块田地，每年收点租子过日子罢了。按照第二种办法，王位传到季历，季历死了以后，还得传回嫡长子太伯的一系，由太伯的儿子继承王位，万一太伯无子，还有二公子仲雍，他的儿子继承王位，仲雍也没有儿子就好了，可是仲雍不但有儿子，而且有两个！总之，传到季历的儿子幼公子昌名下的几率，几乎等于零，所以太公说“哎呀，哎呀”。

太伯是一个大孝子，大孝子的标志是绝对不能让父母不开心，万一父母不开心，首先要寻找自身的原因，实在找不出自身的原因——那也得找自身的原因。其实不用这么费劲，太伯何等聪明人，每天看见太公摸着小孙子的脑袋“哎呀哎呀”，傻子也会变得聪明。太伯召集仲雍开会，仲雍说，就咱哥俩，开的啥会？太伯说，那可不一样，哥俩闲聊天，说完可能就忘了，开会有会议记录，证据确凿，还备忘。仲雍说，开会就开会，谁怕谁！太伯说，你这态度就不对，开会为了讨论问题，要是谁怕谁，谁还敢开会？那不成了批斗会了吗？再说，你我孔怀兄弟，同气连枝，还有怕谁这一说吗？仲雍说“谁怕谁”，也就顺口那么一说，本来没有真实的意思，可是太伯十分较真，有话一定掰扯明白。仲雍非常害怕哥哥这个风格，从这个意义上说，仲雍说“谁怕谁”还真是由衷之言，他心里已经怕了太伯的开会和争论，所以才虚张声势地表示不怕。

会议正式进行，太伯主持会议，出席会议的有二公子仲雍等。仲雍说，没有“等”，就我一个。那就一个吧。太伯说：“仲雍同志，我先说？”仲雍说：“什么话，搞怪！叫仲雍不行吗，还同志！”太伯说：“那不行，正式会议，称呼一定要正规，不然会议纪要怎么做？”仲雍不耐烦哥哥的虚头巴脑，说一切随你，你爱咋整就咋整吧。

太伯说，父王的意思很明确，要把王位传给咱们小侄子昌，可是父王又特别好面儿，觉得直接传给老三，与礼法不合，礼法规矩，哥哥死了，弟弟才能即位。天下人都知道咱俩暂时没有死的可能，所以父王的意思，一定遵守礼法，实行兄终弟及，可这实在不是他的真实意思，只是迫于舆论。这就把老爸折磨得寝食难安。看着父王的愁苦样子，老二，你心里咋想的？仲雍说："我恨不能跌一个跟头死了算了，成全老三。"太伯说："好兄弟呀，跟我想的一样！"转而一想，不对，兄弟俩同时跌个跟头死了，天下人谁信啊？会议论的，而我们俩已经死了，没法出面解释，人们一定以为父王或老三把你我害死了。让父王和弟弟承担这样的罪名，我们的孝和悌都完蛋了，不但我俩的孝悌荡然无存，父王和弟弟的名声也一落千丈，所以，这绝对不行。兄弟俩心照不宣，他们想到了自杀。幸好这只是私心杂念一忽闪，很快就自我否定了，由此人们更知道兄弟俩真是纯孝，生死关头想的是父亲的名声。

太伯说："死这个选项，就'帕斯'了吧，不死，只有一条路：跑！"仲雍眼睛闪闪发亮："跑倒是不错的选择哎，天下这么大，我真想到处走走，可我们就这样跑掉了，总不大好吧，很可能有人乱讲话的。想个很充分的理由先。"太伯说："政治避难。为了让兄弟合理地顺利地即位当王，解决父王的难题，我们早早地避开，这就叫'政治避难'。问题解决不了，成了难题，躲避难题，这叫避难。"仲雍立刻很高兴了："这个提法很好，真时髦。哥哥打算到哪里避难？""避难这档子事，哪有预先设计好的，避着看，走到哪里算哪里。不过我突然有个想法，我们这就走了，父王一定也翻来覆去想这件事，想来想去，很可能就会后悔，认为还是长子继承合适，或者兄弟之间顺序先后继承当王，不再做任何改革，那样我们还得回来继续当王。父王要谁当王，给一个信，我们就得回去。想要父王来了命令，我们也可以理直气壮地不回去，那就得在身体上做点手脚。"仲雍说："身体发肤，受之父母，使身体残缺，还不如自杀呢。"太伯说，不是残缺，只是在头发上皮肤上做点手脚，即使算不孝，也不很严重，可以宽恕的，东海一带就是这样的习俗，断发文身。我们到东海一带定居，随着他们的习俗，剃了头发，胸脯脊背胳膊雕刻一些奇形怪状的图案野兽什么的，父王即使把我们叫回去也没用了，身体这样怪异的人绝对不能当王。

兄弟计议已定，收藏好会议纪要，回去整理简单的行装，西北有浮云，吹他们东南行，他俩踏上了漫漫的政治避难之路。

吴王夫差·可惜一局好棋

太伯和仲雍逃出周国向东方长征，按照太伯设定的目标，逃向东南沿海野蛮人的地盘。“出逃”堪称甜蜜，两弟兄呼妻唤子，拖儿带女，亲戚朋友都来送行，还送来吃的东西，路上太荒凉，买不到东西的。小兄弟季历不明白两个哥哥为什么出逃，还明目张胆地逃，不断询问这是为啥，大家也顾不上回答他的疑问，忙着打躬作揖地告别。太公就当不知道，悄悄地派人来查看，看他们带的路费够不够，路费尽管很不少了，太伯还是让办事员往他们的车上塞了很多东西，小梳子、小剪子、化妆盒、指甲刀、清凉油、风油精等等，上了年纪的老人果然眼光高而且远，这些东西后来发挥了很重要的作用，野蛮人喜欢得不得了，密切了与他们的关系。太伯仲雍请文身专家给他们身上凡是能露出的地方都刻满了线条，还涂了颜色，虎头豹头，脱了上衣吓人一跳，其实也就是吓自己家人一跳，这里的人才不会被吓到，如果一个男人，脊梁上光光的啥也没有，那才吓人一跳呢。这一文身，当地人笑逐颜开：这俩细皮嫩肉的家伙也是我们的人！于是他们在这个地区扎下来，建立了吴国，称吴王。吴地人喜欢在身上勾勾画画，所以叫“勾吴”。

太伯以寿终，无子，弟弟仲雍继吴王位。吴王十九世传到寿梦，寿梦有子四人，伯诸樊、仲余祭、叔余昧、四子札。寿梦重复太伯故事，一心希望季札当吴王，决定改变王位继承办法，实行兄终弟及制。三个哥哥也学太伯，推出小弟直接当王，可是季札拒绝这项安排，先隐居，后出逃。哥哥不逃弟弟逃，到底还是复制了太伯的故事。季札逃走，几个哥哥原先的安排不变，老大死了老二当，老二死了老三当，老三死了不见老四，老三的儿子僚接着当。如果完全复制太伯故事，老大老二都没有儿子，那也好，可是很不幸，老大却有一个儿子，名光。太伯这一系有谦让传统，可谦让仅仅是传统，不是血统，并非每个太伯的子孙都谦让。僚不谦让，积极主动坐上王位，光也不谦让，他的理由很充分：如果四叔季札当王，我没意见；季札的儿子接着当王，我也没意见，很久很久以前季历和公子昌就是这么做的，可是季札没当王，三叔余昧的儿子僚就不该当王，这个位子应该传回来到我这里，轮不到他阿僚。这一团乱麻，祸根就在季札，看他在鲁国发表的文学评论，头头是道，鲁国人拿他的文章做教科书，可是在国家根本问题上，却有些糊涂，他不知道自己的侄子有多么野心勃勃。不过这问题也可以反过来看，也许正是看到侄子们险恶，才预先撤出王位继承的战斗，所以季札仍然是个智者。

恰这时楚国的伍员来投奔，伍员以长期的敏锐鼻子嗅出公子光身上有异味，经过迅速的情报研判，衡量出这弟兄俩的斤两，他认为，虽然公子僚已经是王，对公子光的戒备也处于高度紧张状态，但公子光的手段会更坚决、更彻底，如果公子光的手段还有我伍员的襄助，取胜的可能性……他开动自己硕大的计算机脑壳盘算：百分百！他又很意外地发现了专诸，这是个超级狠的角色，吴王僚居然把他给忽略了。

公子光谋刺吴王僚成功，成为新的吴王，新吴王改名“阖闾”。吴王阖闾在与越王勾践的作战中受伤而死，儿子夫差继任吴王，夫差身边有两位重臣，都是老王阖闾传给他的，一个伍员，一个伯嚭，老王在世的时候，这两位重臣的矛盾还不很明显，只是互相看不顺眼，老王已死，在夫差跟前，两个人就没有遮掩了，一个说东，另一个一定说西。夫差对老王的老臣恭敬有加，为了三年无改于父之道。

吴王夫差举兵伐越报仇，大获全胜，俘虏了越王勾践，可在对待越王这件事上，两个老臣的意见发生了分歧，伍员说杀，伯嚭说放，伍员找了许多证据证明伯嚭接受了越国留守大臣文种的贿赂，但伯嚭也许很清白呢，他之所以要放了勾践，只因为伍员说要杀，假如先表态的是伯嚭，他也一定要杀勾践，勾践那个模样就叫人不愉快，不杀留着干啥，恶心人吗？那样的话，伍员也一定要坚持放了勾践，一个亡国之君，有什么后劲？放了他倒显得我们吴国仁慈，以德报怨。就在这不断的杀杀放放的口舌战中，越王勾践熬过了三年。这三年，伍员随时可能置越王于死地，所以后来勾践十分珍惜自己的生命，作为珍惜的手段，他首先把功臣之一文种搞死，至于范蠡，能主动逃走，那是他知趣。

吴王夫差几度伐楚，吴楚之战波澜壮阔，搅动了中国的政治格局。北方大国齐，被夫差打得只有招架的功夫，晋国被几个大夫控制着，忙着内部矛盾的调整，没工夫管外边的事。夫差挥师北上，胜率居然奇高，以致中华地区人心惶惶，传说诸侯的霸主要易位啦！原来中原各国自己看，互相看，谁都不好意思说自己是霸主，这样一打量，还真是有点恐慌，从前遏制楚蛮的，先有齐桓公，后有晋文公，可现在能跟楚交手的只有同样是蛮夷的吴，而且吴比楚还要更蛮些。吴挟胜楚之威，参与北方豪强的聚会，会上与晋国争夺主席一职。晋国的实际领导人是赵简子赵鞅，代表晋定公争当主席。赵鞅说，天下诸侯，晋国地位最尊贵！夫差说，姬姓天下，吴国的辈分最高！我们的远祖是太伯，你们祖先是季历，比太伯小三十多岁！辈分资格越说越乱，不说了，赵鞅说，你要当主席吗？咱俩先出去练练！选盟主居然采取摔跤的方式，这盟主当得也实在奇怪。

就在吴王夫差跟晋定公争当主席的工夫，准备充分的越国兴兵伐吴，攻占姑苏，杀监国的吴太子，此前伍员已经被吴王赐死，伯嚭的对头没了，他的勇气和智慧也随之消失，君臣相对唉声叹气。夫差自杀，吴亡。

越王勾践·忍耐王

越王勾践的祖先，据说是大禹的苗裔，按照辈分，是帝启之孙，封于会稽，历二十世到允常。允常与吴国阖闾作战，结下仇恨，允常的儿子叫勾践。勾践之后，越国起起伏伏，最后灭于楚。汉高帝继绝世举逸民，封勾践的后人为越国王，继续大禹的祭祀。

勾践初为王，就处于生死存亡的关头。吴王阖闾得知允常已死，发兵攻越，勾践重金招募勇士，组成“必死队”。必死队闯进吴军阵地，不打人，不骂人，更不杀人，在吴军面前排成整齐的队形，伸腰摆腿打飞脚，几百人整齐划一的动作，仿佛后世的广播体操和军体拳，吴军官兵一头雾水，居然忘了放箭制止敌人的胡闹。但来不及了，这伙人做完一套后现代的“广播体操”之后，又一个整齐划一的动作，挥刀划向自己的左颈动脉，霎时几百条血柱喷向天空，阳光照射下，形成血色彩虹，然后，几百个尸体呈一个姿势倒在吴军的阵前。吴军官兵全体乱了方寸，手里的弓箭刀剑纷纷落地。忽然，刚才还冷静观看体育表演的越军排山倒海冲杀过来，吴军残存的那点抵抗心思彻底土崩瓦解，一败涂地，吴王阖闾受重伤，死前告诉儿子夫差，要为他报仇。

夫差励精图治，加紧军事训练，准备攻击越国。勾践不听范蠡的劝告，决定先发制人，攻入吴国境内，大军指向姑苏城。吴国倾全国精锐，强力阻击越军，反而突入越境，消灭了越军主力，越王只剩五千兵退守会稽，吴兵随即包围会稽，勾践后悔没听范蠡的话，要以死抵罪。范蠡说：

“屈身侍奉吴王，争取一线生机，这是唯一的办法。”勾践派大夫文种卑辞请求吴王，说全国都归属于吴，做吴的附庸，越王自己做吴王的奴仆，越王的妻子做吴王的妾。这么优越的投降条件比历史上的“无条件投降”还令人动心，但伍子胥说：“上天把越国赏赐给吴国，还有什么理由保留它吗？”吴王对伍子胥一向言听计从，于是拒绝了勾践。

最后一线生机断绝，勾践决定还是自杀，文种说：“生机还有。吴大夫伯嚭为人贪鄙，可以利用。”文种向伯嚭赠送大量的礼物和金银，在伯嚭的斡旋下，吴王答应越王夫妻入姑苏为奴为妾的提议，越王终于可以不死。伍子胥眼睛睁得老大，脸红脖子粗地与吴王争论，也无济于事。不过，勾践为奴是真，他老婆做吴王的妾，却只是个比喻，吴王不至于如此不入流，毕竟是大名鼎鼎的太伯的后裔。

勾践在吴宫做了三年奴才，吴王心里很舒坦，侍奉我这个王的是另一个王，而且是世仇的王，这般荣耀哪个有过？吴王有点轻飘飘，于是同情心泛滥。同情心泛滥不要紧，恻隐之心，人皆有之，但同情心泛滥一旦成灾，后果就很糟糕，尤其泛滥到勾践家里，后果一定是灾难性的。吴王看越王勾践处事勤谨，决定放他回国。伍子胥又来劝谏，说不可以放虎归山，最近一段时间，伍子胥对什么事都发表意见，吴王对此已经很不耐烦，这次仍然固执己见，驳回伍子胥。

千辛万苦终于盼得解放，回到越国，勾践开始实施他的复仇计划。他食不兼味，衣不重采，坐卧行走，身边总有苦胆相伴，甚至吃饭之前，也先尝一口苦胆。战略上，越国结交晋齐楚，让三大国与吴作对，同时尊奉吴国为上国，麻痹它的斗志，瓦解它的战斗力。

吴王夫差果然骄横起来，兴兵攻击齐国。伍子胥照例要来进谏，说伐齐是本来不死却上门找死，继续打击越国才能保证自己不死。这伍子胥越老，说话越不知忌讳，夫差怒不可遏，跳起来骂道：“我就要伐齐，我就要打仗，我就要打个胜仗给你看看！”不用伍子胥，自任统帅，与齐军战于艾陵，大败齐军，俘虏齐军的两个将军，一路鼓吹凯旋姑苏城，对伍子胥说：“看看！”伍子胥不服气：“你不要高兴得太早！”伯嚭趁机游说吴王："伍员看似忠厚，实则残忍，他连自己的爸爸哥哥都不爱，还能爱君主吗？他一定伪装忠于吴国，其实最自私。"这话比较有说服力，当初齐国管仲就这么规劝桓公的，可惜桓公不听，结果被易牙等人害死。吴王想，有道理，试试他。派伍子胥出使齐国，伍子胥果然把儿子托付给齐国鲍氏家族。伍子胥一向鄙视齐国没文化，平时在朝廷抨击齐国不遗余力，说齐国是处心积虑颠覆吴国的境外反动势力，出访时却把儿子留在齐国，家属寄居在敌对国家，自己在吴国做"裸官"，他肯定随时准备背叛吴国投靠齐国。伯嚭说："看看！"这还用看吗？傻瓜都明白的事情！

伍子胥出访刚回来，吴王派人来慰问："将军出国访问很辛苦，大王赏赐给你一把青铜剑——你懂的。"伍子胥死到临头，居然掉了几滴眼泪，人们猜想他大概良心发现，为当年那几个救他反被他杀害的人哀悼一下下。泪下几滴之后，改成仰天大笑："夫差！当初你的文宣部门怎么赞美我的？转眼间我就是叛徒卖国贼？罢罢罢，人死无牵挂，我只有一个要求，你们把我的眼珠子挖出来，挂在姑苏城头，让我亲'眼'看越军进城，证明我言不虚！"

伍子胥死，吴国的势力也没见弱下来，吴王底气更足："没有伍员在旁边嚼吧嚼，政事简省了许多！"野心越发勃勃的吴王决定北上与中原各国争夺霸主席位，主持召集诸侯在黄池盟会，这次盟会，吴王很可能被推为盟主，形势对夫差非常有利。忽然吴国传来超级绝密极端紧急情报：越王勾践趁吴王在外，发精兵五万人，攻破了姑苏城，太子被杀。晴天霹雳！可是明天的大会将决定谁是盟主，盟会是吴国主张的，议事日程也取决于夫差的安排，如果不出意外，明天大会推举的盟主一定是夫差，此时却传来国破子亡的消息！夫差决定隐瞒家国悲剧，不动声色，照常出席明天的会议，并且要在会议上做精彩的演讲，征服出席会议的各国诸侯。为了使秘密成为高端绝密，夫差杀死自己的情报员。

黄池大会后，夫差马不停蹄奔家乡，搜罗财货献给越国，请求休战。越国允许，暂时退兵。四年后，越军再度入侵，夫差被围困在姑苏山上，派人向越王请罪："从前我曾经得罪过大王，现在劳烦您亲自来惩罚我。

希望大王顾念旧情，赦免我的罪过。”范蠡说：“大王不可以心软。”勾践背过身不答话，听凭使者哭泣而去。夫差哀叹没脸面在地下见伍子胥，掩面自杀。

越王勾践从被俘为奴到灭吴雪耻，等了二十二年。

燕王哙·老实人

燕王哙的祖父燕文公，极力赞赏苏秦六国合纵攻打秦国的计划，出巨资资助苏秦游说其他五国。当时的“国际”形势一目了然，秦是唯一的“超级大国”，六国谁也不是它的对手，但是六国联合起来，收拾秦国绰绰有余。苏秦的计划说到了大家的心坎里，一致推荐苏秦任“联合国军”总司令。但是苏秦假公济私，与文公的夫人私通，他担心事情败露，出走齐国，在齐国重新制造矛盾，被齐侯杀死。苏秦开创的合纵事业由他的弟弟苏代继承。齐宣王赞同苏代的主张，联合燕韩赵魏攻秦，结果，与苏秦合纵一样，铩羽而归。

失败的苏代不甘寂寞，要研究制造更为轰动的事情，眼睛瞄上了燕王哙，因为苏秦、苏代弟兄俩都注意到燕王哙是个“聪明”的老实人。

苏秦、苏代与燕国丞相子之交情深厚，苏代为齐王出使燕国，燕王哙问苏代：“齐王是怎样一个人呢？”苏代说：“齐王不世出，英明果决，令人钦敬，但是，要成为齐桓公那样的霸主，绝无可能。”苏代说得那么斩钉截铁，燕王哙忙问这是为什么，苏代说：“齐王不信任大臣，不给大臣权力，自己孤家寡人在那里忙活，到底也是瞎忙活。”燕王哙很“聪明”，知道苏代有所指，心里暗暗下决心，要进一步给子之放权，但是聪明的燕王哙仔细衡量，不知道应该在哪些方面继续放权，因为燕王哙手里已经没有什么权力可放了。就把子之请来：“苏代让我放权给你，你再看看，我还可以把哪些权力转让给你？我一定照办。”子之一时也想不起燕王哙手里还有哪些权力，因为燕国的大事小情都是子之说了算。但是作为酬劳，子之送给苏代数百个金锭。

燕王哙翻来覆去地想，还有啥权力没给子之呢？老实人为此十分苦恼。燕国的一位辩士说客来了，他叫鹿毛寿，从他说话的语气神态看，与苏代和子之有瓜葛，但是燕王哙这个老实人看不出来。鹿毛寿说："我提个建议：您禅让。禅让有真禅让，有礼仪性的禅让，尧把天下禅让给舜，是真禅让；尧说把天下禅让给许由，是礼仪性的禅让。为什么这么说呢？许由他不肯接受啊，许由不接受，尧还获得一个礼让天下的好名声，多划得来！您现在把燕国让给子之，子之一定不敢接受，您的名望就会和尧一样高尚了。"老实人名不虚传，燕王哙听了鹿毛寿的建议，茅塞顿开，兴冲冲地告诉子之："你来做燕王好不来？"不料子之说："好喂好喂！"燕王哙没有这个思想准备啊，就埋怨鹿毛寿："你不是说他不敢接受吗？他说好喂好喂！"鹿毛寿说："既然是禅让，形式还要有的，他要不表示接受燕国，怎么指挥调动人民呢？他接受，也仅仅是形式上接受，实际燕国还是您的。他说好，仅仅是形式上说好，他的心里并不好，他觉得负担太重，苦恼得很咧！"于是燕王哙指令"有关部门"，设计一个禅让的仪式，关于禅让，尧舜禹以后再没有发生过，他们禅让的仪式，历史记载语焉不详，这可难坏了燕王哙，但燕王哙毕竟是个聪明人，钻研了许多古籍，东鳞西爪地把禅让的形式搜罗齐全，于是禅让如仪。燕王哙在"形式上"不再是燕王，恢复本名叫"姬哙"。

燕国人才真多，又一位理论家也来跟燕王哙讨论国家形式问题。他说："历史上最崇高的政权交接方式禅让，名义上有三次，实际上只有两次，一次尧让舜，一次舜让禹，第三次禹让益，您知道的，这第三次没让成，不但没让成，还酿成一场大悲剧，益和启之间发生了战争，结果启杀死益，夺得禹的天下。为什么会发生这样的悲剧呢？原来，大禹虽然指定益做接班人，可大禹的儿子启却掌握了天下的人事任免权。大禹死，启很轻松地发动政变，杀益。所以，天下人都说禹有私心，名义上传位给益，让益给他卖命，暗地里培植儿子的势力，让他不动声色地夺取最高权力。现在，您嘴里说把王位禅让给子之，仪式也举行了，好像真禅让。可是，燕国的官吏都是太子任命的，到时候，他们当然听从太子的指令，子之的王位原来是虚的，谁敢保证不会发生益启相攻的悲剧呢？我深以为忧。如果您要成功做禅让的第三位圣人，就该彻底斩断私心杂念。”已经是平民的“姬哙”同志紧急下令，让太子平退出政治序列，他任命的人员一律就地免职，一切官吏都由“燕王”子之重新任命。

现在，一切事情都理顺了，子之正式成为燕王，原来的燕王哙完全彻底地成了平民，成为平民的标志，是哙同志上朝，要向原来自己的丞相现在的燕王子之正式行君臣大礼，还要自称“臣哙”。燕王哙成为第三个禅让圣贤的神圣目标，完全彻底地实现了。

燕王哙忽然变成平民哙，平民哙没啥感觉，燕国人却明显地不适应，人心惶惑。一名将军叫市被，为太子平叫屈，与太子平结盟，要打倒子之，讨还王位。太子平和市被得到齐国志愿军的支持。战斗紧张激烈……于是子之派人对市被说……说的什么不重要，重要的是市被居然反戈一击，攻打太子平去了。燕国的事情真是奇怪，全国除了子之，似乎大家都缺少一根主心骨，东西南北风，随便刮随便倒。市被的转向不但使太子措手不及，全国人民都为之精神崩溃。多年以后，不可一世的秦始皇帝被燕齐的妖术迷惑，人们才恍然大悟，燕国多妖术，燕王哙未必真是大傻瓜，他和将军市被，都被子之的妖术迷惑了。

将军带着原来一起攻打子之的军民反攻太子平。市被反水，齐国的志愿军没反水，双方大战，市被被杀，军民战死数万，国家涣散。齐国趁机讨伐燕国，燕都不攻而破，平民哙死于乱军中，子之逃跑，不知所终。燕人拥立太子平为王，他就是燕昭王。

燕昭王·黄金台

燕昭王即位，宝座上的昭王对自己做了一番演讲，演讲的结束语是：现在国家需要什么？人才！

这番无言的演讲实际是燕昭王的国家政治方略。天下各国都在图强，国家不强，随时可能被别国消灭，刚刚过去的一场战争，齐国轻而易举地攻入燕都，可见国家灭亡的危险就在身边，各国图强，不一定要吞灭他人，至少可以自保不成为他人口中食，做到这一点，人才是关键，现在燕国最缺乏的就是能够使国家振作起来的人才。

郭隗知道燕昭王要招贤的消息后，就来应聘。燕昭王组建了一个办公室，专管引进人才工作。工作人员管初审，问郭隗："您老这么大的年纪，还来应聘，这种强烈的爱国精神使我们很感动，但是考虑到您早就退休了，这延聘返聘的事，不归我们这里管，你老到隔壁去看看？"郭隗说："我不返聘延聘，我是初聘。"工作人员十分惊讶："那您老这么多年，就没有……正经工作？"这时候人们虽然朝秦暮楚，言而无信，但还没学会撒谎，郭隗老老实实地回答："我有工作啊，我开了一家娱乐馆，雇一些燕赵佳人表演歌舞，演员们穿的嘛，确实有点少，但谁叫你们看衣服啊，你们是来听歌看舞欣赏艺术的啊！结果娱乐馆被有关部门查封了，说我搞色情表演，把我关进监狱许多年，唉，半生蹉跎啊！"工作人员惊问："敢情您老一直在蹲监狱？""什么话！从监狱出来，我一直在写文章，专门批判燕奸卖国贼！"工作人员对这个问题很感兴趣："燕奸？燕奸是什么东西？”郭隗语重心长地教导这几个年轻人：“有那么一些人，身在燕国，心在外国，胡说外国文化多么先进，制度多么优越，这不就是燕奸吗？我的文章就打击他们，剥开他们的鬼画皮！”年轻人对郭隗肃然起敬：一个蹲监狱的老犯人，国家对他那么刻薄，他却如此贴心贴肝热爱自己的国家，多么高尚的道德情操！第一关顺利通过。

第二关，燕昭王亲自接见考察。郭隗不等燕昭王说话，开口便是：“我给您讲个故事吧。很久很久以前，一个国王很想拥有一匹千里马，听说某地有一匹，就派人前往购买。可是人到了，马却死了，买马人也不含糊，花大价钱，把那匹死马的骨头架子买回来献给王。王大怒，责备他胡乱花钱被人笑话，买马人说：‘天下人知道您千金买马骨，真的千里马肯定会踊跃前来。’果然，不出一年，千里马来了好几匹。我讲这个故事就是要告诉大王，我郭隗，一没人，二没品，但您要是给我最好的待遇，天下人才看到连郭隗这样的人都受到如此优厚的待遇，自然蜂拥而至。我的话说完了，大王您决定！”燕昭王拍案击节：“讲得好！我打造一座黄金台，把你供起来！”

燕国的事情总是反着进行的。其实郭隗这一席话，一丁点儿说服力也没有，天下人才看到燕昭王把一个无业游民流浪汉还有前科的郭隗供上黄金台，他们会怎么想：燕王疯了吧，召请人才，首位居然是蹲过监狱的郭隗，羞与为伍！结果一个也招不来。

燕国的事情就是奇怪，预想的情景没有出现，相反，天下四方的人才蜂拥而至，都来黄金台上领黄金。先后来燕国的天下杰出人才有魏国的乐毅，齐国的邹衍，赵国的剧辛。他们来燕国，是因为黄金还是因为郭隗，不能确定。没有郭隗，黄金台上摆上黄金锭，他们也要来领的吧。燕国的事情……

得到这些贤才的帮助，燕国实力暴增，这时燕昭王想起二十年前齐国入侵的事情。燕国的事一般都是反向思维进行的，齐国出兵打败子之，帮助燕昭王夺回本来属于他的王位，有恩于燕昭王。但是燕昭王不说帮助他夺王位，只说齐国入侵，必须报仇，也要入侵齐国一回！

说入侵就入侵，他说叫“伐齐”，乐毅为上将军，剧辛为副。齐国没想到燕国恩将仇报，从齐闵王到臣民，一律迷惘，更可怕的是这次入侵不止燕国一个，燕昭王联合韩赵魏楚共五国，气势汹汹而来，济水一战，齐军大败，齐闵王率残军逃回临淄。乐毅感谢各国远道参战的同盟军，让他们回国，他自己率燕军继续追击齐军，直捣临淄，要一举灭齐。齐国无力抵抗这么强悍的入侵，齐闵王放弃临淄逃跑，齐国七十多城被联军攻下并占据，全国只有聊、莒、即墨三城没有沦陷。如是六年。

燕国内议论纷纷。燕国的事情嘛，奇奇怪怪也是习惯了的。议论说，乐毅统兵在外，全国野战军几乎都在乐毅手里，他一旦有不臣之心，燕王对他无可奈何，证据就在眼前：齐国七十三城，联军一鼓作气拿下七十个，只有三城还在齐人手里，现在已经六年，为什么还不全部拿下来？乐毅还在等什么？他在等待机会，机会一到，乐毅就会背叛燕国自立为王。实际上乐毅已经是“齐王”了，只是还没有正式举行仪式而已。

这话如果对燕昭王说，昭王不会相信，他对乐毅很了解，他当面驳斥进谗言的人：“攻下七十座城，是昨天还是前天？他不是这几年不断作战陆续攻下来的吗？再说，乐毅就是当了齐王，又有什么不可以呢？反正齐国就是他打下来的。”说这话的燕昭王还是燕国的正常人。可惜，燕昭王没有机会听到这番话，更没有机会说上面这番话，因为他已经死了。燕惠王当太子时就对乐毅有戒备，现在主少臣重，对谗言深信不疑，立刻以换防的名义，派骑劫取代乐毅。乐毅惧怕回国后遭遇不测，把军队交付于骑劫之后，只身逃往赵国。

骑劫到任，想速战速决，结果被田单打败，骑劫战死。即墨一败，燕军全线动摇，齐军展开全面反攻，逐步收复失地，七十余城全部夺回。

齐桓公（上）· 九合诸侯

平王东迁，周王室尊荣不再，远在东方的吕尚的封国齐崛起，承担了聚拢天下诸侯的责任。从前，周国倚重吕尚伐纣成功，几百年后周王室再次把自己的命运拜托给伐纣军总参谋长吕尚的后人，历史居然显出了循环周期。承继吕尚即姜太公历史重任的，是吕尚的十二代孙，他叫姜小白，后来的齐桓公。

齐国发生内乱，公子纠带着管仲逃到鲁国避难，公子小白带着鲍叔牙逃到莒国流亡。内乱平定，国人召公子们回国就任王位，两个公子展开了时间竞赛，从莒国到齐国，要经过鲁国，管仲自告奋勇，担当起阻截公子小白的任务，管仲弯弓搭箭，觑着小白真切，“一发饮羽”，小白被射死了，连箭杆上的羽毛都吞下，射得多深，那还不死？管仲顾不上搜检胜利成果，兴冲冲回报公子纠。公子纠在鲁国从容吃过告别宴和答谢宴，整装正要出发，从齐国传来坏消息，公子小白已经正式就任齐国国君，成为新一代齐侯，而且齐侯要求鲁国国君必须杀死公子纠，解送管仲到齐国，不然就兵临城下。原来公子小白装死，管仲只射中小白的衣带钩而已，他本人毫发无损，昼夜兼程奔向临淄，终于成功夺得国君位。鲁君惧怕齐侯，告别宴临时改成杀人场，管仲被押送回齐国，听候新任齐侯姜小白的处分。

管仲险些杀了齐侯，这罪过不可饶恕，齐侯正在研究怎么折腾管仲才解恨，鲍叔牙来了：“不能杀管仲！”桓公说：“凭什么，就因为他是你朋友？行，看你的面子，我可以叫他死得不那么难看，给他留个全尸！”鲍叔牙说：“君上如果满足于当个齐侯，管仲就一点用处没有，要杀要剐随便你。如果君上志在四海，就必须让管仲当丞相！”巴拉巴拉，结果，管仲由待决的死囚一下子当了齐国的丞相。

管仲给齐桓公制定的基本国策是“尊王攘夷”。桓公站在淄博的高山看中原各国，哪个诸侯不听从周王的号令，或者行事违背周公旦定下的规矩，就带着一帮小兄弟去收拾他一顿，叫他心不服口也得服，从此改弦更张。哪个国家被蛮夷侵略，桓公的小兄弟也前往救援。小兄弟的队伍越来越大，桓公地位递升，成为天下霸主。

齐鲁交战，鲁国战败，照例要签订不平等条约，割地赔款。签约仪式上，鲁国统帅曹沫劫持桓公，逼迫他退出已经占据的土地，桓公在危急情况下，答应了他的条件。曹沫放开桓公，回到自己的座位上继续吃饭。解除危险的桓公立即发作，要抹平与曹沫刚刚达成的口头协议，并且处死刚才劫持人质的罪犯曹沫。管仲说不可，即使被胁迫，你也是答应并且签了字的，君子一言，快马一鞭，开弓没有回头箭。会议结束，桓公狠狠地瞪了曹沫一眼，算是报复，侵占的鲁国土地全数退回，战争赔款全部归零。但是，这次不成功的会盟，使桓公的人气暴涨，人们认为，这样诚实守信用的国君亘古未有，一代霸主新星，在山东半岛冉冉升起。

受楚国的挟制，与齐、蔡、曹等结盟的宋国背盟，与楚国结盟去了，齐桓公大怒，决定惩罚宋国。这次惩罚，桓公把周王推到前台：“宋国无礼，随便废立国君，事前不请示，事后不报告，长此以往，国将不国。为严肃法纪，必须惩罚不守规矩的宋国。”天子大喜，各国都各行其是，谁肯把天子放在眼里，难得齐侯这么忠心耿耿！派上大夫率领王师，与诸侯军会师一处，剑指宋国。诸侯对齐侯的宣言深表赞同，他们也非常担心乱臣贼子随便废立国君，齐侯挥舞正义之剑，还各国以正义和公道，所以，没有参加这次会盟的诸侯也非常赞赏齐侯伸张正义的行为。宋国结盟于楚，本来也是被迫，现在齐侯引领王师来问罪，宋国君急忙向楚禀告：“王师压境，快来救我，不然我扛不住了！”楚国虽然地面广大，但人口稀少，综合国力还很弱，并不敢与王师交战。其实所谓“王师”，只是上大夫单伯率领的一支仪仗队而已，天子早就没有可以打仗的正式军队了，“直辖”的领土那么小，供养王室的用度已经很费劲，哪还能养兵？但楚子远在南蛮，对王师心怀恐惧，于是搁置宋国的告急文书不理会。宋国早就预判楚不敢出兵，在向楚送告急文书的同时，就卑辞请求王师即齐侯宽宥，承认本国的行为确实违背礼法，承诺以后坚决遵从天子的教诲，不再随便废立国君！劳军，送礼，写道歉信。于是皆大欢喜。最欢喜的是齐侯，他发现周天子这块招牌依然金光闪闪，用来号令诸侯仍然有效，于是齐侯主持，召开诸侯大会，诸侯结盟，共推齐侯为盟主。齐侯号召华夏各国团结一致，维护周天子的领袖地位，遏制天下不遵守法度的不良风气，共同抵御蛮夷的侵略。霸主齐桓公在几百诸侯中崭露头角，又经过一系列的会盟，齐国霸主地位确立、巩固，姜太公的后人果然又一次匡扶周王室。

桓公既为诸侯霸主，就得为诸侯排忧解难。燕国被山戎侵略，桓公亲自率领军队救燕，追击山戎到燕山北麓。燕侯八百里相送，一路说不完感激的话，说着说着就越过边界进入齐国，再说着说着就走进齐国很远，齐侯实在不能忍受燕侯的唠叨，过界以后再唠叨是有代价的啊！齐侯停下脚步，郑重宣布：“根据周礼，不是天子有令召集，诸侯之间礼送不能出国境，现在燕王送我送到了齐国，已经违背了周礼的规矩。为了维护周礼的严肃性，也为了让燕侯不承担违背礼法的过失，我要把燕侯经过的地方全部划给燕国。”天下人都称赞齐侯仗义，救人不但不收礼，反而把自己的土地割出去。齐桓公还两次组织诸侯军队救卫国，为了让卫国远离狄人的侵扰，桓公为卫君筑新城安居。天下发生大事，当事人首先想到请求齐侯主持公道。

二百年后，孔子无限敬仰地追述这一段历史，说：“齐桓公和管仲，多次会集诸侯征讨蛮夷，确立华夏正统，如果没有桓公支撑这个局面，我们早就被蛮夷征服，改穿蛮夷人的衣服了！”再后来，中原被蒙古人和满人先后攻占，全民改穿蛮夷的衣服，因为这时再没有管仲和齐桓公。

齐桓公（下）· 一失足成千古恨

丞相管仲病了，病得很重，桓公来看望，照例说一套宽慰的话："仲父气色很好啊，我想，不出十天，您老就可以上班了。"管仲说："嗯。"不是他不礼貌，实在是他已经没有多少力气说话，何况，这类客套话不回答也罢。果然，桓公说到正题："仲父万一有个好歹——我是说万一，我该把国家交给谁管呢？"听这话，管仲来了精神，眼睛也睁大了许多："您认为谁合适？"桓公说："不用说您也知道，我想让鲍叔牙当丞相，接仲父的班。"

管仲听得"鲍叔牙"三字，急得要从床上往地下滚："不行，绝对不行！"管仲的反应大出桓公意外，忙摁住管仲，问道："他咋不行呢，你们是最好的朋友啊，你的朋友还能差？当初你当丞相，也是他举荐的呢。"管仲喘息半天，气稍微匀了些，便开导桓公道："鲍叔人格崇高，人品正派，廉洁奉公，一生从来没有过私字一闪念，中华几百年，齐国几千年才出一个。但是，完美的人肯定有另一个缺点，就是自负，这是他们最大的不美。他们习惯于鄙视他人，不如他的人没资格和他顶着同一天空，发现某人有一点过错，就记他一辈子。政治从来不纯粹，是各方势力妥协均衡的结果，鲍叔这么纯粹的人，万万不能主政，眼里容不得沙子，他自己痛苦，别人也受不了。"桓公觉得管仲说得很有道理。比如桓公自己吧，就是一个阴谋权术家，一生中没说几句实话，思想品德考核一定不合格。管仲就更别提，他又贪污又腐败，他的财产比齐国国库还富裕些，有巨额财产来历不明；他的小老婆已经不计其数，还经常出去吃花酒，赛马赛狗斗蟋蟀，样样喜欢，但齐国却在桓公和管仲的治理下繁荣富强，“九合诸侯，一匡天下”，连周天子都得看齐国的眼色行事，更别说那些诸侯。如果鲍叔当政，一定要搞“思想改造”，雷霆反腐，让全国人民意识形态整齐划一，有一人落后，鲍叔就寝食难安。这里有个问题，管仲就是个问题人物，贪生怕死贪污腐化欺骗朋友，人格简直卑污，可鲍叔牙并没有嫌弃他。可能鲍叔牙还有个把人预先分类的习惯，他只看管仲是大英雄，管仲所有劣行都归到细节里，随即被他忽略不计。

“那么，谁合适呢？”桓公问。管仲胸有成竹：“隰朋吧。他长得那么难看，学问做得既浅又偏，人也十分笨。还有，他对那些有各种缺点的人不是厌恶，而是同情，有宽容心。丞相是大官，大官就要抓大事，什么学问、智慧，鸡零狗碎的，对小人物有用，对丞相就没用。大木匠不开刨床，大厨师不下厨房，大勇士不摸刀枪。”一席气喘吁吁的话说得桓公心情畅朗，犹如拨开迷雾见青天。但隰朋这个人桓公知道，实在太笨，笨得都有点蠢了，他不想任用隰朋，便提出自己的人选：“任用丞相，他忠于我才是最高最后的标准。我看易牙这人不错，他最爱我，我说从没尝过人肉，他就把儿子红烧了给我吃。”管仲说：“连自己的独生子都舍得杀害，对亲人残忍，对国君未必就不残忍。”“竖刁呢，他为了爱我，把自己阉了进宫来伺候我。”“他连自己的身体都不爱惜，还会爱惜国君吗？”“常之巫呢，这人神神叨叨的像个大仙儿，但他会预测人的生死，医术极高明，是特异功能大师呢。”管仲一向鄙薄算命卜卦装神弄鬼的家伙，尤其讨厌常之巫：“死生有命，富贵在天，能活多大年纪，预测得不准，那叫白费劲，预测得准，搞得生命一点神秘感也没有。他算出某人某年某月某日死，这人死前的一年，两年，三年，怎么过？供养特异功能大师，朝廷非垮了不可。到处妖魔鬼怪，咱齐国成什么了？主上，你一定要近贤臣，远妖孽。”管仲说了这许多话，力气全部耗尽，眼睛闭得紧紧的，任千呼万唤，再也不醒转。

桓公牢记着管仲的最后嘱托，不让鲍叔牙当丞相，还把易牙、竖刁、常之巫放逐到成山角，让他们看海市去。但也没全听管仲的话，他没让隰朋当丞相，毕竟隰朋又笨又蠢，像个智障者，他自己这般英明，搭配个弱智丞相，不好看。

不过，问题接踵而至：没有易牙烹调，他每顿饭吃得没滋味；没有竖刁管后宫，小丫头们就闹翻了天；没有常之巫做保健医生，有个头疼脑热的，还真不方便。但他坚持，忍着，忍了三年，终于忍无可忍，一个调令，把三个人全部召回首都临淄。见到三位贴身“保姆”，齐桓公幸福得话都不会说了：“这几年，你们跑哪儿去了？”桓公重又过上了好日子。

好日子过了一年。这天桓公发病，头昏沉沉的，不想吃饭，常之巫来诊治，还给他发“外气”，说要能改变桓公的肺细胞，细胞扩大，就不再咳嗽。桓公被折磨了半天，“他已经不咳嗽了！”便命令传膳，他想吃一碗开胃燕窝粥，之后再上正餐，但从中午等到太阳下山，也没等来燕窝粥，一夜瘪着肚子，挨到日出东方万鸟鸣，还是没人来。桓公实在忍不得，要自己开门，亲自下厨房熬粥，但门在外面关得死死的，桓公觉得不妙，又喊又叫，四面墙壁只有自己的回声。三天后，一个宫女翻墙而入，扶起饿昏的桓公，桓公说：“我饿啊，给我一只烧饼吧。”宫女说：“没有，带不进来。”“有一杯水也行啊。”“也没有。”桓公说：“唉，为啥？”宫女说：“常之巫给你看过病，说大王在七天以后死，易牙、竖刁、常之巫三个人已经夺了你的权，在朝廷上发号施令。”桓公回想起管仲临终时的叮嘱，不由得汪然出涕：“死了不要紧，可我没脸去见仲父啊。”

桓公果然在七天后饿死，空房子啥也没有，桓公死前用一块杨木板盖在自己身上，权当装殓。宫中人们忙着抢夺胜利果实，早把桓公忘了。一条条的蛆虫从桓公的“囚室”鱼贯而出，爬满王宫，大家才忽然想起：“哎呀，老王还没埋呢。”

管仲本来帮助桓公平天下的，可惜天不假其年。为了这个伟大目标，他宁可舍弃最亲密的朋友鲍叔牙而推荐与他关系疏远的隰朋继任丞相。桓公不知仲父苦心，为了几个弄臣人物，把齐国的事业推向绝境。司马迁为他惋惜：“身死国辱，为天下笑，不亦悲乎？”

齐威王·铁腕治齐

太公田和之后，经过两传，他的孙子齐威王当政，浑浑噩噩。万事不理，达九年之久，第十个年头上，齐威王忽然在朝堂上支起一口大铜锅，锅底下烈焰腾腾，锅里面沸水翻滚，热火朝天开大会。大臣们不知道这是什么缘故，但想起从前郑国国君给大臣们煮大海龟的故事，心里一动，今天齐王大概也是有了稀罕东西，请大家品尝。不过郑国那次吃海龟导致宫廷政变，国君被杀，可见在朝堂吃东西后果不太好。但是大臣们很快就推翻了这项结论：一次吃东西发生不幸事件，怎能说明每次摆大锅都不吉利？

威王来了，宣布开会，脸上冷若冰霜，这是从前没见过的，从前的齐王和蔼可亲，看这架势不像要请大家吃东西。威王开始讲话："即墨大夫，你上前来！"即墨大夫战战兢兢离开自己的坐席，站到朝堂中央，烈焰和沸水，烤得他心慌意乱，熏得他头昏眼花。朝堂的人心里一凛：这大锅，固然可以煮肉，也可以煮人的呀！大家为即墨大夫捏一把汗。听见威王说："即墨大夫，我即位以来，关于你的过失和罪行，听到的也太多了，关于你的材料累积起来，已经汗牛充栋，你的任何一件罪行，都够把你扔进这口大铜锅的！"即墨大夫大声辩白："臣无罪！"威王说："证据确凿，你有什么辩白的？"即墨大夫死到临头，也不管那么多，竟公然与齐王唇枪舌剑："请大王拿出事实证据，如果属实，臣自己跳进大锅，不劳法官法警！"听了这句话，威王哈哈大笑起来："事实啊。一件没有！"

威王接着演讲说："我身边说你坏话的人非常多，他们的嘴里，你死一百次都不为过。可是，我到即墨实地考察，与传言正相反，即墨田地开垦充分，庄稼播种及时，管理到位，秩序井然，百工安居乐业，人们生活富足。这样的地方官，明明是百官的榜样！原来你不善于投机钻营，结果你就被人污蔑成这个样子。我要不是亲自考察，肯定被这些传言给欺骗了。即墨大夫，寡人今天要重重地赏你，我赏你一万户采邑！"万户侯！即墨大夫从地狱一下子飞升到天堂。

大臣们这才明白，齐王万事不理，原来在为"理万事"调研，了解基层，掌握第一手材料，为他以后的施政提供坚实可靠的支撑。

即墨大夫受奖，有人欣慰有人嫉妒，但所有人都松了一口气。风波刚刚平息，威公又在叫人，看来赏赐还没完。齐王这次叫出的是阿城大夫。阿城大夫，一位社会活动家，满朝的大臣很少有不熟悉他的，也很少有他不熟悉的。被国王叫出来，阿城大夫神采奕奕，满面红光，一脸笑容与大家打招呼。齐王说："这几年，关于你的业绩和事迹洋洋乎盈耳，看到你的事迹，我觉得你是一个完美的人，可以做齐国的榜样和表率。"阿城大夫很想得意地说"感谢主上栽培"，但总觉得不对劲，从刚才对即墨大夫的"处分"看，这一番表扬潜藏着危险，所以红着脸说不出话。果然，威王话锋一转："可是，我到阿城看，原来阿城的土地一半荒芜，境内破败不堪。我看到阿城的人民生活贫苦，衣衫褴褛，面有菜色，严重营养不良。同样是在齐国，差距如此之大。差距大，还表现在你的'事迹'居然十分精彩！这是谁搞的？原来你是从百姓那里搜刮来钱财，贿赂寡人身边的人，让他们为你说好话。你这种人，你这样的行为，寡人该怎么处置你呢？"阿城大夫张口结舌，大锅摆在眼前，还有什么好说的？自己没话可说，我的好朋友，总要救救我吧，用眼睛在大臣中搜寻，满朝大臣，半数以上受到过阿城大夫给的好处，好处根据这些人与威王的关系厚薄而增减，威王身边的大红人享受的供奉最多。可是这些人包括威王的红人，全都默不作声，眼睛转向别处，没有一个人为他求情，阿城大夫求助的眼光遍扫朝堂，所到之处，全是耳朵或后脑勺。

阿城大夫被扔进大铜锅，挣扎，号叫，霎时无声无息。

威王继续说："朝中大臣，应是寡人的肱股耳目，替寡人体察民情，关爱苍生，可是我整天只听见阿城大夫如何如何勤政爱民，如何励精图治，你们知道不知道他的作为？阿城的荒芜饥馑不是一天两天，一年两年，如果不是寡人亲自访求真相，到今天寡人还是被人欺瞒的大傻瓜！这叫什么？这叫欺君，让国君被谎话包围，导致决策失误，最后国家败亡。这些人对国家的危害，是不是比外敌入侵还严重？"

威王把赞扬阿城大夫最热烈的两个大臣也扔进大铜锅。

大锅煮了几个人，齐国很快大治，全国都成了即墨，田地开垦，百工乐业，人民富足。齐国的"国际"形象也迅速提升。十年以后，齐威王与魏惠王在徐州会晤，宣布互相承认为王。"二王"在郊外会猎。魏惠王问道："大王也有好东西吗，我欣赏欣赏？"齐威王说："没有你说的好东西。"魏惠王说："我们魏国虽然小，宝物还是有几件的，比如直径一寸的夜明珠，夜里给车子照路，前后各照亮十二辆车子的距离，行走如白昼。我共有十枚，拥有万乘战车的齐国，怎么连这个都没有呢？我们都是王了，给你一个吧，我不忍心看你太寒酸。"齐威王说："我有几个臣子，你看跟你的宝物有没有可比性。檀子，我派他守卫南城，楚国不敢侵犯齐国，泗水一带十二个诸侯都来朝拜称臣。田盼，我派他守卫高唐，赵国人不敢侵犯齐国。黔夫，我派他治理徐州，燕国人到北门祭拜，赵国人到西门祭拜，恳请神明保佑他们不受攻击，民众跟随黔夫搬迁来的有七千余户。田种首，我派他管治安防盗贼，全国人民遵纪守法，路不拾遗。要说照耀车子，这种贤臣良吏光耀千里，岂止十二辆！"魏惠王羞惭而去。

田成子·心机男

齐太公任伐纣总指挥。灭商以后，太公被封在齐，经过漫长的西周春秋时期，姜齐一直是东方大国，齐桓公还是最早的诸侯霸主，是中原文化抵御北方夷狄和南方楚蛮的捍卫者。姜齐拥有社稷江山长达六百年。

齐景公时，田釐子家族持续强大。田釐子家族原是陈国王族，陈完的一支迁来齐国，以田为氏，称田完。到田釐子，田家已经实际控制了姜姓的齐国，田釐子的家臣到佃户家收租子，用小斗，等到他们卖粮食给市民时却用大斗，这一出一进，田家倒赔上许多，他们这样毫不利己、专门利人图什么？当然这是手段，手段的背后当然是毫不利人、专门利己，利己的最后标志是夺得姜齐的社稷江山。使人迷惑的是，从田家实际掌控姜齐，到最后取代姜齐，竟然经过了一百多年，这么漫长的等待，令人敬佩，田家的确深谋远虑不急躁，祖祖辈辈好耐心，常听人说，某某伪君子，表面良善，内心阴狠。这位“伪君子”反驳道：“我伪装，我能伪装一辈子，你也伪装一个给我看看！”他为自己一辈子伪装自鸣得意。田齐之后，野心家伪君子们全都没有耐心，掌握朝中权柄的大人物，几乎都等不得天亮就篡权夺位，连曹操、司马懿那样，可以等到第二代甚至第三代的情况，都见不到了。

田釐子之后，他的儿子田乞因为有拥立齐悼公的功绩，越发受到信任，田家的地位更巩固。田乞的儿子田常登场，他就是声名显赫的田成子，但人们习惯叫他陈成子。

齐悼公与丞相鲍息的意见不合，鲍息杀悼公，立简公，田常和阚止任左右丞相，辅佐简公。现在简公面临着艰难的选择，田常和阚止，都是杰出人士，两个杰出人士在一起，会是什么情形？简公摆不平。于是田常认为自己受到了冷落。大臣御鞅看到了这种危险，他向简公建议说："一山不容二虎，阚止和田常，您必须只留一个，越早越安全，越晚越危险。"简公说："没那么严重吧？"不同意。御鞅想，我说到了，采不采取措施，是你的事。从此不再开口。

田常斗不过阚止，干脆放弃朝廷，学习祖父田釐子的手法，争取民众的支持，小斗进，大斗出，齐国百姓争着抢着到田家卖粮，然后再到田家买粮，一来一往几百里地，也不怕折腾得慌。但是百姓们想，折腾也就是费点功夫，而功夫的主要成分是力气，力气从自身产生，用完了还有，从来不花钱的。

子我是阚止的同族，与田氏有矛盾，偏偏又是个大嘴巴。子我的家里也有个姓田的，叫田豹，虽然与田常同氏，但不同宗，本支关系疏远。大嘴巴子我说："我把田氏的直系子孙都杀光，让你来掌管田氏宗祠。"他也就是那么一说，他哪有那个本事，可是关系到家族的生死存亡，人们都是宁可信其有，不能信其无的。虽然是远支，但毕竟同族，田豹急忙把这个消息告诉给本族："子我将要消灭田家，不先下手，就大祸临头了！"田常大怒，发兵攻打子我，可是子我这时正住在简公的宫里，田常兄弟四人乘车追踪到了王宫，想在王宫中杀子我。子我闭门不敢出，田家兄弟徘徊于宫门之外，同样也是无计可施。简公大惊又大怒："田常犯上作乱，逼宫吗？"太史子余从旁劝解说："田常哪能是犯上作乱的人呢？他这次行动只针对子我和阚止，您是安全的。"简公虎没倒威风当然在，正义凛然地斥责田常，喝令他们立刻停止谋逆行为，回家反省，听候处分。

田常被斥责，狼狈出宫，失魂落魄。他想，惶急之间闯下大祸，逼宫之罪，形同谋反，最轻斩首，重则灭族。田常决定逃亡，同族田子行说："迟疑不决，干不成大事业。逼宫，灭门的大罪，你出逃，能携家带口整个田家人一起逃亡吗？"几句话提醒田常，田常想，事已至此，反正已经算是“谋逆”了，那就做到底！转过身纠集家兵，再次进攻王宫，声言不得子我不罢休，这时的简公已是泥菩萨，虎倒威风也倒了。子我战败出逃，田常的军队追击并杀死子我和阚止。煊赫的阚家霎时灰飞烟灭。

简公在混乱中出逃，田家军追到徐州，捉住简公。现在田常的罪名除了逼宫，还要加上惊驾、执袍，共三重罪。“执袍”是抓捕君王的避讳说法。这几项罪极为严重，与弑君相同。现在，田常就是想释放简公也不可能了，只有杀死他这一个选择。这时，简公想起御鞅的话，感慨悔之晚矣。

田常杀简公，让简公的弟弟骜即位，这就是齐平公。田常任唯一的丞相，再没有人与他争宠分权。丞相田常有一套听上去很诱人的歪理邪说，他告诉平公：“国家之政有善恶，善政是施行恩德赏赐，人们喜欢，由您来施行；恶政是惩罚，人们不喜欢，请让我去执行。简单说，您当好人，坏人我来当。”于是国王和丞相，分别扮演红脸和黑脸。平公明明知道这是哄骗小孩子的把戏，谁不知道“权”和“威”的关系密切，与“德”的关系疏远？但是他现在只能当这样任人摆布的小孩子。红脸黑脸扮了五年，齐国实际权力全部归田常所有。田常把鲍氏、晏氏、阚氏这些强族逐一诛杀，以保证田氏独大。

田成子死后，他的儿子田襄子继续任齐国宰相，齐国也开始了独特的王、相分别世袭的历史，这段历史长达一百多年。田襄子任丞相时，正逢晋国的韩、赵、魏三家灭智伯，中华开始了战国时代。齐宣公时，丞相是田和，田和与魏文侯在浊泽会晤，田和请求成为诸侯，魏文侯代他向周天子请示，周天子承认田氏为齐国诸侯，田齐正式取代姜齐，遥尊田成子为开国齐王。与姜齐的始封姜子牙地位相当。

能者列传

羿・十个太阳

上帝俊有十个儿子，十个儿子，旁人看着风光，帝俊却心慌慌：这十个儿子，将来可咋办呢？他有点埋怨帝后太能生，可帝后再大的本事，没有帝俊也生不出许多小帝子，所以还是自己的问题。眼前这些儿子，让他们怎么才能成就大事业呢？

帝俊郁闷得很，身上的锦绣被子压得他喘气困难，索性坐起来，拥着被子望长空，忽然，帝俊跳起来，兴奋地把被子抛出卧室，“有办法啦！”

帝俊的办法是让太阳退休，自己的十个儿子接替他当太阳。

这天上班，帝俊把太阳召唤到自己的办公室，这样显得亲切。帝俊召唤，太阳暂时让一片云遮住天空，自己来到办公室。帝俊说：“……你退休吧好不好？”一席话把太阳说得热泪盈眶，就要唱歌，“领袖关心咱，问吃又问穿，里外问个遍，还问识字班……”帝俊急忙打断他：“明天你就不用上班了吧？在家种种花养养草不行吗？你当花匠你老婆当洗衣工，多好啊！”

第二天，帝俊的大儿子接替太阳值班，按时守刻，表现得挺好，帝俊很高兴：谁说官二代都纨绔？我的大儿子当太阳这不很好吗？接着，二三四五六七八九十，每天一个儿子，每天一个新太阳，十天轮一周。帝俊为自己的英明伟大巧安排鼓起掌。

忽然有一道奏折从地上传上来，帝俊展开一看，大惊失色：“咦——这是咋弄的咧？”原来，这一段时间，帝俊的十个儿子厌烦每十天一次上班，觉得太约束，决定上阵亲弟兄，每天一起上班，图的一个热闹。他们热闹了，地下人们可受不了，老百姓先是泡在水里，但池塘河湖很快被十个太阳烤得沸腾，人们又往山洞里躲，山洞哪有那么多，人们就地挖个坑，借着地的湿气凉快凉快，可很快这一个个的坑就成了他们的坟墓，烫死了。山洞里的人们也好不到哪里去，灼热的气浪一波一波地往洞里涌，地下水也将突破五十摄氏度的大关。

到这一刻，这篇故事的主人公才隆重登场。

羿全身披挂，银铠甲金头盔恐龙皮的靴子，一组两件武器照耀人的眼睛：一张弓，一壶箭。弓是龙骨弓，箭是龙骨箭，恐龙骨极难弯曲，羿却可以把龙骨弓拉满拉圆如十五的月亮。龙骨箭射程几乎无极限，想要射多远就射多远。帝俊说：“你是羿？你去把那十个太阳弄回来，中不中啊？这些小混蛋放出去咋就不听我的呢？我叫了几次都不回来，你说咋办哪？他们要连你也不怕，你敢不敢对他们动用非常手段呢？”羿说：“陛下说的非常手段，是什么手段？”帝俊说：“你不是武士吗？还用我手把手地教你非常手段吗？他们是我的儿子你就心慈手软不敢管了是吗？”羿说：“明白！告辞！”风风火火离了天庭，到人间用非常手段处置这个非常事件。帝俊看着羿的背影，感慨道：“年轻英俊，武艺高强，前途无量。狐媚子嫦娥好眼力！”

羿和帝俊都太相信对方了。羿过度相信了帝俊大义灭亲的诚意，帝俊过度相信了羿的智力。帝俊说的非常手段，一打二骂三吓唬，父亲对儿子，还有第四种办法吗？羿却用政治学观点理解所谓“非常手段”，这就南辕北辙了。帝俊的心思：羿这么聪明，跟我的儿子们打交道，掌握到什么分寸，还用我教导吗？同样地北辕南辙。

羿来到凡间，站在焦灼的大地上，弯弓搭箭——羿射箭从来不用瞄准，不管射什么，一律射中间，射蚊子都只射心脏，比赛的话，羿十秒发十箭，每箭都十环。羿的箭飞过浩瀚的太空，端端正正地射中一个太阳的圆心，圆心正是太阳的心脏。这个太阳登时毙命，从天上掉下来，掉进已经沸腾滚烫的旸谷。

一秒钟，两秒钟，三秒钟……九秒钟，九个太阳全都掉进旸谷，再抽箭，没了，他来得匆忙，没数箭壶有几根箭，转而一想，应该留下一个吧，都射死了，好像也不太对劲。从这里可以看出羿的智力的确有问题。现在天上只有一个太阳，大地立刻凉爽下来，残存的人们纷纷从山洞里出来，向拯救人类的大英雄致敬。羿这时的智力忽然又有点上升，他隐约觉得自己闯了祸，至于什么祸，他一时还理不出头绪，就向那些致敬的人们说："等一下再喊，让我想一想。"忽然觉悟：帝俊的九个儿子被我射死了，这不是弥天大祸吗？急急忙忙回天庭请罪去了。

帝俊把老太阳请出来，再也不说疑问句了："老同志还要发挥余热的，以后还是你每天上班吧。"把剩下的唯一的儿子保护起来，真的专门给他定一个职业：帝二代。

至于羿，帝俊说，羿群众关系好，看人们对他热烈欢呼，就让他到人民中间生根、开花、结果！还有，嫦娥在天上待着也寂寞，一起到人间男耕女织去吧。

皋陶·大法官

中国人重出身，更重籍贯，见面就问名："贵姓？台甫？""无姓，名皋陶。"问了姓名问籍贯："龙脉发源？""六安。""久仰久仰。地下生活如意否？"不对了，怎么听着阴森森的呢？其实不，地上是客居，地下生活才是常态，所以他们对地下的种种更讲究。阳世短短几十年，只积攒下功劳，这叫"阴功"，为阴间生活做准备，未来世界才是永远的家，他们对死亡并不恐惧，反而有一种欣喜和期待，所以把陵或墓整得富丽堂皇，把好东西一股脑儿往墓地里搬。搬穷了没关系，阳世间的人可以继续增值财富，地下的公民财富带来多少就多少，那里不生产，光消费。皋陶死后葬在安徽六安，六安就是皋陶的祖籍，他永远的家。

皋陶活着的几十年，任职大法官。这职位不利于积攒阴功，判错一个案件，阴间的功过簿上就记上一画黑笔；两件，两画黑笔；五画黑笔成一个"正"字。如果功过簿满纸黑黑的"正"字，坟墓里堆了再多的财富也白搭，报到那天，大主管就会把他的财富剥夺了分给红"正"字多的人。

皋陶对自己的职位十分小心谨慎，尽量不让自己的功过簿上有太多的黑笔画，同时保证自己获得更多的红正字。说起来大法官的职位也是双刃剑，既可能因为判错了案子得黑笔画黑正字，也可能因为纠正冤假错案获得红正字。大法官不直接审理案子，他只管复核，也复查，发现问题，或者发回审判机关重新审理，或者直接改判，问题更复杂的，皋陶组织审判庭，重新审理这宗案子。

皋陶亲自审理的案件是一桩故意杀人案。一个青年陶工发现一具女尸，到主管刑狱的机关报案，主管人不在办公室，他正忙着跟几个中年妇女打麻将，即将“和牌”，被搅了局子很不高兴，皱着眉头问报告的差役：“报案人怎么个情况？”差役说：“慌张，说话磕磕巴巴的。”主管脑子嘭嘭嘭往外蹦概念：年轻人，奸杀，慌张，语无伦次——不用掐，不用算，贼喊捉贼来报案！一脚踢开办公室的门，喝道：“别再演戏了！省省你的精神跟阎王爷去编故事吧！”说他就是杀人凶手，理由是没杀人你怎么那么慌。青年陶工说，看见杀人了，还能不慌？主管说，我就不慌。青年说，你不慌是你见得多了，我要是主管，我也不慌。主管说，先不说慌不慌，没杀人，你为啥来报案？青年说，老人倒在地上，我要扶起来，那老人就算我撞倒的不成？看见杀人不报案，除非我是凶手！主管立刻记下这后半句话：“我是凶手。”“好好好。你承认了哈，你是凶手！”“我什么时候承认我是凶手了？”主管掐头去尾记下中间四个字：“我是凶手。”青年彻底蒙了：“我没说我是凶手！”记下：“我是凶手！”看着审讯笔录，主管乐开怀：“哈哈，三次口供，一次比一次坚决，最后一次承认‘我是凶手’斩钉截铁，还带感叹号呢！”前后三次，青年都说“我是凶手”，等于承认杀人，供述前后一致，等于证据链自闭合，确定无疑的故意杀人犯。主管大笔一挥判了一个“斩”字，押赴刑场，执行腰斩。

皋陶看着这份卷宗，登时大怒：“死刑案件，为什么不报告帝舜，你们私自就处置了？”主管嗫嚅道：“当时天下正开展对犯罪分子的严厉打击运动，刑事案件处决罪犯走简化程序，不必上报给帝舜。”“上报，帝舜承担责任；没上报，最后决定者承担责任。你在死刑判决书上最后签的字吧，等着承担责任吧！”

皋陶审查这个案件的全部卷宗，发现判决这个青年死刑太荒唐，全部“证据”都来自青年的有罪供述，没有一件直接证据，人证、物证、旁证尽数阙如，而且青年承认杀人的口供，前后只有三句话，每句四个字，“我是凶手”，共十二个字，杀人动机杀人过程一概不清楚。作为司法的最高首长，皋陶对天下司法已经混乱到这种程度感到极为愧疚，他亲自到这个被处死刑青年的家访贫问苦。青年被处死后，他的父母放弃了一切，在家里等死，所谓“家”，不过破破烂烂一堆垃圾。皋陶向这对夫妻说：“你们的儿子很可能被错杀了，即使找不到错杀的证据，说你们儿子犯罪，证据也不充分，所以，帝舜批准为你们儿子平反，改判无罪，对这个错案，我郑重地向你们道歉，并实行政府赔偿。”夫妻俩说不出一句话，他们已经被残酷的生活折磨成呆傻人了。

皋陶回到自己的“法院”，这个案件在心里沉甸甸的，始终放不下，他发现从前在关于司法的讲话中的一席话，不完整，不严密，有漏洞，“罚弗及嗣，赏延于世。宥过无大，刑故无小；罪疑惟轻，功疑惟重。”好像很宽厚，也很周延，但是还不够，罪疑惟轻，证据不充分，可以对嫌疑人减罪等处罚，腰斩改绞，绞改流。现在他觉得，如果不能确定嫌疑人有罪，就应该判定他无罪，当场释放，而不应该减等给他较轻的处罚，因为冤枉不在大小，再小的枉法处罚也是冤枉。皋陶把这项原则修改为：“与其杀不辜，宁失不经。”他向天下掌管司法的官员们解释这项原则：嫌疑人的罪行不能确定，有疑点，证据不充分，事实不清楚，这种情况，以往我们都减等处罚，我们的理由是，他即使没犯罪，也有嫌疑，如果不处罚，就会放过坏人。现在我们换位思考，他有嫌疑，但不一定就是犯罪人，更有可能与案件一点不沾边，如果处罚，就可能把无罪人当有罪人给办了。所以，我们宁可因为没有处置嫌疑人，导致罪犯逃脱法网，因为这个嫌疑人很可能就是犯罪人，也不能因为惩治罪犯心切而造成枉杀！

皋陶处理这个案件不久，官府捕获一个犯罪人，这个犯罪人就是青年陶工案真正的犯罪人，他杀人之后潜逃至今。被捕获的犯罪人对自己犯过的罪行供认不讳，包括所谓“青年陶工杀人案”。

青年陶工案的主管办案草率，枉杀良民，经帝舜的批准，主管被押赴刑场，执行腰斩。

女艾·千面女谍

王羿射杀帝太康，但大夏并没亡国，羿把太康的弟弟仲康叫来说："我把你大哥杀死了。"仲康说："知道了。""你是不是恨我？""不敢恨，不然你把我也杀了。""我不杀你，你有承担大夏血统继承的责任，你们家需要有人给祖先祭祀上供，保证祭品世世代代不断绝，而且规格也不能太差，所以你好好地当你的帝。不过呢，你这个帝，只管你家的祭祀，别的事情别掺和，在你的小窝里趴着，没事别到处溜达。"帝仲康的居室真就是个小窝，等于软禁，王羿正大光明地住进了帝启的大宫殿。

王羿的这番话流传久远，直到孔夫子还记得，他说君子战胜敌人，应该"兴灭国，继绝世，举遗民"。如果敌国破灭，要把它扶起来，断了的祖先祭祀给他恢复，没有继承人，也要想方设法替他找出来。这都是王羿的心思。不过王羿以后，打败敌人的好像都不是君子，胜利者一定要对失败者赶尽杀绝，实在杀不绝，几十年后还把旧账翻出来：这个流浪汉曾经是前朝军队的一个伙夫，吊起来打！

帝仲康在窝里趴着，这叫窝囊，生个儿子叫相，继续趴在窝里，意味着继续窝囊。但王羿盘算着另一件事，仲康既然生了儿子，夏王的祭祀后继有人，还留着仲康有啥用处？这小子没事跟自己的儿子痛说家史，让小孩子从小就恨我。帝仲康很知趣地被杀了。羿把仲康的儿子相叫来说："我杀了你家老汉，你是不是有点恨我？"看到仲康的儿子已经那么大，羿觉得自己太疏忽，光顾着打猎，一眨眼仲康的儿子已经成年，要说家史控诉杀祖夺家的仇人羿，也早说了一百遍。但帝相说："这个问题，我是这样想的，我在读古人书的时候，觉得古人对很多问题的意见都比较好，他们能够在复杂的社会现象中找出事物的本质，所以你说到恨这个问题，我觉得这是一个心理学的问题，它需要很严密的证明，关于证明方法，可以制订一个方案，方案这东西不能草率……"王羿大怒："你闭嘴吧你，你爷爷帝启恶贯满盈，隔世报应，辗转生了你这么个白痴漆线！"羿发现自己的担心实在多余，帝相他就一个傻子，他老爸跟他说了再多的血海深仇也不要紧。傻子帝相傻傻地娶了王妃，羿在等着他生下小傻子，这大傻子处置不处置也无所谓。

帝相的傻纯属伪装，他很有远见地装傻，以逃避灾难。没人处置一个傻子，那会千夫所指的。世道变化就是快，寒浞杀羿后自己成了大王，一改羿的规矩，转手就把屠刀对准帝相。他说，夏是夏，我是我，我管他夏帝有没有后人祭祀祖先！历史上绝户的也不少，找谁说理去！留这个傻啦吧唧的帝，总是个祸害！帝相虽然高瞻远瞩，高远仍然有限，没有预料到寒浞的阴毒。一辈子装傻的帝相到底被杀，临死发挥他的绝顶聪明才智，设巧计掩护王妃出逃，王妃已经有孕，夏王家的唯一血脉藏在王妃的肚子里。

逃出虎口的王妃果然生出个小王子，他是少康。长大后的少康在邻国找到一个很体面的工作，还娶了国王的女儿。国王器重少康，把整个国家交给他管理。少康着手驱逐入侵者的复国大业。敌人太强大，少康敢于跟强敌对决，全在于他掌握着一件绝密武器，这个"绝密武器"，很久很久以后人们给它正式命名：间谍。

少康的夫人有陪嫁侍女，侍奉夫妻的饮食起居。少康为一件事迷惑不解，忍不住问夫人："你有几个陪嫁丫头？"夫人说："你的官职太小，对不起，陪嫁的丫头嘛，只有一个。"少康大惊："不对，每天来上班的都不一样哎！老少中青，高矮胖瘦，美丑妍媸，我问她们叫啥，都说叫'艾'！"夫人大笑："本来就只有一个女艾呀。"原来夫人习惯了女艾每天的化装秀，随她怎么折腾，却把姑爷害得神经衰弱。少康得知女艾的这个天赋，跟夫人说："今天开始，丫头女艾升格了，跟我平级，在府里称姑奶奶！"夫人大惊失色："为啥呀？"少康说："不要问，绝密！"女艾地位火箭式攀升，由使唤丫头升为姑奶奶，但是姑奶奶从此消失不见了，夫人几次跟少康要人："你把我的艾丫头整到哪儿去啦？"少康笑而不语。

备战完成，少康对盘踞在大夏境内的浇展开突然袭击，他把规模很小的军队分成更小的许多支，每一支都扑向浇的要害地带，这支小部队再一分为二，小的一支放火焚烧浇的粮食、马匹、弓箭库。趁起火的慌乱，大部队冲过来掩杀，强大的浇军在睡梦中被惊醒，还来不及穿衣服拿起武器，就被敌军齐刷刷斩首，即使他们穿上衣服也没用，他们已经没有武器可拿，武器库葬身火海。弓箭烧成灰烬，刀剑之类经烈火煅烧，抓一把，手也烫掉了。一夜之间，不可一世的浇军灰飞烟灭，少康复国大功告成。

少康的军队全胜，几乎不损兵卒。帝少康举起女艾的手，当场封她为将军。

原来，少康的军队发动袭击，全部作战计划都来自女艾的情报支持。女艾根据少康的计划安排，化装成有穷国人的模样，光明正大地成为有穷国的国民。入境后的女艾发挥特长，施展各种手段，潜入浇军的驻地，侦察他们的军械装备配置和存放情况，这些手段后人总结为间谍的几大谋略，美人计、苦肉计、离间计、反间计、调虎离山计等等。比如美人计，女艾不用到外国动手术整形，她就地取材，东画西画，左挪右借，超级大美女就诞生了，女艾凭美丽这面招牌，从容进入军营，问问大家午饭吃什么呀，你们训练累不累，哎呀我这长这么大还没到过军营呢，领我看看开开眼呗？一个大美女，看什么军营呢？但是男人们看了美女，立刻就天然呆，智力水平降到零下，主动领她到处转，争先恐后献殷勤。唯恐美女看得不全，对这里印象不深刻。

帮助帝少康复国的将军女艾，战后嫁给一位将军，女艾盛装来见老公，将军老公说："这不是美女，你这是妖女，不妖其身，必妖其人，咱别化装了行不？"女艾素颜来见，原来是栀子花一般清纯的"邻家小妹"一枚。小妹说："便宜你啦！"夫妻俩和美安乐，童话般直到永远。

伊尹（上）·好厨子

伊尹是一位厨师，而且是没有“身份证”的厨师——他是奴隶，专门给人做饭煮菜，做着煮着，就悟出了门道，不是说他做饭煮菜水平越来越高，而是他的“悟道”从形而下的饭菜，一下子跃升到形而上的治国理政。

伊尹的主人是个土豪，人挺好，对待奴隶也很和善，有人鼓吹奴隶和奴隶主一定你死我活，分别站在阴阳两界，伊尹说：“那是胡说呢，我和我们老爷，都活得好好的。”鼓吹者说：“你和主人，两个阶级，必定是两只斗鸡，见面就掐。”伊尹说：“我做的饭，他说不好吃，我说不好吃你自己做，他就不说话。我做的饭能不好吃？笑话。”“后来呢？”“气哼哼地吃完了饭，临走还不忘找补我一句：你吃饭掉饭粒！我吃饭掉饭粒？更是笑话！没事找事嘛。”“后来呢？”“我说，嫌我吃饭掉饭粒，你别在我这里吃呀，拿回去吃好啦，眼不见心不烦。他真的就拿回去吃了。”“后来呢？”“后来，他又回到我这里吃饭，说一样的饭菜，挪个地方，味道就变了，简直就是两种东西。”忽然，伊尹好像想起来什么，匆忙收拾东西，下班回家。

第二天，伊尹背着案板，提着刀具，一堆调味料的罐子。一身笨重地向主人辞行，也向主人申请临时身份证，说他去找汤，会有大惊喜给主人。土豪说：“看你带着这些家什，给他当厨子去吗？”“不当厨子，我要当汤的相。”土豪主人也不惊讶：“你去吧，汤如果不要你，你回来继续当我的厨子。”

伊尹来到汤的宫殿，放下炊具，对汤说：“我来给你做一顿饭，可好？”汤对来人十分好奇，见面就给人做饭，这份礼很厚重呢。不过伊尹还说，我做饭，你得给我做助手，添火。汤愉快地答应下来。

隆重的做饭开始了，伊尹支起鼎，布好案板，鱼虾獐狍羊鹿猪挂满临时厨房，盐、糖、蜜、醢、酱、葱、蒜、韭、茴香、莳萝、茱萸、花椒、丁香、桂皮等调味料琳琅满目，伊尹挥刀割肉，举手捣蒜，拿瓢添水，忙得眼花缭乱却富有节奏，看起来赏心悦目，汤看得呆了，伊尹在大秀厨艺的间隙不忘提醒汤添火，厨刀杵臼叮叮当当，伴奏着伊尹的厨房舞。

伊尹一边切割搅拌，一边对添柴续火的汤说：“肉类食材，不外乎水陆空三种，水里的鱼类腥气重，地上兽类，吃肉的味骚，吃草的味膻，空中的鸟类普遍味鲜。这些肉品味各异，都能做出最美的菜肴，绝对没有腥臊恶臭，它原来的那些怪味恶味的一丝残留，反而成为特殊风味。鱼为什么腥，它身体两侧各有一条很细的线，我叫它腥线，抽取腥线，腥味去除大半，然后用姜葱蒜加酒浸泡若许时辰，腥味再去掉大半，用冷水渐渐煮开，腥味在水里又分解大半，现在残留在鱼肉里的腥味所剩无几，鱼固有的鲜嫩等水生品行，加以麻椒蔓菁等中和，给人们的口感就是鲜。食者感受到了鱼的鲜，他们却不知道这鲜从何而来。同样一条鱼，你交给一个不懂厨艺的人去做，能不能煮得熟置之不论，他做成的鱼一定腥臭不可食，甚至不可闻。”汤以一个烧火小伙计的身份，在灶下听伊尹的厨房理论，灶里火光熊熊，照得他脸上红彤彤，听着伊尹的演讲，汤的心里亮堂堂。

伊尹指示汤说，柴少添，现在不要大火，改小火。接着他的厨房演讲：“即使我告诉他这些配料和程序，他按照我的步骤去做，那鱼还是腥。因为他不知道火候，火候不掌握，以前的所有工作都要归于零。五味三材，九沸九变，不同的食材，用火有不同的要求，煮粗硬的肉，需要小火文火，最后用炭火烤，暗火煨，煮和煨的时间长；用急火快煮，这肉就煮死了，不能下咽；煮嫩肉或鱼，用急火大火，用时也短，用慢火慢炖的话，肉就炖散了。”汤把几块木柴从鼎下火堆中抽出来，火焰立刻转小，很快，原来咕嘟咕嘟冒大泡的大鼎改成冒小泡，鱼肉的鲜香也越发浓烈。汤几次抬头看鼎里的鱼和鱼汤，但是伊尹不动声色。看样子还不到摆上食案的时候。

伊尹指挥汤一会儿加柴，一会儿减柴，他自己一会儿就掀开鼎的铜盖子看一看，看鱼汤的样态，看颜色和浓淡决定柴的增减。继续说：“火候也掌握了，仍然不会做出一份鲜美的鱼汤和一条鲜嫩的鱼。在炖鱼煮肉的时候，这么大的鼎，就是一个完整的小世界，里面异彩纷呈，而且瞬息万变，我必须时刻掌握鼎里的动向，点一点，搅一搅，掌控全局。我说不出为什么，甚至我也说不出我为什么采取这样的措施，但是一物降一物，我的措施一定有效。”汤听得入迷，如此玄妙的演说，也只有汤这样的超级理论家才能听得懂，入乎其中，出乎其外。伊尹在厨房讲的是厨艺吗？汤一时间已经忘记自己身在厨房。

“得心应手，出神入化，超越厨艺，这样做出的菜肴，久而不弊，熟而不烂，甘而不浓，酸而不酷，咸而不减，辛而不烈，淡而不薄，肥而不腻。好啦，熄火，请品尝我的清炖大鲢鱼！”伊尹掀开铜盖，一刹那鲜香四溢，连殿外站岗的卫兵也一起抽鼻子。

汤吃完了伊尹做的鱼，哎呀，从来没吃过这么好吃的清炖鱼啊，以前的鱼都白吃了！伊尹在旁边等着呢，问汤：“您看，我的职位……”汤毫不犹疑：“相，做我的相！好厨子不一定是好相，但好相一定是好厨子！”

始终在一旁观看的大太监彻底震惊了，一个厨子，还是一个只有暂住证的厨子，做了一顿饭，直接当太宰？忍不住悄悄跟汤说风凉话：“没想到大王这么爱吃鱼啊。”汤说：“我爱吃鱼，就应该把他留在身边当厨子，他当了太宰，还有工夫给我做清炖鲢鱼吗？他的厨房演讲，都是在说政治，人主的用人之道。一个普通人，也能成为国家栋梁，全看人主的使用技巧。”

土豪来了，惊问惊天大惊喜的原因，伊尹说：“厨房即天下，食材同人才。一个普通人，哪怕一个坏人、恶人，经过对应的处置，配置、火候、力度、时机，也能成为优秀的国家栋梁。人主要坚定，壁立千仞，但人主更要有雅量，海纳百川，国家才能富强。”

以后，相这个职位，就改称“太宰”：天下最大的厨子。

伊尹（下）· 五朝元老

汤灭夏建商，成为天下共主，汤站在夏帝的大宫殿里感慨万端："当帝真好啊，我的宫殿，跟这个一比，那就是狗窝！"帝履癸的宫殿比帝启时期阔气好多倍，不但宫殿鳞次栉比，连祭祀的坛都有天地日月四个，一律地奢华壮丽。帝汤说完，赶紧看看周围有没有人，要被人听去了，以为我伐夏是为了占有它的大宫殿，有损光辉形象呢。汤武王起兵，当然不是为了住大房子，当然也不是像他的誓词说的吊民伐罪，他就是想当天下共主，这目标比住大房子高尚得多。

忙了一天，晚饭吃过，夜色渐渐爬上来，帝汤正准备睡觉，忽然朝廷事务大总管来请："再过一刻，开会了。"帝汤吃惊不小："开会？我没说开会！"总管说："帝说不说开会，都得开会，这是规矩。"言语非常坚定，不容置疑。汤的国家很小，灭夏以后，帝汤下令，帝履癸的官员没战死的，全部留用，官职也不变。这个办法很好，人随王法草随风，旧王不在了服事新王。所以朝廷大总管坚决请求帝汤出席会议。

夜里开会，这是尧舜禹时代传下来的规矩。他们说，政府的所有官员都是业余，自己家里有地需要耕种，跟其他村民没有两样，处理政府的事务只能用业余时间——晚饭以后。汤武在自己的小国随便怎么干都成，现在成为共主，就得遵守前朝帝的规矩。几次夜间朝会下来，帝汤终于知道夏桀帝履癸也真不容易，天下大事那么多，全都需要当天处理完，这会要开到什么时候？很久很久以后，天下实现集体所有制，官民一起下地干活，晚上还要参加朝会，每天夜里开会学习讨论到很晚，他们以为那是创新，其实很复古，都复到帝汤之前去了。帝履癸对夜里的开会无可奈何，可他没有解决的办法，帝汤有，他的解决非常简单，只用一句话：“明天晚上的朝会取消，改成白天，上午辰时开会！”从此，政府公务员不用下地劳动，彻底成为劳心者，被劳力者供养着。有了“官僚阶级”。

帝汤崩后，他的儿子太丁当帝，跟夏一样家天下。太丁传位弟弟外丙，外丙传位弟弟仲壬，仲壬之后，帝位又回到太丁的儿子太甲。他是汤的嫡长孙。从帝汤，到帝太甲，一共五帝，伊尹都当太宰，他是五朝元老。

太甲成为帝太甲，对爷爷辈的伊尹毕恭毕敬，出门扶着，进门搀着，其实伊尹还不很老，辈分是爷爷，年龄跟他早夭过世的爸爸也差不多，这样搀扶，纯粹表示尊敬，太甲搀扶着伊尹，伊尹老太宰谆谆告诫太甲，应该这么干，不应该那么干，太甲唯唯称是。但伊尹毕竟有点老，一些细微的东西很容易被他忽略过去。伊尹常说帝履癸的酒池肉林故事，老太宰讲故事有套路，把夏桀从明君到暴君的心路历程讲得绘声绘色，太甲听得津津有味，不知不觉地喜上眉梢。

终于，老太宰到周边附庸国家视察，其实是对这些国家进行监督，也有震慑的意思，还带着庞大的代表团，各个行业的都有，向各国炫耀商帝国的繁荣富强，警告他们别打小算盘。这一连环出访就三个月，朝廷的全部工作都交给帝太甲亲自处理。这是个好机会，机不可失，时不再来。太甲带着自己的心腹，在宫殿里大兴土木，建设酒池肉林。帝太甲经常听伊尹讲酒池肉林，因为伊尹亲眼见过这项设施，描绘得活灵活现，太甲甚至从伊尹的故事中闻到了肉林里各种肉散发出的混合型香味。伊尹总说这是夏灭亡的原因，但帝太甲有两个想法：第一，十分想尝试享受酒池肉林的感觉；第二，看看搞一回酒池肉林，能不能真就亡了天下。

第一个想法虽然不那么光彩，毕竟还情有可原，谁叫老头子的强化反教育那么成功？但第二点就完全匪夷所思，千试万试，哪有拿祖宗的江山试错证伪的？宫殿里建造那两件东西，工程原本十分浩大，帝太甲因陋就简，搞了一个缩微规模的酒池肉林，在宫殿的后花园的树上挂上许多烤熟和煮熟的肉，跟伊尹说的形似而已啦。酒池不好办，一时哪里弄得那么多的酒，即使搞得来酒，后花园挖一片湖，伊尹问起来也不好应对，所以，所谓酒池，也搞个缩微版，请人在一座巨大的玉石上挖开一个大凹槽，叫“大玉海”，里面装几十石的酒，也图个形似。

一切准备就绪，宫殿里鼓乐齐鸣，后宫的帝后嫔妃宫女，还有太监，穿上华丽的衣服，优雅地穿行在花园树林里。树上各种熟肉，浓香扑鼻，“贵宾们”手擎酒杯，杯里装着从大玉海里盛来的美酒，散步，吃肉，聊天。一连好几天，直到树上的肉变味了，玉海里的酒变淡了，聚会才结束。帝太甲无限感慨地说：“这才是帝应该过的日子！”他上瘾了。原来奢侈和吸毒一样，一次就上瘾。

伊尹视察回京，获知事情的来龙去脉后，进宫开导帝太甲：“酒池肉林，亡国之根，夏桀的教训还不很远，人主千万牢记！”帝太甲说：“我只玩一次，我没上瘾，我觉得那东西一点也不好玩。”

第二年，伊尹又要巡视各国，临行时特别告诫帝太甲：“夏桀的教训啊，实在不很远呢！”帝太甲说：“去吧去吧，你要不放心，你在家，我替你去。”伊尹前脚走，帝太甲后脚就招呼：“上山，开工！”

伊尹回京，从南山上飘过来浓烈的烤肉气味，多方查究，获知事情的来龙去脉，进宫对帝太甲说：“陛下，请跟我走吧！”伊尹的身后站着好几个高大威猛的卫士，虎视眈眈。帝太甲不言不语，跟着伊尹离开宫殿，直走到汤的坟墓前，帝太甲有点慌了：难道要把我活埋了吗？

伊尹把帝太甲安置在帝汤墓地所在的一个叫“桐宫”的地方，把“肉林”里剩下的烤肉煮肉一股脑堆在他身边，让他每天欣赏。肉里面爬出的蛆一堆堆的，咕咕嗝嗝地包围着太甲，然后变成一群群的绿头苍蝇，轰炸机似的在他头上呜呜呜地盘旋。

三年后，伊尹来看太甲：“还想不想肉林？”太甲急忙阻止：“别提那个字，想吐！”就呕起来。伊尹正式请太甲归位，重新成为帝太甲。此后，帝太甲勤俭节约，勤政爱民，励精图治，成为一代明君，伊尹写《太甲》三篇，赞扬这位知过就改的贤明帝王。

周公·总设计师

八百诸侯追随武王伐商，那阵势如摧枯拉朽，帝辛根本不能组织有效的抵抗，就算他抵抗，也只能增加阵上的伤亡人数，于事无补。当时武王很兴奋，眼睛闪闪放光，很想举起指挥刀大喊口号："弟兄们，冲啊——"但回头看弟弟阿旦，喊口号的兴致立刻熄灭了，因为阿旦双眉紧锁，仿佛即将胜利的不是他哥哥，而是他哥哥的对手帝辛。大敌当前，弟弟什么心肠，阶级立场动摇了吗？武王不喊口号，队伍照样潮水般涌向商军，那一小撮商军消失得无声无息。武王心里想着旦的表情，胜利的喜悦被冲淡稀释，瓦解了。

胜利班师，回到周国，武王想找弟弟谈一谈，首先，别打歪主意，长子继承，父亲的遗嘱写得很清楚，以后也是这样，不要幻想伯父们出逃让位这一出，历史哪能重复上演。还有，可千万不要生反叛心，为灭亡的商纣扬幡招魂。

弟弟旦来了，仍然那副哭丧脸，当初老爸去世，也没见他这么忧愁忧思。武王喝道："阿旦！"阿旦一激灵，眼睛倒也睁开了，但表情还那么阴沉，武王骂道："死相！闭着眼，算算你啥时候挺尸吗？"阿旦终于彻底清醒了，而且明白哥哥正在生气，立刻抖擞精神，向王问安，并为刚才的失礼道歉，还说自己迷糊着呢，不是有意冒犯王。武王一向喜爱这个弟弟，听他一番解释，立刻原谅了他，但疑问要说清楚："这些日子，你像掉了魂似的，咋回事？"阿旦说："我正要跟你汇报这事。你听听我的想法。”

“伐纣大捷，得力于三军用命，这是第一位的。但太公的宣传文案做得非常好，把商纣的罪行揭露得淋漓尽致，不用说天下人和后世人，就是帝辛本人看了，也会切齿怒向‘商纣’。可是哥你知道，帝辛的罪行主要在朝廷和后宫，他晚年脑供血不足，轻度痴呆，为了讨好女人，做了许多荒唐事。但他的罪行对民众的影响不大，我们的文案，对这点模糊处理，使人以为商纣无恶不作，死有余辜。

“第一次准备征讨商纣，已经会师孟津了，战斗气氛热烈，但我们提议解散联军，各归本国，等待时机。哥哥的决策根据我十分清楚。诸侯虽然大部分跟我们联盟，可朝廷还有很多死硬的保王派，这些保王派全都是帝辛的本家。微子、箕子、比干，这些忠臣在，帝辛就在，我们的军队奈何他不得，他们的号召力足以击垮我们的联军。帝辛自毁长城，三贤全部陨落，我们这才得以完胜帝辛。

“伐纣成功，我一喜一惧。喜的是，我军势如破竹，几乎不战而胜，这是哥哥的决策正确，等待时机，时机成熟，不战而屈人之兵。惧的是，八百诸侯，大部分与帝辛无冤无仇，他们中有的连朝贡国家都算不上，我们的宣传文案启动，这些诸侯义愤填膺，其实他们连自己为什么发怒都不很清楚，就挥师随同我们进攻商纣，流血千里，伏尸百万。我们的目标，要取代商纣，建立周朝廷，天下一统于周家，可这事跟他们有关系吗？他们等于自费旅游，还是极端危险的蹦极式旅游，或有闪失，性命皆休，可诸侯们乐此不疲。我担心，我朝奠基，几代以后，或有野心家伸臂一呼，也会应者云集。我家的后代，也会是帝辛这样的悲惨下场。历史就得这样循环下去。

“为什么微子、箕子、比干在的时候，哥哥你不愿意出兵伐纣，即使出兵也犹豫，甚至中途解散大军？因为帝辛有自己人在保护着他，关键时刻，一定是自家人可靠，民间说打虎亲兄弟，上阵父子兵，关乎国家社稷，两姓他人，漠不关心。异姓诸侯，可以虑始，不可守成。

“为此，我设计了一套方案，请哥哥过目。这套方案的核心在于封侯。通过封侯，把天下抓在王的手里，然后，抓在王族的手里，而且永远如此，保证周天下的长治久安。从前的帝也封侯。可他们的封侯毫无意义，每年送一点礼品，就是侯？我们要封的侯，一定是诸侯的爵位是从我们这里接过去的，我们钦赐给他，他会世世代代感激王的恩德。

“接受封侯，就有义务，平时听从王的指令，不但每年进贡，王有事，还必须举兵勤王，一国有事，王指令他国或几国支援，诸侯之间守望相助，保证华夏族的安全。至于诸侯之间的矛盾冲突，王出面摆平，所以诸侯间不会发生战争。实际运作可能出现种种情况，但可以及时纠正，这个制度要设立纠偏机制。所以，从理论上说，我们这样封侯，应该是社会政治的终结，以后不会再发生政治的更迭即革命，就像商代夏，周代商，周朝将是华夏的最后一朝，永远的一朝。因为这个建构稳固，互相制约，其中任何一个部件都坚固可靠不损毁，万一损毁一个部件，也不影响整个建构的安全，它会一直安全运行，直到永远。”

武王大惊：“阿旦！你想得这么周到，想得这么辽远！早在前线，你就谋划这件事了吧，我都看出来了，你心事重重，我还以为患上了战争恐惧症！”其实没有这个症那个症，当时武王担心阿旦叛逃，现在他不好意思说这些，现编了这个借口。武王的感动还没完呢，“阿旦，你这么深谋远虑，比哥哥我厉害多了，这样吧，你来当周王好了，你要不当周王，我就学习太伯，避难去！”阿旦说：“别开玩笑，叫人听去了引起政治事故。”这哥俩习惯于不正经说话，武王还在当太子的时候，就经常说要把太子位让给阿旦，阿旦从来不接茬，任由哥哥胡说八道。这是一对说话不用走心的弟兄。成年兄弟，事关社稷和王位继承，武王和周公这么坦荡，也是少见的——阿旦就是著名的周公。

武王召开诸侯大会，使用的一套演讲词，出于阿旦的手笔。演讲之后，分封诸侯，比预想的还顺利，阿旦的国体设计圆满完成。阿旦周公作为周朝的总设计师，不止于设计国体和政体，他对华族文化的设计，成就和影响更为深远。

太公望 · 神秘英雄

西伯决定去西山打猎，打猎前要占卜吉凶，猎物多少。卦象显示大吉，卦辞却云山雾罩不很明白："你这次打猎啊，猎物既不是龙也不是螭，既不是虎豹也不是熊罴，啊！成就霸王之业的辅臣坐着你的车子回来啦！"虽然不好索解，大致意思却明白，能得到一位大贤才。西伯最关心的就是贤才，现在算卦都说贤才，明明天遂人愿。第二天整装出发，信心百倍，沿着渭水上溯，等着遇见超级大贤才。这一趟打猎可了不得，归来时红旗猎猎，凯歌飞扬，西伯的脸上放红光。眼看着周国就要繁荣加上富强——他果然"猎取"了贤才，车子上坐着须发皆白的太公望。

"猎物得人"的当代故事很快传开了，越传越离奇。故事说，西伯西行，遇到一位钓鱼的老汉，老汉钓鱼不稀奇，稀奇的是他的钓鱼钩，居然是直的，没有弯钩的鱼钩，那还叫鱼钩吗？直钩也不要紧，更离奇的，这直钩远离水面三尺，在空中晃悠，专等着傻子鱼跳出水面去咬他那不是钩的钩。于是西伯就把这老汉请回来了。这个故事编得有点差劲，把请老汉回来的西伯比喻成傻子鱼，咬上了老汉的直钓钩。有人问老汉，是不是这么回事？老汉笑而不答，保持着神秘——这位老汉叫吕尚，吕尚的祖上姓姜，神农炎帝的嫡传，他这一支祖上被分封在吕，就以吕为姓。

真实情况一点也不离奇，人马鹰犬在大路上喧闹，吕尚在渭水岸边垂钓，一切都平平常常，平常得令人失望，西伯连看一眼的兴致都没有，卦辞上说的"辅臣"在哪儿呢？忽然，西伯听见这位孤独的老汉念叨一句口诀："鱼呀鱼呀你快上钩，没有大的小的也将就。"这个口诀真有意思，太精彩了，简单明了，还押韵。钓鱼，可不就这样简单明了吗？不但钓鱼，世界上的几乎所有事情，原本都简单，后来总被人为地搞得复杂，而且越来越复杂。西伯下车，与老汉攀谈，问过名讳之后，西伯单刀直入："我怎么才能战胜帝辛，获得天下。"吕尚的回答非常简单："学习帝辛。"西伯大惊，以为自己听错了，吕尚解释道："西伯所有的政治设计，完全可以借用帝辛的路线图，不过这个路线图要反着看，反着用。帝辛压迫诸侯，你就招揽诸侯；帝辛刻薄大臣，你就宽厚大臣；帝辛聚敛财富，你就发散财富，藏富于民；帝辛钳制言论，你就开放言论，鼓励国民畅所欲言，言者无罪，闻者足戒；帝辛法网严密，监狱人满为患，你撕去法网，还人民自由。你的所有施政行为与帝辛相反，天下不用你去打，自然就归了你。这叫以殷为鉴。现在天下汹汹，豪杰枕戈待旦，等待时机，谁能灭帝辛，谁就是英雄。其实哪有所谓英雄，英雄都是时势创造的，殷商处于末世，正当英雄用武之地、之时。这个气候，我这个无名老朽，也可以成为英雄，只要我活得足够长。"

西伯低头沉吟：吕尚所说，也是我一直在做的，但从没有像他想得这么明白，讲得这么透彻，这叫什么，实践产生理论，理论指导实践，我以后的建国大业，就需要吕尚的理论来指导。我们这个国家，自太公以来就渴望这样一位理论家，所以我们辛辛苦苦工作，器局还是小，吕尚的大局面正符合我国的远景需求。于是西伯拉住吕尚的手说："我们的太公古公亶父盼望您，盼得很久了！"吕尚先生与太公有这层遥远的关系，大家尊称他为"太公望"。

有人把吕尚故事的这个版本说给太公望听，太公望就像听别人的故事一样。问："这个是真的吧？"答："你认为真，那就真的吧。"人们到底也不知道这个故事的真相。吕尚身上的不解之谜很多，民间传说，吕尚早年很不顺利，做过生意，还当过屠夫，八十多岁才遇到西伯文王。种种离奇玄怪的神话故事。就说他的名字吧，也莫衷一是，司马迁叫他吕尚，最高级官员叫他姜尚，其他人叫他姜太公，有时候也叫他吕太公，朝廷则叫他太公望。但不知道为什么，老百姓叫他姜子牙。但最权威的，《诗经》有记载，他叫“师尚父”。可这正式名字，却几乎谁都没听过。

更离奇的事情发生在几千年以后，有一个很古怪的家伙写了一部古怪的小说《封神榜》，说姜子牙斩将封神，天上人间各种神，都是姜子牙封的。这本书把吕尚膨胀成了神界的原始老爸。这还没完，后续故事接踵而至。姜太公封了诸神后，各神都很满意。唯独姜太公的老婆没有封到神，整日闹着要封神。一天，老婆又跟太公闹。姜太公烦得很，说：“你嫁到我家，让我穷了一辈子，所以不封你。一个妇道人家，整日争名夺利，人穷嘴也穷，活像个穷神。”他老婆一听，高兴得不得了，以为太公封她为穷神了，当即跑出屋子，到处喊：“我是穷神，我是穷神！”结果人见人躲，人见人烦。

真实的吕尚，原来是东海滨一位学者，随着西进的“访学”大军到周国。西伯赞成他的政治见解，任用他为卿士，相当于咨询师。他在这一位置上成就突出，逐渐成为周国的主要谋臣，上下尊崇，称为“师尚父”。师尚父的主要功绩建立在武王时期，武王伐纣，师尚父出任总参谋长，实际的全军总指挥，所以灭商名义上是武王，实际却是师尚父吕尚。这叫武功。但吕尚在文王时期的事业更为人称道，这叫文治。文治的核心内容只有一条，简约。这与上面吕尚的演讲一致。帝辛政治苛繁，民不堪命，吕尚反其道而行之，吏民自是大悦。其中关乎千家万户的一条，是税收的标准。上古实行什一税，百姓用收入的十分之一供养官府，上下都和谐，商纣收税竟达到什三，甚至什四什五，怒起来干脆完全掠夺，所以天怒人怨。吕尚主张周国严格实行什一税，不侵占民财一分一毫。两相对比，天下人都知道应该怎么做。周的实际统治地区，已经拥有天下的三分之二，仍然尊奉帝辛，不肯发兵，直到各地怨声载道，抱怨武王，为什么不先来拯救我们呢——因为武王先解放别的地方去了。周国这才发兵灭商，吊民伐罪，解民倒悬。因为吕尚是东海滨的山东人，所以武王分封，封太公于齐。

有人问吕尚：这个版本，肯定是真实的吧？吕尚吕望太公望姜太公即师尚父，仍然笑笑，不说话。

管仲 · 管鲍之交

齐国国王带领大军伐鲁，军中有一个心事重重的管仲。齐侯站在指挥车上，举起指挥刀，振臂一呼，齐军涌如潮水，淹向鲁军，鲁军也不好惹，飞箭如蝗虫一样飞向齐军，但齐兵人人奋勇，个个争先，战场上沸腾如一锅粥。

心事重重的管仲把盾牌往身后一顺，遮住了屁股，一蹿一蹿，就没影了，这就是管仲。所幸这次战斗齐军大胜，齐侯便不计较，不但不惩罚他，连奖赏都没少了他的。不料以后两次战斗，管仲都是如法炮制，别人把盾牌举在胸前往前冲，他把盾牌护住屁股往后跑。齐侯忍无可忍，便把他开除军籍。管仲没得皇粮吃，只得去做小买卖，跟好朋友鲍叔牙合伙，说好两个人每月结一次账，利润均分，但账是管仲管着的，既管账，就有可能做手脚，所以每到月底，管仲便报一堆花账给鲍叔牙，自己昧下大把银子，分给鲍叔牙仨瓜俩枣了事。

贪墨了合伙人许多钱，有了资本，管仲要投身政治了。当时齐侯有两个公子争夺继承人，公子纠和公子小白，公子纠略强些，管仲便抱住这条较粗的腿，准备将来有饭吃，还自告奋勇要为公子纠除掉小白，继承人争夺战小白取胜，公子纠的部下全都战死，或战败后自杀，管仲却坦然地当了俘虏，等待奇迹发生——管仲箭射公子小白，结下了血海深仇，齐侯不把他生吞活剥了才怪。

管仲的期待有充分的理由，充分的理由其实只有一个理由：他的好友鲍叔牙是姜小白的死党，齐侯对鲍叔牙言听计从，经过短暂的咆哮之后，齐侯居然赦免了管仲，奇迹果然发生了。

桓公即位后的第一件大事是任命丞相，征询鲍叔牙的意见，老鲍在齐国是大名士，他一句话，相当于九只鼎的分量，桓公对他言听计从，以为他会向国家推荐一位十分优秀的丞相，谁知他一开口却是——管仲，把桓公惊得头发也竖了起来，帽子掉在了地上，这是惊的。桓公自己把帽子拾回戴在头上，不顾鲍叔牙德高望重，便开骂："一个死囚！以为我齐国无人吗？"鲍叔牙不着急："管仲是天下奇才，君上要称霸天下，辅佐君上，管仲是不二人选。"桓公又骂："奇才！我告诉你他怎么个奇才。随军出征，三次用盾牌挡了屁股逃跑！"鲍叔牙笑道："君上您知道吗，管仲老娘只有他这一根独苗，他一战死，谁供养老娘？忠孝不能两全，既然有那么多人为齐国尽忠，少他一个，齐军也不算什么损失。"桓公说："算他孝。可跟你合伙做买卖，做假账，贪污你的银子，这天下人都知道，这算什么？"鲍叔牙又笑："这我也知道，只是从来不说破。我有很多钱，做买卖不过是玩票，管仲穷啊，他家要靠做买卖吃饭。"桓公说："算他贪——算他不贪。但这么多年，他干啥啥不成，吃啥……他也没啥可吃的，一副穷酸相！"鲍叔牙说："君子有遇有不遇，管仲一直没有机会，他是一把锥子，装到口袋里才能脱颖而出，但得有口袋装他才行，大王就给他一只口袋吧，让他'脱颖'一回。"桓公仍愤愤不平："公子纠的人全都战死，老师也自杀了，他管仲死乞白赖活到现在！"鲍叔牙说："如果他也战死或自杀，您不就损失了一个最伟大的丞相吗？"鲍叔牙振振有词，桓公倒理屈词穷，只得听鲍叔牙的，任命管仲为齐国丞相。

管仲一当上丞相，整个换了人，从前的萎靡、胆怯、小心眼，刹那间一扫而光，出现在桓公面前的，是一位精明干练心计极密城府极深的超级大腕。蔡国惹恼了齐桓公，桓公想灭蔡，管仲说："不，伐楚。"桓公大喜，楚是齐的最大敌人，灭了楚，就可以统一天下，于是决计兴兵伐楚，管仲又说："不，伐蔡。"桓公不高兴："你三三两两的，有个准主意没有啊？"管仲说："我的主意是既不伐楚，也不伐蔡，咱们发兵问罪，代表周天子，同样是伐，但代表天子伐他，不是咱齐国伐他，那感觉就不一样了。”桓公大喜：“对，楚国这小子罪过大了去了，昭王南征，居然被他给扔在江中淹死了。欺君犯上，伐！”管仲又说：“不，害周天子这事不能提。”桓公总被管仲否决，这一会儿工夫脸就红了四回，只好不作声，听管仲胡乱整。管仲说：“楚王杀周天子，这罪太大，一逼他，狗急就跳墙，咱从小到大，慢慢地收拾他。”大军出发，举着周天子的大旗，南征伐楚，命令蔡侯也发国内全部兵力随军出征，蔡侯不肯，管仲暗暗得意：“傻瓜，中计了。”

齐军到了楚国边界，楚王发表抗议照会：“齐国在北海，我楚国在南海，你齐国的母牛母马要搞对象，满天下乱跑找公牛公马，也跑不到我楚国来，你齐国人难道还不如牛马吗？怎么一个猛子就扎到我南海来了？”管仲却不理会楚国的辱骂，反而批判楚国，引经据典，振振有词：“《禹贡》上明明写着：‘厥土上下下错，厥贡苞茅橘柚。’你楚国就该向天子进贡这些东西。橘子柚子不进贡也就算了，那东西保鲜期太短，但你不进贡苞茅，导致天子祭祀都没有过滤酒糟的筛子，你罪过还小吗？”楚王一听释然了：“哦，这点事。我知罪了，你回去吧，贡品随后就到。”齐国不战而屈楚国，回来顺路还把蔡国给灭了。管仲做事都是这样举重若轻，牵羊的时候顺手一头牛，终于把天下诸侯聚拢在一堆，由齐桓公当了二十多年的诸侯霸主。管仲这只锥子，被桓公装进口袋，冒出锐利的尖，把诸侯和蛮夷们扎得鲜血淋漓，鬼哭狼嚎。

管仲建立这么大的功业，全由鲍叔牙的举荐，他知恩。这天鲍叔牙病了，眼见没几天活头的人了，管仲便绝食，预备跟鲍叔一起死，宁戚劝他“节哀”，何况鲍叔牙还没死，连“节哀”也还得再过一会儿。管仲说：“生我者父母，知我者鲍叔，士为知己者死，马为知己者良，鲍叔要是死了，天下再没有理解我的人了，我还能活吗？所以我也得死。”所幸鲍叔牙后来活转来了，于是管仲继续做丞相，齐桓公继续抄起袖子，“垂拱”当诸侯霸主。

晏婴·君臣逗

齐景公爱玩，丞相晏婴爱说，出口必是圣贤教诲，叨咕得景公心乱如麻，又没法革他的职，因为晏婴很能干。晏婴虽然不让景公出去玩，但也不让景公累着，什么事都处置得井井有条。景公趁晏婴不注意，带着几个小太监悄悄奔南山，南山坡上迎春花正开得热烈，一派鼠兔走、鸟雀喧，动画世界的景象。景公让随从拿出预备好的食物，在向阳坡上开起野餐会，吃着吃着，阳光暖暖的使人燥热，景公脱了衣服晒日光浴，一阵温柔的睡意袭来，景公躺在绿茵毯上有节奏地打着轻鼾。嘴里还叼着“周村大烧饼”。太监开始还撑着不敢睡，但眼前这景色太美好了，不睡都对不起这大好春光和无边风景，渐渐地眼睛也睁不开，山坡上歪歪斜斜地一片倒下去。山上的鸟雀鼠兔看这一伙生物嘴不尖牙不利，爪子也没有弯钩针，山坡上追逐奔跑笨笨的，其中一个胖大的家伙褪了毛皮，白白胖胖好肥的肉啊，老虎狮子一定喜欢，不过这里没有老虎狮子，小动物们仔细研究景公肥硕的身体，终于明白人类全是这般模样，他们的“毛皮”就是一层花花绿绿的布。现在正是春天，所以这胖老头就蜕皮，可是别的人类怎么没有蜕皮的迹象？不研究蜕皮问题了，胖老头嘴里的烧饼应该很好吃，大家你一口他一口地咬那烧饼，景公虽然睡着了，那烧饼却咬得紧，小动物们围在景公嘴的周围，熙熙攘攘。

忽然一声嚷！“主公！”鼠兔鸟雀们惊慌四散，景公惊醒，睁开眼却看见晏婴，从童话世界一下子跌到平凡人间，景公又恢复成道貌岸然的主公，一本正经地打起官腔，上班期间溜出来玩，被晏婴抓了现行，很没面子的事，那就先下手为强，抓主动权：“晏婴！你怎么如此慌张，你看看，鞋帮开了裂，还用藤条绑着，衣服一条一缕的，这还是衣服吗？你说你这还是衣服吗？有身份的人，这么不注意仪表！”晏婴说：“好赖我还穿着衣服……”景公忽然觉悟到自己几乎一丝不挂，慌忙喊道：“转过去！转过去！”太监们也早就醒了，七手八脚帮景公穿好衣服，大胖子又恢复成威仪棣棣的景公，重新教训晏婴：“我说晏婴，这么惊慌，有什么要紧事吗？”晏婴禀奏：“主公一连十七天不上班，大家心急如焚，以为主公遭遇不测。”景公故作镇定：“我不上班，不上班有不上班的道理，齐国多大一点？朝廷那么多的人管理着，还用我事必躬亲？接待外宾有子羽，文艺演出有子游，侦察审判有子几，工资分配有巫贤，再有什么事，你们商量着做去，啥事都找我，你们想累死我吗？你知道这支歌吧：脑壳清爽，四肢坚强，办事漂亮！我呢，就是他们的脑壳，他们，就是我的四肢，我要做的事，他们全都替我做好了！”一阵疾风暴雨，轰击得晏婴像个孩子似的哇哇大哭，哭得景公倒是摸不着门，在晏婴哭的间隙问他：“哭啥子？”说像个孩子，那就真的像个孩子，晏婴哭得抽抽搭搭：“子羽呀，子游呀，子几呀，巫贤呀，你们死得好惨哪！”景公断喝道：“侏儒！红口白牙，咒人死，不怕报应！”晏婴停止哭泣，正色道：“那些个四肢，没有脑袋已经十七天，还能不死？”他还留下潜台词呢：主公的四肢没了，剩下一个光秃秃的脑袋加上一个光秃秃的胸腹腔，还能是活着的吗？景公思索有顷，吩咐道：“起驾，回宫！”

齐桓公时候，朝堂一派死寂，因为桓公深谋远虑，整天想心事，眉头皱起两三条深深的纹路，显得比实际年龄老了十几岁。管仲深思熟虑，整天琢磨着拿哪个小国开刀，以维持齐国的霸主地位，所以大家视上班为畏途，每天磨磨蹭蹭不想来开会。景公时候，景公爱玩，晏婴爱讲笑话，笑话的主题永远是主公的胖，每次讲他的胖都有新内容，君臣熙熙而乐，朝堂一片和谐气氛。大臣们都喜欢上班，逢节假日，大家失魂落魄，急切地盼望假期快点结束。那次之所以要找到景公，是因为景公不在朝，晏婴的段子没有目的物，就不可乐了。现在景公回来了，朝堂又恢复了往日的欢乐气氛。

景公爱玩是天性，压抑一阵子心里又痒，谋划着离宫出走，而且已经成行。这次不但带着几个小太监，还邀请后宫佳丽若干人，准备在旅游风景区草地上举行豪华午餐，还带着画家，让他把草地上的午餐画下来，参加国际画展。一伙人避开晏婴那敏锐的眼睛，出了东门奔大路，马蹄嘚嘚，车轮滚滚，一路烟尘望不见了——这是景公的美梦，既是梦，就不会成真，再美的梦也终究是梦。他的车子刚刚出宫门，就被一个流浪汉拦住了。这个流浪汉叫刖跪，怎么叫这么个名字，因为他站不起来，只能跪着走路，为什么站不起来呢，原来他曾经犯了重罪，被处以“刖刑”。这刖跪握着一块大石头，扑到车子前，抱住马的一条腿猛砸，无辜的马儿被砸，大怒，一个后踹把刖跪踹出去几丈远，刖跪爬起来指着景公一阵暴风骤雨：“你冶游成性，你玩物丧志，你荒废朝政，你……你不配当我的主公！”

出游计划泡汤，景公把自己关在后宫，一连几天不上朝，大家都很着急，推举晏婴进宫摸情况，晏婴向后宫的一个老成太监打探消息，太监如此这般——不上朝了。晏婴心里乐开了花，这下子主公的笑话素材就更丰富啦！进门看见景公围着大被窝，眼睛直勾勾盯着地面，垂头丧气八成得了抑郁症。晏婴憋住笑，给主公问安，然后委婉地询问为什么这么多天不上朝，景公说：“我活不起了，我没脸见人了！我的马被刖跪追着打，刖跪还骂我当他的君主不够格。晏婴你说说，我好歹也是一个夕阳武士啊，被一个受过重刑的人这么严重地折辱，上班，我还上啥班啊，我这正研究怎么自杀痛苦比较少些，烧炭还是抹脖子。”晏婴说：“恭喜主公，贺喜主公！一个刑余之人都敢给主公提意见，您宽容，您圣明，主公您的光辉形象高大圆满天下人都要仰视您哪！走遍各国，哪个国君享受过这样至高无上的荣耀？”景公说：“是吗？真、的、吗？那啥——走，上班去！”不一会儿，朝堂上又传来欢快的笑声。

信陵君（上）· 窃符救赵

魏国自魏文子正式成为魏文侯，六世至安釐王。安釐王的弟弟魏无忌，封于信陵，人称“信陵君”。战国时期养士蔚为风气，信陵君魏无忌、平原君赵胜、孟尝君田文、春申君黄歇，号称“养士四大公子”，信陵君又为四大公子之首。

信陵君与哥哥安釐王下棋，忽然北方传来消息，赵国军队入寇，边境告急！魏王急忙传令，召集大臣们紧急开会，商议对策。信陵君安坐不动：“别传令，不用开会，下棋吧。”魏王着急：“我知道这局棋你略微占优，可是形势危急，就算你胜了，开会！”公子却不急：“放心吧，那是军事演习。下棋。”魏王虽然坐下来，开会的指令也没发出去，可哪有心思下棋呢，局面被他走得乱七八糟。第二拨消息传来：“不是赵军入寇，是赵王举行的军事演习。”魏王已经推枰认输，但是心有不甘，公子的情报咋那么准确？“你怎么知道赵王军演？”信陵君有点得意忘形，凡是成功人士都有这个毛病：“我在赵国内部安插了深喉，赵王有什么动静，都会及时告诉我。赵王在我眼前，透明人！”魏王继续大惊，这回吃惊是为自己：公子这么厉害，我很危险哩！

其实哪有什么深喉，他所谓“深喉”就是他的姐姐。姐姐嫁到赵国，平原君是他姐夫，恰巧信陵君这几天没事，到姐姐家玩几天，闲聊时姐姐说赵王这几天要举办大规模军事演习。为什么说到这件事呢？姐姐是当笑话说的，实战演习，森林里的野兽不够用，管事的花钱买家畜，放到森林里冒充野兽，姐姐嘲笑说，家畜能当野兽用吗，它不逃跑，见到人就亲亲热热凑过来，这演习还有啥意义？

其实赵国用不着这么费劲地组织军演，实战还忙不过来呢。长平之战，赵国兵力大部折损在战场，国家空虚，秦大军围邯郸。赵王扫全境，得十万人，交给廉颇，让他保卫邯郸，保卫赵国。赵国形势，危如累卵。

赵王向魏国求救。最可能救赵国的，就是魏国，魏国距离最近，在当时实力最强，魏国与赵国关系密切，王族间又长期联姻，安釐王安能坐视姐姐遭难？发兵十万，大将晋鄙率领，昼夜兼程，解救邯郸之围。

秦王和秦军当然想到东方各国间的军事联盟，见招拆招，他要破坏这种联盟。秦王向各国尤其向魏国发照会："你敢救赵，我灭赵后，下一个就是你！"姐姐重要，但是魏国和我更重要，安釐王派使团带着"虎符"，命令晋鄙立即停止进军，原地待命。晋鄙合符无误，驻军邺城，听任邯郸告急文书络绎于道路。

邯郸随时可能陷落，信陵君敦请魏王下令进军，安釐王惧怕秦军，不敢下令，宾客辩士喋喋不休，万般鼓励请求引诱，都无效，安釐王说："我现在救赵，将来谁救我？"他认定这回赵国在劫难逃了。信陵君召集门下宾客能战斗的，连同自己的仆人佃户等等，拼凑了十几辆战车，投入邯郸战场。这点兵力约等于无，公子当然知道有去无回，他要和姐姐死在一块，证明自己没有抛弃骨肉同胞。

可怜巴巴的公子"军队"北上救赵，经过东门，东门看大门的侯生，是公子的好朋友，公子向他诀别："我和我的这些人，都回不来了，最后再看你一眼吧。"侯生说："是吗，那太遗憾了，可惜我很老了，不能跟你一起去。"信陵君走出几里路，越想越不对劲，我对侯生，没有失礼的地方吧？生离死别，他怎么这冷淡？不行，得回去问问，不能死前还有难解之谜。

再见到侯生，侯生笑了："我知道你一定会回来的。就你这千把人，投入秦军这只猛虎，还不够它塞牙缝的，你是想知道在这生死关头，我怎么如此冷漠。我都替你谋划好了，其实跟谋划没什么关系，都是自己经营的结果。晋鄙停留在邺城，没有魏王的指令，绝对不会去救赵，魏王是什么，魏王就是一只简单的虎符，只要虎符在手，就等于魏王在发号施令。”信陵君若有所思：“难道说，你要伪造一只虎符？”侯生又笑了：“多亏公子高贵风雅，居然有这个想法，我是那种弄虚作假的人吗？我们要的一定是真的虎符。”信陵君想不出怎样才能搞到真的虎符，虎符一直藏在魏王的密室里，属于最高级别的国家秘密。侯生说：“如姬，公子记得吧？”信陵君说：“好像记得吧？她是哪国人？”信陵君帮助过的人实在太多，他记不得如姬其人。原来，如姬是魏王的宠姬，她的父亲被仇家杀害，如姬请求魏王为它报仇，魏王开动国家机器寻觅，那仇家却人间蒸发了。如姬向公子哭诉这件憋屈事，公子慨然允诺，不久，公子的人提着如姬仇家的人头向公子交差。如姬一直在找机会答谢公子。现在，魏王的内室只有如姬能进，可以取得魏王的虎符。侯生说：“公子把自己的困境告诉如姬，如姬即使肝脑涂地，也会盗得虎符给公子。”果然，如姬如愿盗得虎符，信陵君手持虎符，心里有了底。但是侯生说，还不行，晋鄙忠心耿耿，人又精明得可怕，突然看见公子带着虎符命令他解职回都城，肯定起疑。如果顺利交接果然好，如果晋鄙不服从，请朱亥当场砸死，朱亥袖子里藏着四十斤的大铁锤，现在就跟着公子出发。约莫公子到晋鄙军中，夺得晋鄙的军权，我将在都城自杀向魏王谢罪。

驰驱到晋鄙军中，公子向晋鄙宣布：“奉大王命令，军队交与信陵君魏无忌。”晋鄙合符无误，正待交接，忽然道：“不对，就凭你这一个人，一句话，我不能把军队交给你！”话音未落，朱亥一铁锤，晋鄙应声倒地，信陵君宣布：“晋鄙勾结秦军，我奉王命诛杀，全军立刻开拔！”展示虎符，全军立刻归信陵君指挥，北上救赵。平原君也从楚国搬得十万救兵，魏楚联军打败秦军，邯郸解围。

此时，侯生在都城大梁自杀。

信陵君（下）· 门客

公子与门客，是利益共同体，也是命运共同体。长平之战前，廉颇被解职，门客们纷纷离去，家里门可罗雀；长平之战后，廉颇再度被赵王起用，门客们又全都回来了。廉颇怨愤不已，其中一个门客说："心态放平和些嘛。我们做门客的，为的一口饭，你在位，我们就有饭，你不在位，我们就没饭，没饭了，我们还在你家，等着饿死吗？"但公子和门客也不乏道义之交，信陵君与侯生，就是这样的交情。

侯嬴七十岁，为了生计，还在大梁城东门听差，信陵君知道侯生不是一般人，重金聘请他做门客，侯生却说，我洁身自爱，不受尘埃几十年，接受了公子的钱财，与我的原则可就冲突了。不受钱财，吃饭总可以吧，公子大宴宾客，亲自驾车去请侯生。侯生穿着破旧的工作服，大模大样地一屁股坐在车的左边，根本不谦让，车左，应该是尊贵者坐的。公子手握缰绳，恭恭敬敬地当起了侯生的车夫。走到半路，侯生又说，你驾车拐个弯吧，我的一个朋友在菜市场卖肉，我去看看他。公子七拐八拐，走到乱哄哄的菜市场，破烂市突然闯进一辆超级豪华版格格不入的大轿车，引来众人围观，侯生下车找到朱亥，朱亥说："啥事？""没事。""没事领这么个秧子货乱逛。"大梁人把那些衣着光鲜又无所事事的人称作秧子货，表示轻蔑。侯生说："我考验考验他。我这把老骨头，也该有个合适的地方安排。"侯生这时候就坚定了捐躯的心志，但还不能确定为谁献上这把老骨头。

侯生有一搭没一搭地与朱亥闲聊，公子家的宾客们还在等公子开席，按常理，公子现在应该非常着急：不能让那么多尊贵的客人等一个看大门的更夫啊。可是公子脸上非常平静，人们只看见恭敬，一点也没有焦躁和不耐烦。侯生的考验结束，再度上车，宴会终于可以开席啦！一派花团锦簇中，一位油渍麻花的“工作服”昂然为主宾，一座大惊，公子向大家介绍这位神秘的“主宾”，大家知道他叫侯嬴，东门退休延聘的守门人。

侯生告诉公子，那位朱亥，是一位十分杰出的人士，隐居在市井，我可以引荐和公子认识。信陵君多次看望朱亥，送他礼物，但是朱亥从来不道谢。

信陵君暴力夺晋鄙军，虽然不是谋反，情景类同谋反，可以算作谋反，所以不敢回国，指令一个将军，带着军队回去，自己定居在邯郸。赵王打算封给信陵君五座城，信陵君很得意，一位智者对他说：“君子，他人对我有恩，我时刻铭记；我对他人有恩，尽可能忘却。您杀将夺军救赵国，对赵国，您有恩；对魏国，你却有过。因此接受赵国的封地，这与卖国求荣有什么区别吗？”信陵君醒悟，不受封地，魏安釐王念公子夺军出于救人心切，把他的封地还给他，仍然尊他为信陵君。

赵国有两位处士，毛公和薛公，一个职业拳击手，一个开店卖酒的小本生意人，信陵君想见这两个人，请人预先打个招呼，两人都说：“跟他谈什么？我们说的他不懂，他说的我们不感兴趣！”藏起来不见，信陵君挨家挨户去找，终于找到了，三言两语，毛公薛公说：“天下豪杰，舍魏公子其谁！”平原君获悉信陵君正在同毛公薛公谈学问，一脸悲伤地对夫人说：“我以为信陵君英雄天下无双，没想到他跟那些赌棍酒徒混在一起，贵族！身份呢？”夫人说：“毛公是拳击手，哪里是赌徒？”平原君说：“有什么区别吗？”夫妻赌气闹别扭，不知怎的就传出来了，故事的主角一定最后知道自己的故事，信陵君命令手下：“收拾东西，回大梁！我以为平原君当代豪杰，所以为了平原君，宁可伤害魏王，谁知平原君招揽士人都是装样子的。毛公薛公两位处士，我在大梁就仰慕他们的名声，唯恐他们认为我资格不够，不屑于与我交游，平原君却说同他们交游损害了贵族的面子，这样的贵族，罢了罢了！”信陵君带着自己的门客风风火火出邯郸奔大梁，平原君涕泗交流拉着马缰绳道歉。信陵君是留下了，平原君的门客却纷纷离开平原投奔信陵，邯郸信陵君的府邸成为天下士聚合的中心。

信陵君在赵十年。秦频繁出兵攻击魏国，魏王苦不堪言，知道只有信陵君可以抗击秦军，派使臣来赵国，说不追究杀晋鄙的事，快回来领军救魏国吧！信陵君不相信魏王的许诺，坚决不回国，魏王的使者徘徊在魏国赵国之间，既不敢回魏国，又不敢来赵国。信陵君的门客不敢奉劝公子，都聚集在大门外彷徨无所之。毛公薛公胸有成竹，来见信陵君："公子之所以在赵国要雨得雨，要风得风，诸侯仰慕，万众倾心，在于公子背后是强大的魏国。现在秦攻击魏国，形势急迫，公子却铁石心肠，置之不理，如果秦军攻破大梁，魏祖先的宗庙坟墓被秦人捣毁，公子……”毛公薛公话还没说完，公子腾地站起来，大叫："收拾东西，回大梁！”魏安釐王见到信陵君，犹如苦难中见到了大救星，兄弟抱头痛哭，安釐王授公子上将军印，统领全军，抗击秦军。信陵君派出使者遍告诸侯。诸侯得知信陵君就任魏国上将军，都向魏国派出援军。信陵君率各国联军大破秦军，乘胜追击秦军至函谷关，压制秦兵不敢出关，此时信陵君威震天下。

秦王打不过信陵君，决定使阴招，重金寻求晋鄙原来的门客，让他们在魏王面前说信陵君的坏话，使离间计。晋鄙门客向魏王透露“消息”，说各国一致同意废黜魏王，改立信陵君。今天说明天说，说得安釐王疑心丛生，渐渐削夺信陵君的兵权，最后撤换了信陵君。信陵君从此不上班，每天花天酒地，与宾客作长夜饮，醉生梦死，不知朝夕。如是四年，信陵君死，士君子时代落幕。

商鞅（上）· 变法图强

魏国的丞相公叔座病重，魏惠王来探视，一阵寒暄以后，惠王问："公叔先生万一有个好歹，不能上班，咱们魏国，你看谁能主持这个领导班子？"公叔座早就想提拔一个人，但是人事问题太敏感，紧慢没找到机会说，现在是最后一个机会了，赶快向国君推荐。这人姓公孙，名鞅，本是卫国国君的一个公子，大家习惯叫他卫鞅。卫鞅从小学习刑名法术，为人深谋远虑，极有心机的，但现在只是一个小官，太屈才。听到惠王的询问，公叔座说："公孙鞅。这个年轻人前途不可限量，他一只手可以举得起大魏国，大王千万别小瞧他，快把国家大权交给他吧，魏国的复兴壮大就在此人。"惠王不搭腔，却把话题岔开："公叔先生，你这病没啥大事，调养是第一位的。有人给我一个偏方，治你这病忒对症，来前我还反复看了好几遍，咋就忘了呢？你先歇着啊，我回去取……"公叔座拉住国王："大王稍等。"便把随从都赶走，只剩下这一君一臣，公叔座还不放心，挣扎着爬起来，里里外外查了个遍，才说："大王不用他，也可以，但是，必须把这小子宰掉，留着他，早晚是个祸害。"惠王答道："杀一个公孙鞅，那还不容易，公孙先生放心吧，我一切按照你说的办。"便招呼："伙计们，套车，咱们取药方去！"一路马蹄嘚嘚嘚，没影了，留下公叔座在那儿捯气。

公叔座打起精神，招来了卫鞅："小鞅啊，刚才大王要我推荐继承人，我说你。"公孙鞅倒身下拜："知我者公叔先生也！""可是大王没言语。”公孙鞅又下拜：“国君虽不用，公孙先生大恩不能忘。”“我又说，如果魏国不用你，也不要让别的国王用，所以应该把你除掉。”公孙鞅第三次下拜：“我的前途来自公叔先生，先生如何处置，鞅死而无憾。”“这回国王很爽快地答应了，他说：‘好。’你看，他说‘好’了，你的处境很危险呢，快点逃命去吧，跑得慢了，非被国王的卫队抓住不可。你可别怪罪我，我是先为公，后为私，公私不能两全，我就得为了魏国牺牲你啦。”公叔座的做法真怪，把自己先举荐后谋杀这一档子事，一股脑儿说给公孙鞅。听了老先生的话，公孙鞅应该登时跳上病榻，掐住那老东西的脖子：“去死吧！”先送他过奈何桥，然后收拾毛巾牙刷，带几张钞票，哦，银两，到国外比如韩国赵国申请政治避难。但公孙鞅不，公孙鞅服侍公叔座躺得安稳，看老先生气喘得匀了，从容地说：“您推荐我做丞相，大王不听，您建议把我宰掉，大王就听了？放心休息吧，公叔大人，好好睡一觉，俗话说，噩梦醒来是早晨啦。明天早晨，我肯定活着过来给您请安。”便叫：“小的们，备马！”跨上马嘚嘚嘚，他也走了。

惠王告别公叔座，回到王宫，思绪联翩，主要是惋惜公叔座。想从前公叔先生何等贤明，现而今，连起码的事理都糊里糊涂，叫我把这么大一个国家交给一个毛头小伙子，难道我是昏君吗？左右异口同声：“您不昏，您是尧舜再世！”不昏不庸的惠王不用卫鞅，也不杀卫鞅。不久，公叔座死，卫鞅在魏国失去靠山，他获知秦国正在招贤，于是远赴秦国应聘，很偶然的机会认识了朝廷的一位太监景某，而景监恰是秦孝公的心腹。景监向秦孝公热情推荐卫鞅，孝公看景监的情面，说：“我可以跟他谈谈。”

卫鞅见孝公，卫鞅跟他谈最高深的哲学。他说，哲学是人的终极学问，富有哲学修养的人，不但政治成就可与三皇五帝比肩，而且长寿，比如黄帝。黄帝政治纯粹，他本人还成仙升天了。还讲哲学显示自己有学问，一生二二生三三生万物，万物负阴而抱阳……孝公瞌睡好一阵，醒来听卫鞅还在讲，接着又睡。好不容易会见结束，秦孝公叫来景监大骂：“你推荐的什么人啊！他说的是人话吗？”景监很没面子，转头责备卫鞅：

“行不行啊你，害得我好惨。”卫鞅说：“初次见面，我总得像个学者吧。”五天后，卫鞅又来求景监引见，景监说：“就这一次了啊，我为这事担多大的风险呢。”

秦孝公继位以来，对于国势颓败十分忧虑，山东各国变法革新，发展迅猛，对秦国虎视眈眈，尤其是魏国，吴起变法，国势强劲，对秦国步步紧逼，把河西地区全都夺走了。遥想穆公时期，山东各国谁敢这样张狂？他要学山东各国的变法，招揽山东人才，这位卫鞅虽然说话玄虚的成分不小，但两次接见，发现这人的思维非常缜密，言语坚定，行事干练。第一次讲上古帝道，第二次讲王道，他肯定还有霸道要讲，我很想听听他讲霸道。几天后，孝公对景监说：“你请来的那位客人，他叫卫鞅是不是，还在秦国吗？”景监大喜：“还在还在，大王的意思是？”孝公说：“你再安排一次见面，我对他讲霸道更感兴趣。”

又会面了，孝公听卫鞅讲话，不知不觉向卫鞅靠近，听得入迷，完全离开自己的坐席，还不知道。一连几天，孝公睁开眼睛就叫：“请卫鞅来，我要听他讲道理！”景监问卫鞅：“你都讲了些啥？我们君上五迷三道的。”卫鞅说：“我不讲帝道，不讲王道，也不讲霸道，我只讲让秦国几年内富强起来的强国之道。”

孝公任用卫鞅，在秦国实行全面的改革，改革方案极为简单，分户、开界、奖功、惩过，四项而已，关键在实行。卫鞅命人在城南门树立一根三丈长的木杆，公布：谁把这根杆子移至北门，奖励十两银子。这道指令太荒唐，移一根木杆十两银子，这么轻松？阴谋！不敢动。卫鞅发布第二道命令：“移至北门，奖励五十两。”诱惑力实在太大，终于有人挺身而出，如约移走木杆到北门。他如约，官府也如约，奖励白银五十两。马上，国家颁布法令，变法全面铺开。

有转移木杆这件事作为先例，民众对变法的内容完全信从，知道国家和主持变法的卫鞅言出法随，一切遵从法律法令。但是秦国的贵族一向散漫惯了，不能忍受这些严刑苛法，怨声载道。特别是太子，故意违反卫鞅的法令，挑战变法。卫鞅坚持古训：“王子犯法，与庶民同罪。”冒着被孝公处死的危险，果断判处太子受刑。不过，未来的君主不可能亲自受刑，这项处罚由太子的师傅们承当，公子虔受杖责，公孙贾被刺面。几年后，太子又犯法，卫鞅再次处罚公子虔，施以更严重的劓刑。师傅受刑，等同于太子受刑，太子悲愤难抑，默默地等待时机。

变法使秦国迅速强大起来，强大的秦国主攻首选目标是魏。卫鞅率军攻魏，魏派公子卬迎战，卫鞅与公子卬是老相识，卫鞅以“杀熟”的手段欺骗捉获公子卬，收复了河西地，并压迫魏国迁都大梁。魏惠王为当初没有听从公叔座的建议而悔断肝肠。

卫鞅功绩卓著，秦国封他为商君，世称商鞅。

商鞅（下）· 作法自毙

商鞅厉行严刑酷法，以户籍制度为纽带，责令居民互相监视检举，一家犯法，十家连坐。不告发犯罪人的，与犯罪人同罪。告发犯罪人的，奖励丰厚。男子成年，不管是否娶妻，必须分家另过。奖励生产和军功，惩罚打架斗殴和游手好闲。王族也按照军功定级，没有建立功绩的，开除出王族。新法推行十年，秦国路不拾遗，盗贼绝迹。取得如此成效，根本在于商鞅执法坚决，不留情面，不留死角。人人畏惧商君之法，说话做事都战战兢兢。最典型的例子是：一些百姓赞扬商君之法，说它利国利民，造福众生，也赞扬商君的英明伟大。商鞅的态度极为粗暴："乱民！国家法令好与不好，是他们可以议论的吗？"下令剥夺这些人的财产，把他们驱逐到蛮夷地区。商鞅认为，百姓只有在法律之下活动的义务，没有议论法律的权利。实际上，商鞅取消了民众的一切权利，只剩下赤裸裸的义务。在商鞅法律统治下的秦国，经济欣欣向荣，军事威武雄壮，但是人民噤如寒蝉。

就在商君炙手可热的时候，赵良与商鞅有一次很深入的谈话，这番谈话的内容，司马迁的《史记》详细记录下来，司马迁认为可以作后世人君人臣的良药。

商君说："我能见到你，是由于孟兰皋的介绍。孟兰皋先生的朋友，一定是高尚的人，希望我们也可以成为好朋友，我可以怎样为您效劳呢？"商鞅的意思，孟兰皋引见赵良，是想给他谋个差事。但是赵良似乎不领情，东说孔子，西说孔子，然后说："我是来帮助你的。"商鞅自尊心很受伤，教导赵良说："在秦国，都是我帮人。听您的意思，好像不很喜欢我治理秦国的方式？我告诉您，我是怎么治理秦国的。当初，秦国的习俗和戎狄一样，男女老少同居一室。如今我改变了秦国的教化，使他们分居而住，礼仪教化，向东方精神文明看齐。改建扩建宫室殿堂，与东方物质文明看齐。您看我治理秦国，与五羖大夫比，我敢说，不遑多让！"赵良说："千人之诺诺，不如一士之谔谔。武王谔谔以昌，殷纣默默以亡。我希望您有武王的圣明和雅量，允许我把话说完，要治罪，也等我说完再治，能答应我这个要求吗？"商鞅有点尴尬，赵良显然是在讽刺他任意罗织人罪，但还是镇定地说："不好听的话一定是药，好听的话一定是毒。在下诚恳拜受唯恐不及，哪能对先生不恭敬？"

赵良说："刚才您说到五羖大夫。五羖大夫，是楚国的乡下人。听说秦穆公贤明，就想去拜见，但没有路费，就把自己卖给秦国人，可是没机会见到秦穆公，只好破衣烂衫地给人家养牛，最低微的打工族。一年以后，秦穆公发现了他，直接提升他到朝廷任高官，迅速擢升为宰相。他出任秦相的六七年，讨伐郑国，出兵救楚，先后三次拥立晋国的国君。在境内施行德化。四方蛮夷国家前来朝见。由余也舍弃在西戎的高位主动投靠。秦任用由余，得以称霸西戎。

"五羖大夫出任秦的丞相，不坐车，不打伞，徒步走遍全国，为的是体察民情，没有仪仗队，没有前呼后拥的随从，这样深入国家的边边角角，国家什么事情能瞒得过他？他的功名载入史册，传于后世。死时，秦国不论男女都痛哭流涕，连小孩子都停止娱乐，他们是由衷地悲伤。这叫德化，五羖大夫原来是德行完备的君子。

"至于您，您得以见到秦王，因秦王宠臣景监推荐介绍，您的来路就不正派了吧？景监一个弄臣，境界卑下，君子不齿，却是您的恩人。五羖大夫职业低微，但人家不贱，您能和他相比吗？而且，您身为秦国国相，不为百姓造福，却大肆营建厅堂馆所，亭台楼阁，这些东西，只是为了满足权力者的贪婪欲望，吸取百姓的血汗。跟五羖大夫摩顶放踵利天下的精神境界比起来，您不觉得惭愧吗？怎么自认为强过他？

“用严刑酷法残害百姓，这是为社会积累怨愤、为自己积攒仇恨。对百姓，是教化，还是命令，这可以研究讨论，但您干脆取消教化，凡事都以强制命令去推广执行。国家需要法律，需要强制权威，但国家也需要人性，需要在人之间建立和谐的社会关系。可是您除了法律法令，再没有别的了。您这样把百姓变成泯灭理性和情感的劳动工具，这样的人，与禽兽有什么区别？公子虔闭门不出，已经八年了，他想的什么您知道吗？我想您是知道的，所以您每次出门，后边必定跟着几十辆车子，用身强力壮、全副武装的卫士做警卫，前有戈，后有矛，左有盾，右有牌。这些防卫缺少一样，您必定不敢出门。这样的生活，您还觉得很精彩吗？您的荣华富贵，就像早晨的露珠，转瞬之间就会消失在阳光下。

“所以，我就是来帮助您的。您及时奉劝秦王，重用隐居山林的贤才，全国赡养老人，抚育孤儿，尊崇有德之士，重拾人类的博爱之心，秦国才能进入彬彬有序的良性循环。您自己，最好的办法是把封地交还秦王，到偏僻荒远的乡下，播种五谷，浇园种菜，这样才可以确保平安，健康长寿。不然，一旦秦王不在了，秦国想要杀你的人，一下子就会站出来成千上万。”

商君默默地听完了赵良的话，啥也没说，挥挥手，赵良走了。

五个月之后，秦孝公去世，太子即位，为秦惠王。公子虔等诬告商君要造反，商君逃跑到边境关口，想住旅店。旅店的主人跟他要身份证，国家明文规定，住店必须有证件，否则店主要被治罪。商君却没有身份证，因为他是丞相，用不到那东西，可是店主坚持必须有那东西。商君仰天长叹：“我商鞅，作法自毙啊！”逃到魏国，他为欺骗公子卬的事，已经伤透了魏国人的心，魏国人把商君送还秦国。商君在困兽之斗中战死，被秦惠王车裂，随后全家被族灭。

范雎 · 咸鱼翻身

魏国的丞相魏齐派须贾大夫访问齐国，须贾带了自己的门客范雎装门面。须贾忙着谈判，范雎也没闲着，他忙着吃请。范雎是大名士，齐国人又向来好客，不但吃，还满载齐国的土特产而归，须贾看了嫉妒，心里酸得不行：我是访问团团长，啥待遇没有，他可倒好，凭什么——不用说，一定是把国家机密出卖给了齐国人，换得如此礼遇！光是怀疑也还罢了，他竟把怀疑的东西当作真实发生的事件，“如实地”向丞相魏齐汇报。魏齐也是一个不会动脑筋的家伙，一个门客，能掌握多少国家机密？他大怒，便开宴会。这是他的习惯，每当要杀人，他就开宴会。

宴会的主题只有一个，审问范雎。范雎自然没啥可招认的，但魏齐火暴脾气，并不听范雎申辩，打得范雎一息也不存，老魏还不解气，把范雎扔到厕所，指示与会人员每人往他身上撒一泡尿，羞辱他，然后大家再入席，边吃饭边讨论如何处置叛徒范雎的尸体，肢解呢还是喂狗，或者肢解了再喂狗。不料等他们再来时，那范雎却没了，一个死死的范雎，说没就没了？很蹊跷，但魏齐并不在意，因为这范雎已是一条死咸鱼，咸鱼扔到汪洋大海，也翻不了身。

但是没过多久，秦国便一步紧一步地压迫魏国，根据确切情报，秦国新宰相张禄对魏国特别仇恨，盯住魏国不放，攻势凌厉。张禄丞相是谁？没听说过，是个新人，这就好办事，魏齐决定使用中国人最擅长的手段——疏通关系。他派人到秦国求见丞相张禄，送上厚礼，让张禄抬一抬手宽恕魏国。这次还是派须贾，须贾带着豪华礼品，径直送到秦国丞相府，可是张禄丞相根本不接见，一车礼品送不出去，须贾每天望着丞相府叹气。

须贾被困在咸阳，像一只丧家狐狸在街上乱窜，可巧就碰见了范雎。看范雎衣衫褴褛、困顿不堪的模样，须贾有了同是天涯沦落人的感觉，又想到从前向魏齐打小报告，害得范雎“死”去，如今虽然活来，但看那狼狈样，跟死去也差不了许多。便招待他吃饭，还把自己的一件棉袍子送给范雎，让他御寒。谈话中范雎得知须贾为见丞相而不得的巨大烦恼，就说：“不要紧，我现在的主人，跟张禄丞相很熟，我本人也碰巧见过丞相几回，算有点私交，我送你去丞相府吧。”须贾喜出望外，兴冲冲随着范雎奔了丞相府，也没仔细想一想，范雎既然跟丞相那么熟悉，怎么混得连一件棉袄都穿不上？不过须贾正在兴奋的时刻，没想那么多，何况，这须贾原本智商就不很高，要不然怎么会无缘无故诬陷范雎。

老范进门通报，让须贾在门外等，等了七八顿饭的工夫，还不见声响，须贾便往最坏处想：一定是张丞相怪范雎多事，把他逮捕下狱，或者已经砍头了也说不定。老范，都是我连累了你啊！泪珠簌簌地落下来，便攒起胆子问门卫：“范叔进去这许久，怎么还不出来？”门卫倒也和气：“什么范叔？谁是范叔？”“就是带我来的那个人啊，他是魏国人，在秦国打零工呢，名叫范雎，字叔。”门卫就变了脸：“呀呸！掌嘴！那是我们尊敬的张丞相！”须贾听到“张丞相”三字，立刻瘫倒在大门口，就像庖丁解过的那头牛，骨头全没了。这时大门洞开，须贾却进不得，他站不起来，只得一步步跪爬进去。见范雎即张禄巍然高坐，目光如炬，刺得须贾缩成一团小刺猬，想打个招呼都开口不得。范雎却口似悬河，历数须贾和魏齐的罪行。须贾想，咸鱼翻身了，我的死期也就到了。既然免不了一死，便不再害怕，腿杆挺了挺，居然站了起来。不料范雎结束演讲后补充了一句：“看你赠我一件棉袍子的分上，免你一死，你赶快回魏国，让魏王把魏齐的头送来，不然，我就血洗大梁！”须贾得了赦令，抱头而去。

范雎是魏国人，由于在国内受了委屈，逃到敌对国家，反过来带兵打魏国，这事做着可能挺解气，但听着别扭，琢磨着怎么都像“汉奸”的心肠。恨须贾恨魏齐，必欲置之死地，也还有情可原，但声称要血洗自己国家的首都，因个人恩怨让全国人民来殉葬，这无论如何是太过分了。秦国灭亡山东六国，有三个关键人物，先是商鞅使秦国自身富强，最后李斯使用暗杀手段制止六国的反抗，中间阶段的范雎制定“远交近攻”政策，逐步蚕食六国，是为“三杰”。范雎为什么对六国如此仇恨？不是为了实现周公、孔子的“大一统”，他仅仅为了报复魏国当初对他的不公正。但魏国对他不公正的也只有魏齐、须贾两个人，而须贾对他有赠袍之恩，魏齐只是一时受蒙蔽，是无意的过失，范雎却要赶尽杀绝。

须贾回到大梁，向魏王和丞相魏齐汇报，魏王眼睛盯着魏齐，魏齐说：“我还是走吧。”流亡到赵国，住在平原君家，秦发兵急攻赵，赵王发兵包围平原君府邸，要割下魏齐的头献秦免灾，平原君大怒：“魏齐急难时投奔我，我们不能落井下石！”和魏齐一起冲出包围，在邯郸郊外茫然四顾，天下之大，没有魏齐的一处安身之地，战国时代的两位豪杰，在旷野中落泪四行。平原君说，还是回魏国吧，求信陵君收留。信陵君闻报，犹豫不决，收留秦国的通缉犯，担心招来秦军的灭顶攻势，问门客：“平原君为人如何？”门客气愤怒对信陵君之问：“为人如何！平原君舍下家业，跟随魏齐流亡，你说他为人如何？”信陵君大惭，大摆车驾，到郊外迎接魏齐与平原君。可魏齐久等信陵君不来，知道公子左右为难，决定以死保全国家，挥剑自刎。魏王向张禄即范雎献上魏齐的头，秦军撤退。

范雎入秦，向秦王献“远交近攻”四个方略。秦国凭这个战略方针，迅速打开局面，山东六国再也没有组织起一次像样的合纵。范雎说，远方的国家燕齐，与秦国不接壤，与他们确立友好关系，他们自认为很安全，对合纵自然不感兴趣。周边的韩赵魏楚，也笼络较强的赵魏楚，集中攻韩，赵魏楚认为自身安全，救韩得罪秦，所以坐视韩亡而不救。同样的步骤，在其他国家再重复一遍，周边国家相继入秦成为郡县，最后再到边远的燕齐。范雎之后，秦王嬴政和李斯完全遵照范雎的战略，最后完成天下一统。

郑国·无心插柳

郑国不是国，他是一个人，水利专家，任职韩国水利工程师，专职水利设施建设。

韩昭侯号称精明，申不害为兄求职，被他一顿忽悠，说掌权者不可以利用权力谋私，他自己却滥用权力谋一己之利。昭侯二十五年，韩国大旱，饥荒严重，以致人相食，昭侯却想起来修建自己的大宫殿，还为自己建造许多别墅。韩国的强盛时期很短促，昭侯之后，韩国和燕国的国君互相尊称王，于是韩国有宣惠王。

宣惠王时，秦对六国的优势已经相当明显，六国中最恐慌的是韩国，因为韩最弱，又紧邻秦国，秦国要吞并六国，最先被害的一定是韩国。宣惠王每天像热锅上的蚂蚁，绞尽脑汁想办法，一只蚂蚁的脑汁能有多少，况且蚂蚁有没有脑子都不好下结论，总之，宣惠王绞脑汁的结果出来了：拖住秦国，拖穷它，拖死它，叫它出不了函谷关！

似乎老天也青睐宣惠王，韩国的劲敌秦昭王死了，这是个好消息，秦昭王在位五十六年，可把人害苦了，六国人民切齿痛恨秦昭王，他这一死，各国都有了生机。韩国最高兴，宣惠王亲自来吊唁，穿上最高等级的丧服，痛哭于秦昭王的棺木前。嘴咧着，嗓子号着，眼泪流着，心里却狂喜。其他参加丧礼的各国代表，心情也都差不多，所以秦昭王的丧礼庄严隆重，还隐藏着热烈。

好事情接二连三，孝文王十月即位，第二年三月就死了，秦国连着死两个国王，上天要灭亡它的征兆啊，那时候要是有鞭炮，山东六国的鞭炮一定会制造三月不息的大雾霾。庄襄王即位，六国人静悄悄地等着，等着啥，心照不宣，因为天下人都知道，庄襄王身体极其虚弱……第三年，好消息到底来了：秦庄襄王死了！四年死三王，天不灭秦都不好意思吧？韩国彻底放心了，这要是有鞭炮……

但是，六国的兴奋很快就被冷水浇灭，虽然秦国连丧，对六国的攻势却没有减弱，庄襄王死，嬴政即位，秦王嬴政很年轻，但是野心勃勃，更智慧超常，身边又有老谋深算的宰相吕不韦，秦国对东方的攻势反倒越发凌厉，看来上天完全没有亡秦的意思，宣惠王叹息一声，天靠不住，要自保，还得人谋啊。

宣惠王被称为“惠”，也是有根据的，惠的含义，一是说无能，无能就不会给人制造麻烦，不制造麻烦不就等于施惠于人民了吗？一是说有智慧，韩宣惠王的惠是第二种，他有智慧，而且是绕着弯弯的大智慧。他拖住秦国的谋略就是，游说秦国建设一项浩大的工程，这项工程一定是个无底洞，投多少钱下去都看不见，一旦开建就停不下来。这是什么工程？当然是水利工程了，他召来郑国，如此这般，计议一番。

秦王嬴政即位不久，从韩国来了一位水利专家，叫郑国，自称曾在韩国中央任职，因为韩国穷，离职来秦国，想发点小财。这种情况极平常，各国间人才流动频繁，哪里待遇好就奔哪里，秦国最富庶，所以各国才能之士来秦如过江之鲫。秦王问郑国：“先生能为我做点什么事情呢？”郑国说：“开渠。”一听开渠，秦王眼睛一亮，秦国水旱严重，旱就旱死，涝就涝死，尤其泾河，水多时不见对岸，水少时一条细线。早就该变水害为水利，引泾河水浇灌渭北平原。渭北平原太高，渭水上不去，如果从泾河挖一条水渠，与渭水平行，等于在渭北平原顺势开挖无数的自流井，关中大地就旱涝保收。这个工程师来得太及时了，“在哪里开渠？”郑国道：“在泾河瓠口，开挖一条渠，抵达洛水，与渭水平行，渭河谷地旱涝保收。”秦王心里一阵阵发抖，这是人吗？明明活神仙啊，不但想的跟我一样，讲的话也跟我一样。秦王哆哆嗦嗦地问：“瓠口开挖引水口，泾河枯水期无水可引，怎么解决?”他心里很担心郑国说出“拦水坝”这个词，如果郑国连这个都和他一致，他就把郑国打出去：魔鬼就堂堂正正地承认魔鬼，冒充什么水利专家呢。秦王听见自己的心脏在突突突地跳，要是没有衣服挡着，就跳出来在地上滚了。郑国郑重其事地说了三个字：“拦水坝。”秦王带着自己的心脏——也许是心脏带着他呢，搞不清了——从席子上跳起来，手指郑国：“你，你，你——”但他舍不得把这个‘魔鬼’打出去，激动了一会儿，说：“你说得太好啦!”任用郑国为总设计师和总工程师，修筑拦水坝，同时开挖引水渠。水渠修成，就以“郑国”命名，等于为这个水利专家树立一座纪功碑。

现在郑国的心情很矛盾了。一方面，他是韩国的间谍，专职来破坏秦国的国民经济，以拖垮秦国为最后目标；另一方面，他是秦国的水利工程师，以完成一项工程为最高目标。“最高”和“最后”两个小人，在郑国的头脑里不断地打架，把郑国打得焦头烂额。就说拦水坝吧，郑国设计大坝长一百丈，这没问题，但他设计宽三十丈，就太夸张，助手说，不要这么宽吧，浪费，十五丈足够了。郑国斩钉截铁：“夏季洪水，泾河两岸，不辨牛马，十五丈，泥捏的一样!”大坝的坝心黏土，就近取的不行，必须到几十里外的山上取五彩黏土，说那种土黏性更大，不含微生物，而且有一种特殊的味道，老鼠害怕这种味道，碰见就躲，不会在它旁边打洞，大坝永不会出现“管涌”。大坝护坡加固的石料，郑国要求长宽高统一规格，每一面都精雕细刻，每一块都是精美的工艺品。

郑国这些反常的举动终于引起了秦王的注意。大坝护坡的石块，只起辅助作用，保护泥土不散，不被冲刷，统一规格，还在上面雕花纹，有必要吗?更玄的是六面都雕花纹，正面花纹还可以说为了美观，其他五面的花纹，你怎么解释?郑国说：“我不解释。”不解释，就是承认，间谍大罪，处决是当然的了。郑国说：“工程进行到一多半，我要死了，没人能完成，太可惜，让我完成它吧。”郑国说的实话，他不怕死，他来时就没打算活着回韩国，所以才明目张胆肆无忌惮地消耗秦国的人力物力。但是手里的工程没完，就像生孩子生到一半，突然不让生了，这是工程师独有的痛苦，秦王体会不到。但是秦王知道利害关系，处死郑国，留下这个超级大烂尾？郑国继续当他的总设计师和总工程师。这回郑国只有一个身份，头脑里再没有两个小人打架，一心一意修他的“郑国渠”。

十年后，郑国渠工程告竣，水渠全长三百公里，灌溉面积一百三十万亩，关中平原顿成沃野，从此无凶年，“疲秦”的工程产生了“强秦”的结果，这是韩宣惠王、秦王和郑国都没有预料到的。

李斯·鼠世界

楚国上蔡地方的一个居民小区，一个细细幺幺的孩子叫李斯，他太细了，一个指头都能戳翻，小区的大人都嘱咐自己的孩子："别跟李斯玩啊，他被风吹走了咱们可找不回来，沾包。"李斯没有伙伴，只好跟猫啊狗啊的套近乎，可是狗见了李斯只是一声"汪"，表示不屑；猫见了李斯只是一声"喵"，拉开距离。等而下之，李斯只得与老鼠结盟。老鼠鬼头鬼脑，每次出门都抬起两只小手算账兼算卦，抖抖索索地算计半天，算定这个小孩子没有危险。老鼠算卦不算未知，只算已知，比方他们能算出猫曾经来过这里，算不出猫会不会还来这里。说没有危险，是因为它算出李斯被猫拒绝过。这就好，哲人说过，凡是敌人反对的，我们就要拥护，于是少年李斯和老鼠成了莫逆。他两个讨论了很严肃的社会学问题，老鼠给李斯以深刻的启发。多年以后，人们问李斯与老鼠交谈的事是否属实，李斯喟然而叹："成年人的思想和眼界，完全不能理解儿童世界的广阔伟大和不可思议！"等于默认了与老鼠的这段交情。

李斯和一位仓鼠过从甚密，无话不谈。这位仓先生皮毛光亮，体格壮健，没事就梳理毛发，涂油打蜡忙活个没完。见面时李斯习惯性地问候仓先生："吃饭了没？"仓先生前两次还礼貌地答应着，"吃过了"，"没吃呢"，到第三次就忍无可忍了："我们整天都在吃饭，你得用进行时态问我，不能用过去时态，你应该这样说：'吃着呢？'明白了吗？"被仓鼠抢白一顿，李斯很没面子，但是听仓鼠说整天都在吃饭，就由不满转成羡慕：仓鼠就是好啊，不为吃饭发愁。

仓先生说："既然说到吃饭，我就跟你说说吃饭，我们吃饭饮食品种丰富，花色齐全，美味佳肴，随要随到，身边就是大仓库，取之不竭呢。"李斯说："再多，也不过是豆麦稻粱，能吃出什么花样？"仓先生也是个吃货，说到吃就分外兴奋："豆分十几个部位，分割了上席，豆瓣是辅餐，助消化的；豆壳每次嚼一点点，帮助肠胃蠕动；豆胚芽是最好的下酒菜，一盘胚芽很贵的呢，原料不要钱，主要是费工夫。稻麦做主餐，麦皮最好吃，味道好极啦，从麦粒上把它们整下来很不容易。麦粒前段吃了发胖，后段吃了减肥，中段吃了不发胖也不见瘦，大家都爱吃中段，但是总有鼠身体变轻变重，所以整个麦粒都不会浪费，我们吃饭的餐桌，虽然是流水席，却总是干干净净的。仓库的主人一点也看不出来。""看出来，你们就倒霉了是吧？""绝对不是，仓库主人知道我们一家，还给我们每个鼠取了名字。"李斯很奇怪，有这样的人鼠和谐的事？仓先生的话使他相信这是真的："人们为什么恨老鼠？不是我们吃饭太讲究了，让他们嫉妒，而是老鼠随便拉屎撒尿，把整仓的粮食都污染了，对吧？如果我们有固定的厕所，人们还在乎老鼠分吃他们几粒米吗？""固定厕所？你们有厕所？"仓先生得意扬扬："彩陶的，分男厕女厕。仓库主人每天来清洗打扫，还熏香呢。"

说到厕所，李斯有点内急，急忙找厕所，跨进门，一只老鼠慌忙逃窜，门被李斯挡着，老鼠急得爬墙，爬几下掉下来，才发现来人是李斯，仍然气喘吁吁，累的加上吓的："可吓死我了，这一阵有好几伙人来如厕，一顿饭也吃不消停。"李斯听它说吃饭，在厕所，胃里一阵恶心，看这只厕鼠，毛稀疏灰暗，几处皮肤裸露，四肢细弱，不停地发抖，躲闪畏葸，目光游移不定，李斯说话的兴致一点也没有了："哦，厕先生，您请便。"

得到老鼠的启示，李斯收拾行李，远赴赵国，投到荀卿门下，成了荀子的门生。他远远来赵国读书，就是要解决老鼠问题：同样是老鼠，差距为什么如此之大。不仅仅是待遇，鼠的着装、体态、语言、表情，几乎是两个鼠世界。鼠如此，人的生存何尝不是这样。人的基础素质，其实差不多，同学少年，到后来天差地远，原因就在于占住的地方。仓鼠占住仓库，厕鼠委身厕所，如果仓鼠厕鼠换一下位置，不用几天，它们的一切也都会随之彻底改变。老鼠问题就是李斯自己的问题，他要找到自己占住的位置，跟仓鼠一样豪华尊贵，避免沦落为厕鼠。仓鼠厕鼠，谁规定？谁分配？李斯认为，没有谁规定和分配，完全是老鼠自己努力，我李斯，就是要当一只光辉灿烂的仓鼠！

荀卿断言人性本恶，这话说得直接些，就是认定世上都是恶人。人们出于恶的本性，损人利己，杀人越货，都是本性使然，偶尔表现得善良，肯定也是作伪，欺世盗名，借以获得更大的利益。因此，为政者必须以敌对的态度治理国民，核心任务是防止国民作奸犯科，树立各种规矩，编制各种严密的法网，一旦违反规矩，就用严刑酷法镇压威慑。李斯后来伙同始皇帝搞焚书坑儒大屠杀，制定“挟书律”，无限制征伐苦力，开展全国“督责”，都不是心理正常的政治家能做出来的，根本原因在于他认为他人不是人。即使算是人，也肯定都是坏人。

李斯带着从老鼠家里学得的选择学理论和从荀卿的学校炼成的冷酷的心，来到秦国，成为秦王的心腹重臣，因为秦王的心思与李斯不谋而合，虽然秦王没有和老鼠对话，也没有见过荀子，但是善良之心五光十色，刻毒之心却只有一种颜色，就是灰暗阴霾，所以，几乎所有的暴君都有一样的思路历程：仇恨民众。所有的助纣恶臣的行为也极其相似：恶恶相济，唯利是从。

助纣臣李斯精明强干，秦成为大帝国，李斯厥功至伟，于是位极人臣，做“仓鼠”的理想实现了。但是荀卿教导的话也时刻在耳边回响：“物禁大盛。”李斯家的仓鼠能长治久安，因为它们不伤害别人，始皇帝和李斯，灭国害人，屠戮苍生，视生命如草芥，借此取得所谓“大盛”的成功，与败亡只有一线之隔。事实证明，他能做到仓鼠，但是不知道怎么做成仓鼠。

贤者列传

比干·七窍心

比干离开帝辛，辗转反侧，一夜无眠，第二天一早，比干进祖先祠堂，叩拜列祖列宗，也向他们告别："祖先有灵，让我的劝说能有效果，万一无效，小子将身首异处，不能进祖庙，就此，最后一次向祖先叩拜，原谅小子不孝无能。"

比干向帝辛的宫殿走去，步伐坚定，他今天的劝说肯定是最后一次，再没有机会了。帝辛已经十分震怒，他现在应该知难而退，等待时机，可是四境不安，诸侯反叛，周的新西伯姬发，前年发兵，去年发兵，今年肯定还要发兵，今年发兵不会再是演习，一定要实战，我王危殆，帝国危殆。根据情报，去年西伯发兵孟津，八百诸侯响应，听命于我王的诸侯已经没有几个了，帝辛还在都城朝歌醉生梦死，再不讲信修睦，厚养民生，整齐武备，可真就来不及了！

帝辛问："比干，你来什么事？"不再尊他为叔叔。比干是帝辛的嫡亲叔叔，平时帝辛从不叫比干的名字，对比干十分尊敬，最近比干频繁进谏，帝辛厌烦透顶。他以为昨天比干憋了闷气，回家就气死了呢，结果不但没死，还一大早就来了，专门来气我的吧。"你来干什么？如果还是那些鸡毛蒜皮，你立刻回去，我没心思听！"

"我不是来劝你，我来警告你，先王基业就要葬送在你的手里了。我这次要能活着出去，我这番话就是警钟，我要出不去这个大殿，我今天的话就是你的丧钟，对不起，也是我们商帝国的丧钟！"

“给你活下来找借口吧？我倒要听听，你打算怎么活着离开这座宫殿！”

“我就没打算活着离开！”

“行，我今天宽容，你死前可以把话说完。”

比干用一个上午，控诉帝辛的罪行。

“你行为淫邪，崇尚靡靡之音，师涓是郑国的色情艺术家，连郑国都嫌弃他，因为他的作品太淫邪，把他驱逐出境，你却让他做帝国的专职宫廷艺术家。他作的曲子，鸟雀听了都脸红，你却乐此不疲！

“你聚敛粮食，藏在鹿台，那些粮食已经十年，早就化成灰烬，可是天下有饥荒，百姓没有粮食，你却一粒也不准发放。你说为了打仗需要，养兵千日用兵一时，都是军粮。可你养的兵呢？周国军队已经在国境线上集结了，随时可以攻进，你却动员不出一兵一卒！

“你到处建造别墅游乐场，帝国发生饥荒，饿殍千里，你却大量动用民力物力，在各处建造度假别墅。别墅那么多，大多数你一次也没去住过，还要花大钱维修养护，供养大量的服务人员，不知道供养到什么时候。你一天不死，那些别墅就得一天给你留着。

“你宠幸妲己，享乐花样翻新，虚耗帝国财力，建造超级版的酒池肉林，举办超级豪华大宴会，每次宴会宾客多达三千人。妲己荒淫无耻，引诱驱赶人们在公园裸体追逐，人伦和天良丧尽。你和妲己在旁乐不可支！

“九侯的女儿不喜欢这些淫邪活动，你居然杀了她，这还不算，还要迁怒于九侯，处死九侯仍然不解气，又把他做成肉酱，逐个送给大臣和诸侯，让他们吃下去，如此灭绝人性！鄂侯为九侯争辩几句，你就杀死鄂侯，把他也做成肉酱。你恣意地生杀予夺还有没有底线？”

帝辛仔细听了比干的控诉，也不反驳，也不辩解，只平心静气地说：“说完了？”比干说：“你的罪行，罄竹难书，我也不想再说了，我看出你也没有悔改的打算，我不再对猪弹琴！”

帝辛仍然很和气：“你说的还不算完整，可你没有机会说了，这也不能怪你，你还没见我的这桩新‘罪行’呢，因为这是专门为你准备的。打开！”帝辛一声令下，大殿的侧门缓缓打开，热浪扑面而来，比干立刻被烤得大汗淋漓。原来大殿被帝辛改造成刑罚场，“这叫炮烙，想不想试试？我教你要领。看见这大柱子没？铜的，空心，里面装着半燃烧的木炭，外边堆着正在燃烧的木炭，木炭放在铜板上，铜柱立在铜板中央，你走过去，爬那个铜柱，不爬不行啊，柱子相对凉快些，不过也挺烫的，胸前烫出油那是肯定的，爬不上去吗？对不起，那就只好烧死在铜板上啦！我拿罪徒试验过了，还没有哪个罪徒能爬到顶。这套刑具，是你十分讨厌的狐狸精、我亲爱的妲己发明的。妲己，我的贤内助，来，坐我这儿来。”

妲己不知从哪里钻出来，袅袅婷婷，坐在帝辛的怀里，撒娇道：“帝不要那么残酷了啦，叔叔年纪那么大，怎么能让叔叔爬铜柱呢，赤身露体的，对叔叔多不尊重啊。叔叔，您老人家在朝廷资格最老，大家尊您为圣人，可我听说，圣人的心脏与平常人的心脏可不一样呢，圣人的心脏就是人的面孔复制的啦，也有七窍，我很想见识见识，叔叔开开恩呗？”妲己自己带着刽子手，立刻抓起比干，绑在刑柱上，剖开比干的胸腔，比干大骂昏君妖女，直到死恨声不绝。

商帝国在末年有三贤：帝辛的伯父箕子，叔父比干，长兄微子。三贤在，商不倒。帝辛即位不久，箕子就看出这个侄子将来会成为灾星，他根据帝辛使用象牙筷子推论这货以后必定奢侈无度。比干被帝辛残害，箕子伪装疯癫，躲过一劫。微子是帝辛的异母兄，逃出殷都，藏在封国微。三贤在朝廷消失，帝辛政权灭亡指日可待。

帝辛国无人，上下一片怨声载道，远在西方的周国，武王姬发发动了对商的战争。武王率领各诸侯国军队，一路几乎没有遇到抵抗，顺利攻到帝都朝歌的郊区，帝辛匆忙组织军队，平时没有防备，紧急时刻召集兵员肯定来不及，帝辛把有组织经验的监狱服刑的犯人武装起来，许诺说打败敌人，他们的罪行可以免除，论功行赏，没有功绩的也释放回家。罪徒们想，我们手里有武器，外边有接应，完全可以自己解放自己，何必要走帝辛这一道手续？在前线倒戈，引导周的军队攻入朝歌，帝辛见大势已去，投火自焚，妲己被周王斩首。

伯夷 · 采薇人

武王姬发发兵伐帝辛，队伍雄壮，气势高昂，唱着进行曲："大刀向，商纣的头上砍去，勇敢的战友们，何惧战火纷飞，鲜血淋漓！我们的战功，高扬起那面光辉的战旗！"周国上下不承认帝辛，把他叫"商纣王"。

忽然，从路边扑上来两个老年人，站在大路中央，举着双手叫喊："停！别唱了！"以军规条例，军队出征，除非宿营，脚步断不能停歇，如果外力阻挡——王挡杀王，神挡杀神！何况来历不明的两个老人，踏过去！但武王的军队向称仁义之师，还特别敬老，军中就有一位一百多岁的老人，他是老西伯文王，一座木牌牌，可老文王的精神跟大家在一起的啊，敬老。军队就停下来。长龙要停止，也不是那么容易的事，那么长的队伍，阻断波传到武王，已经半个时辰，忽然，歌不唱了，还停下来，发生了什么情况？遇到商纣王的前锋了吗？这帝辛行动还挺快！过来禀告的阵前先锋说："不是啊大王，有两个老年人，挡住了军队，不让我们过去。"武王说："军令如山，压过去！"先锋说："大王说，爱民如子，杀一平民如杀我父。"武王尴尬地笑道："好好，你们做得对，我去看看。那俩人报了名字没有？""孤竹国的两个老公子，伯夷、叔齐。"武王惊出一身冷汗，多亏先锋镇静不鲁莽，不然，险些害了两位大贤！

伯夷叔齐是商的诸侯国孤竹国的公子，商的同姓家族。孤竹国老王希望第三个儿子叔齐继承王位，但也没有很明确地写遗嘱，当时已经倾向于长子继承，没有遗嘱的话，长子伯夷应该当王。大臣推举伯夷即位，可是伯夷说，父亲的意思很明确，要老三继承王位，我不能违背父亲的遗愿，你们实在要我当，我就走，说走真就走，一走走到遥远的周国地界，追也追不回来。三公子，就是你啦！叔齐说，我大哥那么仁义智慧，都不当国王，我哪好意思当这个王，你们要我当，我也走。而且说走就走，一走走到西周国，跟哥哥胜利会师。两个公子自食其力，在周国过得很舒心。岁月积累，年岁渐长，周国对老年人特别礼遇，请伯夷叔齐住进敬老院，安度晚年。可是现在度不成了，武王居然要发兵征讨帝辛，塌天的事情！

武王见到两位老先生，鞠躬施大礼。虽然没有见过面，但天下谁人不晓两位公子？武王很谦恭地询问，有什么事情指教小王？伯夷说："大王以小犯大！"叔齐说："大王以下欺上。"伯夷又说："父死不葬是为不孝。"叔齐又说："君有难不救是不忠。"武王说："前三句我没意见，但你们说君有难不救，君有什么难？""你举兵攻打商，商君岂不有难？""这个，我没法救他。""你停止进军就是救他，毁家纾难。"武王很失望，伯夷叔齐是天下名头最响亮的大学者，其实不过如此，这番迂腐的忠孝学说，自己还理直气壮，白白嚼舌头根子，耽误这半天工夫。武王不说话，示意两个武士把伯夷叔齐拖开，让出道路。另两个武士也想参与清除这两个"路障"，武王说，不用，老人没啥力气，一个武士对付得了。武士把伯夷叔齐拖到路旁，武王下令："出发！"车轮滚滚，扬尘蔽日，两个武士抓住伯夷叔齐，看着部队走啊走，杀人弑君的武器晃啊晃，两个人像被老鹰抓住的小鸡一样动弹不得，动不得，不等于就不动，他们挣扎，跳脚，还骂人，他们骂人当然很文雅了，"周君姬发，你是个小人"，"弑君者都是乱臣贼子"，"史书上会重重地记上你一笔"。武王在车上想，学者真没用啊，骂人都这么软绵绵没有杀伤力。

武王灭商，天下归于周王一统，改姓姬。伯夷叔齐回到敬老院，左思右想有问题，天下都归姬周家所有，诸侯国虽然不姓姬，但他肯定姓周，走遍天下都是周，那就意味着敬老院的东西也都姓周。看着敬老院按时配送的饭菜，伯夷对叔齐说："这周家的饭碗，我们端还是不端？"叔齐说："哥，听你的。""这碗，咱不能端；这饭，咱也不能吃。现在天下，财是周家财，人是周家人，只有我们俩还是商帝的臣，我们的旗帜不能倒，我们吃了周家饭，这面旗帜也就随着饭碗倒下了。"

弟兄俩悄悄地离开敬老院，漫无目的地走。走过村庄，村庄飘着周的龙虎旗帜；走过码头，码头上的告示栏满满钉着桦树皮，上面写着商帝辛的种种罪行；走过集镇，集镇搬演赞美周武王解民倒悬、铲除暴君纣王的时事剧；走过田垄，田垄上正依照周的度量标准丈量土地，实行均田。弟兄俩离开这滚滚红尘，登上首阳山。万物萌发的季节，首阳山一派欣欣向荣，这里没有周的声音和形象，鸟兽仍旧是商帝国时期的"臣兽"，并不知外界纷纷扰扰。他们看到一种嫩绿的野菜，似乎可食，尝一尝，清香微甜，咽下去，喉咙回味尤其甘美，他们很高兴，把它叫薇菜，寓意自己是卑微的人。他们日日采薇，以河水作伴，依它的节奏唱歌："登彼西山兮，采其薇矣。以暴易暴兮，不知其非矣。神农虞夏，忽焉没兮，我适安归矣？于嗟徂兮，命之衰矣！"

伯夷说，我们很老了，不知道哪天就要死去，采薇度日，其实也在等待那一天。仲夏时节，山上的野果成熟，也足以安慰残生，至于入秋入冬，也不是我们所能安排的。他的意思，大约熬不到冬天的。

可是，他们也没有熬到夏天。薇菜很快就老得不能再做食物，而树上的山杏还青青绿绿，离成熟很有一段时间呢。山上的野兔麋鹿倒不少，也不怎么避人，但他们俩要杀死一头麋鹿和一只兔子，也不是很容易的事，更何况，这些动物那么亲和友善，怎么忍心把它拿来充饥？

伯夷叔齐，各自斜靠着山石，伯夷问："三弟，你后悔吗？"叔齐说："哥，我们俩，这一生追求仁义，现在，我们得到了仁义，有什么后悔的呢？哥，如果有来生，你还当我的哥吧。"伯夷说："嗯，好兄弟，我们上路吧，我腿脚不好，往后，你得扶着我点。"

几天以后，人们发现这两位大贤，他们倚山石坐着，神态安详。

介子推·割股啖君

重耳少爷周游列国，原以为从狄国到齐国，只有三四天路程，可走啊走，走到“大雁飞过菊花插满头”的季节，还没见着临淄。少爷不知道细水长流过日子的道理，从狄国带来的给养早就三下五除二造没了，只得一根接一根煮牛皮裤腰带，闹得老家伙们提着裤子追着他的车小跑。见一个农夫捧着一团什么东西吃得欢喜，重耳不顾公子身份，伸手乞讨，农夫不吝啬，从地上挖起一团塞给他，重耳迫不及待大展喉咙——呸！土啊！田野农夫劳力者，竟敢戏弄本公子！这一怒，三根筋支起的一颗头便挺然翘然，力气增了两三倍，挥起鞭子便打。狐偃却还有力气挡住鞭子，又向外甥宣扬他的歪理邪说了：“这是授土仪式呢，象征着天下农人都将土地郑重地交给你了，你该郑重接受！”重耳一听，有道理：“舅舅，借您吉言了！”下车跪拜，隆而重之地接受了那块土，又尘土飞扬地走了。农夫在旁边看着这一伙人舞舞扎扎搞什么名堂，虽然腹内无食，还是忍不住笑，其实重耳和狐偃都是误会，那一年中原大旱，颗粒无收，农夫吃的是观音土。

车上装着一块土，终究解决不了吃饭问题，经过这一番折腾，重耳的卡路里格外耗费了好几千，脑袋重又垂下去，三根筋再也支不起，眼见得进气少出气多。大舅狐偃、二舅狐毛只会叫：“你精细着！”手忙脚乱地没了主意，介子推却不言声走开了。过了半个时辰，两只“狐狸”还在那叫，重耳不肯死，可也没有活，介子推一瘸一拐端来一瓦罐热腾腾的肉汤，半死不活的重耳被肉汤引诱得睁开眼睛，咕咚咕咚喝下去，活了。便问肉汤何来，还问大家都有没有得吃。介子推说："打死也不说！"他是不能说，那是他割下大腿上的一块肉煮成的，他不说，是不想让公子背上一个吃人肉的恶名。

等到重耳由公子哥转变为大人物，顽石成了美玉，经历了漫长的十九年，他的舅舅兼导师狐偃却越活越小，成了老小孩，还得重耳转过来哄着他。秦穆公借兵给重耳，让他武力复国。重耳打点行装，一只瓦罐，介子推煮肉汤的那只，重耳说："扔了吧，怪沉的。"一床破棉被，盖了十九年，渔网似的，重耳说："扔了吧，忒寒酸。"一张凉席，剩下半截子，满是毛刺，重耳说："扔了吧，扎得慌。"狐偃脸色铁青，坐在黄河边生闷气，死活不上船："这也扔，那也扔，我们这些老家伙也该扔掉了，忘本哪！"重耳说："舅舅，我说的是东西，没说人，舅舅你们一大伙子跟我这么多年，我怎么会扔了你们呢？""不扔，也快了，眼下就是征候，不就是回国吗？你居然在这件事情上也好面子，胖人白人在队前显摆，瘦人黑人在队尾藏着不让人看见，在队尾，再黑再瘦，也是你的队伍，跟着你南征北战的，你说，你是不是真的想把他们都扔了？"重耳再不是抄起方天画戟要砍掉娘舅的愣头青了，他和颜悦色劝狐偃："家有一老，如有一宝，哪能扔了您呢，舅舅您看！"摘下一只玉佩就扔进壶口瀑布："我如果嫌弃娘舅，就如同这只玉佩一样！"狐偃心疼得哭了："败家子啊！"就要往瀑布底下跳，被人们紧紧地拉住，没跳成，转过身又抱住那一堆破破烂烂瓦罐子脏被子凉席不松手，怕重耳又扔。

重耳当了国君，当然要论功行赏，老家伙们跟随重耳十九年，功劳苦劳大大的有，狐偃、狐毛、赵衰、颠颉、魏武子、司空季子一干人全做了高官，很有一人得道鸡犬升天的意思。不过老家伙绝不是"鸡犬"，他们都是响当当的好汉，贤相良将，晋国的柱石，虽然有老年痴呆的早期症状，还不算严重，大事情上绝不糊涂。那位颠颉，依恃这份功劳，在讨伐曹共公时，顺手把重耳的恩人僖负羁也收拾了，而临行前重耳特别叮嘱他一定要保护这位大恩人的。听说僖负羁一家已死，重耳大怒，要杀颠颉，但又不忍心，便派人去察看。颠颉受了重伤，肋骨断了好几根，肺叶被长矛捅了两个大窟窿，咕嘟嘟直冒血，看国君使者来到，立刻明白什么意思。跳下手术台，用纱布把身体中段缠成木乃伊模样止血，跑到院子里在鞍马上旋转如飞，意犹未尽，又表演了半天立定跳远、撑竿跳高。重耳的想法是：如果他撑不了几天，就干脆杀了他向僖先生谢罪，送个死人情，如果伤不重，就留着。这么深刻的心思，颠颉都懂，他一点也不痴呆。

可是，介子推割下大腿肉给公子吃的功劳，竟被公子忘得干净。刚上任，太忙，关键是，公子成了晋侯，流亡政府的人员纷纷在功劳簿上为自己评功摆好，甲讨得一块饼，乙偷来一棵葱，都记着，都是功劳，现在正是论功行赏的关节，有肉不能埋在饭碗里吃，要让广大群众都知道，至少要让晋侯知道。但介子推借题发挥："重耳公子有天相助，顺利返国当了国君，跟你们这些狗男女有什么关系！贪天之功！"不跟这些"狗男女"们同流合污，根本不去理会那份"功劳簿"。好几天不见介子推来上班，晋侯疑惑，经人提醒，晋侯大叫："哎呀我的妈呀！"亲自带人到介子推家道歉兼请驾，不承想介府已人去屋空，原来介子推没写辞职报告不告而别，一家老小躲进绵山。晋侯重耳痛悔不迭。便叫："搜山！"搜不出，又叫："烧山！"想把介先生烧出来，但介子推宁可烧死，就是不出来。人家没记着你，你去争，争来的荣誉，再大也不光彩。大火熄灭了，介子推仍然不出来，重耳又叫："再搜山！"在烧焦的大柳树下发现同样已被烧焦的介子推。为了纪念介子推，也为了自我检讨，晋文公规定此后烧山这天全国不举火，吃凉饭，叫"寒食节"，绵山也改名"介山"。

这不是杀人灭口吗？把你扔在山里，放火烧你，试试你可有本事走出来？晋文公没有这么愚蠢。实际情况是这样：介子推在朝堂发一顿牢骚，再不上朝。晋文公痛悔不迭，急忙来寻介子推，知道介子推不愿为官，合家躲进绵山隐居去了。绵山绵延几十里，山里的繁荣不比山外差，鸡犬之声相闻，村郭相望，三六九逢墟的。文公就把这一片区域都封给他，绵山改称"介山"。至于"寒食节"，却是因为古人每年开春时分都要断了旧火，钻木取得新火，表示除旧布新一年更化的意思，无关介子推。

蹇叔·眼泪与唾沫

秦侯长了一颗吞并天下的野心，也不是一天两天了，只是晋国的文公太厉害，他把崤山一封锁，秦王就是齐天大圣孙猴子，也翻不过这道关。不过晋文公总有死的时候，他一死……说着说着，晋文公果然就死了。晋国忙着发丧，秦国忙着征兵，明里伐郑国，其实是杀鸡给晋国这只猴子看——郑、晋签有友好同盟互助条约的。动员停当，秦军总司令孟明视和副将西乞术、白乙丙带着十几万大军，直指崤山，风风火火闯九州。士兵高唱战歌："岂曰无衣，与子同袍。王于兴师，修我戈矛。"战友们合穿一件皮袍子，但往下唱就离谱："岂曰无衣，与子同泽。岂曰无衣，与子同裳。"裳，作战皮裙。泽，内裤。多大的内裤，能装下两条壮汉？好奇怪。这话头在"五四"时候引起了很激烈的争论，有一位史学家研究了七七四十九天，写成一篇蝌蚪字论文，他的结论是：总共只有一条内裤，大家轮流穿。

"五四"时候许多事情都很奇怪，怪得叫人没话说。因为打倒了孔夫子，怪力乱神纷纷登场，他们越发说得流畅。他们说，墨子是印度人，是印度的一只黑色的大鸟，墨，黑也，翟，羽也，代指鸟。而大禹肯定是一条虫，禹，拆去大方框，可不就是一个虫字吗。他的父亲无疑是一条鱼。鲧，从鱼从丝，还是家养的一条鱼啦。鱼能生虫吗？专家说：鱼不能生虫吗？鱼卵不就是虫虫吗？但鱼卵真的是虫虫吗？再追问下去，恐怕就没完没了了。

现在还是放下鱼虫问题说秦国出征。秦军总司令孟明视喝了国君敬的一杯壮行酒，浑身是胆雄赳赳，坐在战车中央，在空中打个响鞭，正要喊“出发”，就冲出一位白发老头子，拉住总司令喊“停”，总司令不肯停，跳下战车跟老爷子厮打起来。这也太不像话了，在这庄严神圣的场合！国君喝道：“蹇叔！你住手！”原来他是蹇叔，之所以叫“蹇叔”，因为他是个瘸腿，因为腿脚不便，提前退休。虽然退休，但热心不减，总以为年轻人嘴上没毛办事不牢。国君和孟明视都烦他烦得不行，伐郑这件事就瞒住他老人家，但这么大的事情怎么瞒得住，何况他的小儿子就被征随军。国君叫人拉开蹇叔，解放了总司令。蹇叔还不走，在军中四处踅摸，找到自己的小儿子，要最后看他一眼，哭得眼泪滂沱，最后说：“儿啊，我只看见你跟着国王的军队出发，却看不到你回来了啊，我等着给你收尸吧。”国君实在忍不住了，有这么给军队壮行的吗？揪住老蹇的大鼻子，“呸！”唾沫霰弹般砸向那张老脸，便骂开了：“你个老不死的，你知道你晚死了多少年吗？如果该死的那年你就死翘翘，你坟头的树都该长得合抱粗，劈了烧你这把老骨架子都够了，你不好好地在坟里头待着，还跑出来胡乱说！小的们！把老鬼拉走！”

老鬼被拉走了，总司令终于喊出“出发”，但底气早减了七八分，士兵们蔫了脑袋，“与子同袍”也不唱了。

左丘明挺欣赏蹇叔，说他有先见之明，知道秦军不义之师必败无疑。其实这话总有些牵强。秦国出兵自有他的道理，崤山也不是铜墙铁壁，秦国君臣研究讨论了许久，一个退休的老爷子一句话就给否决了？再说，在誓师大会上，他老爷子这一哭一闹，最轻的罪过是“动摇军心”，严重点就是“谋反叛逆”，应该接受军事法庭审判。那时候，秦、晋两军势均力敌，是天平状态，往一端稍稍放一点东西，就倾斜了，战争就是这么回事。一位很有名的战略家说：“有利的情况和主动的恢复，往往产生于再坚持一下的努力之中。”你支持不住了，敌人也好不到哪儿去，你再坚持一下，敌人就会垮掉。这道理蹇叔不懂，他送给秦军一碗眼泪，就破坏了平衡，使秦军低下去，晋军就高起来。道理明摆着，大军出发时，老爷子直着喉咙喊:“你们都要死啦,你们都要死啦!”军心不涣散,才怪。追究起来,秦军是被蹇叔给哭败哭死的。

本来精神抖擞的秦军被蹇叔哭得垂头丧气,伐郑无功而返,垂头丧气过崤山,被晋军“关门打狗”,十几万大军,“匹马只轮无有还者”,孟明视、西乞术、白乙丙三位将军做了俘虏。蹇叔说:“你看看!不听老人言,吃亏在眼前哪!”秦王便认错,也还他一碗眼泪,哭得跟孟姜女似的。

说秦晋崤山之战的胜负砝码是蹇叔之哭,左丘明坚决不信。他觉得一碗眼泪哪有那么大的分量,何况蹇叔的眼泪未必有一碗那么多。眼泪不拘多少,总有一点分量,一只蝴蝶的翅膀,能扇起多大的风?但它可能引起太平洋大风暴。丢了一只马铁钉,可能就灭了一个王国,这么引申起来,一碗眼泪,分量不轻呢。秦王不追究眼泪的责任,看来秦王也太宽容。

孟明视被释放回到秦国,向秦王请罪。秦王说:“你们没罪,我有罪。”让他继续当元帅。几年以后,孟明视率军故地重征,在崤山大败晋军,安葬从前战死在这里的秦军将士。这回蹇叔没来哭着送行,因为老爷子已经钻进那座该长着合抱树的坟里去了,他倒是想哭,出不来了。也许正因为没有他的哭,秦军才打了胜仗。

眼泪是两碗,唾沫也该成对。崤山歼灭战,晋军统帅先轸得胜回都,先到家洗了脸换了官服,来见国君,顺便问怎么处置老孟三人,也就是问哪天开刀问斩。国君说:“俺娘说啦,秦军全军覆没,秦王恨这三个人,恨不能食肉寝皮。我放他们回去了,等哪天秦国行刑,咱们瞧热闹去。”先轸说:“呸!”晋公就得了个满脸花,但也被呸得清醒:俺娘是秦国人哪。便叫小的们:“快去追!”但孟明视等三人已经上船,孤帆远影碧空尽了。

智者列传

老子（上）· 高端学术

李耳字聃，号“老子”，也叫“老聃”。老子一词的来历，传说李耳娘怀孕八十一年生李耳，这孩子出生就长胡子，所以叫“老子”。这个说法很笨拙，编的人和相信并传播的人都不正经。不说八十一岁的婴儿会多么奇怪，就是老子母亲，让她老人家一百多岁还生孩子，这也不是正经人所能琢磨出来的主意。关于老子的称号，一些知名学者论证说，上古时候李、老同音，所以李子叫老子，老子就是李子，但既然李老同音，为什么舍弃习见的李姓，而取用不是中国姓的老，没道理呀！

老子之所以叫“老子”，因为他的学问。有学问的人，大家叫他某某先生，这个某某，就是他的姓加名，机器猫先生，灰太狼先生，林黛玉先生。学问很高，在很大的范围内称孤道寡，大家叫他某先生，这个某，就是他的姓，名就避讳掉了，表示对这人的尊敬，孔先生，孟先生，墨先生，杨先生。但先生这个词舶来的痕迹太重，中国人很少这么称呼，只是在极端严肃的场合，比如唐雎要刺杀秦王，秦王惶急之时说：“先生息怒，先生坐。”一般情况，先生用“子”代表，孔子，孟子，墨子，杨子。东周时期，天下学问最高深的，当属李耳李先生，按照习惯叫法，该是“李子”，因为李子的名望实在太高，人们认为称呼他的姓，都是不严肃的，也就连“李”也避讳起来，直接叫他“老子”，就是“老先生”。这种习惯一直没有改变，说“老佛爷”，那是指慈禧，“大帅”，一定是张作霖。别的军阀也叫大帅，但必须加上他们的姓以示区别，孙大帅、吴大帅、张大帅，分别指孙传芳、吴佩孚、张宗昌。同理，少帅，也一定专属张学良。

老先生在中央图书馆当馆长，名为图书馆，其实也没有几部书，老先生早就滚瓜烂熟，倒背如流。翻来覆去背诵那几堆竹简，终究有背诵完了又都忘记了的时候，这是老子的奇思妙想，他很想把它们忘掉再重新背诵一回，又不可能办到。但这思路启发了老先生，老子要研究极高深的问题，进入纯思辨的形而上的思考。现代人的学问做得肤浅，主要不是因为现代人浅薄浮躁，重要原因在于现代人发表意见太方便太随便，突然灵光闪烁，立刻写下来，发出去，一点沉淀的机会也没有，这样草率要是能成就学问，那纯属偶然。老子时代要发表一点意见很不容易很不方便，他们那些理论学说不知道在肚里转了几千个轮回，这才写成五千字。

长期背诵那几本书，老子研究有和无，有和无的相互关系叫“道”，道先于“存在”而存在，所以道兼有物质和精神两种属性，道的本质是有和无的总和，它的可感知的部分成为“德”，不可感知的部分叫作“无”。可感知部分和不可感知部分在道的层面怎样分配，也就是德和无各占多大比例，老子说：“不知道。”所以老子是一位不可知论者。老子之后，有人根据他的这通学说绘制了一幅图画太极图，俗称阴阳鱼，这个图把“道”图示为“一”，用一个圆表示，这是可以的，但是把可知部分和不可知部分区别为阴和阳完全相等的两个部分，就不符合老子的意思。老子说：“道可道，非常道，名可名，非常名。”任何真理以及对它们的称述，都不能穷尽它们的本质内涵，人对客观世界的了解认知，永远只是片段。可知世界只有片段可知，不可知世界无，只能用虚或无来笼统称说。

研究到这里，老子决定不再研究这项学问了，不研究是由于他害怕。老子是无神论者，他坚信不存在主宰这个世界的所谓“绝对理念”，不承认有某种精神力量设计安排世界，但是研究哲学到他这个层次，眼前总飘忽着一个似是而非似非而是的影子，它叫“上帝”。说世界从无中产生，还要回到无，这是他的精神精力可以解决的，哲学其实就解释这个问题。但是在这个世界之外又该有什么，又能有什么，究竟什么力量完成这些有和无的存在和运行，似乎非得找到一个无所不能无所不在的力量才行。老子决定摆脱这一系列的魔鬼梦魇，回归社会，研究社会学和伦理学。

俗话说，没有不开张的油盐店。老子在洛阳开讲社会学伦理学，消息不胫而走，有鲁国孔丘千里跋涉，来图书馆求教。孔丘在鲁国是学问大家，已经上升到“子”的层次。孔丘虽然已经是子，但跟老子比起来还那么年轻，于是执弟子礼，献上一捆牛肉干，请老子指点迷津：“老先生您是知道的，这么多年，我一直在宣传人道主义，几乎走遍了除秦国以外的所有国家。但是我遇到一个很尖锐的问题：人道主义有没有边界。有人问我一个很终极的问题，他说，人道主义的核心是爱人，我所爱的人，包括伤害过我的人吗？对伤害过我的人的爱，与一直爱我的人的爱，应该怎样安排，是不是要爱爱我的人多一些，爱伤害过我的人的爱少一些，如果这样区别，是不是爱就分了等级和层次，不再是纯粹的爱了。换一个说法，有人打了我，我还爱他吗？如果爱他，是不是在他打了我的左脸之后，把右脸也伸过去请他打，让我的脸左右一起肿避免失衡，也让对方不至于看见我的脸左右不对称而心理失衡。他这个问题困扰我很久了，请老先生开示。”

老子沉吟须臾，说：“和大怨，必有余怨；报怨以德，安可以为善？人道主义是一种理论，不是实践，就是说说而已啦。试图把人道主义这个理论实践化的人，不是疯子，就是傻子。或者兼而有之的半吊子。至于你说的左脸右脸，那不是受虐狂，就是孱头懦夫。不敢跟人家对打，就找借口说是仁者爱人！”

孔子回答：“敬受教！”辞别老子，登上马车隆隆而去，“以直报怨，以德报德”的儒家人道主义从此诞生。

老子（下）· 听证会

老子在中央图书馆当馆长，兼职研究哲学。他说，物质世界从“无”产生，从“无”到“有”，“有”最后还要归于“无”。由这种思绪，很快就能推导出宇宙大爆炸理论。果然，在二十世纪，这理论被斯蒂芬·霍金提出。“有物混成，先天地生，寂兮寥兮，独立而不改，周行而不殆，可以为天下母……大曰逝，逝曰远，远曰反。”逝就是爆炸，远就是膨胀，霍金称之为“红移”，反，就是再度聚合，回归黑洞。

老先生的高深理论、最前沿科学把周天子讲得焦躁，以为地球马上要爆炸：“几时爆炸呢？”老先生拨弄算盘，结果出来了：“还有三十万万年。”周王大怒：“神经病啊你，拿那么久远的事情来唬我！”放倒头便睡。老先生却不管，继续讲：“可怜啊，治理一个小小的周，就把你累成这样，听着这般智慧的学问，居然睡着了。能力有限，身心俱疲，我实在应该跟你换一换，看我是怎样治理天下的。”周王没有完全睡着，迷迷糊糊地还能接上话：“你是怎么个治法呢？”“太容易了！就我，治理一个大国，就像煮一条小鱼，下锅就熟啊。”周王又问：“究竟怎么个治法呢？”“国家要最小，人口要最少，鸡任它叫，狗任它咬。老百姓互相不打扰。他们自己种麦自己磨，自家蒸馍可劲造，三个饱一个倒。不但各级官员不用设置，连诸侯和天子都是多余的，分给他们一块自留地，自己种麦子蒸馍去。”听到这儿，周王一下子睡过去，鼾声大作。但这是假象，他在琢磨怎么收拾这个“野心家”。小国寡民，寡来寡去，他居然想把周天子也给寡掉！

周朝实行广泛就业制度，要开除一个公务员，须征得部门多数人的同意，像老先生这样声名显赫的人，罢他的官，还得召开大范围的听证会。周王把各诸侯国的“学部委员”都召来洛阳，让他们就李耳的去留问题发表意见。无缘无故的，召开听证会，说明什么呢，所有学部委员心里都清楚，那是周王对老先生不满意，想借助学部委员会的手，把老子整下岗。说起来，各国的文化人差不多都是老先生的学生，让学生来开会罢黜老师，周王这步棋看来走错了，学生还能说老师的坏话？果然，听证会开得十分热烈，学部委员们争先恐后地给老师评功摆好：“老师讲课激情迸发，人格魅力大大的有。”“老师的学问做得深厚，天大地大，老师跟天地一般大。”“老师不是人，是神！咱们可真幸运啊，与老师生活在同一时代。”周王却不着急：“讨论这么久，也到了吃饭的时候了，我请大家吃一个工作餐，饭后大家再回到这里投票表决。”餐厅人声鼎沸，学生吃饭时还不忘为老师鸣不平，老子在门外听得热泪滂沱，感慨道：“人间自有真情在。”

投票结果出来了，只有一票赞成老子留任，其余都同意让李耳下岗。这一票，是他的副馆长庚桑楚投的。庚桑楚知道与会者都是投的反对票，如果赞成票是零，不符合老先生“事物没有绝对”这个论断，一辈子的研究成果也就毁了。他不忍心，才投了赞成票。

投票结果对老先生是一个毁灭性的打击。他研究宇宙，却不知人心惟危，周天子深知这一层玄机。当初决定听证会人选时，老先生还扬扬自得，准备会后请学生吃饭答谢。这回饭钱是省了，老先生的工作却丢了，他只得把那几部书即一堆竹简交给门卫，馆长就算是卸任。自己牵着青牛离开洛阳，自寻生路——唯一投留任票的庚桑楚，老先生让他留意照管图书馆的那株石榴树，四月的石榴花正开得红艳。

老先生和青牛一路走啊走，就到了函谷关。函谷关的守卫长官是尹喜，听说德高望重的李耳老师失业了，心生恻隐，决定在这个要塞给老先生安排一份工作，让他当一个守关的志愿兵。当然，老先生已经七十多岁，早已举不起刀枪，推不动滚木礌石，尹喜留他，也就是把他养起来的意思。志愿兵是热门职业，一个萝卜一个坑，为了留住老先生，尹喜还动员一个志愿兵提前复员。从此每天派人在大路口向东打望，等候李耳的到来。

鲁迅说，老子在尹喜处又讲学又著书，都很失败。老子的河南口音，守关的上海人“听弗懂”，要他编讲义，“还是耐自家写子出来末哉。写子出来末，总算弗白嚼蛆一场哉。阿是？”于是写成了《道德经》五千言。

周天子也忒心急了些，等老先生推导出宇宙大爆炸理论，再赶他走，也不迟啊，不然，哪能叫洋鬼子斯蒂芬·霍金独自风光了去？

庄子·化蝶与悟道

说“化蝶”，首先想到梁祝，少男少女化作一对翩翩的蝴蝶，在百花丛中飞啊飞。但庄子一个半大老头子，化作蝴蝶，在树林子里拄着木棍绊绊磕磕地找对象，还长着胡子，谁见过长胡子的蝴蝶？庄周可能也考虑到了群众的容忍度，他不说“化蝶”，他说“梦蝶”。

庄周先生做了一个梦，梦见自己变成了一只蝴蝶，庄氏蝴蝶自由地飞翔，无知无识无烦恼，有吃的就吃一口，没吃的也不觉饿，仍旧兴致盎然跳着华丽的华尔兹，生了孩子也不管，喂养啊教育啊统统不需要，小庄氏蝴蝶自然会飞会找食会谈恋爱。不知过了多长时间，庄氏家庭已经繁荣到了第X代，蝴蝶庄周已经是老太爷，这一阵子瞌睡上来，趴在芭蕉叶上小睡一会儿。蝴蝶老太爷的睡极深沉，还做了梦，梦见自己变成了个庞大的“人”。这人名叫庄周，是宋国蒙地方一个漆园的管理员，业余时间研究哲学，还写了一部书，叫作《南华经》。宋国是个穷地方，蒙地尤其穷，庄周的穷又是蒙城之尤，薪酬低，家口却多，偏偏这么多人每天都要张口吃饭，哪个猴兔崽子欠一口饭没吃饱，就哭闹着不肯上床睡觉。所以庄周自己总是饥肠辘辘，鞋透了底，裤子露了膝盖，老婆每天都数落一顿：“倒霉啊，嫁了你这个没出息的园丁！”庄周想：不要紧，我是蝴蝶，我是蝴蝶，蝴蝶在做梦，一会梦醒了，什么庄周和他凶恶的太太，以及讨厌的猴兔崽子，统统都会不见。为了让自己快点醒转，蝴蝶庄周掐自己大腿，抠自己眼珠子，眼珠抠成了玻璃，但庄周还是庄周，忙忙碌碌的庄周，没恢复成自由自在的蝴蝶，清清楚楚地听到家里那只河东狮子又在吼："老不死的！来数一数米还有几粒了？劈柴呢？"幺娃子也在叫："老爸，我饿！"弄不清自己究竟是蝴蝶还是庄周的"庄周"只得停止掐大腿抠眼珠子，出门研究米和柴。

可是庄老夫子从此迷失了自己，他老人家直到最后时刻也没有把庄周和蝴蝶区分开来，弥留之际，他还以为将死的是庄周或是蝴蝶，他自己还好好地活着，但庄周和蝴蝶都死了，他"自己"又是谁？于是他的哲学就进入玄而又玄的境界，所以庄子之学成为中国古代最玄奥的学问，连最玄的阮籍，最傲的王弼，最妙的嵇康，都站在门外，不知其然，也不知其所以然。

庄周在是庄周不是蝴蝶的时候，就宇宙终极问题持续攻关，得出了惊世骇俗的结论。他说，人生如梦。这话听着这么耳熟，是苏东坡说的，"人生如梦，一樽还酹江月"，李太白也这么说："处世若大梦，胡为劳其生。所以终日醉，颓然卧前楹。"李白、苏东坡都是悟出人生终极真理的智者，得出人生如梦的结论，不但他们自己灰心丧气，读他们的诗词，也被感染了颓废情绪，因为他们设定的应对方式只有一个字：酒。先把自己灌醉了再说。但既然醉了，也就没啥可说的了。庄周的"人生如梦"并不止于此，他的梦是梦中又做梦，梦中梦是派生出来的梦，它在本梦里面，梦中梦醒了，但本梦还没有醒。世上的所谓悟者、智者、看破红尘的人，自以为对世界的理解透彻玲珑，但他们挣破的仅仅是他梦中做的那个梦而已，其实仍然处在梦中。李白、苏轼所谓的顿悟，也是如此。庄周终于不能辨明是庄周做梦变成了蝴蝶呢，还是蝴蝶变成了庄周，于是向世人发问：你们大家，有谁从几重梦中挣脱出来吗？

虽然是在梦中做学问，庄子仍然勤奋，他没有研究来米和柴，只弄来一堆树叶子、白菜根之类，让老婆孩子啃着，犹如喂兔子，自己躲在漆园，倚在漆树下悟道。他悟出了三重道理。

第一宗，万物无差别，"人"自诩为万物的领袖，很瞧不起癞蛤蟆、土鳖、水葫芦之类，其实天地是一个大熔炉，上帝就是一位"炉前工"，材料都是那个材料，无差别，炉前工这么一团弄呢，人；那么一团弄呢，癞蛤蟆，手法略有改变，水葫芦。看起来这些东西差别很大，但是最后他们统统都要“回炉”，恢复他们“材料”的本性，下次炉前工又工作，谁知道，他们将成为什么，很可能人里面有癞蛤蟆，土鳖里面掺和着水葫芦。当下，你我他是“人”，这完全是偶然，既不值得喜，也不值得悲，更没有什么值得骄傲的。

第二宗，人不能与自然对立，不可以试图改变自然。中央帝名叫混沌，没有七窍，南海帝和北海帝想让中央帝也能视听食息，每天在混沌的头上开凿一窍，凿了七天，七窍完成，混沌却死了。这就是“改造自然”“人能胜天”的结果。人总是被利益驱使着，互相攀比，共同对自然疯狂掠夺，凿混沌。一个农夫宁可抱着大瓮，一瓮一瓮地取水灌溉，也不肯使用科学的现代化的水车，因为一旦使用了水车，投机取巧向自然掠夺的欲望就不能停止，天地自然就被凿了七窍，走向死亡。

第三宗，自由只是虚拟的东西。事物越大越自由，几千里长的大鱼和几千里长的大鸟，应该很自由，似乎没有谁限制它们，但是，如果没有水，鱼游不走，如果没有风，鸟飞不起，它们越是巨大，对外力的依赖就越是严重。而小麻雀，一鼓作气就飞上房檐，你能说大鹏的自由大于麻雀，还是麻雀的自由大于大鹏？

蝴蝶梦里的庄子发表如此奇思妙想，叫人灰心丧气，这不是叫人啥也不干，就等着上帝这位炉前工下意识无意识地随机安排吗？不过，这是蝴蝶做梦时的遐想，自由的思绪飞翔，或者，蝴蝶梦搅和着庄周梦，不免混乱。所以，世人仍然追逐名利，继续开凿混沌，掠夺大自然。就连庄子本人，也没有免俗。因为谣传楚王聘请他当丞相，招致楚相惠施的嫉恨打击，全国展开大搜捕。庄子亲自来见惠施说：“一只猫头鹰，手里攥着一只死老鼠，凤凰飞过，猫头鹰冲着凤凰大叫：‘滚开啊，不要抢我的死老鼠！’惠施先生，你跟这只猫头鹰，是不是很像啊。”既然大彻大悟，猫头鹰、死老鼠、凤凰，有差别吗？

庄子在漆树下悟道，由于漆树黏糊糊的，蝴蝶又飞来飞去地捣乱，他那“道”就悟得失去了伦次。早几年，乔达摩·悉达多在菩提树下悟道，一下子就把自己悟成了释迦牟尼，因为他倚着的是菩提树，且没有蝴蝶飞来飞去。

孔子·下岗

农夫怕天旱，陶工怕下雨，打鱼人怕海啸——孔子怕什么？这问题有点怪，但还真被问着了：孔子怕什么？他怕下岗。

孔子就没上过几天岗，最长的在岗时间也只有三个月，任鲁国的司寇，其余大部分时间是带着一帮学生，东跑西颠地发求职信、面试。面试不合格，就对学生发脾气。他的学生冉求、宰予早就在大军阀季孙氏的公馆谋到了好差事，孔子觉得很没面子，三天两头把二人叫过来狠剋一顿："你们替季孙氏搜刮民财，想把鲁国人民都饿死吗？"学生当然知道老师在为啥事不开心，便不作声，恭恭敬敬把老师的骂人话写在裤腰带上。古人的裤腰带用布做成，特别长，系在腰上一圈，还富余二尺半，从腰际垂下来，直达脚面，发怒时一脚踢去，这一段腰带便飞起搭在肩上，就胜利了。踢不起来或搭得不准，遮了脸，蒙了头，都算失败，只得落荒而逃。这把式现在京剧"走边"还在用。不打架时，裤腰带就当笔记本用，遇有重要的事或某人说了闪光的话，就记下来。孔子说话总是很闪光的，所以他的学生总是忙忙地"书诸绅"："见贤思齐""岁寒知松柏之后凋""三人行必有我师""温故知新"。亏得学生们勤奋忠诚，后人才见到这么深刻的议论。现在孔子骂人，冉求、宰予为了让孔子高兴，也郑重其事地记下来，所以现在《论语》中孔子的粗话还真不少：他骂宰予是"臭大粪"，骂子路"乡巴佬"，骂少年朋友原壤是"老不死的贼"，因为原壤挡了他的路："不要挡我的路啊！"用手杖狠敲他的大腿。都是失业下岗闹的。

学生樊迟见老师凄惶得很，就提议："咱们闲着也是闲着，您领着我们种稻谷吧。或者种蔬菜，市面上苤蓝正卖得好……"孔子骂得更狠了："下流胚啊，樊须，我哪是你的老师，你才是我的老师，想出这般好主意！我肩不能挑担，手不能提篮，让我跟蓝领农业工人混在一起，面朝黄土背朝天？凭我的资历，顶不济也是个白领！没有岗可上，我宁可不上，不能坏了读书人的名声！"樊迟噤了口。孔子还在那儿絮叨："耕也馁在其中，学也禄在其中。君子行仁义，全国人民都会拖家带口来投奔，还用自己下田干活？"樊迟背后嘀咕："来那么多人，还有许多裹尿布的，拿什么给他们吃？老师分明是发神经了。"

经过无数次面试，孔子还是不能上岗，他决定办个"贵族学校"，招收几个学生。今天的贵族学校往死里收费，不把家长宰破产不罢休，孔子的收费却宽松，让家长"看着给"，底线是一小捆牛肉干。但要面子的贵族们谁好意思把孩子和一捆牛肉干等价交给老师呢，于是孔子的生计渐渐好起来，而且有牛肉干嚼着，便不很骂人。从前不行，从前他办平民学校，学生特别穷，颜渊死了，他的父亲颜路还强烈要求孔子把车子卖了，给颜渊买棺材。孔子不干："我是贵族唉，怎么能没有车！还叫我老头子去挤公交车吗？"

孔子的学校规模不大，编制简单，校长、教导长、总务长、教师全由他一人兼任，但是小有小的好处，就是可以按照自己的思路制订教学计划，可以充分实现自己的教学意志。果然，孔子在教学过程中创建了自己的理论体系，这个体系主要是伦理学方面的，核心是仁和孝。仁是什么，孔子说，仁者爱人，以仁爱之心看待世上一切人，这是世界上最早的普世价值观，成为后世先进国家立国立政的根本，也是后来宗教学说的核心部分。一个小孩子无中生有，他必须感谢赋予他生命的父母，在大的框架内，子女是父母的私有财产。子女不会这么认为，但父母坚持这么认为，两者都能接受的纽带，就是孝。通过恭敬和孝顺，让亲子关系亲密融洽，国家再通过一系列关于孝的政策调控比如丁忧守孝三年等措施，使孝这种感情行为常态化，天下都是孝子，孝子必然是忠臣，所以孝对于维护国家和谐稳定有精神指导意义。在仁和孝的基础上布设礼的规范，在礼的框架内充实法的精神，仁孝礼法，互补互成，国家机器就会良性运转。

这些学说和思想，都来自孔子的课堂教学。这些说法很早就生长在孔子的心中，但一直不很明确，他的想法和说法也不系统，但是讲课之前漫长的准备过程中，这些思想逐渐系统化。而且，孔子实行创造性教学，很多想法来自他讲课中的灵光闪烁，每次上课对他来说都是艺术表演，学生的提问和质疑也激活了他的思路，他说“教学相长”就是自己长期教学实践的闪光总结。

但是民办学校也不是纯粹自己说了算，国家要检查教学质量的。年末，国君派一位督学，背靠背考察孔子的教学质量，就是召集孔子课程班上一些学生，作为学生代表召开座谈会，请他们谈谈孔子的教学究竟怎么样，好还是不好，由此决定下个年度允不允许他接着办贵族学校。

孔子怕天怕地怕神灵，就是不怕教学质量评估，他知道自己的水平有多高，还知道自己有无数的粉丝，他就盼望这一天呢，他还担心学生的发言太踊跃，督学来不及听得仔细，埋没了他的成绩。

座谈会极其沉闷，无人发言。

督学不断启发：孔夫子的讲课，难道没有一点可取之处吗？想想，仔细再想想。

终于，子路站起来，毕竟他是孔子最宠爱的学生，年龄又最大，觉得有义务发表一点意见。子路说：“老师学识渊博，老人家伦理学课程讲得天下一级棒，己所不欲，勿施于人，知之为知之，不知为不知，是知也。不过呢，夫子上课，很多学生在睡觉……”

督学说：“你别说了，散会！”第二天，孔子肩背着他那薄薄的行囊，踏上再次求职的漫漫征途。

孔子走遍天下找工作，终于未能如愿，最后还是自己创造了上岗机会，开一间贵族学校。说是贵族学校，来求学的主要还是平民，孔子说“有教无类”，就是不限制入学资格，至于他为什么不叫平民学校呢，因为国家规定，平民不能办学校，教育权只能属于贵族们。学校办成了，由于教学质量评估没达标，孔子再次被迫下岗。可是历史的诡异在于，下岗教师孔子制定的教学方略，被历代的教育者遵守着，纷纷要求孔子到他们那上岗——接受孔子思想的熏陶。思想界、文学界、教育界纷纷请孔子当“家”。皇帝还封孔子为“大成至圣文宣王”，虽然是“素王”，没有领地，却世世不替。中国的皇室、王室多如恒河沙，却纷纷消失于历史长河，孔家却二千五百年显赫于中华。孔家这一上岗，就再也不下来了。

但也不全对，洪秀全在半疯半不疯之间对人说，他在“转天”时，皇上帝“爷火华”指示他杀尽妖魔，第一个应该被杀的就是孔子。孔子磕头求饶，皇上帝发布特赦令，准予不死，但永远不准下界害民。这是疯话，但洪秀全在他的统治区打击孔子却是极认真的，“五四”时候要砸烂孔家店，也有逼孔子再下岗的意思。不过，“五四”反孔子，主要在文化上，并不包含人身攻击，虽然冷酷，但毕竟文明。“文革”时“破四旧”，北京一个进修生谭某，带着大队人马破孔庙，挖孔坟，口号是“斩草除根”，孔子和他的后代遭受了前所未有的凌辱，他彻底下岗了。

孟子（上）· 伪君子

齐宣王最近被一件事情苦恼着，便请孟子来开心锁。孟子是一位开“锁”大师，专会对人进行心理治疗，善于把死人说活，但也善于把活人说死，在论文中布下陷阱叫人往里跳。宣王的苦恼源自一头将奉献全部鲜血给新铸成的大钟的牛。

一天，宣王正在殿上读文件，左来右去地搬竹简，见一头牛被人牵着，穿过正殿往后殿去。“后殿”其实是厨房，进了厨房的牛羊，下场可想而知。后世人们读到《孟子》这一节，总要发疑问：后边厨房前边朝堂，杀鸡宰牛都要穿过正殿，国王太没品位了吧？试想，康熙皇帝正在审问吴三桂，厨师从外头买一条鱼回来：“主子，一条童子鱼，一斤六两，三两银子，您看行吗？”康熙说：“这么贵，也没跟他讲讲价？”厨子说：“讲了，可那人特死性，一个子儿也不落。”康熙说：“那就这样吧，小心别把苦胆弄破了。”厨子说：“您瞧好吧！”穿过大殿奔后堂。你说这吴三桂还怎么审？康熙皇帝那时的确不这么寒酸，但倒退许多年，帝与王们确实这么寒酸，直到汉文帝时候，他的“未央宫”还是茅草苫顶，门帘也是用碎布头拼成的。再往古，帝王简直就是受罪。尧是一个王，但活干得比别人多，饭吃得比别人少，累得他人比黄花瘦，实在撑不住了，求许由来接替，许由说：“我去洗洗耳朵。”这一洗就不再回来。又去找巢父，巢父连话都没说，就到树上做窝，跟短尾猴睡在一块。实在没辙了，才抓了舜这个老实疙瘩。但老实人也不好欺负，作为交换条件，尧爷把女儿嫁给舜，嫁一个不行，得娥皇女英一块儿嫁。

那头牛也看见了齐宣王，不知怎的，它觉得这个头上戴着几大串琥珀珠子的家伙好面熟，见了熟人就伤心，眼泪便扑嗒扑嗒滴下来，越哭越伤心，全身跟着发抖——它知道这是上刑场。宣王看到老牛又流泪又颤抖，觉得蹊跷，问："干什么？"答："用它的血涂钟。"说："多可怜，放了它。"问："不涂钟了吗？"原来齐国刚铸成一口大钟，按传统，新钟必须用动物鲜血刷一遍，才有灵气。宣王原是一个极聪明伶俐的人，立刻就有了主意："换成羊。"于是，那头牛活下来，羊替它受死。

但宣王的苦恼来了：这事传遍了全国，说宣王不杀牛的理由，是买一头牛涂钟，花钱太多，牛多贵啊，快赶上一口钟的造价了，所以卖了牛买羊，羊便宜。原来宣王是个吝啬鬼。

流言这东西就是可恨，它把你打得丢盔卸甲，你却找不到进攻者。宣王此时就有拳头打棉花的感觉，所以向孟子讨教兼诉苦："我齐国虽然狭窄，寡人虽然小气而且穷，但一头牛的钱，我出得起，哪能舍不得？人们这么传闲话，我太委屈了。"孟子说："我知道，大王是大仁大义之人，不忍心看着牛哆哆嗦嗦地走上刑场，所以就放了它。其实，君子都有这种仁义之心，所以君子远庖厨。为什么远庖厨？因为厨房总有宰杀，好好的活物活蹦乱跳，一转眼就血淋淋的，一转眼就煮在锅里咕嘟嘟的，又一转眼端上餐桌热腾腾的。您想，君子能忍心伸筷子吗？"听孟子一席话，宣王的心锁咔哒一声打开了："他人有心，予忖度之，这就是说的孟先生啊，确是这么回事，我是不忍心，这真是，这真是……"两手一顿猛搓，不知说什么好，眉飞色舞，就要请孟子吃个饭。孟子说："且慢。牛在大王面前走过，它全身颤抖可怜巴巴，大王动了恻隐之心，把它从死亡线上拯救下来，换成羊。但是，大王您想过没有呢，牛可怜，羊就该死吗？它临死时不打哆嗦吗？"一声棒喝，宣王头脑里金星乱窜，他说："这，这……"

宣王应该瞠目结舌没话说，因为他和孟子讨论的是文明的困境问题。直到现在，人类还没有从这一困境中解放出来，而且近期也没有获得解放的迹象。既要涂钟，就得杀牛或羊，到底是杀牛还是杀羊，宣王的选择是杀没看见的那一个，于是羊代替牛被送上了刑场。对牛是人道了，但对羊却不人道，而且加倍地不人道，因为本来没有羊什么事，只因宣王行人道，才把无辜的羊牵连进来。如果那只羊也闯进大殿，在宣王面前哆嗦一阵，宣王肯定又要改变主意杀驴或狗，驴或狗也来哀求，那就没完没了啦。把所有动物折腾一遍，宣王仍然面临着两难选择：或者狠心杀掉其中一个，抛弃人道主义；或者把自己杀掉，舍生实践人道主义。宣王不会杀自己，因为那时候还没有佛教，但佛教的舍身喂虎未必就能把自己从困境中解放出来：天下饿虎正多，他喂其中一只，对其他将死的虎同样不人道。因此宣王只能采取前者。绕了一个大圈，他仍然只是远庖厨的伪君子。相比较而言，他还不如不向孟子申辩，承受"吝啬鬼"的名号，反倒真实自在些。

孟子半真半假说齐宣王的这个故事，当然不是为了牛羊，他是在借牛羊说人事。文明社会以来，人们就面临着这艰难的抉择：假使必须伤害一个人，他伤害谁？人们最一般的选择是伤害自己不认识的人，于是强盗不杀本地人，兔子不吃窝边草，叫作"盗亦有道"。但此强盗不杀，彼强盗也要来杀，此兔子不吃，彼兔子也要来吃。由于是陌生的强盗和兔子，所以杀得吃得心安理得。古代贫苦百姓灾荒年月把孩子互换着吃，发生交通事故，人都希望死的人里面没有自己的亲人。人道主义逃不出这一条悖论，飞机失事，自己的亲人不在飞机上就高兴，那么，别人就该死吗？但人们从来不做进一步的追究，仍然是"君子远庖厨"的心思。

所以，所谓人道主义，要不就是虚伪，要不就是荒诞。战国时候，扬朱主张"为我"，是个人主义；墨子讲究"兼爱"，是人道主义；孟子一律把他们叫作"禽兽"，因为为我则无君，兼爱则无父。这话听来有些刺耳，但纵观后世所谓"人道主义"的种种劣行，孟子的这份宣言更真实，更有前瞻性。

孟子（下）· 恒产与恒心

孟子和齐宣王是好朋友，这事听来挺奇怪，国王肯和平民做朋友吗？其实一点不奇怪，国王也是正常人，周围都是逢迎拍马的家伙，想找个说话的人都没有，“今天咋这么热啊。”“是是，太热了。”“你说，咋就这么热呢？”“是是，真热。”“我问你呢，能说点人话不？天咋就这么热？”“是是，极热。”“气死我啦！滚得越远越好！”“是是，滚得远好。”皇上几天就要气疯。皇上喜欢听奉承话，可是得有限度，一味地奉承拍马屁，皇上也觉得没意思，总得有点不顺耳的话刺激他，让他保持一个正常人的思路。孟子，就是这样陪齐宣王聊天的，所以齐宣王很尊敬他。宣王要是问“天气怎么这样热”，孟子就要说太阳入射角、太阳高度，这还不够，如时间充足，他一定要解释太阳是颗恒星，恒星是个巨大的热核反应堆。不要以为这些学说很现代，古人不可能知道，其实周朝人就知道地球围着太阳转，大地就像一艘船，在太空颠簸。

今天宣王与孟子不说天气，他们讨论一个严肃的问题。宣王说，前几天我和先生讨论的问题，这些天我仔细思量，我觉得你的话真是一针见血。孟子想不起发表过什么重要的言论，使宣王这般念念不忘。“有这等事？”宣王很不爽：“你说，有人向朋友托妻献子，结果回来却看见妻子在挨饿受冻，你问我说这人该怎么办，我说跟他绝交，记起来了吗？”“有点印象。”“不能这样没心没肺啊，我很认真地听，很严肃地考虑你的意见的啊！你接着还说，一个官员没管好本部门怎么办，我说应该撤职，你的话题转向寡人：‘一个国家乱糟糟，国王该怎么办？’我当时顾左右而言他，是吧？”孟子终于振作精神，彻底想起那次不成功的对话：“那你说说，你应该怎么办？”“尊先师有一句非常著名的话，他说‘天下不患寡而患不均’，我齐国虽然说不上很富裕，但比西方那些水旱不断的国家，还是人间乐园，问题就是财富分配不均，基尼系数太大，基层民众心里都有怨气，导致维稳艰难。现在我就要给国家来个均！让大家皆大欢喜！”孟子大惊，不知道宣王的“均”是什么意思，想看看他勾画均贫富的蓝图。

宣王说，现在齐国确实问题多多，主要问题就是贫富两极分化。两极分化的结果使社会结构严重倾斜，破坏稳定和谐。为了“维稳”，就必须人人有饭吃，人人有衣穿。但我觉得这样还不够，你穿丝绸，我穿粗麻，你吃鲍鱼，我吃蛤蜊，我当然不高兴。理想的社会是大家都穿同一质料和样式的衣服，吃一个食堂的食物。我决定，要彻底改变齐国的贫困落后面貌，实行全面的改革，改革分两步走，孟先生，你就等着我们成功的消息吧！

孟子隐约猜到齐宣王在琢磨什么幺蛾子，正色道：“大王，财富的均衡只是相对意义上的，而且必须自然平衡，不可以人力强制实现，国家只能引导和调控。国家的稳定主要还在拥有强大的中产阶级，中产阶级有固定的财产，有固定财产，就希望稳定，反对动荡，有恒产则有恒心。相反，大家都是穷人，国家不可能稳定，穷人最不怕革命，也不怕动乱，他们甚至渴望革命，因为他们在动乱中会失去锁链，得到整个世界。你就是把全国的警察动员起来维护稳定，也是没有用的。”宣王主意已定：“孟先生，我非常感谢你的启发教诲，等我改革成功，请你吃饭。”言下之意，已是“端茶送客”。孟子只得告辞。

宣王改革的第一步，是均财富，以村子为单位，把富人的土地房屋和所有“浮财”，也就是动产不动产，一律充公，然后平均分给穷人。这个办法很受穷人欢迎，富人一律咧嘴哭，古语说，为仁不富，为富不仁，富人的钱财都不是好路来的，分得好，叫你们平时作威作福，瞧不起我们穷人。可是富而仁的富人也不在少数，贫而不仁的穷人更多，现在一律按照财产划分好人和坏人，贫者好人，富者坏人，未免教条主义形而上学。国王号召“好人”去剥夺“坏人”的全部财产，然后把原来的富人扫地出门。不过齐国的穷人一时间高兴得要死：“姜家大财主，省吃俭用几十年，积蓄几十万，今天我们一下子夺过来，齐国的人民好喜欢！”穷人可能不仁，但他们实在，这一段话说出财富聚集的秘密，那就是没有秘密，是姜家省吃俭用几十年积累起来的。

宣王的政策落实也不总顺利，有的村落大家都很穷，没有富人；有的村落虽然有富人，但是大家同祖同宗，低头不见抬头见，过年时候大家还在一个祠堂拜祖，现在要把几个富户的财产都剥夺了，大家均分，实在下不去手。这些问题，宣王早就有设计。没有财主的村落，矬子里拔将军，总有人家稍微高那么一点点，那就是他！比如富乡家有十万算财主，贫乡，这个标准可以降到一万，他有一万钱，能买多少周村烧饼啊！

对没有公愤的财主和同姓一家人的财主，要发动群众揭发他们的罪恶，罪恶总会有的。乡民说，这个财主挺好的，待人和善，热心公益事业，修桥铺路，赈灾济贫。国家工作队启发说：“他就没有剥削过你们大家？如果不剥削，他家的财富是从哪里来的？”村民恍然大悟：“是啊，他家为什么那么多钱，我们为什么没有钱，原来本属于我们的钱，被他巧取豪夺去了！”于是工作队启发他们在“巧取豪夺”上做文章：“你们原来都是有田地的吧，后来被他买去了，价格很低。这不就是巧取豪夺吗？”可不是吗？那次赌钱，钱输光了，当场要把田地卖给一个参赌的盐商，盐商说不搞房地产，买了没用，辗转托到他，我要价一百两银子，他只肯出五十两，白白地坑了我五十两银子！魏三的一块地，比我大那么一点点，也是还赌债卖给他，就卖了一百两，这不明明就是巧取豪夺？旁边人说：“话不能这么说，魏三的地三亩，你的一亩半，给你一半的钱，也合理。”工作队说：“话也不能这么讲，魏三的地是半年前卖的吧，你的地是前几天卖的，相隔了这么久，也该涨价的。”群众说：“我们这里从来不涨价，从商纣王的时候，鸡蛋就是一个铜板买两个。”工作队说：

“就算不涨价吧，土地的肥瘦还有差别，这个人的田一定比魏三的肥，该是高价。”“才不是呢，他的地兔子不拉屎！”工作队大怒：“哪有这么多的道道？他不是有钱吗，有钱就一定是剥削来的，这里不剥削，其他地方也一定有剥削。弟兄们，受压迫受剥削一千年了，我们要向剥削者报复，夺回本来应该属于我们自己的财产！”

经过工作队的鼓动，群众忽然觉得那财主十分可恨，东一条西一条，终于把他凑成了一个恶霸，不经审判，拉到广场乱棒子打死。财主一死，财产的问题立刻解决，全村人涌入财主家，甲乙丙丁，锅碗瓢盆，财主家白茫茫大地一片真干净。

财物，现在比较地均了，宣王的目的还不算达到，他要使大家穿一样的衣服，吃一样的饭菜。经过分财主运动，他发现派工作队是个好经验，这次还是派出工作队，到全国各地组织建立公共食堂。食堂以村为单位，一村一座大食堂，男人们下地干活，女人们集中到食堂，甲乙丙丁，煎炒炸烹。男人们收工回来了，香喷喷热腾腾的饭菜已经摆上饭桌。饭菜都一样，吃饭要分组，家庭关系不管了，组按照年龄分，甲乙丙丁，老壮少童。宽大的食堂大厅，男左女右，南老北童，一起就餐，场面极为壮观。做饭用不了全村的妇女，不做饭的妇女们就去饲养鸡鸭猪羊，编筐织布，各有职业。各村落生气勃勃，各行业热火朝天。宣王到基层视察，看到组织起来的农民们焕发着无穷无尽的朝气，移山填海也在咳唾之间，兴奋地说：“还是大食堂好啊！”

问题很快就出现了。村民们分了财主的财产，房屋土地和浮财，分到苹果，吃了，分到花瓶，当尿盆了，分到秀才娘子的宁式床，劈碎煮饭烧掉了，分到银子铜板，赌博输掉了，分到房屋土地，卖掉换大煎饼吃了。结果是，再没有有钱人在大家眼前晃来晃去，心里倒是干净些，只是大家更穷。原来那些钱，在财主手里是资本，分到大家的手里，就成了零花钱。积累几代人的辛劳才养育成的中产阶级顿时化为乌有，穷人却没有丝毫的改观，整个社会倒退到原始时期，跟北京山顶洞人结伴同行。

至于大食堂，那是个大笑话。齐宣王一世英名，倒霉就倒在这个大食堂上了，以致天下人都以为宣王突然往回长，到达儿童的阶段了。齐宣王领着全国人民一起学儿童过家家，还郑重其事。大食堂更严重的问题是：没粮食，断顿儿啦！

孟子知道自己的一段形而上学的议论闯下大祸，害得齐国人民吃尽了苦头，几次来找宣王补救过失，可是宣王看到改革后果很严重，就干脆躲到青岛崂山避暑去不再上班。孟子在书房喃喃自语：“率兽食人，率兽食人啊！”从此，孟子变得脾气极其暴躁，经常把学生打得头破血流，直到八十四岁，还用拐杖把公孙丑的头打出好几个大包。

墨子·兼爱

墨子的教学方针极其超前，把他的教学计划拿到当前任何一所高等学校，不用修改直接就能实施，还能符合教育部官员的意思。比如，某些高等学校提倡“教学练战”一体化，全面修改教学计划，还展开全校师生大讨论。其实根本用不着这么费力气，把墨子的教学计划拿过来，齐活。墨子计划的教学科目是这样的：文科：文学、哲学、逻辑学；理科：物理学、化学、光学、数学；工科：机械力学、土木工程学、设计原理学；实践科：兵学、农学、园艺学；通识科：社会学、伦理学。其中通识科是“通科”，只要在校，就一直学习，相当于后代某个时期的政治理论课。墨子意识到政治课的重要性，把它提为绝对主干课，学生每学期都考试，不及格就开除。

但墨子社会学和伦理学的教学内容与当前的差别不小，说它的差别，有人以为是今天的社会学伦理学比墨子时期更先进，绝对不是，研究墨子的社会学伦理学，今天的人们会很汗颜：我们已经堕落得这么严重了吗？因为，根据墨子的教学计划，他的学校毕业的学生，一律是高尚的人，纯粹的人，有道德的人，脱离了低级趣味的人，总之，都是完美的人。完美人的重要标志，是他们毫不利己，专门利人，向世界捧上一颗无私奉献的心。孟子说：“摩顶放踵以利天下，为之。”这个“为之”的，就是墨子和他的学生们。

一次公开课，完整展示了墨子上述“利他”思想。这次公开课实际是“无遮课”，任何人都可以来听，也可以发表意见，或者同墨子辩论。敢于上公开课的老师实在不多，墨子思维缜密，而且伶牙俐齿，所以经常上公开课。宋国实行自由学籍制，实际没有学籍，就像当下的公共选修课，爱听谁的就听谁的，到期末写一篇作业交上就行。学生们背着一大筐竹简到处乱窜，投奔著名的老师，叫作“负笈求学”。学生们选定一个老师，并不一定始终听他一个人的课，往往逃自己的课，旁听别的老师的，不过既然大家都逃课也都旁听课，每个课堂的人数仍然差不多，老师也认不清自己学生的模样，以为自己讲课很受欢迎，才座无虚席，不妨碍他继续沾沾自喜。不但墨子所在的宋国学生无学籍，各国的教育方针都差不多，所以当时“负笈”而行的犹如走马灯，在各国间窜来窜去，现在墨子要讲公开课，各国的学生和教师纷纷来到宋国，听课甚至论辩。

公开课采取互动方式，这次讲《兼爱》。老师讲义要点讲完，转入第二环节，议论和讨论。墨子问学生：“人的本质是什么？”这是一个开放性的问题，很难有标准答案，学生选择谨慎，怯怯地回答：“人的本质，社会关系的总和吧。”墨子批驳说：“哪个师娘教的？社会关系总和，这话等于没说。想好再说。”好不容易鼓起的勇气被老师一顿炮轰为“师娘的学生”，多大的耻辱。

本校学生不敢讲话，外校旁听的学生却不在乎，他们不怕会议主席问“你是哪个单位的”这个恐怖问题。墨子时代不专制，所以学术才发达。校外的学生反问道：“那么请问墨先僧，您印为银的本自是啥玩应？”墨子摘下近视眼镜，眼镜是他的专利，他精通光学，在精密仪器车间为自己精心制作了一副眼镜，眼镜？眼镜算什么，他还制造了一架照相机呢。墨子仔细盯着问话的外地学生：“听口音，先生是扶余国人吧？”“是，咋的！不服啊，练练？”“先生对人的态度，值得商榷。能不能别这么大的火气，气大伤身。”“就这还脾气大？在我老家，看人不顺眼，大耳刮子招呼！”“那么请问，在自己家里，不会经常那什么，那个，大耳刮子吧？”“家里人，在家动粗，那还是他 × 的人吗？有本事，外边豪横去！”

墨子停顿了很久，全场鸦雀无声，扶余人有点手足无措。墨子说话了："这位同学说的是一种普遍现象，好像也很符合大多数人的心理：家里家外，内外有别。我想要告诉大家，人都有家，人都有妈，不但人有妈，万物都有妈，人人都爱妈，我爱我妈，你爱你妈，他爱他妈。因为我的妈不是你的妈，你的妈不是他的妈，他的妈不是我的妈。但是，诸君不妨做一点数学推导和计算，既然我你他的妈都是'妈'，那么根据等量可以代换的原理，这些'妈'是可以互换的，也就是我妈就是你妈，你妈就是他妈，反过来也是一样，你我他都是妈的孩子，我妈的孩子就是你妈的，你妈的就是他妈的，他妈的就是我妈的。大家都是妈的，现在，你我他归并同类项为'大家'，大家就具有同一属性，这种属性就是'妈的'，'大家'就是'妈的'。现在，我把公式再推导回去，我刚才说了，我爱我妈，你爱你妈，他爱他妈，也就是说，'大家'和'妈'有共同点，共同点用'∑'表示，那么，∑大家、妈＝爱，其中"＝"表示数据之间的关系。诸君，人的本质，就是一个字：爱，也是两个字：兼爱。世上人不分种族、不分地域、不分阶级，都要互相关心、互相爱护、互相帮助。今天我用逻辑学论证了人的本质问题，下节课我用伦理学继续论证，欢迎听课并指导！

正式听课的，旁听课的，不听课单是来看墨子白话的，呼啦啦走得无影无踪。扶余人哭得伤心："听墨子一节课，把他的妈论证成我的妈，那我的妈呢？妈呀，你在哪里啊？"

杨子·“一毛不拔”的道理

杨子的哥哥大杨子一大早匆匆忙忙出门，去赶一个饭局，为什么赶早晨的饭局，不把饭局移到晚上？或者中午也好啊。请吃饭的人认为早晨吃饭是早点，省钱；中午或晚上就是正餐，费钱，而且价格差距巨大。“也是个小心眼的家伙。”大杨子想，“一顿饭，还这么算计，真没劲！”早上出门还有点冷，吃完早点回来，太阳两三竿子高，暖洋洋的晒得人懒洋洋，大杨子就把羊皮袄翻过来穿，露出白白的羊毛，整个大杨子肉肉的仿佛一个球球。刚进门，家里的“旺财”朝他直扑过来，汪汪汪叫个不停，本来是要咬他的大腿的，但扑到身边，忽然觉得这人的气味这么熟悉，是谁呢，有点蒙圈，改成汪汪叫，表示自己忠于职守，至于这个家伙是敌是友，主人快点出来啊，由他去决定。

大杨子被旺财一顿狂吠整得心情焦躁，抄起一根木棍痛打旺财，旺财一下子明白了：这个不明物体就是主人啊！可是，它仍然不明白的是，早上主人出门，黑黑瘦瘦的样子，这半上午的，怎么就变成白白胖胖的了？

杨子听见哥哥院子里的狗正在惨叫，急急跑过来看看究竟，看见哥哥正在疯狂地殴打旺财，旺财求救似的看着杨子，杨子拦住哥哥说：“为什么跟狗较劲？”哥哥怒气不息：“这狗东西，竟然冲我叫，还要咬我！”杨子看着哥哥的皮袄忽然明白了：“都是你皮袄反穿的毛病，假设说，你家旺财早上出去是黑的，回来的时候成了白旺财，你还能认它吗？”

这是杨子的思想，他处处为他人着想，而且善于反向思维发散思维，把一件事情方方面面考虑分析到位，得出最切实际的结论。他接着狗的话题开导哥哥："很久以前，一个农家下地干活，把小孩子交给狗来照管，晚上回家，狗远远地迎过来，嘴上满是血，很恐怖，他向院子张望，孩子正躺在血泊中，一动不动。这人怒不可遏，挥起镢头朝狗的脑门砸过去，狗一声没吭，腿抖了几下，死了。主人奔向院子，看见一头狼，倒在地上，喉咙已被咬断，再抱起孩子察看，只是受了轻伤，原来狗拼命与狼搏斗，而且战胜了狼，保护了孩子，一只狗的战斗力远远不如一头狼，这只狗用了多么大的毅力，才打败狼的？可是主人一念之差，害了功臣。狗冲你叫，肯定有它叫的原因，一切搞清楚了，你可能发现，事情的本来面目与你原先猜想的完全不同。世人往往凭事物的表面现象贸然下结论，根据这样的结论采取行动，结果到处是冤案，人人都委屈。所以说话做事，一定要换位思考，从他方的角度想同一个问题，有人说我们不是鱼，不可能知道鱼的思想，但我们必须就是鱼，一定要理解鱼的思想，理解它们的喜怒哀乐。"

大杨子被弟弟教训了一顿，弟弟的话虽然在理，可是作为哥哥，怎么好就这样俯首帖耳，听从弟弟的传道授业？他决定以攻为守，让这个讨厌的弟弟快点闭嘴："你也就是跟我夸夸其谈，你知道外面人说你什么吗？说你自私，没人性，灶坑打井，房顶开门，早晚得把自己憋死。连孟轲都这么说，他说拔你一根头发，用它拯救天下苍生，使天下人和平安乐，你都不同意，还反问人家：天下人得利，为什么浪费我一根毛？不行！有这事吧？还好意思教训我！"杨子有点生气，但是也不真的生气，为别人的议论自己生气，伤的是自己的肝和肺，他生气是因为哥哥居然曲解了他的话，亲哥哥都曲解，世上人就应该没有不曲解的了。他说："我是这样说的吗？拿书给你看看——哦，我没写书。我不写书，因为我不想跟墨翟似的，整天瞪着大眼珠子，看别人有没有什么困难啊，有没有老太太过马路啊。我写书，费笔费墨费竹片，一个词一个词地冥思苦想，他们看书，不费吹灰之力就拿走了我几十年辛勤研究的成果，他们家的祖坟冒青烟了吗？我是说过这话：拔一毛而利天下，杨朱不为。但紧跟着还有一句：举天下以奉一人，杨朱不取。人们刚听得第一句，以为这话真刺激，就像得到宝贝似的跑走了，就不听我说第二句。这与那个打死保护孩子的狗的家伙，一路货色。第一句，是比喻句；第二句，才是本体句，这么多年，人们像发现新大陆似的传说我这半句话，我也懒得解释：他们家祖坟冒青烟了？现在你也这么说，我才告诉你这些，因为你是我哥哥。可是我现在也有点后悔，你是我哥哥，毕竟不是我，我说这么多，利他了不是？拔了这么多的毛给你，亏大发了。”

大杨子大怒：“不忠不悌的家伙，跟我算细账，哪天我死了，我这几个孩子，你就不管了吗？他们是你的亲侄子！”杨子无奈地笑笑：“你看看你看看，生什么气啊，太没有哲学头脑，总把家长里短跟逻辑推理混到一块儿，跟你讨论这些形而上的问题真是费劲。你死了，孩子们都归我养，行了吧？”大杨子这才心里有底，跟着弟弟“形而上”。

杨子继续说：“墨翟一门心思为他人服务做事，可是他人真的需要墨翟吗？他人有需求，说出来，一定有文饰，墨翟替他想出来，一定有缺失，都是二手货，再经过墨翟去实现他们的需求，是对模仿的模仿的模仿。如果需求者自己为自己想，不假他人之手，就没有这个问题。所以，利他者给这个世界无缘无故地增加了许多中间行为，而中间行为不会产生任何效益，只是浪费社会资源，名义行善，实则渔利。另一方面，我不利他人，他人也不利我，天下减省一半的活动，减省一半的资源消耗。墨翟的说法看起来很美，人人为我，我为人人，结果会人人结怨。你想，我为人人了，肯定希望人人为我，而到了需要人人为我的时候，人人却不见了，我就很有挫败感，找不到怨恨的对象，就会把怨气撒向整个社会，无端地造成社会矛盾。这就是民间盛行但害人不浅的‘老鼠会’呀！可是我很担心，后世人有可能按照墨翟的思想，塑造一批专门为别人做事的榜样。为别人做事，是‘做好事’，给自己做事，就是‘做不好事’‘做坏事’，于是人人放下自己的事不管，专为他人做事，二十四小时盯着他人，一张嘴就有人问：‘你要吃饭吗？你要刷牙吗？你要跟女朋友接吻吗？’这世界该是多么恐怖！”

大杨子似懂非懂，旺财眨巴着眼睛，四腿分开趴在地上看着杨子，它是热的，借地气消暑。大杨子又怒起来：“喜欢就喜欢，至于吗，还五体投地！杨朱，这狗我不要了，让它跟你去！”杨子说：“一席话讲来一条狗，举一狗以奉弟弟，杨朱不取。”大杨子说：“什么奉！你得管它吃饭，花销不小呢。”杨子说：“那就是养一狗以利哥哥，杨朱不为。”大杨子反唇相讥：“你说我把家长里短跟逻辑推理混到一块儿，不懂得形而上，你呢？”

杨子起身回家，后面颠颠地跟着旺财。

将帅列传

赵奢·从税吏到将军

赵奢坐在办公室，为收租税的事发愁。抗税抗租的人太多了，完不成收税的任务，他这个钱粮官就得破家填补空缺，毁家也是小事，国家收不上税，那就得破国。他仔细研究收税的账目单，发现抗税频发的根源：赵国最大的纳税大户平原君，几年来居然一两粮食也没交！

赵奢带着税收执法队，瞄准平原君不在，就向平原君家挺进，说“挺进”，是因为平原君养士太多，号称门客三千，其中不少以武士自居，自动担负起保护平原君财产的义务，前几次上门的税吏，都被这些武士打跑了。平原君跟门客们说：“要不咱也交点儿？看赵奢是我同宗，彼此面子上也好看些。”武士大叫：“堂堂平原君家，被人上门收税，叫我们的面子往哪搁？”其实平原君家很有钱，别看他养着三千门客，门客越多，他越有钱，因为这些门客多数属于“自带干粮”的，奉献公子一些钱财，自己家族的生命财产就安全了。武士们抗租抗税，平原君也不反对，由他们折腾去。

赵奢来收税，门客们早得到消息，呼啦啦铺天盖地涌出公子府，一百多个武士，赤膊，成一个大方阵，舞弄一套花式组合拳，向执法队冲过来，这边赵奢发布命令：“上——，开——，放——！”十几个武士，花式拳还没展示完整，就胸口带着一支箭，到地下向阎王爷炫耀去了。

赵惠文王说，抗拒执法，杀得好！抗拒执法，相当于“袭警”，罪行严重。平原君听赵王这么表态，也说：“这些半吊子拳师，我早看他们不顺眼了，赵奢替我处分了他们。”经过这场收税风波，赵惠文王看赵奢是个人才，于是他的地位像坐了火箭，高飞得几乎无边际。

战国七雄，秦赵为首，秦起步虽然早，但赵进步神速，而且更接近胡风，民风彪悍，不惧战斗。秦对赵很有忌惮，互相摩擦不断，都是试探。几年后，试探结束，秦军采取主动出击，包围了赵的军事重地阏与。赵孝成王问廉颇怎么办，廉颇说，阏与距离邯郸太远，山路崎岖，行军不便，不等救援的军队抵达，可能就被秦军攻下来了，主张放弃。又问乐广，乐广也是这个意思。问赵奢，赵奢说：“阏与当然要救，放弃阏与，就等于国境西边被撕开一个口子，这个口子将久久不能痊愈，甚至酿成心腹之患。至于道路艰险，对双方一样，狭路相逢勇者胜。”赵王任命赵奢为统帅，往救阏与。

赵奢的大军在邯郸誓师出发，威武雄壮，一路凯歌向阏与。当晚宿营在武安，第二天，四更造饭，五更……五更后天就亮了，全军自动集合，将士们斗志昂扬，急得哇哇叫，就等着上战场杀敌立功，封官晋爵。可是主将迟迟不发布开拔的命令，大家等啊等，终于等到赵奢出来了，赵奢的命令却是：下马，拿起铁锹，筑营垒！赵奢手拿地图，指指画画，这里开沟，那里起墙，不像将军，倒像个工程师。赵奢还指挥将士，环绕邯郸成大弧形，开挖一条四十里长的阻断式壕沟，挖出的土在邯郸一侧垒成城墙，以保卫邯郸。他还指派水利专家，论证引滏河水进壕沟的可行性。

保卫邯郸，还用誓师出征吗？全军将士除了赵奢，都在骂赵奢，所有难听的词都奉献给这位“胆小如鼠”的将军：本来是一个软皮鹌鹑蛋，却硬充化石恐龙蛋，在赵王面前冲壳子说大话，把赵王忽悠得失去理智，任命他做了主帅。赵奢知道全军的议论，他果断发布命令：“谁敢主张出战救阏与，斩！”果然就有一个不怕死的勇士做了赵奢的刀下鬼，于是上下噤声。

秦军统帅胡阳，一代名将，知道赵王派赵奢率军来救阏与，还知道赵奢在离邯郸三十里处的武安驻扎不动，正在深沟高垒做防御准备，似乎把战略重点放在保卫邯郸上，已经放弃了阏与。胡阳不信，这不是赵奢的性格，不可能！派出间谍侦察敌情。间谍伪装成阏与的信使，向赵奢求救。“信使”衣衫褴褛，面黄肌瘦，走路摇摇晃晃，进门就哭：“赵将军啊，阏与将士大旱望云霓，东南方向望了二十八天了，将军什么时候到前线啊！”赵奢忍住笑：这小子，装得真像，他要演电影，一准就是影帝。嘴里却说：“阏与的将士们受苦了。可是我的实力有限，只能保邯郸。国王给我这点儿兵，别说打仗了，有百十个人能支持走到阏与要塞，就是奇迹。”使者说：“那我们怎么办哪？”赵奢说：“你回去告诉你家将军，你们各自出逃吧，能逃出几个，就算赚的了。”信使出门，号啕大哭，赵奢赞不绝口：“演得真是好啊，我差不多就要相信他真是阏与求救的信使啦！”

“信使”间谍禀告胡阳，胡阳大喜：“阏与，再也不姓赵了！”心情放松，放松就意味着糊涂，胡阳一糊涂，就把北山上负责阻击援军的精锐部队撤下来，参与攻击，想尽早夺下阏与。

赵奢命令全军偃旗息鼓，卷甲而进，占领阏与北山，居高临下，形成俯冲敌军之势，围攻阏与的秦军突然与赵军相遇，惊慌失措，自相践踏者不计其数，阏与之围彻底瓦解。

阏与改变了秦赵相互关系，秦军的进攻态势被迫停滞了，多年不敢进攻赵国，赵国却能持续发动对燕齐的战争，赵国的综合国力重新跃居各国之首。赵奢因功绩卓著，被封为“马服君”。

这一时期，在赵国的军事家很多，赵奢、赵括、田单、乐毅、廉颇、李牧，都有自己的军事理论。赵奢与田单同时代，讨论阏与之战。田单认为投入的兵力太多了，优秀的将领，带领三五万就能成就大事业，赵奢则认为非二十万不可。他说，军事政治，都要与时俱进。古代天下万国，城围长不过三百丈，人口多不过三千家，用三万兵足以攻或守，当前战国七雄，千丈之城，万家之邑，三万兵，杯水车薪。于是田单深感自己不及赵奢。

赵括·纸上谈兵

赵武灵王胡服骑射，主要精力用在对付北方的游牧民族，成了外战内行的大英雄。在他驰骋于太行山脉展望天下时，西边的秦国也很忙，秦国自孝公任用商鞅以来，综合国力提升迅速，民众勇于作战而怯于私斗。赵国和秦国走两条不同的发展道路，赵国通过全面夷狄化，以文化强种，秦国通过变法，以政治强国。赵国要做老大，秦国要当大佬，两国的决战不可避免。

秦国的丞相范雎，为秦昭王制定了“远交近攻”的国策。秦有四个邻国，赵魏韩楚，其中韩最弱，秦决定先击韩，蚕食上党与本土的过渡地带，秦大军压向上党，上党守军五万被隔断，危在旦夕。韩知道自己不是对手，决定献出上党给秦国，以换取秦的息兵。

人们不知道上党太守冯亭的心思，他没有遵从韩王的指令，把上党割让给秦国，而是与赵国联络，将上党献给赵国，赵国被这突如其来的巨大利益砸得有点晕，赵孝成王召开紧急会议，商讨对策，就是接受不接受冯亭的献地。平阳君赵豹说：“秦发数十万军攻韩，一寸土地未得，即将到手的上党郡突然归赵国所有，您如果是秦王，您能受得了这口气吗？冯亭这是嫁祸于赵国，引诱秦赵交战，韩国巧妙避开战端。”平原君赵胜不同意：“国家发百万兵征战，往往一两年不能得一城，现在凭空获得十七个县，即使它是毒药，也是甜蜜的毒药，吃下去再说！”平原君绝没有让赵王吃毒药的意思，他认为上党归属于赵国既成事实，秦国也无可奈何。于是，指令平原君往上党接受土地，封冯亭万户侯。上党正式归入赵国，派廉颇驻守。

但局势没有按照平原君的思路发展，秦昭王得知赵国已得上党，大怒，发兵直接攻赵。廉颇初战不利，退入长平营寨堡垒，转入防守。秦志在必得，而上党已入赵喉，断无吐出之理，双方陆续增兵，总数逾百万，大战一触即发，但双方都在坚持，比拼实力，也比拼意志力。这时，事件的主角赵括出场了。

赵括是马服君赵奢的儿子，军人世家，自幼熟读兵书，演练兵法战阵，战争理论和战役进程预设，连赵奢都争论不过他。他说父亲治军严明，但是短于谋划，不会遭遇大败，但也不会建立大功，小胜而已。赵奢不服气，批判他说："我知道，阏与之战，是你指挥的。"赵括对父亲的讥讽不以为然："要是我指挥阏与之战，不用在武安停留二十八天。八天，足够迷惑秦人。老大人求稳，有点过。"赵奢只好不说话，表示对不知天高地厚的小孩子之言的蔑视，但赵奢心里确实也在想，我停留二十八天，的确有点长，而且不能保证在这期间阏与不会被攻破，如果阏与已破，我贪生怕死的罪名可就世世代代传下去了。

赵括的实战成绩也很值得骄傲，赵齐麦丘之战，城里的居民掘鼠为食，赵括指挥士兵用投石机往城里投放麦子。这是个信号，证明攻城的赵军很仁义，投降赵军有馍吃。守城的齐军识破了赵军的"阴谋诡计"，把麦子送还赵括，还传达首长的话："有本事就攻城，别再搞这些小孩子的游戏！"赵括不理会，继续投放麦子，终于，城里的士兵和居民哗变，杀死守城将领投降，赵奢对儿子刮目相看，这小子还真不是"纸上谈兵"的空头理论家！

廉颇与秦军在长平大比拼，廉颇胸有成竹：耗死你们这些关中蛮子！秦军主帅王龁肚子里也有一根棍儿：拖死你们这些关东佬！对攻战转入阵地战和消耗战。

赵军骑兵为主，长于进攻和野战，消耗战其实不利于赵军，秦军虽然远道来攻，但是关中粮草充足，沿黄河运输供给畅通，所以秦国才不怕消耗战。赵孝成王首先熬不住，频繁催促廉颇出击秦军，实施决战。但是廉颇不为所动，坚守营寨壁垒，赵孝成王决定罢免廉颇，赵国的上层几乎一致同意撤换廉颇，这时秦国的反间计适逢其时，罢免廉颇已成定局。秦国的反间计核心内容是任用马服君为主帅，其实不用这么麻烦，当时能担任此项重任的，除了马服君赵括，再无他人。

赵括到军，首先整顿军纪，撤换将领，导致人心涣散。廉颇治军一向松散，赵括整顿，也在情理之中，但是这一整顿，不但军纪不见起色，军心也整散了。这件事说明赵括仍然是纸上谈兵的空头理论家。

秦国得知马服君到任，也起用武安君白起代替王龁。白起断绝赵军的粮道，赵军四十余万被孤悬在长平的丹水峡谷，以致杀食军中老弱。被围四十六天后，赵括知道救援无望，打通粮道也无望，于是指挥全军作死亡突围，死于战阵。

这次死亡突围极为悲壮，每个赵国将士都知道不可能生还赵国，现在是他们在人世上的最后一战，饥饿的赵国战士强力爆发出武士的血性，这血性既有爱惜荣誉的民族根基，也有胡服骑射培养的尚武精神，主帅赵括开战不久就已阵亡，赵国士兵实际是人自为战，拖着长期饥饿煎熬的身躯，与给养充足的秦国战士拼杀，结果，秦军死亡居然过半，可见赵国人最后战斗的酷烈程度。

战斗结束，赵军完败，秦军惨胜。如何处置被俘的赵国士兵，秦军主帅很伤脑筋。这些士兵不能编入秦军，因为他们对秦人有刻骨仇恨，也不能释放，经过惨烈的长平之战，这些人已将生死置之度外，每个人都将是一只老虎。秦军决定将这些俘虏全部坑杀。被坑杀的俘虏，史书记载是四十万，其实四十万人包括战死者。

长平之战，改变了战国时期各国的军事态势，从秦赵双雄变为秦一家独大，虽然后来赵军还有几次辉煌的战绩，也不能改变最后的结局。

廉颇·不老神话

廉颇出身贵族，有万夫不当之勇，又有贵族与生俱来的傲慢，在伐齐的战争中崭露头角，在朝廷位居上卿。蔺相如绝顶聪明，两次出席“联合国”大会，面折秦王，有万夫不当之辩，在朝廷也位居上卿。廉颇武上卿，为将，蔺相如文上卿，为相，正常国家，相大于将，所以蔺相如的地位高于廉颇。这一下子就点燃了廉颇这根大炮仗。他咆哮道：“蔺相如，一个混饭吃的门客，还是一个蹲着尿尿的太监家里的门客，跟他在一个朝堂，不用说看见他这个假太监，就是看见他呼出的空气，我都厌恶，现在居然排在我的前头！他敢站在我的前头试试！”蔺相如不说“试试就试试”，他不但不说话，每次上朝都请假，有事找人个别说，从不在朝堂露面，廉颇想找碴儿，也没机会。机会终于来了，前边那不是蔺相如的车子吗？冲过去！但是蔺相如的车子却早早地绕开了，廉颇鼓着一肚皮的怨愤无处发泄。

但是蔺相如的门客收拾包裹来告辞：“我们走了。”蔺相如当然要问一句：“为啥呢？”考虑到蔺相如嘴皮子特别溜，他一定还说了一大堆话：“吃得不好吗？住得不好吗？没有女朋友吗？你们怎么不像冯谖那样弹铗而歌呢？”门客们说：“我们跟着相公，是找个靠山，可是现在，相公躲在家里不敢上班，路上遇到那个二杆子掉转头就跑。原来你这个靠山稀松平常，我们得找个靠得住的，我们投靠那个二杆子去。”蔺相如说：“我躲开他，跟你们没关系，你们照样领工资。”门客们泪流满面：“咋没关系呀！我们出门，他的门客拦住我们说：‘跪下，叫爷。不叫，见一次，打一次！’我们还能活吗？”“你们叫了没有呢？”“没叫。”“那不就完了吗？”“被揍了一顿。”

蔺相如招呼门客们坐下来，展开他能言善辩之舌。他说：“你们看秦王和廉将军，谁厉害？”“廉颇，一只猛虎，可是跟秦王一比，一只猫啦！”“这么比不合适，廉将军英雄盖世。”“廉颇再英雄，还算是个正经人，他横行霸道，也只是蛮不讲理。秦王，那就是一只野兽，说不定什么时候就吃人！”“这只野兽，在秦王朝廷，我当面斥责他，羞辱他的大臣，他灰溜溜哑口无言，野兽秦王都奈何不得我，我还畏惧廉将军吗？你们要知道这个道理：将相同心，才能强大赵国，抵抗虎狼之秦。”

廉颇辗转听到这番话，痛悔非常，带着曾经侮辱蔺相如门客的一群小版二杆子，自己脱去上衣，背后绑一根木棍，到蔺相如门前请罪：“丞相，我一粗野村夫，不识大体，听凭丞相责罚！”将相从此结下生死交。

长平之战，撤换廉颇导致惨败，长平战后，赵孝成王决定起用廉颇，因为局面非常紧张。秦军侵入赵国，自上党逼近赵国腹地，邯郸被秦军包围。赵国兵力大部分折损于长平，扫全国丁壮，可参军入伍的仅十万人，廉颇率领这十万军，对抗秦军铁甲三十万。邯郸城全民皆兵，平原君为了救赎自己在长平的失误，散尽家财招募丁壮，妻妾也编入军卒行伍。赵国人上下齐心协力，保卫邯郸，保卫赵国。平原君长途奔走楚国求救，毛遂以三寸舌说服了楚王，出兵十万救赵。魏国在信陵君的策动下，也出兵十万赴邯郸。

城中粮尽，邯郸城陷落应在朝夕之间，但邯郸始终傲然屹立。秦昭襄王想复制长平之战，用武安君白起代替王龁，但白起称病不出。魏楚联军将至，秦军形势危急，秦王大怒，迫令白起自杀。魏楚两国军队进击秦军。赵国守军出城反击。秦军大败，损失惨重。王龁率残部逃回汾城，郑安平所部二万余人被联军包围，降赵，邯郸解围。魏楚联军乘胜进至河东，再战，秦军又败，韩国也加入合纵，赵、魏、楚、韩先后收复魏国的河东郡和安阳，赵国的太原郡以及皮牢、武安，韩国的上党郡和汝南。

战线回到长平战之前。

几年后，燕国丞相栗腹以给赵王祝寿的名义侦察赵国虚实，回来报告燕王喜："赵国战士大部分死于长平，剩下的小孩子还没长大。"主张伐赵。燕王召乐间咨询。乐间说："赵国人，打仗是家常菜，咱们不行，别碰它。"燕王说："我人多兵多，二打一。"乐间说："三打一也打不过。"燕王不死心："那我五打一！"乐间说话更气人："六打一也是白搭！"燕王大怒，发兵六十万，栗腹和卿秦，各领一军击赵。大夫将渠劝燕王说："订了盟约，吃人家的酒，还送人家礼，回来却商量乘人之危攻打它，什么人！道义失败，这仗打不赢！"燕王不听，自任偏将军，跟随主力策应。将渠紧紧拉住燕王的马缰绳说："大王千万不要去啊，危险！"燕王在马上把他踹倒，一路绝尘而去。廉颇迎战，击溃栗腹军，斩栗腹，乐乘也大败卿秦。廉颇追赶燕兵深入燕国境内五百里，包围燕都。燕国割地给赵国，廉颇撤军。

赵孝成王死，悼襄王受权臣郭开的蛊惑，解除廉颇的军职，廉颇愤而奔魏，时间久了，又想回国效力，赵悼襄王也觉得廉颇是个宝，永远不会老，想重新起用他抵抗强秦，就派宦官唐玖到魏国大梁，看看廉颇的英雄气还有几分。郭开重金贿赂唐玖，唐玖回来说："廉将军虽然很老，但是饭量很大。"赵悼襄王大喜："怎么样，英雄不减当年吧？"唐玖说："但是……"这一但是，也就没有下文了。原来，廉颇知道唐玖来考察面试，为了显示豪爽，吃了斗米的饭，十斤肉，披挂上马，俨然廉大将军。但是，这顿饭吃得也实在太多了……唐玖绝对没有编造谎言，他如实汇报："……但是，廉将军与我坐着聊天一小会儿，就三次起身上厕所。"

面试失败，廉颇抑郁不已，出走楚国，死于寿春。廉颇死后二十年，赵亡。

李牧·最后的屏障

赵国与秦国争雄，战斗如火如荼，北方边境却风平浪静，北方胡人一向没事找事的，时常入寇，现在为什么老实了？原来有赵国的李牧在。

李牧镇守雁门地区，任郡守，郡守是军政合一的最高长官。他在驻地设置官职，收取赋税，收的赋税也不上交，全部被他截留进入自己的幕府，进入幕府也不留着，每天杀牛宰羊，犒劳战士，把战士们养得腰圆膀阔，一个个像座黑铁塔，等一等，刚才说“战士”，战士在哪，谁看见了？这样说话的是赵王，他得到无数的情报，说李牧截留虚耗国家租税，每天带着当兵的大吃大喝，几年没打过仗。赵王说，你那情报用词不准确，“战士”，不是“当兵的”。情报人员振振有词，从来不打仗，以后也不准备打仗，还能叫战士吗？赵王开头还很高兴：“没打过仗，那还不好吗？能守住边界，就是好将军。”情报人员继续说，每当匈奴入寇，李牧都拉响警报，命令当兵的赶紧隐蔽起来，同时把好东西也藏好，不要被匈奴抢去了。李牧的边疆守卫条例规定得很仔细，大致意思，就是对入寇的敌人坚决不抵抗，任由他们上树爬墙，牵牛赶羊。赵王大怒：“叫他回家抱孩子去！”胆小鬼李牧被撤职，“雁门关的天是晴朗的天，雁门关的人民好喜欢。”雁门人唱起了欢乐的歌。

新任雁门太守勇气爆棚自信满满，废除了李牧那些丢人的条例，严阵以待匈奴入寇，一时间狼烟滚滚，战云密布，可是，战场上损兵折将，匈奴的入寇越发频繁，形势吃紧。赵王终于知道李牧的做法是一种策略，撤掉他实属错误，于是请李牧再度出任雁门太守，李牧托病不出，赵王当然知道他没病，就说："谈谈条件吧。"果然，李牧有条件："我出任的话，还跟以前一样。"赵王说："随便你。"

李牧再次来到边境，副将问，将军有什么吩咐，李牧斩钉截铁："照老章程！""匈奴入寇？""躲！""粮食衣物艺术品？""藏！"匈奴人眼神普遍不大好，到赵国境内往往一无所获，心里很疑惑，中原人怎么忽然这么穷？边境的官兵待遇优厚，却无所事事。赵国人天生好斗，这么憋屈哪受得了，盼望着打一仗。于是李牧就准备了战车一千三百辆，精选的战马一万三千匹，精选勇士五万人，善射的士兵十万人。满山遍野放牧牛羊，牛羊快赶上天上的白云多了。家家炫富，户户显摆。匈奴单于说："嗯？中原人怎么突然富起来了？"好东西怎能不抢？不对，李牧虽然胆小，这么明目张胆地炫耀财富，怕是诱饵，派出小股部队试探性进攻。李牧安排一千多牧民准备被匈奴俘虏，许诺几天后救他们回来，扮演俘虏的说："为什么是我？"李牧说："不是你，就是你叔叔或二大爷，你说吧。"赵国人尚武，尚武的人都仗义："那还是我当吧！"匈奴入寇，收获颇丰，单于手痒痒，亲自率领主力入侵雁门。李牧的十几万人分布隐藏在各个隘口，雁门地区整个一大口袋，装进单于往死里打。匈奴大败，十多万人马被消灭，匈奴主力丧失殆尽。李牧以后又打败了东胡，收降了林胡，这两个部族从此在历史记录中消失。单于逃跑，此后十多年，匈奴不敢接近赵国边境。

秦大将桓齮攻入赵国，率军东出上党，越太行山自北路深入赵国后方，南方形势吃紧，赵王迁调李牧抵御秦军。这时，廉颇奔魏，赵奢、蔺相如、乐毅、田单已死，李牧成为保卫赵国的坚强屏障。

李牧率边防军主力与邯郸派出的赵军在宜安会合，他筑垒固守，避免决战，等待时机，伺机反攻。秦军远道奔袭，不利持久。桓齮率主力进攻肥下，诱使李牧救援，企图歼灭脱离营垒的赵军。赵葱建议救援肥下，李牧说："我为什么被他牵着鼻子走？来个反向思维不行吗！"秦军主力去攻肥下，大营留守兵力薄弱。李牧一举袭占秦军大营，俘获全部留守、辎重。李牧判断桓齮必将回救，就部署一部分兵力正面阻击敌人，将主力配置于两翼。当正面赵军与撤回秦军接触时，两翼赵军以钳形攻势掩杀。一切如李牧所料，赵军大破秦军。李牧创造的这个经典战例被称为“反客为主”，进入军事教典，李牧也因此被封为武安君。

秦王嬴政不甘心失败，派军再次入侵，秦军兵分南北两路，南路由邺北上，准备渡漳水迫向邯郸，北路嬴政自率主力，由上党出井陉，企图将赵拦腰截断，李牧南守北攻，集中兵力，各个击破。他部署司马尚在邯郸南据守长城一线，自率主力北进，反击远程来犯的秦军，秦军大败。李牧即回师邯郸，与司马尚合军攻击南路秦军。秦南路军知北路军已被击退，丧失斗志，一触即溃。

现在是赵王迁三年，公元前232年，李牧到达自己人生事业的顶峰，但是，也即将到达终点。

赵王迁七年，赵国由于连年战争，北部代郡等地又发生地震，田地大面积荒芜，国力衰弱不堪。秦王嬴政乘机派大将王翦直下井陉，几十万大军围邯郸。赵王任命李牧为大将军，司马尚为副将，倾全军抵抗入侵的秦军。

李牧不除，赵国难取。王翦行反间计，郭开再次被派上用场了。郭开诬陷廉颇的事居然还没有败露，现在已经是赵王迁的心腹近臣。奸细潜入邯郸，用重金收买郭开，让郭开散布流言，说李牧、司马尚勾结秦军，准备投降，并计划反攻邯郸，为了真实，郭开还展示了间谍给他的李牧进攻邯郸的计划书副本，郭开说，正本在秦王手里藏着呢，紧慢偷不出来。赵王迁无暇辨真伪，立即委派赵葱和颜聚取代李牧和司马尚。李牧拒绝这道命令，赵王斩杀李牧，司马尚革职。三个月后，邯郸城破，赵王迁被俘，赵亡。自公元前403年韩赵魏三家分晋各自立国，至公元前228年赵亡，赵家人称王一百七十六年。

吴起（上）· 英雄不问出身

吴起，卫国人，一个极端矛盾型的人物：一方面极其残忍，一方面又极其和顺善良，直到他死，人们也不清楚吴起究竟是什么性格。

吴起家资豪富，他想，钱再多，也是个土豪，土豪土豪多难听，要改变身份，只有当官，当官才能成贵族，脱去土豪这层皮。于是他走各种门路，企图混进官场。一个无名小青年，想当官，有那么容易？但是他有钱啊，请客送礼，有门缝就钻就送，但是很可惜，那门缝终于也没有打开一道可以让吴起钻进去的宽一点的缝，他的家财却渐渐不姓吴了。吴起为做官破家，在当地成为笑话发源地。“吴起又被骗了”的新消息迅速传遍四面八方，看见吴起垂头丧气地走过来，总有人上前奚落几句：“吴公子，又要升任太守了吧？”吴起对这样的讽刺奚落一律不理。在一个毫无征兆的夜晚，吴起手持利刃，杀死三十多人，这些人都是平时嘲讽过他的。杀人就得逃难，老娘送他到城门口，吴起扯过老娘的一条胳膊，狠狠咬下去，鲜血滴答滴答地流，老娘妈呀妈呀地叫，一片惨烈中，吴起跪拜老娘：“儿子不当上国家级干部，绝不回来！”逃到鲁国，投奔大学者曾申读书。

曾申是曾子的儿子，特别重孝道。吴起还没当上国家级干部，老娘却死了，吴起在学堂哭了一会儿，继续听曾申讲课。曾申哪受得了这样的人：“你回家去吧，为令堂大人奔丧，为人子的义务。”吴起以曾经有过誓言做托辞，曾申大怒：“如此不孝，不能在我这里读书！”开除了吴起的学籍。曾申这是误会吴起了，他不是不孝，他是不敢回卫国，他犯下的比特大还大的极大级别的杀人案，还没过诉讼时效。至于他为什么要咬老娘的手臂，不咬自己的呢？这就得从吴起的残忍性格去解释了。

吴起想当官，而且自己定位为国家级干部，却并非痴人说梦，他有这个资本，就是他超人般的才能，这种才能很快在鲁国绽放，鲁君居然很欣赏。恰巧齐国伐鲁，鲁君想任用吴起为将军，指挥对齐作战，可是有一件事叫他犹豫不能决断：吴起的妻子是齐国人，他自己是卫国人，都跟鲁国不沾边，他心里的天平会往哪边倾斜呢？吴起知道这层关系，说："这还不简单？！"回到家二话不说，咔嚓一声，妻子身首异处了，吴起拎着妻子血淋淋的头，禀告鲁君："君上放心吧，我一心为鲁！"鲁君虽然被吴起的举动着实震惊了一下下，可是军情紧迫，任命吴起即刻出征，吴起为将的鲁军，战斗力空前强劲，果然大胜。

鲁军胜利并没有给吴起带来实际的好处，鲁君身边的人在开导鲁君了："吴起杀妻求将，古今没有如此残忍的人。他在卫国犯了极大的杀人罪，是个极端危险的杀人犯，卫国一直在通缉他。我们与卫国是兄弟之国，我们不但不引渡他回国，还重用他为将军，这会伤害我们两国的关系。况且鲁国小国，战胜大国，会成为诸侯的眼中钉。"鲁君请来吴起，千般道谢，万般慰劳，最后说："我鲁国地狭人稀，吴将军英才盖世，小小鲁国实在委屈了吴将军，还请将军另谋高就，大展宏图！"

吴起站在鲁国曲阜城门口，徘徊容与，不知所之。但是总得走人，鲁君的逐客令下得客气，可再客气，也还是逐客令。吴起向西打望，看见魏国上空祥云缭绕，决定投奔文侯去！

说"看见"，那是吴起游说魏文侯的话，他在鲁国，只能看见东山顶上一小块天，不过他知道魏文侯招贤纳士，却是真的。魏文侯问李克，这吴起是怎样的人，我们能任用他吗？李克说："这吴起，三个'天下第一人'的称谓非他莫属。"文侯大喜："这么神奇，我们留下他吧！"李克说："天下第一贪人，天下第一忍人，天下第一色鬼。"魏文侯咬文嚼字："鬼不是人。"李克也挺认真："鬼生前也是人。"文侯说："给他点路费，打发他走吧！”但是李克又说：“吴起还有一个天下第一。”文侯不想听，这么一个劣迹斑斑的家伙，想一想就浑身不自在，反胃。但是李克继续说：“天下第一军事家。”文侯叫起来：“你说啥玩意儿？军——事——家？！”魏国现在最缺的，就是军事家，特别是像姜太公、孙武、司马穰苴那样的军事家。

魏文侯任命吴起为将军，向西用兵攻秦，首战告捷，打败秦军，夺得五座城。此后，吴起一直坚持在击秦第一线。吴起爱惜士卒，与士卒同甘共苦，与最下级的士兵同吃同住，他做这一切也极其自然，绝对不是作秀给人看，或故意笼络士卒的心，他真心实意爱惜爱护士兵，越是地位低的士兵，他越亲近。军中艰苦，吴起与士卒们一样在野外的农田上睡觉，推开比较大的土坷垃，躺倒就打呼噜。为了防备露水打湿，身上盖一层树叶子。士卒有脚上生疮的，艰难不能走路，吴起一把拎起他的腿，张嘴对着他臭烘烘的大脚丫子，一阵猛吸，吸出脓血一大摊。士卒的母亲听到了，大哭，人们劝她说：“你儿子一个小小的兵卒，将军亲自为他吮疮口，多么大的荣誉啊，感动还来不及，哭啥呢？”母亲说：“你们哪里知道啊，此前，孩子他爸也是因为有疮，吴公为他吮吸，痊愈后为吴公打仗，命都不要，结果，死在战场上了，现在，吴公又在吸吮我的儿子了，我的儿子啊，他早晚也一定为吴公卖命而死啊！”

吴起为将，攻克秦国河西地区的临晋、元里并筑城巩固。吴起第二次进攻，一直打到郑县，攻克洛阴、郃阳，继续筑城防护。而秦国只能退守至洛水，沿河修建工事抵御吴起。加上此前被公子击占领的繁庞，魏国已经占领了秦国河西地区的全部，魏国在这里设立西河郡，经翟璜推荐，吴起担任郡守。

吴起（下）· 光荣与梦想

吴起对魏国的军事制度进行大刀阔斧的改革，这样说似乎他的改革很紧张激烈，全国搞运动似的，其实改革的内容非常简单，甚至连“内容”二字都谈不上，就是打破大锅饭，作战成绩与奖励挂钩。从前的战斗，都是指挥官骑着大马，手举指挥刀，喊着口号带头冲向敌人的营阵，然后，短兵相接，厮杀。士兵们靠战前鼓动，一鼓作气打一仗，往往仗没打完，那股气就泄了。吴起久在军旅，深知宣传鼓动靠不住，要士兵甘心卖命，必须让他们看见实际的好处，于是，吴起的改革登场。

魏文侯之后是魏武侯，武侯采取吴起的建议，举行盛大宴会，奖赏军队的领导干部。一个很大的宴会厅，分成三个区域，头一个区域，立上等功的入席，布设豪华酒席，安排精美餐具，金刀叉，银筷子，铜酒杯，一派金光闪耀。第二区，立下等功的人入席，银刀叉，铜筷子，陶酒杯，桌上的食品也减半。第三区，没有任何战功的人入席，每人一只碗，一双筷子，家常菜。第三区的人酒喝得憋屈，饭吃得窝囊，心里就憋着一团火。宴会结束，还有隆重的发奖仪式，邀请家属参加。有功人员的家属十分光鲜，领了钱还领了荣誉。原来吴起在基层单位比如连队，建立了详细的军功记录表，士兵每次战斗的表现和战绩历历在表，分区设宴，谁也没话说。这样层层激励，军队的改革就完成了。

改革完成的标志，在一次抵抗秦军入侵的战斗中表现得淋漓尽致。秦惠公发兵五十万攻打阴晋，西河郡驻军士兵不等上级发布命令，就早早地披挂停当，等候出征，倒不是希望得到奖励发家致富，主要是宴会坐第三区，太丢人，一定要建立军功，坐上第一区。万一战死了呢，也坐不上第一区了不是？也不要紧，吴起还有规定，战死者的家属，抚恤金优厚，烈士托梦给妻子，就可以唱这样的歌："军功章啊有我的一半也有你的一半。"吴起在这些士兵中挑选了几万人，召集大家开誓师大会，训话："你们前后左右互相看看，你们都有一个共同的特点。"大家面面相觑，没看出有啥共同点和不同点。吴起说："你们都是没有立过军功的！这次出战，就是特别给你们提供一次建立军功的机会，耀祖光宗的时候到了，勇士们，出发！"接战，秦惠公的五十万大军落荒而逃。

吴起在魏国取得辉煌的成功，但是他向老娘夸下海口，誓做"国家级干部"的诺言还没有兑现，可巧魏国的丞相职位空缺，吴起暗喜，以为非他莫属，最终丞相人选却是孟尝君田文。吴起一肚子不高兴，直接来找田文理论，说了一大套自己的优长之处，获奖证书一个又一个：全军统帅证书，最佳政府管理证书，秦兵放弃河西地协约，赵国韩国推举魏国为首席执行官协定文本，多了，数不过来。"我有这么多的功劳，为什么你却当这个丞相，不害羞？"田文看着吴起，慢悠悠地问道："国君还年轻，国人心不稳，大臣不融洽，百姓缺诚信，这个时候，你说，君上是把国家托付给您呢，还是应当托付给我？"这话说得绵里藏针，吴起被扎得一跳一跳的：当丞相，人品第一重要，你这样的忍人、贪人、色鬼，还想当丞相？吴起沉思半晌，自己也觉得不够材料，说："该你当丞相。"

几年后田文死，吴起还是没当上丞相，这个职位被公叔座拿走了。吴起不但当不上丞相，连西河太守都当不成了。公叔座不喜欢吴起，想把他挤走，就和自己的妻子商量出一条锦囊妙计。公叔座向魏武侯建议，我们魏国要留住吴起这样的人才，最好的办法是把公主嫁给他，武侯说好。然后公叔座请吴起来家里做客："我们是好朋友啦，这是你嫂子，见过。"这位"嫂夫人"是魏武侯的大女儿，原来公叔座也是武侯的女婿。嫂夫人温柔敦厚地见过吴起，转过身就是一只老大母狮子："滚一边去！没见我要和吴起兄弟好好聊聊吗？吴起兄弟，咱们安邑城里的女演员，念奴，咋还不结婚？她是不是跟演赵襄子的那个小白脸拍拖了？我听说她跟朝廷的许多高官都关系暧昧……公叔座，你是不是跟她也有一腿？”公叔座低下头，小声地说：“哪里，哪里。”脸上的汗也流下来。吴起想：“哎呀我的亲娘哎，娶公主就是这下场啊！”

第二天，魏武侯请吴起吃饭，根据公叔座的意见，很诚恳地对吴起说：“吴君对魏国贡献重大，我国土地狭窄，财物贫乏，无以报答吴君，我想把小女嫁给你，两家永结同心，你看可好？”吴起昨天在公叔座家受到的惊吓，现在还没平复，魏王突然提起这件事，他慌乱中不知道怎么措辞，但是那意思武侯听出来了：他不同意。魏武侯满以为吴起会欢喜得手舞足蹈呢，没想到热脸贴了冷屁股，这一场尴尬啊。但是武侯毕竟老练，知道给自己找个台阶，就说：“吴君也别忙回答我，婚姻大事，总要三思而后行，想好了主意，再告诉我不迟。”吴起如获特赦，离开安邑奔河西，从此不见踪影。魏武侯心里忐忑，婚事不成不要紧，吴起如果心生嫌隙，举河西之地降秦，那就不是一般的糟糕，于是事事谨慎小心，河西与本土的关系也越来越不顺。经过多年历练，也可能受魏国先进文化的感染熏陶，吴起现在俨然有了一点君子风，他想，君子绝交不出恶言，我和魏国，好合好散吧！

吴起离开自己长期驻守的西河郡，停车回望，泪落如雨。他对随从们说：“如果君侯信任我，让我充分施展才能，我肯定能帮助君侯成就大业。如今君侯不信任我了，我走之后，西河郡也保不住，魏国的光荣结束了！”吴起离开魏国，南向奔楚。

吴起在魏国创造了光辉的业绩，但是到底没有实现他成为“国家级干部”的梦想。

孙膑（上）· 围魏救赵

韩赵魏三家瓜分晋国公室，但三家的同盟关系很快瓦解，相互之间的攻战频繁。赵成侯在平陆和齐威王、宋桓侯会晤，决定结盟，同时又和燕文公在阿会晤，两国间关系打得火热。赵与齐宋的结盟，赵与燕结盟，都声明盟约不针对第三国，但是谁信？东方大国只有一个魏，不针对魏，你们为啥结盟呢？魏国知道这是赵国觉得自身不安全，拉燕齐等为自己壮胆。赵国胆子壮大，步伐也大起来，发动对卫国的战争，卫国被迫屈服，签订城下条约。卫国是魏国的盟国，一向依附于强大的魏国，打狗不看主人，赵国这是自寻死路！魏国声称为了保护卫国不遭受侵害，出兵包围了赵国邯郸，日夜攻击不止。

赵既然与齐有同盟关系，邯郸被围，局势危急，自然向齐国求救。齐威王召集文武大臣开会讨论救不救赵，如何救赵。丞相邹忌说："为什么救赵？劳民伤财！"大将段干朋说："因为我们与赵国有协约的，守望相助。"邹忌说："协约条约，签订的多了，谁遵守了？"段干朋说："一旦失信赵国，后患无穷，春秋乱世，皆因各国不讲信用造成，一次失信，可获利，但这个利，是用永久的财货支出预先购买的。各国谁都认识不到这一点，纷纷失信天下，我真担心将来我们华夏人怎样跟天下人打交道！"邹忌说："将来的华夏人，跟我们有啥关系？我们认识他们吗？"邹忌这是故意犯浑，其实他不想掺和赵魏两家的事情。威王和解道："认识不认识，我们还是要管他们的，我们辛辛苦苦挣下这份家业，说到底就是为了我们叫不出名字来的后代子孙。不过今天我们就事论事，段干朋，你主张救赵，你说是怎么个救法呢？”段干朋认为，救赵是救赵，但最后还要有利于我大齐。所以，不是不救，也不是真救。邹忌立刻讽刺道：“虚伪！”段干朋却也不在意，他说，如果立即出兵前赴邯郸，邯郸围解了，魏军撤回，赵国安然无恙，我们倒赔上许多功夫，损兵折马，所以，段干朋主张让魏与赵相互削弱，最后我大齐出来收拾局面，“邹忌你知道吗，战场上出来打扫战场的，才是最后的胜利者呀。”讽刺了邹忌，段干朋对这次救赵作出具体的规划：先派少量兵力南攻襄陵，用以牵制魏国，拖垮它。等到魏军攻破邯郸，魏、赵双方都没有能力再战时，我军才开始正面的攻击。那时，魏军再无还手之力，赵军也得眼睁睁地看着我们打扫战场，收获胜利。邹忌听了段干朋的布置，虽然心里有点认可，但嘴上不服输，鄙夷地说：“流氓！”段干朋知道自己的这番讲话得到了齐王的认可，便不同邹忌计较。

果然，齐威王采纳了段干朋的方略。以部分军队联合宋、卫，南攻襄陵，主力则按兵不动，静观事态发展，实际就是等着邯郸被攻下，那时候再打魏军一阵子太平拳。

效果比预想的还要好。魏国的扩张，引起楚国的警觉，楚宣王乘魏国出兵攻赵、后方空虚的有利时机，派大将景舍率领部队向魏国南部地区进攻。魏国西边的秦国也参与进来，发兵攻打魏国的少梁、安邑，魏国陷于四面作战的困难境地。中原大地打成一锅粥。不过这时的魏国实力十分雄厚，足以对付这些虚虚实实的进攻。

魏军的主将是庞涓，这位战略家对当前局势分析得非常准确，他判断齐楚秦三路攻魏，都是战术行为，不会发生实质性的缠斗，一旦邯郸城破，各地很快就能恢复正常，齐楚秦会不战而退，而赵国必须城下签署盟书，退出卫国，完全恢复卫国的主权。所以，庞涓坚持主攻目标不变，打下邯郸，迫使赵国投降。庞涓不受局势左右，排除一切干扰，坚持主攻邯郸的凌厉攻势。

赵魏两军相持一年有余。邯郸形势已经危在旦夕，魏军也非常疲惫，齐威王认为出兵与魏军决战的时机已经成熟，救赵的北路军正式出动，齐威王任命田忌为主将，孙膑为军师，统率齐军主力救援赵国。

田忌计划直奔邯郸，同魏军主力交战，以解救濒危的赵国。孙膑说："将军换一个思路试试看。出兵邯郸，那就是我们被魏军牵着鼻子，我们能不能不被他牵着，反过来牵着他？"田忌信赖孙膑的智慧，问怎么才能牵着魏军的鼻子走，孙膑说："批亢捣虚。"孙膑详细解释"批亢捣虚"的意思："避开他的锋芒，直接冲击他的薄弱部位。要解开一团乱麻，不能硬拉硬扯，费力气，还达不到目的；要制止别人的群殴，自己就不能加入群殴。现在魏国庞涓的军队主力在围攻邯郸，还要抵御秦楚的进攻，大梁一定空虚，我们现在就近奔袭大梁，打他一个措手不及。"孙膑建议齐军主力迅速向魏国大梁进军，魏军必然回师自救，齐军可以用巧劲解邯郸之围。

孙膑与庞涓，本来是同窗，庞涓在魏国得意，把孙膑引进魏国，人们不知道庞涓引进孙膑是否有预谋，总之，孙膑在魏国遭逮捕，被判有罪，受黥刑和膑刑，被削去膝盖骨，不能站立了，后世人们记不起他叫什么名字，索性简单形象地叫他"孙膑"，意思是"孙瘸子"，古代这么称呼人不是贬义，与称呼他孙胡子、孙胖子、孙麻子一个意思。孙膑逃出大梁，齐威王要任他为大将军，孙膑坚持说刑余之人不能出任这样重要的职位，有损国家形象，推荐田忌为将。

田忌采纳了孙膑的作战建议，统率齐军主力迅速向大梁挺进。庞涓率主力急忙回救大梁，齐军在桂陵迎击魏军。魏军由于长期攻赵，加以长途跋涉急行军，士卒疲惫不堪，面对以逸待劳的齐军，全面溃败，邯郸之围不战而解。

孙膑（下）· 马陵之战

桂陵之战，魏军完败，但魏国仍然强大，魏军的基本建制仍在，魏军的统帅仍然是大名鼎鼎的庞涓，他虽然败于桂陵，但毕竟打下了邯郸，所以魏惠王依然对他完全信任。庞涓对“孙瘸子”恨之入骨，总想报桂陵一战之仇。“读书期间，孙某人的确比我强一点点，但也不至于打得我不能还手，在桂陵任凭他宰割！”

十二年后，魏国自认为可以再施展身手，这次把打击的目标定在韩国。韩国是魏国的兄弟之邦，都是周的血脉，但利益当前，顾不得许多。韩国不是魏国的对手，危急中遣使向齐国求救。

现在的局面与十二年前一模一样。第一，对立国家的两个王，齐威王和魏惠王都长寿，都在位时间很久；第二，齐国这次“御前会议”参加者，除了段干朋已经过世，还是上次那些人；第三，会议仍然有两种意见；第四，坚持不救的仍然是那个夸夸其谈的邹忌。历史，十二年居然一步没往前走。主张救的段干朋不在，田忌承担了段干朋的角色：“不救韩国，我们齐国只是个摆设吗？”齐威王征求孙膑的意见，孙膑的意见是既救，又不救，但总的方向还是救。方略是：告诉韩国，我们一定去救你，你们一定要顶住！坚持韩国抗魏的决心。当韩国实在撑不住的时候，再真正发兵救援。邹忌讽刺道：“虚伪，还是十二年前那一套！”田忌说：“就这一套，十二年前打败了魏国。”邹忌不好再反对，因为齐威王说话了，威王说：“就按孙膑的计策办！”邹忌不敢反对，但仍然不忘补上一句：“流氓！”因为上次开会，他就说段干朋等人的计谋是流氓，既然历史重演，这次不能不说。况且这办法的确流氓，明明可以很快打退魏国的进攻，却磨磨蹭蹭不动弹，等着韩魏两败俱伤。同样的流氓手段，居然还大言不惭地使用两回！

韩国得到齐国救援的允诺，拼尽力气抵抗魏军的进攻，大仗五场，小仗无数，但韩国毕竟太弱，五场战役一场没赢，齐国的救援仍然杳无音信，眼看着国家就要全境沦陷，国王卑辞向齐国告急。齐威王和田忌、孙膑等人商议，觉得时候到了，救韩大军誓师出征，田忌为主将，孙膑为军师，大军直发大梁。

庞涓在远征军宿营地得到齐军奔袭大梁的情报，大怒，他很鄙视齐军统帅部的愚蠢，古语说，凡事当留余地，得意不可再往，上次齐国人占了便宜，这次如法炮制，同样的战局岂能再次上演？庞涓认为桂陵之战失利，是自己有点固执和轻敌，坚持先攻下赵国，导致军队征战的时间太长，士卒疲惫，结果回救大梁时被齐军拦击，这次，我要跟齐军正面决战，彻底击溃齐军，叫它几十年不敢兴风作浪。于是，庞涓放弃对韩国的攻击，全军撤回魏国境内重组，以迎击齐军。

魏惠王全力支持庞涓的战略部署，补充兵员和给养，命太子申为上将军，庞涓为将，率魏军主力十万人，扑向齐军。

两军在魏国境内相遇，刚一接战，齐军抵挡不住魏军的凌厉攻势，大幅度败退。齐军败退，是孙膑的战术，以迷惑魏军。但齐军这次撤退，提振了魏军的士气，魏军认为齐军一向战斗力不足，桂陵之战被齐军捡了大便宜，这次一定雪耻。魏军上下，自信心爆棚：齐军不堪一击，事实俱在，这次战斗，就是灭齐的开端！

看来，庞涓和孙膑，差距不仅仅是“一点点”。

孙膑深知庞涓的性格，庞涓学习非常认真，对老师的教科书融会贯通，熟知老师的战术理论。孙子说“知彼知己，百战不殆”，孙膑清楚地记得庞涓对这个问题表现出浓厚的兴趣，他问老师：“孙子的话当然有道理，可是怎么才算知彼知己呢？”老师对这个问题的解答使庞涓精神振奋，老师说：“比如敌我交战，敌退我追，我凭什么得知敌军的情况？它增兵或减兵，你从敌军埋锅造饭的灶台数目，就可以推知他的兵员增减。”孙膑看到庞涓当时的表情，他知道，庞涓已经把这个举例牢记在心，成为他追击敌军的一项情报侦察法宝。战场情形瞬息万变，但捉住蛛丝马迹，情报就在细节之中。

孙膑精心安排这项假情报，诱使魏军进行追击。假情报，就是“减灶”。齐军第一天宿营，挖了十万人煮饭用的灶，第二天减少为五万灶，第三天又减少为三万灶。老师说，别的情报可以伪造，但士兵吃饭，却是实打实的。如果庞涓没有与孙膑同过学，不会出现这项情报，人们想不到在这个问题上制造假情报，但是很不幸，庞涓听到的，孙膑也听到了。庞涓分析认为，三天败退，齐军已经由十万人减为三万人，显而易见，齐军存在严重的逃兵现象，实际上齐军已经溃散，斗志完全瓦解，我军必须在齐军彻底溃散之前全歼他们，叫他们无法逃回齐国。

庞涓要抢时间，尽快赶上齐军主力，找到孙膑和田忌。于是，他丢下步兵和辎重，只带着一部分轻装精锐骑兵，昼夜兼程追赶齐军。

孙膑判断，庞涓率领前锋将于日落后抵达马陵。马陵一带地势险阻，道路狭窄，树木茂盛，适合打伏击战。庞涓的骑兵果真在日落时进入齐军预先设伏区域。齐军万弩齐发，狭窄的道路上魏军不能回转，在箭雨中奔突逃命，可哪里逃得出去，将士全部战死，庞涓自杀。消灭这支前锋部队后，齐军乘胜追击，攻进魏军的大本营，前后歼敌十万余人，并俘虏了魏军主帅太子申。

马陵之战从根本上改变了齐魏间的军事态势，此消彼长，魏国一步步走下坡路，失去了中原的霸权。而齐国则挟战胜之威，力量迅速发展壮大，再度成为强国。

田单·火牛阵

齐闵王帮助燕太子夺回王位，太子即位，是为燕昭王。齐王喜滋滋的，自以为助燕有功，等着燕昭王登门拜谢，燕国果然来人了，不是昭王，是乐毅。乐毅登门不拜谢，他带着大军扫荡齐国。齐闵王的世界观被彻底改造颠覆，慌慌张张逃离临淄，在莒被楚国的淖齿将军杀害。淖齿名义上抗燕援齐，实际是来捣乱的。

乐毅攻占齐国七十多座城池，只有莒城和即墨以及聊城还没攻下，齐国陷入大混乱。既然混乱，人们反倒心平气和起来，进攻的燕军，溃散的齐军，逃难的齐国百姓，挤挤挨挨地走在一条路上，互相还谦让"您先过"之类。这时人们的自我认知度很高，进攻的燕军负责打仗，溃散的齐军负责逃跑，逃难的百姓只管走路，所以绝对不会发生抢劫财物、伤害妇女之类的恶性事件，堂堂作战的武士，岂能做那种丧良心的事情？至于齐军，打了败仗，武士身份没有变，武士的尊严必须维持，宁可饿死，不能抢百姓一粒米。

乐毅率领大军往即墨进发，目的是包围它，民众拖家带口往即墨城里钻，目的是找个落脚的地方，既然全国都沦陷了，即墨一座孤城，不奔即墨，还能去哪儿？乐毅在逃难的人群中看到一个比较大的群落，很特殊，应该是个大家族，虽然在逃难中，衣着仍然保持整齐，一看就是有教养的一家，这不是重点，重点是乐毅看见这个家族的大车，一律光秃秃的没有车轴！也不是真的没有车轴，是没有车轴的延长部分。古人用仿生学原理制作车辆，动物奔跑，尾巴用作平衡，控制方向，奔跑的车辆那么快，也有维持平衡的问题。就在车轴上下功夫，沿车轴的延长线加长轴体，于是战车看起来威武雄壮。可是这家人的车轴居然没有延长部分，车轴在车轮外侧戛然而止，光秃秃的非常难看，他想起一句俗语："虎豹之鞟犹犬羊之鞟"，一只大老虎，剃了毛，跟一条狗没啥区别。乐毅刚想笑，忽然严肃起来，对这项不是设计的设计肃然起敬。在人马杂沓的大路上，车子根本跑不快，那伸出来的车轴就成了阻碍，既妨害了他人他车，纠缠在一起，自己的车也走不出来。

乐毅找到这家人的首领，打个招呼，问："请教贵姓？"首领说："姓田，田单。""王室贵族啊，失敬失敬！""不敢妄称贵族，远支旁属，几代人不食王之俸禄了。""车子的轴，如何这般模样？"田单笑笑："碍事，我叫人把它们全都锯短了。"匆匆而来，匆匆而去，简单几句话，乐毅发现这个人不简单，他进了即墨城，燕军围城攻略，将任重道远。但是乐毅没有把田单捉住当场处决的道理，无论如何，现在的田单是平民，与交战的齐军毫无瓜葛，连控制他不让他进城，都不行。打仗要讲规矩，不能胡乱扣留平民。

燕军包围即墨，即墨城守大夫率军出城迎敌，战死阵中，很自然，军民共推田单任城守指挥官，全城人的生命安全，交付给这个外来户。

田单与乐毅照过面，知道这个人不简单，他对即墨的围困将是长期的，这次围城战，也一定是持久战。为了持久，必须保证城里的食物供应，城里要尽可能开辟土地，把一切可能的地面全都利用了，种上庄稼和蔬菜，养牛养羊。田单还开辟几条秘密通道，从外边输送粮食蔬菜甚至兵器进城。

即墨围城，一围就是三年。三年之中，即墨人不缺吃不缺喝，居然安居乐业，竟然连娱乐业也不耽误，杂耍卖艺鼓吹大力丸的熙熙攘攘，完全不理会城外的燕军。似乎大家都在等待，但不知在等待什么。

等待中，燕昭王死了，原来大家等待的就是这个时刻。燕太子即位为襄王。襄王在太子时就觉得乐毅不可靠，当上王，越发觉得乐毅不可靠，这情报对田单来说太重要了，他的情报人员潜入燕都，散布了许多襄王喜欢听的“好谣言”，主题是说，即墨人不怕乐毅，乐毅很快就要在齐国称王，所以对即墨人十分和气，围的和被围的经常在一起开联欢会。“好谣言”还说，即墨人最害怕的人是骑劫，这家伙杀人不眨眼，他主攻即墨，三天就打下来，哪能用三年？说它是“好谣言”，是因为襄王得到的情报与这些谣言吻合，乐毅围城的确三年，即墨城的确生活正常，人们的确安居乐业，围城的和被围的的确相安无事，除了“联欢会”无法考证之外，全都证据确凿，那么，即墨人恐惧骑劫热爱乐毅，也应是真情报。襄王决定让乐毅回国休整，让骑劫代替乐毅为伐齐上将军。

田单派即墨城里的几个大富商，“潜入”燕军总指挥部，献上厚礼，向骑劫哀求：“我们知道这城早晚得破，田单这货不知死活，还在硬扛。我们恳求大军在破城这一天，保留我家安全，我家感谢您的祖宗十八代。”骑劫虽然觉得这话听起来怪怪的，但看在银子的面上，也不方便发作。再者说，人家钻过封锁线，好不容易送礼，也说明人心所向，城里都这么想，即墨破城的日子也不远了。骑劫得意，精神越发松懈，坐等成功。

田单搜罗全城，得到一千头牛，他把这些牛集中起来，当战士供养，尾巴上绑了浸透油脂的麻布旧衣服等物，预备让它们组成火牛阵冲击敌军。还在牛的屁股上烙了号码，战后自家领回去。他的部下有疑问：“火牛，点起火来认识谁是谁？反过来冲顶踩踏自家人也说不定。”田单说：“一股牛劲往前冲，不会回头对自家人的，我做过实验。尾巴上的火把一会就灭掉，火灭了，战斗结束，各自回家。”

大半夜的，大批神火牛自天而降，神牛穿着光怪陆离的衣服，角上两把明晃晃的尖刀，瞪着愤怒的眼睛就冲过来了！燕军的营地一片狼藉，死伤无数。神牛后边紧随五千齐国战士，对惊慌恐惧又手无寸铁的燕军一阵砍杀，骑劫死于军中，燕军一溃千里。齐国各地得知消息，奋起抵抗燕国入侵者，燕军被迫撤出齐国全境。

白起·人屠

范雎进献“远交近攻”的谋略，秦昭王大喜，确立为吞并天下的核心战略，依照这项战略，秦昭王把主攻目标定在韩国。韩国与秦国的接壤地区上党，凸出于秦韩边境，战略价值最大，昭王决定从上党开始。攻上党，首先选定将军，秦国能征善战的将军多如过江之鲫，但是这次战役非同寻常，一定要慎之又慎。查考将军们的“成绩单”，昭王被一份材料不可逆转地征服了，不看不知道，一看吓一跳。这份成绩单是武安君白起的：白起为左庶长时，发动新城战役，大胜；为左更时，大举攻韩、魏，会战于伊阙，大胜，斩敌二十四万，俘虏敌将公孙喜，夺得五座城；白起为大良造时，再攻魏，大胜，夺取魏国六十一座城；发动垣城战役，大胜，夺得垣城；再攻赵，大胜，夺光狼城；攻楚，大胜，夺鄢、邓等五座城；再攻楚，大胜，破郢都，焚烧夷陵，占领楚国西部广大地区；再攻魏，大胜，接连攻取城池，斩敌十三万；攻赵，大胜，将二万赵卒驱赶进黄河中淹死；又发动攻韩战役，大胜，夺得五座城，斩敌五万。白起发动的战役，有一个共同点：大胜。是“大”胜，不是小胜，小胜，对武安君来说就等于不胜或者战败。秦昭王没有犹豫，指令白起布局对韩国的战事。

攻韩的外围战役是打野王，算白起试试刀。野王很快投降，下一场主攻战上党战役即将打响。野王投降，隔绝了上党与韩国的通道。上党成了一块飞地，孤悬在赵国和秦国之间。此时太守冯亭下出一着棋，根本改变了战争的格局——他把上党献给赵国了！

接不接受献地？赵国朝廷紧急开会，讨论这个问题。情况就是这么个情况，事情就是这么个事情，反正接受上党就必然会跟秦国翻脸打仗，不接受呢，却又感觉窝囊，国际形象也一落千丈。多数大臣选择安全，形象什么的以后再说。但是平原君力排众议："战争动员，倾全国之力，死者枕藉，往往连一座城也得不到，现在不出一兵一卒，凭空收获一个郡，为什么不要？"反对派大臣说："现在不出一兵一卒，但打起仗来谁知道要死伤几多兵卒？"平原君说："现在不是还没打仗吗？虚构一场残酷的战争出来，然后用这场'战争'恐吓自己，我看大家患了恐秦症！"平原君在赵国一言九鼎，既然说到这个程度，大臣们也不好再坚持。上党并入赵国，冯亭献地有功，封万户。冯亭闭门不接受封爵，他说："主上让我守上党，我守不住，主上让我把上党交给秦国，我却私自献给赵国，几次三番背叛韩国，才取得尊荣，这尊荣不要也罢！"

秦军果然气急败坏，疯狂反扑，廉颇进驻上党，与秦军展开"磨战"，廉颇之磨，酷似西洋台球手塞尔比，塞尔比人称"磨王"，磨到最后，连他的队友都盼着他快点输掉吧，实在折磨人的意志。廉颇在长平对秦军的磨战，就是如此。阵地对攻，赵弱秦强，深沟高垒，则实力相当。廉颇一磨，就是两年，这期间，廉氏游击战使秦军死伤惨重，但赵军毕竟单薄，付出的代价也堪称惨痛，秦赵陷入长期的消耗战，长平成了一架战争绞肉机，讨论会上大臣不幸言中，现在死伤的士兵已经不计其数。双方都在煎熬中坚持，平原君也有些后悔，接受上党的代价竟然如此之大，秦赵两国都被战争拖得筋疲力尽，但是谁也不敢松懈，极度相持状态，谁放松一刹那，都会如大山崩塌。

秦国人熬不住了，劳师袭远，旷日持久，且绝无取胜的把握，这是兵家大忌，白起的参谋本部决定出"奇兵"：间谍战。悄无声息的间谍战持续一段时间之后，赵国得出这样的结论：摆脱这样把国家拖入绝境的唯一办法，是撤换赵军统帅廉颇上将军，任用马服君赵括。这个问题终于提交到赵国紧急军事会议，参加会议的除了蔺相如等少数人，绝大多数赞同由赵括取代廉颇。大家被廉颇折磨得都成了塞尔比，快要疯掉了，其中有不少人甚至这样想，赵括要战败，也来个痛快的，再也不想跟秦国人这么磨下去了！

赵括走马上任，秦国方面，悄悄地由白起直接出任远征野战军总指挥。

赵括改变“磨王”战术，与秦军展开对攻。很快，赵括连同赵军全部，被围困在几座山头上，局势霎时明朗：赵军即将全军覆没。

赵括的军队被白起围困，给养通道被秦军切断，军队断粮四十六天，以致人相食。在最后的绝望时刻，赵括决定打破建制各自突围，所谓各自突围，就是逃出一个是一个。已经饿得拿不起刀剑的赵国将士，爆发强大的战斗力，与秦兵拼杀，居然使秦兵死伤过半，将死之人以必死之心与秦兵同归于尽。战死者和被俘者共四十万人。白起对这么庞大的俘虏军产生了强烈的恐惧：赵国人向来能征善战，这么多人如果释放回国，短暂休整之后，赵国又是一个兵员充足的军事大国。白起恶念由是一动，四十万赵军士兵被活埋。一时间，赵国几乎家家有死人，户户挂丧幡。

长平歼灭战的第二年，秦军一鼓作气攻赵，紧逼邯郸，赵国举国惊惶，赵孝成王紧急起用廉颇，扫境内十万兵，交付廉颇抗秦，形势比长平战前凶险数倍，可是，这时白起的心思发生微妙的变化，他向昭王建议，不能围邯郸，他不想再屠城，几次拒绝出任远征军总司令。原来一代战神，厌战了。

邯郸局面在发生逆转，春申君和信陵君率军救赵，昭王再召白起，白起仍然托病不出，昭王大怒，迫令白起自杀。白起叹息道：“我一生征战，死于我手的敌军将士不下百万，我以一死，向你们道歉了！”

白起以杀人著称，世称“人屠”。战场杀人，虽然不人道，但双方你死我活，所谓“拼杀”，机会对等。长平之战，敌人已经投降放下武器之后，再行杀戮，就是虐杀，为人情天理所不容。白起以自杀绝命，命运对他已经极度宽容了。

王翦·五国死神

战神兼死神白起死后，秦国再度崛起一位战场英雄，他是王翦。司马迁对王翦的评价比较负面，认为他本可以教导秦始皇学习点仁义道德，结果他只是在始皇帝跟前讨好献媚，总之，能力高强，品格低下。

这是司马迁站在后世的立场苛求王翦，以秦始皇睥睨天下的气概，王翦就是想规劝，也无从开口。而且，王翦是一位军事家，人们对他的评价更应该从军事的角度出发，而从军事看王翦，他与白起功绩相当，在秦国图霸天下的功劳簿上，王翦和白起并列。王翦的功绩是：攻破马服君赵奢千辛万苦才守住的赵国阏与要塞，打开灭赵的窗口，一年后灭赵，俘虏赵王。攻燕，燕王弃地远遁辽东。王翦与儿子王贲攻打魏国，魏王投降。韩赵魏燕四国，都死在王翦的手里。

之后死在王翦手里的还有楚。三晋韩赵魏及燕相继灭亡，楚军完全取守势，秦灭楚，秦国上下都认为理所当然，不需要讨论的，就看是谁去领这个头功，因为楚国实在是太大了，国土面积比北方六国的总和还要多，灭楚之功当然煊赫。少壮将军李信看着这项唾手可得的巨功，馋涎欲滴，他知道这项功绩十有八九要归王翦，年少气盛的李信要从王翦手里虎口夺食。李信的资本也不弱，他曾经率领几千人，远赴辽东，长途追逐燕军，终于在衍水右岸获得燕王喜送来的太子丹的人头，秦王十分欣赏李信的勇武豪迈。在破楚的“招标会”上，李信爆出自己标书的底价：“主上，您投资二十万人，就可以坐等分红利！”秦王问王翦：“王将军，您呢？别翻标书，我猜猜——十万？”王翦不说话，面无表情翻开底牌：“灭超级大国荆，非征发六十万军队不可！”秦王嬴政笑道：“王将军果然老了，锐气消磨净尽，消灭一个屡战屡败的荆国，至于那么夸张？李将军气势壮盛，堪为国家栋梁！”意思是王翦不再是国家栋梁。一个六十万，一个只要二十万，秦王当然选标的低的那个，于是指定李信率军伐荆。王翦既然不再是国家栋梁，只好以生病为由，退休回家。

豪迈的李信指挥二十万南征楚国，初战大捷，再战大捷，跟预想的一样，楚国各城池纷纷陷落，楚国发生塌方式的兵败。李信愈加兴奋：“这有什么呀，这有什么呀！”但就在李信得意忘形准备大干第三场时，已经被楚国人悄悄地咬住了尾巴，而且一咬住就不放口，经过三天三夜不停顿的混战，七个方面军司令被杀，李信的主力部队被冲击得七零八落，根本收拾不起来，残余军队败退回国。

秦王慌乱不知所措，当前不是灭不灭荆的问题，而是荆国的军队正向秦国反扑过来，秦国陷入生死存亡的严峻时刻了。秦王慌慌张张来频阳王翦的老家，面见王翦，进门就大哭：“王将军，快救救我吧，看在秦国几千万父老乡亲的面子上，救救我吧！”两条腿抖抖地就要跪下来，王翦急忙拉住，倒不是王将军福分薄，经不起这一跪，秦王是什么人，王翦太知道了，今天这一跪下去，危机过后，等待王家的，一定是灭族——让王遭受偌大的屈辱！君臣坐定，秦王一把鼻涕一把眼泪，控诉李信：“李信嘴上没毛，办事太不牢，给秦国招致如此奇耻大辱！辱没国威还是小事，国家已经在危亡中了，恐怕以后反思这场屈辱的机会都没有了！”王翦不为所动：“老臣又老又懒又病，还糊涂，说话做事乱七八糟极没谱，跟荆国作战这档子事，还希望大王另寻高明。”秦王挺尴尬：“将军不要再计较，我以前说的那些话，就当从来没说过，王将军也不要再提了，给我留点面子。现在你提条件吧，我全都答应。”王翦说：“大王如果没有别的人选，我就算临时替补上位的，但我的条件不变，要我收服荆国，非六十万人不可。”秦王说：“你说多少万，就是多少万！”于是，王翦带兵六十万，威武雄壮南征荆蛮，秦王亲自送行，一送送到灞桥，这是王送行将军的最高待遇了，后来人们送行，也都仿效秦王，结果灞桥柳被折得精光。

王翦同意出任伐楚军总司令，除了要六十万军队，还向秦王提出很多附加条件，全都是关于自己待遇的：咸阳城里某家大宅子，某家名驰全国的大园子，城北富户的连片膏腴田，渭河河湾养鱼塘，都要。每提出一处，秦王的脸上就多一层阴云，觉得这王翦也太贪了，这么苛刻的要求，我得花多少钱向土地宅院的主人购买？那时候财产绝对私有，神和国家都不能侵犯，国家要征收土地院落等等，必须出高价，地主房主趁机会勒索国家并且认为理所应当，再后来国家权力大了，要剥夺国民的财产只是一句话的事。秦王已经说了大话，要啥给啥，总不能说了不算吧，狠下心打开国库赎买人家的不动产，那些人家也都是有头有脸的，怎能说卖就卖？还得请求劝说，轮番动员，无非什么以国家大计为重啦，国家给你们更多的补偿啦等等。已经抵达前线，王翦还派自己的特使回咸阳，向秦王再要求加价，而且有五次之多。有人说：“你也太过分了，不就带个兵吗？要价那么高！最过分的，已经成交了，你还加价！不怕大王一怒，下狱治你的罪？”王翦说：“你们是观察不仔细，每次我向大王要田地，大王脸上什么表情？你们看到的是阴云密布，我却看到阴云后边的阳光灿烂呢！我带着这六十万兵，是秦国的全部武装力量，秦王能放心吗？我不断索要不动产，大王才能安心睡觉。”

楚国得知王翦代替李信再度入侵，征发全国军队抗秦，挟前次大胜秦军的威势，楚军气势汹汹，看那态势不但要保卫自己的国家免受欺凌，还要顺势恢复三晋，楚国做纵约长，再度叩关攻秦。楚国有这个义务，现在更有这个能力了。但是王翦坚守营垒不出战，楚军频繁挑战，秦军不理，久而成习惯，楚军渐渐松懈，秦军突然出营，全军冲向楚军，战斗很快结束，楚军溃逃，再不可收拾，从此失去对抗秦军的能力。一年以后，俘虏楚王负刍，楚亡。

刺客列传

专诸·一场事先张扬的谋杀

苏州城的街市总是很热闹，最近尤其热火朝天，人们在争论一个话题：公子光会不会行刺吴王僚。

公子光的父亲老吴王，最看重小弟季札，想把王位传给小弟，于是修改了王位继承法，实行兄终弟及制。老王死，传位大弟；大弟死，传位二弟，挺顺利。但是二弟死后，季札要学巢父许由，死活不肯接班，跑到鲁国当了一个专业评论家，评论文学艺术。季札不当国王，吴国只好让二弟的儿子僚当国王。这样的解决办法也算不错，可是公子光有话说："如果兄弟传位，就该三叔季札当王；如果父子继承，先当王的是我老爸，那么现在当王的应该是我，无论如何都轮不上他阿僚！"苏州城的人们为这件事分为两派，是派和否派。他们的分歧不在于该谁当国王，而在于公子光会不会行刺吴王僚。是派认为公子会，否派则否。是否双方面红耳赤地争论得久了，矛盾就不免升级，先是相骂，继而相打，到后来居然刀枪棍棒轰轰烈烈地文攻武卫起来，人命也出了若干条，"要要灵"紧急事务处理车忙着往城外运送尸体，"要要救"火灾急救车筛着铜锣，在大街小巷呼啸乱窜。武斗在苏州城正进行得如火如荼。

吴王僚烦死了这场辩论和武斗，他说："切！"他认为辩论双方的理论水平实在太低，没有一点过硬的论据，在那里大言炎炎，简直无耻。人难免无耻，但是不能无耻到"无极"这种地步。公子光刺不刺吴王僚，最有发言权的是公子光和吴王僚，我们两位不说话，你们这些家伙胡说八道个什么劲儿呢？

公子光也不高兴，他说：“×！”公子光的意思也很明白：那些隔靴搔痒的大辩论太无聊了，人难免无聊，但是不能无聊到开“夜宴”这种地步。论辩双方只顾自己打架，为什么不来询问事主的意见？只要派个代表，到王府或者公子家问一问，结论就出来了，哪至于搞这种人间浩劫式的革命大辩论呢？一声“切”，一声“×”，交响曲回荡在苏州城的上空，正忙于武斗的吴国人如醍醐灌顶，“是派”涌到公子家，公子隆重接见，却不说话，伸出两个指头。大家都明白：“一山不容二虎，要干，要革命，舍得一身剐，敢把国王拉下马！”当然，干和革命，都由公子光自己去完成，苏州人才不关心谁当王不当王，他们只关心革命是否发生。“否派”涌到王宫广场，吴王隆重接见，也不说话，伸出一个指头。大家也明白：“吴国之大，唯我独尊，谁敢杀我！”

春天过去了，谋杀没有发生；夏天和秋天也过去了，谋杀还是没有发生。某一位伟大人物说过：“关于谋杀问题，无非两种可能，一种是会发生，一种是不会发生。”但是人们内心隐蔽处还是希望有点儿什么事情发生。有人分别再问吴王僚和公子光，两人都很恍惚：“什么谋杀？”原来他们的指头宣言只是学术研究，纯学术的东西，没有和现实联系起来的打算。这一问，倒是分别提醒了吴王和公子，吴王忙着制造黄金锁子甲，还来个釜底抽薪，把全国的刺客和可能的刺客集中到虎丘度假村，名为培训，实为看管。公子光延请到从楚国叛逃出来的伍子胥，伍子胥经过实际考察，从流浪汉的队伍里发现了专诸。专诸长得瘦瘦幺幺，怎么看都不像个刺客，也不像有发展为刺客的潜力，所以没有被收容在郊区度假村的资格，专诸还曾为自己被刺客队伍边缘化懊恼了好一阵子。

流浪汉的生活最简约，专诸每天在集市就要散的时候，拎一条破麻袋，把菜贩子们丢下的发黄芹菜空心萝卜烂了一多半的白菜帮子搂进麻袋，回家仔细整理，下锅煮，早午晚三餐合并为一顿。人们看他过得凄苦，劝他找点正经营生做，他仰天长叹道：“燕雀安知鸿鹄之志哉！”人们看不出他这只鸿鹄志在哪里，但臭大葱烂白菜似乎不应该是鸿鹄的食谱。伍子胥找到了专诸，问他："你想不想过好日子？"专诸恨恨地说："你这般说话，却似放屁！孙子才不想！"伍子胥却不计较："你跟我来。"拐弯抹角地就来到了公子光的府邸，从此，针对专诸的专职培训紧锣密鼓地进行起来。

公子光办家宴，正式请吴王僚来家里吃饭。从王府到公子光家，有十里的距离，送请帖的家臣快马如飞，络绎于道路。全城人都知道公子邀请国王吃饭，当然，也都急切地期待着与吃饭无关的事情发生，给大辩论一个结果。国王的扈从队伍更壮观，从王府排列开去，密密麻麻地直抵公子家。这顿饭无疑会吃得地动山摇。酒无好酒，菜无好菜，吴王为什么还要赴宴？因为他自信。他认为，全国刺客都已经被关了禁闭，公子就是想行刺，也没有合适的人选。何况，吴王身体壮大，一身的蛮力，就算公子找到一个半个漏网的刺客，也奈何他不得，更何况，他还穿了精工打造的黄金锁子甲。

宴会的气氛热烈而友好。公子说："你我孔怀兄弟，同气连枝。你当国王，我是千千万万个拥护！我想对你高呼万岁万万岁，你不介意吧？"吴王说："啥也别说了，都在酒里头了，大哥啊，别整那千年王八万年龟，整酒吧！"老哥俩说得投机，公子叫道："专诸！上醋鱼！"

专诸就上醋鱼。专诸端着二尺直径的大盘子，盘子里装着二尺长热气腾腾香气四溢的西湖大醋鱼。那是为了这次宴会，特地到越国从钱塘江渔场现买来的。吴王看见醋鱼，眼睛闪闪地发出毫光，也就没有留意上菜厨师眼睛里毫光更浓密。专诸放下盛鱼的盘子，却不退下，拨开吴王叉过来的筷子，下手抓鱼，吴王大怒："你这一抓，这鱼还怎么吃？"话还没有说出口却愣住了，他看见专诸的手里分明是一把匕首！

数千士兵，救不得吴王，一场事先张扬的谋杀，完成了。

要离·为行刺而行刺

要离家住苏州山塘路，繁华地界，歌曲是这么唱的："杭邹西服苏邹吗有三塘，哎呀，两促好风嗯嗯光。"山塘好风光，寸土寸金，要离当然不能浪费这资源，就在自己家门口开了一个小饭铺，专门经营盖浇饭，烧茄子鱼香肉丝酸辣西葫芦之类，还有最大众的奥灶面。来山塘的都是外地人，中午逮到什么就吃什么，也不管地道不地道正宗不正宗，再说了，一个盖浇饭，还讲究什么正宗啊，所以要离的生意还挺好。一天下来，两口子在柜台上数钱，其乐陶陶。儿子不大，却也已经懂事，时常给要离后背抓个痒，小手一抓一抓，毫不起作用，要离的后背越发痒了，可是心里甜滋滋——有儿子继承香火啦，生活有奔头。

忽然街上一阵喧哗，吴王的宣讲团正在巡回演出，在街上搭台唱戏。戏台上一个衣服花花绿绿的，那是王，对面一个矮小猥琐的家伙，两手分开一条鱼，抽出一把匕首——这是表演专诸刺杀吴王僚。公子光借助专诸当了吴王，十分感激专诸，亲自写剧本，让国家剧团搬演伟大刺客专诸的故事。"刺僚"演出成功，宣传团长及时跃上舞台，高呼口号："向专诸同志学习！"三教九流流氓无赖都被专诸的精神感动了，团长富有磁性的男中音更是魔力非凡，台下的呼应山呼海啸："向专诸同志学习！""向专诸同志致敬！""向专诸同志致敬！""以专诸为榜样拼死保卫国王阖闾！"后一句大家不跟着喊，倒不是因为这句话太长又拗口，而是大家不想为阖闾去死。公子光当了国王，改名"阖闾"，幸福地活着呢，为啥叫我们为他拼死？

但是文艺演出彻底感动了要离。专诸那家伙形象丑陋，动作笨拙，武功极其差劲，身材比要离这个侏儒高点也有限——要离身高145厘米，比他六岁的儿子稍稍高那么一点点——能建立如此辉煌业绩，被国王题词歌颂，多么光荣幸福啊！于是决定当刺客为保卫阖闾王而牺牲，目标选定庆忌。

庆忌是吴王僚的儿子，父亲被害，他逃到扬州，招兵买马，准备反攻苏州，夺回王位。庆忌高大威猛，膂力强健，仪表堂堂，天然一副英雄派头。

要离求见阖闾，把计划如此这般说了一遍，阖闾大喜："行，行刺成功，我专门给你写一部连续剧！"要离却不走："请大王先把我老婆杀了，我再离开苏州。""却是为何？"问完了阖闾就后悔了：这还用问吗，要离讨厌老婆，要离婚却总也离不成，忽然明白他的名字为什么叫"要离"。要离这是跟国王交换条件呢，他替国王杀庆忌，国王帮他杀老婆。阖闾笑嘻嘻："明白，明白，放心去吧！"要离还是不走："还请大王把我儿子也杀了。"阖闾被彻底搞混沌了："这又是为何？""要取得庆忌的信任，就得作出牺牲。"阖闾脸上一阵红一阵白，惭愧得要死，他误读了要离那颗高尚正直的心。

要离对老婆说："今天不营业了，我给你们娘俩做一顿盖浇饭。"儿子兴高采烈吃完盖浇饭，又给老爸抓了一会儿痒，门外的士兵早就等候得不耐烦，冲进来抓起娘俩就走，老婆喊道："孩他爹，这是为啥呀？"儿子喊道："爸爸，你不要我了？"要离不说也不动，眼睛直视前方，一副圣徒的模样。半个小时后，要离揣起妻子的一缕头发和儿子的小手，坚定地向扬州进发。

庆忌不但英武盖世，智慧也超群，早在三千年前就主张"情报主导军事"。庆忌将要反攻苏州，大军未动，情报先行，在苏州布置了大量谍报人员，安置坐探，收买眼线，情报源源不断地输往扬州大本营。这天忽然收到这样一条情报："拟侏儒山塘街要离被阖闾灭族只身逃离各高速路口设卡未获已联网通缉研判认为将往扬州。”庆忌得此情报大喜：“要离被阖闾迫害，要投奔我们，我要委任他作远征军总参谋长！”

要离果然来到扬州，而且求见庆忌。庆忌看到要离很失望：他也太矮小了，确实是“拟侏儒”，顶多一米半。可是他转而一想，又高兴起来。据他的情报，古来英雄大智慧者有两个特点，或者左撇子，或者身材矮小。商汤，左撇子；周武，左撇子；秦穆公晋文公楚成王，都是左撇子！我庆忌——拿筷子来！他抄起筷子夹回锅肉……果然，也是左撇子！伊尹，矮个子；姜尚，矮个子；先轸、栾枝、褒蛮子，统统是矮个子，且住！你们看哪，所有的大王领袖都是左撇子，所有的豪杰智者都是矮个子，我左撇子庆忌和矮个子要离……于是，要离被推举为“讨逆军”总参谋长。大军浩浩荡荡，顺流而下，沿长江向苏州进发。

风和日丽，江面如洗，庆忌歌兴大发，军中无乐，击缶而歌：“世界是我们的，也是孩子们的，但是归根结底是那帮孙子们的！”要离说：“大王，您歌声响亮，请您站在船头，高歌一曲，振奋士气！”庆忌不知有诈，挺立船头唱《牺牲歌》：“下定决心，不怕牺牲，排除万难，争取胜利！”全军跟着大合唱，江中鲤鱼争先恐后跃浪跳波，纷纷张口，吐出“胜利”俩字，又潜入水中，江岸芦花也瑟瑟地激动起来，仿佛奏出“胜利、胜利”的音符。

庆忌的歌声戛然而止！一柄长矛，穿透庆忌那宽阔的胸，要离还紧紧地抓着长毛的木柄——时间静止了。

庆忌说：“你过来。”要离却不怕，知道庆忌已经失去战斗力，就放下矛，走向庆忌，庆忌一只手把着船舷，一只手握住要离的小细腰，慢慢地浸入江水中，要离被憋得要死，庆忌便提出他，看看脸色，再浸入，涮羊肉似的提出浸入七八回，要离差不多没气了，庆忌坐下来，把要离横放膝头，继续歌唱：“海难枯，情难灭，与君既相逢，何忍轻离别？问天何时老？问情何时绝？我心深深处，纵有千千结！情绵绵，意切切，柔肠几万缕，化作同心结！”

什么话！难道庆忌要离是“同志”不成？千万别误会，庆忌的性取向没问题，他恨要离恨得要死，所以才把他弄到江里又洗又涮。但是他认为人将死时要宽容，不能带着仇恨进地狱，要带着博爱上天堂。而且，仇恨在怀也进不了天堂，只能下地狱。所以，要宽恕一切人，包括那些伤害、杀害自己的人。可是这歌唱得也实在是太缠绵，过了几世几劫，一个山东嫚子邓丽君把它演绎成一首情歌，令无数痴情中的男女痴狂。

卫兵看庆忌唱得也差不多了，歌声已经软绵绵的没了力气，就要把要离就地正法。庆忌说：“别，放了他，我是英雄，他是智者，哪能一天之内全死球！”这是庆忌的临终遗言。

要离下船。他刚才已经被庆忌涮锅子涮得半死，脚底发软，浑身湿淋淋的，衣服就很重，加上心慌慌，上岸没几步就重新掉进江里，挣扎着喊救命。

无人援之以手。

要离沉没处，只是泛起几个小小的漩涡，大江恢复了平静。

豫让·一个人的战争

最近赵襄子很怕上厕所，因为他一进厕所就会见到豫让。豫让专门在厕所里候着他，眼睛斜斜地看他站着或是蹲着方便。就算是同性别吧，在如此庄严的时刻，他在那里目不转睛地盯着，这叫什么事？不过豫让不搞断袖断背，赵襄子不会有被性骚扰的危险，可是赵襄子很快就面临着更大的危险：豫让的手里分明攥着一把小刀！刀虽然小，却也寒光闪闪，刀锋上闪烁着阴谋。其实也算不得阴谋，豫让的意思很“阳谋”：杀赵襄子。问题的严重还在于，他的刀子还不止一把，每次都是一把新的，有长有短，奇形怪状的叫人眼花缭乱。

总在厕所遇到豫让，免不了要打招呼：“你好，早来了？”“谢谢，你今天来得太晚了，我还以为你不来了呢。”一来二去的，也就熟悉了，赵襄子终于搞明白豫让在厕所里等他的原因。豫让原本不是刺客，他原在主持晋国国政的中行氏家里做客卿，待遇虽不很好，也还过得去。不幸韩赵魏智四家大臣合伙消灭了中行氏，豫让有了就业危机。所幸智伯没有使这一危机发生，他请豫让到他家里工作，还把他提拔到业务主管的高位，失业者豫让一下子成了白领人士。时光如水，日月如梭，这四家又发生了分裂，韩赵魏三家发动了对智伯的战争，带头大哥就是赵家的赵襄子。三家消灭了智伯家，瓜分了原属于智伯的土地和财富，赵襄子最恨智伯，把智伯的头颅脑壳切割打磨，镶上金边，当酒碗用。豫让要为智伯报仇，杀掉老赵，把带头大哥老赵的头颅也制成酒碗。所以，他每天在厕所里等赵襄子，寻找下手的时机。

赵襄子问道："兄弟有一事不明，敢请指示一二？"豫让也客气："但问无妨。""阁下原是中行氏的家臣，我们和智伯一起灭了你的主人家，你不提报仇的事，反而跟随了智伯。现在我们灭了智伯，你怎么揪住我不放呢？"豫让觉得这问题很严肃，三言两语说不清楚，索性也蹲下来，与赵襄子隔着卫生间的隔断，阐明他为什么只报效智伯不理会中行氏的道理。他说："中行氏对我，他是我的老板，我是他的打工仔，我吃他的饭，给他干活，他出钱，我出力，两不相欠。我没有为他报仇的义务。智伯就不同了，他从没有把我当作打工仔，而是把我当作人才看待，有杰出贡献的人才。""部级专家？""不止，至少也是国家级的。人生一世，知音难得啊，智伯就是我的知音人！""豫先生，不要激动，给，擦擦眼泪。""谢谢……不对，这是手纸，换一个！""哦，错了，对不起。"递过来一片面巾纸。

"所以，你要刺杀我。理解理解。智伯有你这样一位知己，九泉之下，也该满意了。可是豫让先生，你想过自己吗？我的警卫员很厉害呢，你替智伯报了仇，自己恐怕也……""我知道。君子要为知己献出生命，如同女子为喜欢自己的人修饰容貌。""士为知己者死，女为悦己者容。咱们是古人，得说古代汉语。""我知道这成语，这是专门说我的，怕你听不明白，临时改成后代汉语。"听了豫让的叙述，赵襄子感动得热泪盈眶：真是大义士，我能为他做点什么呢？现在，他觉得自己已经是这位刺客推心置腹的好朋友了。

既然是好朋友，老赵觉得应该为豫让的行刺出点好主意，于是，他们进行了很深入的谈话。老赵的意思，归纳起来是两点。第一，要行刺，应该换个高雅点的地方，钟楼前，御桥下，护城河边，至少也应该花前月下，月上柳梢头，人约黄昏后。在厕所行刺，既损害一国之主赵襄子的声望，也损害堂堂刺客的名誉。不管成功不成功，都是两败俱伤。豫让对这条建议唯唯称是："多承你的教导，小弟肚肠嫩，还真的没有想这么深刻。"第二，豫让得化妆行刺，因为赵襄子对他已经很熟悉，原版的豫让来行刺，老早就会被发现，根本近不得身的，赵襄子的护卫那么多，一声“抓刺客”，计划全泡汤。豫让更感激了：“小弟实在是肚肠嫩，若不是你的教导，我的行刺计划绝对不会成功。成功之后，我要好好地感谢你！”聊得如此投机，豫让谦恭地扶起赵襄子，厮跟着走出厕所。蹲得太久，老赵的腿麻木得厉害，若不是豫让扶着，他还真是走着困难，可是话说回来，若不为指导豫让，哪至于蹲得这么久？

豫让遵循赵襄子的教导，从此离开厕所，正大光明地在钟楼御桥一带转悠。同时，豫让用许多稀奇古怪的办法，把自己搞得面目全非。看见妻子走过来，便凑过去，扯一扯她的衣襟，结果妻子大叫：“非礼呀，抓流氓！”警察紧急动员抓流氓，豫让的身手，岂是普通警察抓得到的？早就飞檐走壁没了消息。豫夫人在街上大哭：“豫让你个杀千刀的，跑得没影不顾家，连个要饭的都敢欺负我！”豫让大喜，计划圆满成功，保证赵襄子再认不出。下一步，根据赵襄子的指示，到一个高雅的地方拦截赵襄子。赵襄子上班，高车大马过御桥，四匹马走得好好的，忽然一起惊恐起来，好像商量好了似的，骨碌碌地滚过大桥。赵襄子说：“是豫让，搜桥下！”从桥下抓住了奇形怪状的豫让。还攥着一把小刀，赵襄子很熟悉的那把。

豫让大吵大叫：“老赵，你骗我，我都是按照你的布置做的，怎么就不成功？”老赵微微一笑：“上天佑我，不佑你。你还有什么心愿，说吧，我帮助你实现。”豫让说：“我的愿望？那就是杀你，替智伯报仇。既然不成，我就砍几下你的袍子吧，算是杀了你。”赵襄子回顾自己的部下和随从：“你们是不是应该向豫让先生学习？作为刺客，就应该这样，忠于主人，九死不悔！”属下列队，高喊口号：“向豫让学习！向豫让致敬！向豫让学习！向豫让致敬！”赵襄子脱下皮袍子递给豫让，豫让拼出全身力气，把皮袍子砍得零碎碎，最后一刀劈向自己。赵襄子说：“别喊了。”学习、致敬的呼声戛然而止，赵襄子跨上车，四匹马早安静下来，拉着赵襄子，信心百倍地向王宫前进。

聂政·给个理由先

聂政是韩国济源城里一个无业青年。青年而又无业，难免要做些法律允许以外的事情，做得多了，做得久了，人们也就习以为常，连警察都懒得管他们，只要不是闹得忒不像话，警察乐得睁一眼闭一眼，给他们一条活路。不过这一回，聂政把事情做得稍稍大了那么一点点：他杀了一个人。杀人偿命，古今一理，但聂政不想偿命——请不要误会，以为他不是好汉，做事不敢自己承当。他很想偿命的，可是他母亲年老，姐姐还没出嫁，男子汉可以不要命，却不可以不顾家。于是，聂政领着母亲和姐姐，从韩国济源逃到齐国的濮阳。韩国和齐国没有签订刑事犯罪的引渡条约，韩国的通缉令不会追到齐国，所以聂政现在很安全。

为了生计，聂政在濮阳谋了一份职业：杀狗。由杀人改为杀狗，聂政也算是弃恶从善。当然，他如果彻底脱离了"杀"字，最好不过，可他这么多年下来，除了"杀"，好像也不会干别的事。从前，聂政打打杀杀，属于"灰社会"人物，现在肯定不灰了，已经有了许多的白色，比如他现在更加孝敬老娘，街坊四邻都夸他是大孝子。说他孝敬，绝不是奉承，聂政杀狗的劳务费很微薄，但是狗头和狗内脏心肝肚子肺之类照例要归屠夫所有，聂政每天血淋淋地拎着狗的内外部件回家，样子虽然不很雅观，但他和姐姐洗洗涮涮，居然煮出一锅香喷喷的狗杂汤，老娘吃得兴高采烈。聂政还根据老娘的牙齿状况，制作了一种特殊的蒸饼：将狗头肉煮得软烂，掺入各种蔬菜，做成直径尺半厚一寸的大饼，蒸得软熟，切成八块，老娘和姐姐各吃两块，他吃四块。这种饼，老娘吃了健康，聂政吃了强壮，姐姐吃了苗条，全城人都来学样。

韩国一位权豪势要，叫严遂，因为与丞相侠累有隙，逃到濮阳政治避难。这天高车大马来看望聂政，进门亲亲热热地叫兄弟。既然聂政是兄弟，高堂太夫人就是老干妈了，严遂叫干妈，叫干妈之后献上百金，祝干妈健康长寿，祝健康长寿之后，指示兄弟聂政："咱们国家的丞相侠累，跟哥哥我是死敌，兄弟你把他给我宰了！"聂政早就被感动得眼泪鼻涕纵横驰骋："哥啊，你哪里是俺的哥哥呢，分明就是俺的亲爹！就算是亲爹吧，也不会把这么重要的事情交给俺来做！"严遂大喜，问聂政几时启程，聂政忽然想起一件事："哥啊，兄弟这次去韩国，是不是就回不到这里来了？"他从前是灰社会的人物，了解当刺客的风险。严遂说："大概或者也许是，不过我们说不准，可是本人总以为，恐怕仿佛不见得。"聂政不得要领，但根据他本人在灰社会的经验，大概也许肯定是回不来的。就把百金还给严遂："哥啊，这事再说。"严遂想，"再说"就是不干的意思，便毫不犹豫地收回了一百金。严遂实在不是个大气的人。

若干年之后，聂政来见严遂，一身短打扮，俨然刺客。严遂已经不很认识他："我有什么可以为先生效劳的吗？"聂政说："咱娘……"严遂更迷茫："什么话？"聂政继续说："咱娘殁了，姐姐已经出嫁，嫁个好人家。兄弟现在一身轻松，替你杀了侠累那个老家伙！"严遂这才想起来他是聂政，心里好生惭愧，不该收回那一百金，便又把那一包金子捧出来。聂政笑笑："咱娘已过世，这钱还有什么用处吗？"严遂更红了脸。兄弟兄弟叫得甜蜜蜜。

侠累老家伙也不是吃素的，他在齐国布置了深喉，随时可以获得关于死对头严遂的活动情况。情报说，严遂去找聂政了，侠累大惊："注意，防恐警报上升到橙色级！"随后又有报告：严遂从聂政家里出来，骂了一句"胆小鬼"。侠累说："小的们，警报解除！"侠累很自信：我和聂政无冤无仇，他为什么杀我？况且他人命案在身，我不到国外缉捕他，格外开恩呢，他反来杀我？是那些情报人员怕自己被冷落了，故意制造紧张气氛。几年，平安无事。忽然收到聂政去见严遂的最新情报，侠累大怒：“什么狗屁情报！情报专业培养的学生就是善于虚张声势！为了一个小混混，害得我把警报提了好几级。他来行刺我，他会吗？他敢吗？给一个杀我的理由先！”侠累认为他布置在濮阳的情报人员太可恶，一律解职，罚他们下岗，到警事大学接受魔鬼培训。

韩国的首都禹城，侠累主持内阁会议，作报告。领导作报告，永远是劳累自己折磨群众的事情。侠累演讲，群众睡觉，守卫都昏沉沉的，口水拖了半尺长。一阵风刮过，侠累的报告就没了声音。通例，领导读文件的时候，大家都睡觉；领导不读文件，大家立即醒转来，这一醒就看到了最恐怖的一幕：侠累丞相被刺死在台上！鲜血正汩汩地从胸前的刀口往外流淌。

刺客就是聂政，但人们都不认识他。卫士振作精神，围住刺客搏斗。聂政此时非常艰难，他要一人抵挡数十个武士的进攻。艰难在于他必须自己死，不能被武士们砍死，简单地说吧，他必须自杀，而不能“被杀”。但要完成自杀，就必须阻止众武士飞舞的刀枪剑戟，因为他的自杀不是一般自杀一刀致命，他要在最短的时间内，把自己切成碎块！这个场面过于恐怖，明显的少儿不宜，不叙述为好。总之，聂政做到了。韩国国王发布命令，悬赏认出刺客为谁人，结果谁也认不出：刺客把自己整得零零碎碎不成片段。

聂政毁容灭迹，意思是不给严遂留下后患。聂政做出如此轰动的事情，濮阳人很不以为然，认为他是上了严遂的当。但聂政创造的壮馍，却成了濮阳市的名牌美食。为了纪念聂政，濮阳人把这种浑厚庞大的馍叫“政馍”，后来谐音叫“壮馍”。外地人来访，濮阳人就下死力往客人胃里塞壮馍，临走还必须背起几多张，热热地上路。

曹沫·从将军到刺客

鲁国与齐国开战，鲁国的总司令是曹沫，也叫曹刿，善于“论战”的那个家伙。齐国丞相管仲内阁的战争专家数不胜数，随便拎出一个，就可以打败曹沫。所以，这场战争还没有开始，胜负就已经定盘子了。三回战役下来，鲁国的军队只剩下一根旗杆和一个司令。光杆司令扛着光杆旗，摇摇晃晃跨过吊桥，开进了曲阜城。

打败仗，照例要割地赔款，齐国的接收大员到鲁国受降，两只鼻孔朝天空，腋下夹着一卷皮尺，手里一根削了尖的木棍子，眼睛迷离恍惚地走啊走——他是故意的。走到曲阜城下，下巴颏几乎磕了城墙砖，这才睁开眼睛：“到你们家门口了？可是我没有往回走的道理，对不起，就是这里了！”捡起一块砖头，把那木橛子狠命地砸进地里：这就是齐鲁两国的边界新地标。鲁国人出门就进入齐国，鲁国的鸡会到齐国下蛋，要是捡回来，就是出口转内销，价格翻倍。鲁国的猫儿狗儿到树林子里方便，都得办签证。签证难办，古今无二，办签证要花钱，代价不菲。所以鲁国的宠物大部分时间都艰难地在曲阜城里徘徊，男猫男狗的前列腺都不大好，女猫女狗全部患了肾盂肾炎。

曹沫每天扛着那根光杆旗上下班。他的总司令的职务没有被罢免，一方面是因为战败的责任不在他，不是曹沫无能，而是敌人太强大；另一方面，鲁国也没有别的将军可以代替他。至于他为什么扛着旗杆不放，人们有许多猜测，有人说他用旗杆维护全军统帅的尊严，杆子上面虽然没有旗帜了，但是仍然代表着从前的千辆战车，十万员士兵。也有人说那是国王在羞辱战败的将军，叫他每天为战败忏悔。还有其他许多稀奇古怪的说法。其实，曹沫的旗杆只是用来防身的。曲阜城的猫儿狗儿对曹沫好像特别不宽容，总是处于内急状态的它们，见了曹沫就又挠又咬，好像它们知道这一切苦难都是曹沫造成的，事实上这一切苦难的确就是曹沫造成的。

战胜国国君齐桓公亲自出席受降仪式，要把那位眯眼大员砸进鲁国城门口的木橛子合法化。受降仪式叫盟会，齐国为此专门在东阿城里筑了一座结盟台。桓公的傲气比那位砸木橛子的大员更大，大员只是鼻孔朝天，桓公却是肚脐朝天的。肚脐朝天？那他身体与地面的夹角该是多少呢？至少要一百二十度！桓公长得肥大茁壮，那夹角还要更大些。当一个战胜国的国王，容易吗？这样的步法，没有很大的毅力和尖端的技术，绝对练不出来。

鲁庄公弯腰曲背，一脸晦气色，畏畏缩缩地站在台下。代表团成员也个个垂头丧气，其中有司令官曹沫。根据投降书，鲁国的大片国土将划归齐国，鲁国的猫狗们将永远没地方拉屎拉尿，曹司令将永远被猫狗们围追堵截，所以对合约最不满的应该是曹沫。齐桓公在自己的文臣武将们的欢呼声中抓起笔，饱蘸了黄山松烟高级墨，酣畅淋漓地就要落笔签名——“姜小白”三个字在自己的头脑中已经龙飞凤舞了好几年了，只等吉时良辰。突然，从鲁国的阵营里跳出一个人，以迅雷不及掩耳之势，冲上盟台，在就要与桓公亲密接触的一刹那收住脚步，两座身体的距离是十五公分，正好是一把匕首的长度，也正是一把匕首隔开了这两个人。这么近的距离，桓公看对方的眼睛，觉得它们过于庞大，以致认不出那是谁的眼睛。其实，对方的感觉也好不到哪里去，因为桓公发现，那家伙主动地将脑袋撤回了几公分，这一撤，桓公认出来人是鲁国的司令官曹沫。曹沫紧握匕首，抵住桓公的胸口，作势要刺。桓公喝道：“阿沫！你要干什么？”曹沫说：“我要你签字！”桓公丢了笔，骂道：“神经病啊你，我这不是正要签字吗？”曹沫推开桌案上摆的那个文件，从自己怀里掏出一捆竹简，展开：“签这个！”桓公却已经镇定下来：“怎么说，我也是一个朝阳武士啊，你叫我签我就签，那我的名誉不是全完了！”曹沫便发狠：“你要是不签，连你的性命也要全完了！”权衡了名誉和生命之后，桓公决定保命。朝阳武士保命的同时也不想放弃名誉，他说：“签名大事，得进行全民公决！”曹沫也痛快：“齐国文武官员听着，齐侯这字，签还是不签？”桓公虽然带来那么多文臣武将，但是事发突然，国王被劫为人质，文武们百般莫救，现在只希望国王保住性命，脱离危险，然后收拾那个绑匪。于是一起呼应：“签——”那真是响遏行云，原来鲁国的官员也在跟着喊呢。桓公得到了国民代表的授权，便毅然决然地在那份文件上签下了“姜小白”三个篆文花体字。

签了字，桓公才仔细地阅读那份文件，文件说，齐国军队必须全部撤出占领的鲁国领土，不要求鲁国对齐国进行战败赔偿。就是说，这场仗是白打了。桓公的大臣们说，那份合约是在被逼迫的形势下签的，不作数。桓公也准备毁约。管仲说：“就算是不平等条约吧，我们已经签了字，我泱泱大国，诚信为本。撤军！”

曲阜城外的木橛子拔掉了，鲁国的猫儿狗儿以雷霆之势冲出城门，到小树林去方便。方便之后，围着曹沫大献殷勤，把曹司令脚面子的皮肤也舔掉了好几层。那以后，曹沫上班就不再扛着那根倒霉的旗杆了。

唐雎·扫黄的确很重要

安陵国很小，在河南鄢陵县内，跟“小王子”的星球大小差不多，小王子拥有一颗小星球，所以他是王子，安陵有魏王敕封的印绶，所以他是“君”。小王子整天修理他的地球，防御猴面包树生物入侵，安陵君整天忧心忡忡，提防秦王嬴政的虎狼之师。战事突起，秦王大军伐魏，魏王投降，安陵君心惊胆战终于胆囊炎发作，疼得在城墙上打滚，忽然探马来报：“一个好消息，一个坏消息，大王先听哪个？”将军一脚把探子踢下城墙：“大王疼得这样了，娘那脚的你还卖关子！俩屁一堆儿放！”探子一瘸一拐再次爬上城墙，安陵国小，城墙也就不高，探子居然无大碍，这次不敢闹玄虚耍嘴皮子，一五一十报告：“这坏……这好……哦不，秦王大军回去了，没来。但是秦王写来一个竹片片，叫作‘最后通牒’，说不打仗了，要用五百平方公里的土地换咱们的五十平方公里，叫以土地换和平。”听到秦王已经回咸阳，安陵君的胆立刻不疼了，戴上帽子穿上鞋，正襟危坐准备摆架子，但是听说要他搬离祖宗留传下来的封地，他又不行了，哎哟哎哟地在城墙上又滚个没完。唐雎说：“大王不要滚了，我去一趟秦国。”安陵君大喜：“先生你去秦国？”不疼了，爬起来，回宫吃饭去。

唐雎来到秦国首都咸阳，秦王请他吃饭，还要跟他举行单独秘密会谈，整得挺神秘。受到如此隆重的款待，唐雎知道缘故。果然，饭后甜点吃过，秦王发问了：“唐先生，去年在周天子的宴会上你讲的黄段子……不是，那个那个……笑话，大家笑得那么凶，请问这是为什么呢？这是为什么呢？”唐雎装糊涂：“什么笑话？”“就是采蘑菇那个。小姑娘采蘑菇，一个一个一个……总是一个，狗熊采蘑菇，为什么就一个两个三个四个五个呢？大家都笑，有那么好笑吗？”唐雎说：“大王附耳过来。”一番耳语，秦王面红耳赤，乐得前仰后合，眼泪鼻涕飞扬，突然，秦王不笑了，眼前一把明亮阴森的青铜剑！秦王下意识抽自己的剑，只有剑鞘，空的！原来刚才唐雎说黄段子的时候，解除了秦王的武装，他手里举的，正是那把著名的秦王剑！

秦王是什么人？秦王是世界几百年、中国几千年而一出的伟大皇帝，他能被一个半大老头子吓唬住？他盯着唐雎的眼睛：“你现在就把剑放下，我不追究你的刑事责任，就当你是开玩笑。要是不放下，哼哼，搞恐怖主义，你知道我是谁吗？我是恐怖主义的祖宗！”唐雎不刺秦王，但也不放剑：“恐怖主义？第一次听说。请你给这东东下个定义！”秦王说：“定义我下不来，不过我可以描述。所谓恐怖主义，主要是以国家或者国王的名义进行的武装暴力活动，很恐怖的哟，恐起来的话，伏尸百万，流血千里！你怕不怕？”唐雎却笑了：“大王准备什么时候恐我呢？”“什么时候恐，我想什么时候恐你就什么时候恐你！”唐雎还是笑嘻嘻：“但是你恐不了我的呀，恐的主动权在我。我要是现在恐你，没有百万尸，没有千里血。尸体，两具——你一具，我一具；污血，两盆——你一盆，我一盆。”

唐雎忽然觉得就这样把秦王给“恐怖”了，似乎说不过去，一来秦王会死得不明不白，后世人说起这段故事，会横挑鼻子竖挑眼，认为唐雎这个刺客不地道，人家好心好意请你吃饭，你却横刀夺人家命。再有，就算是杀了秦王，也未必保得住安陵。所以，还是应该在学理上为恐怖主义正名。于是，他用秦王剑抵着秦王胸口，发表了长篇演讲：“很久以前，你知道吧，要离刺杀庆忌，苍鹰飞到庆忌的宫殿，盯着庆忌不眨巴眼珠；很久很久以前，聂政刺杀侠累，彩虹弯弯曲曲地直奔太阳而去……”秦王反驳道：“你们家的彩虹才是弯弯曲曲的呢！说彩虹弯曲，行，说它弯弯曲曲，没道理！撒谎都不好好地打草稿！”唐雎脸上闪过一丝不安，觉得这演讲词确乎有问题，但是他现在掌握着斗争的主动权，他说彩虹弯弯曲曲，彩虹就一定弯弯曲曲："学术问题以后再讨论！总之，彩虹奔向太阳。很久很久很久以前，专诸刺杀吴王僚，彗星的尾巴扫过月亮。这几个壮士，在采取恐怖行动之前，那股豪气上感天庭，所以有异象出现，让天下人做个见证。"秦王不服，说："哼！"唐雎却不计较："我今天要刺杀你，你们宫殿和白杨树啥的，总会有一点征候吧？比如苍鹰落在殿上，有没有？有没有？"秦王仔细想了想，恍然大悟："对啊！就在昨天，天上的云彩很特别，有一块，看上去隐约像个'且'字，应该就是先生您的名讳。"（唐雎，史书上又写作唐且。）唐雎大喜："我就说嘛。既然我的行动已经上感天庭，我的要求你不会不答应吧？"秦王说："当然，当然。"

于是，安陵国无恙。

荆轲·非专业刺客

河南人尚武。辉县城里三个一群五个一伙的，说得热闹，他们在讨论剑术。什么事情，一旦到了需要讨论的时候，就可能蹈了玄虚，辉县大街上那些永远开不完的剑术研讨会，就玄虚得十分精彩。武士甲说，我有轻功，站在翠竹的尖尖上和人拼剑。武士乙说，我以剑锋轻点水面，借水表面张力的反弹做七八个前滚翻。武士丙说，那有什么用呢，我的剑在天上飞，想飞哪里就飞哪里，想取谁的首级就取谁的首级！我的剑不是一般的剑，是“导剑”！一个佩剑青年听得着迷，说：“我……”三武士齐按剑：“你是谁？有武士证书吗？四级还是六级？”“在下荆轲。武士证书？当然有！”“那就掏出来看看哪！”荆轲狠命掏出那破棉袄，到底不见证书，红了脸：“会有的，会有的，将来会有的。”三武士一起出剑：“滚！”荆轲顺着黄河的华北冲积扇，一滚就滚到燕都。

燕都特别善于包装人物。著名包装家田光发现荆轲很有潜力，值得包装，专门为他开了一个新闻发布会，宣称荆轲是来自河南的天下第一武士，因为在河南没有对手，到燕都琉璃河来发展。现场举办武术观摩大赛，十几条东北大汉与荆轲对决，那些大汉被荆轲一把剑横扫，如秋风中的落叶。荆轲为自己的剑术如此了得惊讶不已：是东北人特别不经打，还是自己大长进了？他很希望是后者。果然，田光热烈恭喜他：到这种地步，壮士的剑术已经不是剑术了，手上无剑，心中也无剑！荆轲想：可不是？在河南的时候，我根本就不敢和武士交手，现在横扫千军如卷席。田光说："壮士的神术还不止于此。"荆轲大喜："还有更厉害的吗？""这么说吧，你想的事情，全部都能实现！只要你敢想。只有你想不到的，没有你做不到的。只要胆子足够大，玉皇龙王都不怕！人有多大胆，天赏多大脸。""我想叫太阳往回走。""那就请你坐到这把椅子上，闭眼睛——好了，睁开眼睛吧！""哎呀呀，刚才太阳烤着我右边腮帮子，现在烤到我的左边了！我，我通神啦！"观众一迭声地叫嚷："改天换地的大神仙！班塞荆轲！"其实，这些观众与比武的东北大汉一样，都是田光花钱雇来的，让太阳往回走，也是燕都著名魔术家的保留魔术节目。以后，荆轲还陆续地"想"了许多离奇古怪的事情，旱地行船隔山打牛水变油之类，田光稍做准备，都使他的想法实现了，于是荆轲相信自己已经神乎其神。

田光老头子要搞这样的怪，也是形势所迫。秦国的丞相李斯，要帮助秦王嬴政灭山东六国。有那个实力，想灭就灭好了，可是他不按规矩出牌，搞什么"准恐怖主义"。恐怖主义的针对目标没有限制，逮着军人宰军人，遇到乞丐杀乞丐。军人不好对付，成年男性也不很好杀，还是杀掉那些女人和小孩子最方便，所以最典型的恐怖主义很热衷于杀妇女和小孩，捎带脚也恐怖几个士兵或者小干部。李斯的恐怖目标有限制，而且很固定，只"恐怖"六国的大干部，所以叫它准恐怖主义。燕国的大干部已经被李斯的恐怖袭击定点清除搞掉了不少，主张抗战的高级领导人很快就要变成少数派。主持国家政务的太子丹就和田光商量："我说老田哪，咱们就不兴也宰秦国几个大干部，比如说秦王嬴政啥的？"田光说："我正琢磨着拿谁开刀呢，就是他了！"田光在琉璃河大街上拉住人就哀求："请你到咸阳杀秦王，国家给你大大的好处。"大大的好处很诱人，可秦王一个恐怖袭击的行家里手，是那么好宰掉的？所以无人敢怀揣小刀进咸阳。无奈之下，田光出此"上策"：荆轲一个外国人，不了解燕国国情，更不了解六国形势，把他捧迷糊了再说。荆轲不读书，不看报，是一个什么学问也没有的无证武术爱好者，捧晕他很容易。

荆轲既然已经是神，不是人了，刺杀秦王区区小事，何须商量？于是，在北方深秋的一个早晨，荆轲在易水岸边与太子丹、田光等人告别。

因为是恐怖活动，不能做广告，所以来送行的人不算多，倒也切合当时的风景和气氛。合唱队倒还齐整，燕国著名歌唱家高渐离的男高音把易水的波浪搞得滔天，合唱队又推波助澜："为什么战旗美如画？荆轲的鲜血染红了它；为什么大地春常在？荆轲的生命开鲜花！"歌曲的意思很明白：荆轲壮士这一去就再也活不成了，鲜血和生命都将留在秦国。可是荆轲壮士正沉浸在自己是神不是人的哲学沉思之中，听不出歌曲里面的意思，还高歌一曲，以作答谢：大哉颜回贤哉颜回呜呼哭，一箪食惜乎不改其乐惜乎，颜回贤哉痛一瓢饮惜乎呜呼，天丧颜回有德颜回天丧予惜乎恸哭！"这支曲子是"升 4"调，极难唱的，荆轲的音准又没有定好，折磨得众人痛不欲生，头发都一根根地竖起来，顶得帽子纷纷落地。

荆轲没把秦王当作一回事，可巧秦王也没有把荆轲当作一回事。秦王善于察言观色，一眼就看出荆轲不是来行刺的。真正的刺客，无论怎样伪装，总要露一点两点甚至三点的马脚：目光游移，嘴唇白惨惨的没有血色。荆轲坦坦荡荡地献地图，笑意写在脸上。秦王伸手接地图，荆轲抓起匕首刺过去——对准大厅的红柱子。原来荆轲的眼神不大好，把红柱子当成了秦王的脸。荆轲发现搞错了，想拔出匕首再刺秦王，时间已经来不及，就算刺中柱子不深，刀子入木，也不是那么好拔的。就算拔出不太难吧，也不能保证他第二次就能刺准了。

消息传到河南辉县，甲乙丙三位武士很是嗟叹了一回："他的剑术实在是太差了。说到底还是我们的错，他要学剑术就学嘛，跟他要什么四六级证书呢？证书这害人的东西早就该取消了，我们如果允许他旁听那次研讨会，他也许不至于连黑脸秦王和红脸桐木柱子都分不清！"

滑稽列传

陈灵公·致命的粉红色

陈灵公一大早把全体大臣召集到朝堂开会。也没有什么事，就是点点名，说说天气，“都四月啦，那咋还不下雨呢？”群臣便附和：“是啊，那咋还不下雨呢？”河南话“下雨”说成“下玉”，“下玉哩”“下玉哩”，在朝堂上此起彼伏，煞是好听。上班嘛，从来都是这个样子。国家有很多力气养活很多劳心者，他们是专门管理劳力者的。陈灵公时候没有茶吃，也没有报纸看，只好说天气，“那咋还不下玉哩？”

说完天气，大臣们便奔早市买新鲜便宜菜，大捆小捆带回家。有两个大臣不去早市，孔宁和仪行父。他们很鄙视那些人的小家子相，赶早市，能省几个钱呢，失了身份，俗。他们不俗，他们雅，因为他们只管讲恋爱。没错，真是“讲恋爱”，原来他们俩爱的是同一个人，名夏姬。这夏姬小姐已经老大不小，应该叫“老姐”，女人的岁数男人猜不着，但可以推导，反正她的儿子夏征舒二十多岁，在首都卫戍部队当个小头目。奇就奇在夏姬老姐一点不显老，带着儿子出门，人们一律认定那是她哥哥，长得又恁像！

孔宁、仪行父爱上同一个人，是“同情”，但是“同情”一词的另一含义是“情敌”，所以两个人免不了拈酸吃醋，明争暗斗。孔宁说：“我越看那夏征舒，长得越像你。”酸溜溜的一串葡萄，仪行父说：“也像你。”把葡萄掷还了半串。这两位公子没听过科普课，所以没知识。一个儿子不可能同时携带两位父亲的基因，那啥……那绝不可能！两个人正谦让着，陈灵公来了，孔宁和仪行父同时指着灵公："像我们大王！"原来灵公是第三个"同情"。君臣三个在朝堂热火朝天地讨论起夏姬，为夏征舒究竟更像谁争执得面红耳赤，口燥舌焦。

争执没有结果，灵公觉得这件事学术性太强，便建议搁置不研究，来个轻松话题，便脱朝服，朝服太隆重，一层一层，脱到最后，剩下一件小背心，乖巧得要命，真丝绣花的。灵公说："看见没，夏姬送我的。"夏姬那么小，她的背心穿在胖大的灵公身上，效果跟文胸差不多。孔宁、仪行父便笑，也脱衣服，分别露出了小背心。原来各人都得了夏姬的赏赐，不过孔宁、仪行父的背心看上去才像个背心，不那么狭窄紧绷绷的。三个人都以为夏姬只对他自己情有独钟，所以把个小衣宝贝似的炫耀，不料大家都有，没偏没向，有些扫兴，但毕竟在这件事情上大家又都扯平了，回到同一起跑线上，所以还是很开心，爽朗的笑声传出朝堂，回荡在王宫的边边角角。

笑声被纪检部门的一位大夫洩冶听到了，他听出笑声在爽朗之中还掺杂了一些颜色，就找灵公谈话："花边新闻，粉红色，这些东西是演艺界的专利，咱们搞政治的，千万不能闹颜色，演艺界出事叫绯闻，咱们执政部门出事叫丑闻，破坏形象的。您君臣三人还公然在朝堂上穿露脐装，宣扬'男人的收获是女人'，这要是传出去，不但您三位不敢见人，全体陈国人都得躲到北京当山顶洞人啦！"灵公的脸皮也还算薄，毛细血管腾地爆炸，脸上居然淌下血来，和着汗珠一起流："我知过，我改，我改。"看来这灵公还有救，洩冶很满意。但灵公又补上一句："你去找他们两位谈吧，他们改，我就改。"洩冶被胜利冲昏了头脑，真个就去找孔宁、仪行父。谈话过程不得而知，谈话结果，《春秋》上记得明白："冬十月，陈杀其大夫洩冶。"

灵公以为杀了洩冶，往后可以为所欲为，但不幸夏姬还有儿子，夏征舒看老娘闹得忒不像话了，便怒向胆边生。但夏征舒是个君子，谙熟周公之礼，根据周公的教导，老娘再胡闹，也是杀不得的，于是在一个月黑风高夜，小伙子把前来幽会的陈灵公刺了个对穿。

夏征舒杀灵公，正人心，复古道，老干部体的诗说："功绩何辉煌。"各国国君一致认为夏征舒干得好，但同时，各国国君又一致认为夏征舒罪该凌迟，因为他"弑君"。这就叫人犯迷糊了。陈灵公该死，他自己又不肯主动地死，各国不能杀他，那叫干涉别国内政；国人也不能杀他，那叫"犯上作乱"；却又不能不叫他消失，容忍他胡闹，那叫没心肝。反正，怎么着都是错。夏征舒早就知道自己陷在悖论中，但全天下该出手的就数他了，该出手时就出手。

果然，各国国君为陈国的事变兴高采烈。他们闲得难受，正在王宫熬驴皮胶玩。其中楚王最痛苦，差不多要精神崩溃，坐在办公室大叫"无聊啊无聊"，每天盼"有聊"。"聊"终于盼到了，大家乐不可支，放下熬胶事业，八个无聊国家的国君组织联合国军打进陈国，陈国与夏征舒一起灰飞烟灭。

孔宁、仪行父在国家被八国联军侵略时逃到国外，倒也不怎么怀念祖国，只想夏姬。便唱歌："夏天夏天悄悄过去留下小秘密，压心底压心底不能告诉你，晚风吹过温暖的心里我又想起你，多甜蜜多甜蜜怎能忘记……不能告诉你，把你写在日记里，不能告诉你，心里想的还是你，浪漫的夏季，还有浪漫的一个你，给我一个粉红的回忆。"国破君亡，他们还藏着小秘密甜蜜蜜，这两个粉红色的家伙，没治了。

公子宋·染指

郑国的大臣公子子家一大早赶到公子子宋家，相约一块上班。子宋脸上笑得灿烂，子家问："你吃了喜庆鸽吗？乐得咯咯的。"子宋说："Look！"伸出食指给他看，那食指一跳一跳，宛如一条肥蚕，蠕蠕的。见子家迷惑，子宋说："经验，我这根食指一动，就该有好东西吃啦，今天午餐，国君肯定请咱们打牙祭吃海鲜！"厮跟着到王宫，老远见一伙人，山呼海啸地抬着一只庞大的海龟，奔了厨房。子家说："神啦你！"两个公子像时髦女郎，手捂着嘴笑弯了腰。恰好国君郑灵公来到，问笑什么，子家便说子宋的食指有特异功能，未卜先知，灵公也笑，却有了坏主意。大臣们围过来，仔细研究子宋的手指头，朝堂的气氛非常融洽，直到灵公喊"开会啦"，大家才停止研究，各就各位。

会后，灵公说招待大家吃工作餐，品尝从东海捞出的大海龟。大家依官位入席，侍者给每人端来一个食案，刀叉筷子一应设备齐全，酱油醋盐芥末调料齐备，但子宋面前空空如也，灵公还殷勤劝加餐："吃啊，吃啊，你不是食指大动吗？"子宋受了如此羞辱，终于成怒，奔向煮着龟肉的大铜鼎，鼎里咕嘟嘟地冒泡，子宋伸出那根特异手指，直直地插下去，满满地沾了一层龟汤，也顾不得手烫，就舔，恨恨地宣言："看我吃到没吃到！"然后一溜烟跑出王宫，回家生闷气去了。郑灵公没料到子宋脸皮如此之薄，这么不禁逗，也恼羞成怒，发布诏令逮捕子宋。子宋当然知道这一"染指"染上了大祸，决定来个先下手为强，带着亲兵，连夜攻入王宫，杀了郑灵公。

子宋为吃饭犯了弑君大罪，这是祸，但两年前，他却沾过“吃”的大光，不过那次是别人的吃。子宋当元帅带兵攻宋国，宋国的元帅叫华元，华元长着大胡子，挺吓人，但人极温和，要出征了，他照例得笼络部下，便杀了自己家的若干只羊，犒劳他们。华元的司机叫羊斟，自以为是元帅的贴身卫士，待遇要高，便向华元要一只整羊腿，他本来也吃不下一只羊腿，他是想借此炫耀待遇不一般。华元正忙着给大家分羊肉，便说：“你等会儿。”羊司机就等着。但等到最后，绵羊尾巴都被虎狼般的战士们啃完了，羊斟的羊腿还不见动静，原来华元忙得把这事给忘了。回到战车上，见羊斟饿得脸黄，气得脸绿，但羊腿早没了，便很尴尬：“等打仗回来，我专门给你整一只烤全羊！”羊斟也不答话，开起车就直直地冲入郑军营中，一路走一路骂：“吃羊肉，你说了算！开车，我说了算！”把华元元帅完完整整地交给了郑国元帅子宋，自己开着车又回来了。那时候的事情，今人怎么也想不明白，这家伙把元帅都送给了敌人，他不是叛徒吗？但是不，他回来照样开他的车。宋国发狠用许多礼物赎回华元，这华元也好身手，赎金交了一半，趁郑国看守松懈疏忽的机会，自己逃出来，可巧在都城门口遇到了羊斟，羊斟正想检讨，华元却说：“你那几匹马，可得好好调教，还没开战，咋就跑过去了呢？”羊斟知道华元不计前仇，主动为他开脱，但他不想掩盖罪过，就说：“不是马的事，我赶它们走的，是我的错。”坐车的，开车的，和好如初。

“吃饭是第一件大事。”这是极有道理的，“人为财死，鸟为食亡。”食是吃，财，说到底也还是吃。毛主席还说：“革命不是请客吃饭。”这话说得就更好了，革命不是请客吃饭，那么请客吃饭就是不革命。请客吃饭，可能招福，酒杯一端，就再没有过不去的火焰山。但更有可能招祸，如果因细节不周到，惹了哪位神灵，那他就不是神，是鬼，这就叫烧香惹鬼叫。天下原本太平，但郑灵公请大臣吃海鲜，华元请部下吃烤羊肉，结果——都怪他们有“历史的局限性”，没有听到“不要请客吃饭”的伟大教导。

齐顷公・战争游戏

晋国军队远征齐国。山西人要来山东打仗啦，山东人奔走相告，大明星赶紧开始排练节目：“我家大门常打开，开放怀抱等你。拥抱过了就有默契，你会爱上这里。不管远近都是客人，请不用拘礼。相约好了在一起，我们欢——迎——你！”有和声，“你”的拖长的乐音“哆”，混上和声“咪”，听着非常悦耳。一百多位明星站在黄河边上深情款款地歌唱，迎接晋国的远征军。晋国人也不是好欺负的：打仗这么严肃的事情，你们还唱歌！你们唱歌，我摆阵！于是在华山脚下开始大型团体操表演，山西远征军的总指挥嗓门特别高，嗡嗡铮铮，阻遏了滔滔黄河水：“第二套，擒击拳，开始——”“吼！哈！轰——”看古书，经常有战场上“烟尘蔽天”之类的句子，以为那是打仗厮杀，其实那是表演比赛。还有评委，中立国专家担任，表演得不好，举一个“无耻”的牌子。评委要是满意，就会举出“光荣”的牌子，一共八场比赛。八场啊，谁受得了！中途累瘫累死的大大的有。不过古代的战争规则很人性化，它实行局点制，一方已经获得了“五荣”，点数够了，不管对方是几荣，战争结束。同样，一方如果提前把“五耻”收入囊中，他就得及早地扯白旗投降，割地赔款。

前两场比赛，第一场齐国的群星联唱，得牌“光荣”，第二场晋国擒击拳，因为士兵长途行军，没来得及休整，动作不整齐，得牌“无耻”，第三场齐国决心再接再厉，展示烹饪技巧“中华一绝”——油煎黄河刀鱼。齐顷公计划速战速胜速决，打完仗他好吃早饭。他的厨师已经把早饭准备好了，但是他说：“放那儿，等我收拾了这些山西老棒子再吃！”

齐国一千个厨师一千只平底锅一千条刀鱼，点火，爆油，下锅，霎时间鱼香飘散，弥漫天空。他们知道现在正刮东风，煎鱼的香气会飘向晋军，晋国的军人一大早没吃饭，闻到煎刀鱼的香味，就会集体崩溃，彻底失去战斗力。但是齐国的情报工作实在太差，他们居然不知道晋国人是不吃鱼的，山东人闻着鱼香，山西人闻着那就是鱼腥！晋国人不但不吃鱼，还不允许别人吃鱼，不但不允许别人吃鱼，也不允许别人说鱼，谁要是不小心说个“鱼”字，他就跟人家拼个鱼死网破。不吃鱼不说鱼不看鱼，“鱼”成了晋国最大的禁忌，姓鱼也不行，连带着于、余等谐音字也必须改，一律改姓“缺”，以示惩罚——谁叫你们姓鱼，你们居然敢姓鱼！这么重要的情报，齐国上下居然一无所知，周天子几次组织宴会，晋侯都把鱼挑出来不吃，齐侯以为他学习颍考叔“食舍肉”，把天子赏赐的鱼肉拿回家给老娘吃。现在晋国军队眼见这场大规模的煎鱼挑战，鼻孔里还灌满了浓厚的鱼腥，怒了。晋国人怒，也还是因为情报工作太差，对齐国风俗习惯两眼一抹黑，对齐国关于晋国风俗习惯的了解情况更是瞎子点灯。双方的情报不沟通，他们不知道齐国人并不知道晋国人关于鱼的忌讳，以为煎鱼就是挑衅。两国情报和反情报都太差劲，那时候还没有宗教，还没有把吃什么不吃什么上升到神圣层面的习惯，但对于吃什么不吃什么而产生的愤怒，却极有宗教色彩。大怒的晋国人不待指挥官号令，不由自主地发动了“圣战”，大军潮水般直冲过来，齐国军队一点防备都没有，立刻被冲得七零八落，锅翻了，鱼碎了，厨师抱着脑袋在鱼阵里打滚。

齐顷公的车夫匆忙开动战车，四匹马拉着国王绕着华山转了三圈，华山虽然不很大，但是绕着它跑上三圈，也不是闹着玩的，马儿们累得不行，决定也无耻一回，躺倒不干。战争规则局点制的补充规则是“一分制”，就是一分定胜负，一分可以抵消对方许多“点”。一分制原是中国的规则，日本人崇华媚外，竞技比赛全盘照搬中国规则，连发音也学中国：“一分！”但日本语没有唇齿音，只有爆破音，把“一分”说成“一本”。战争中，只要捉住敌方主帅，就得一分，不管敌方得了几荣几耻，统统作废，这相当于拳击的击倒获胜制，之前的多少“有效”一律无效。齐侯就这样被捉到山西替黑老板挖煤去了。

四匹马躺倒不干了，晋国的主将韩厥来到翻滚了几回的战车前，齐顷公已经从车里爬出来，忙着照镜子整理仪表，韩厥从怀里掏出一块煤精工艺雕刻，双手恭恭敬敬地奉献给齐侯，同时弯腰九十度。顷公接过煤精，看一眼，就有点急赤白脸：“你侮辱我，说我像个女人吗？还是裸体的！”韩厥说：“大王误会了，这是世界名作，有很好听的名字：《泉》。您想想，是不是很有创意啊？”两个人仔细研究了一番。韩厥告诉齐侯，晋国到处都是煤，煤不但可以做煮饭燃料，煤中的特殊矿物还是雕塑的材料，作品黑黑亮亮的可值钱呢。齐侯觉得去山西挖煤也不是很坏的事情，相跟着来到晋国都城晋阳。

捷报俘虏了齐侯，晋侯大喜，大排筵宴庆功兼为齐顷公接风。两侯见面，“老朋友，好久不见啊！”他们在周王主持的会盟上见过面，当时洽谈甚欢。晋侯迎上去正要拥抱，忽然站住不动，惊讶非常：齐侯个头变矮了，脸盘变窄了，身子变瘦了，整个人变黑了，他整个就不是齐侯！“齐侯”大笑乐开怀：“韩厥，你上当了，我是国王的车夫逢丑父，哈哈哈哈！”原来车子翻滚的时候，齐顷公从车左滚到了车右，逢丑父从车子中间滚到车左，韩厥一眼看到车左的逢丑父，就直勾勾盯着他看，生怕他跑了，逢丑父就有了主意，指示齐侯：“我大概得跟随韩将军往晋阳访问几天了，你去给我打一瓦罐水来，路上渴了喝。”结果齐顷公一溜烟地跑走了，韩厥十分鄙视逃跑的车夫连带着也鄙视齐侯：“你的车夫，逃跑的动作挺帅的呀！”

时光悄悄过了两千多年，法国人顾拜旦在书斋里翻阅中国古代典籍，在《左传》中看到这个场景，心里一震：战争居然可以这样打！这不就是做游戏吗？以后大家别打仗了，有什么争执，就比照中国战争模式，举行世界“鳄鳞皮似”竞技大会！